二見文庫

情熱は嵐のように

リサ・マリー・ライス／林 啓恵＝訳

Nightfire
by
Lisa Marie Rice

このページはわたしの良き友にして、誰よりも切れ味の
鋭いナイフである、ジュディス・エッジに捧げます。

謝辞

今回もエージェントのイーサン・エレンバーグと、編集者のメイ・チェンに最大限の感謝を捧げます。そして、アマンダ・ベルシェロンにも。困ったときに手を貸してくれるアマンダ・ベルシェロンにも。いつもありがとう。

情熱は嵐のように

登場人物紹介

クロエ・メイスン	二十八歳の女性
マイケル(マイク)・キーラー	セキュリティ会社の経営者 サンディエゴ市警察の元警官
ハリー・ボルト	マイクの"兄弟" セキュリティ会社の共同経営者
エレン	ハリーの妻
サム・レストン	マイクの"兄弟" セキュリティ会社の共同経営者
ニコール	サムの妻
ビル・ケリー	サンディエゴ市警察の警官 マイクの元同僚
フランクリン・サンズ	〈メテオ・クラブ〉の経営者
アナトリー・ニキーチン	〈メテオ・クラブ〉の共同経営者
コンシュエロ	娼婦
イワン	ニキーチンの部下
マリサ	セキュリティ会社の受付係
バーニー・カーター	セキュリティ会社の社員

1

サンディエゴ
一月四日早朝

「もっと」彼女がうめいた。マイク・キーラーは歯を食いしばって、速さと強さを増した。乱れた安っぽいベッドがぎしぎし鳴って、いまにも壊れそうだ。「もっと」彼女がなおも駆り立てる。組み敷いた女は、ガラスのような目をして顔を赤らめ、必死の形相になっている。「もっと」女のかすれ声が飛ぶ。酔っぱらったふたりがキスをしながら彼女の乱雑なアパートになだれこんだとき、セックスするあいだは押さえつけてて、と彼女にねだられた。それで言われたとおり、マイクは大きな手で手首をがっちり押さえつけている。彼女は背中を弓なりにして大きく腰を突きだし、またうめいた。

マイクはその声から苦痛を聞き取った。

ぎょっとして動くのをやめ、手を引っこめた。彼女の手首が赤く、腫れてきている。自分の指の痕がついていた。

しまった。

マイクの手は大きくて力が強い。ごつくて、筋張っている。痛手を負わせる手。女を傷つけた手。

マイクの手は父親譲りだが、父が母や自分たち兄弟に触れるとき、その手には必ずやさしさと思いやりと愛情がこもっていた。

その父譲りの手が女を傷つけた。

女はそれを喜んでいる。

なんというおぞましさ。むかつく。

恐怖が湧きあがってきた。

マイクは女から体を離すと、転がってベッドをおり、せまいアパートのなかをめぐってトイレを探した。最初に開けたドアはクロゼット、つぎは簡易キッチンで、最後のドアがバスルームだった。大きな音を立てて便座を上げ、間一髪で茶色に染まった便器のなかに吐いた。

ぶちまけたのはビールをチェイサー代わりに飲んだウイスキーが六杯に、アルコールを胃におさめるために食べたぎとぎとの揚げ物。そして、自分が女を傷つけ、その女が傷つけられることを喜んでいるという事実だった。

マイケル・キーラーは女を傷つけない。断じて。それをいま破ったと思うと、便器から離れられず、汚れが縞《しま》模様になったタイルに手をついて、苦いものを吐きつづけた。

「ちょっと!」尖《とが》った爪でうなじをつつかれた。「あんた、なんなの? あたしを置き去りにして、どうしちゃったのよ？」

自分でもわからない。もう何カ月も掃除をしていないらしい、ぞっとするほど不潔な茶色縞のできたトイレのタイルを見つめた。

おれはいったいどうしちまったんだ？

なるほど、いい質問だ。

そして、こんなとこでなにをしてる？

もっといい質問だ。

あそこはだらりと垂れ、ゴムがぶら下がっている。マイクはそれを外すと、あふれたゴミ箱に投げた。

「なんなのよ、いくじなし！」女が背中をどついた。「あたしが話をしてるのに！」

マイクはふり返って、女を見た。

女のことはなにひとつ知らない。名前も覚えていなかった。ひょっとすると、女が言わなかったのかもしれない。マイクも尋ねなかったのかもしれない。

酒場は明かりが落としてあって、騒々しく、マイクの股間に伸ばされた手がペニスをさするその動きがふたりのやりとりの大半だった。そして出会って五分後には、千鳥足で店をあとにして一ブロック先のアパートに向かっていた。

商売女ではなかった。金は請求されなかった。彼女の望みはただひとつ、セックスだった。

そして、彼女に対する暴力だった。

それがいまになってわかる。顔に縦横に走る薄い傷痕。裸の胸に刻まれたふたつの切創《せっそう》痕。新旧の青痣《あおあざ》。女はそもそもが傷だらけだった。

そしてただ食が細いのではなく、悪いものを口にしているような、異様な痩せ方をしていた。そんな女が六十キロ以上重いであろうマイクを、酔っぱらった体格のいい男を酒場で拾って、いまは挑発している。

彼女はマイクを平手打ちして、その前に立った。顔はあざけりにゆがみ、滲《にじ》んだ口紅で口元が汚れていた。「ちょっと、聞いてんの？　あんたの都合なんてどうでもいいの、あたしが気がすむまでやんなさいよ。吐くんならよそに行って、ふにゃちん野郎」

マイクは黙って彼女を見たまま、込みあげてきた苦いものを飲みくだした。

彼女は期待に目を輝かせている。マイクをその気にさせたくて挑発しているのだ。

彼女には狙っている筋書きがあるようだ。それを待ち望み、マイクを巻きこもうとしている。マイクには彼女を殴ること、激しくぶったたくことが求められている。そう……いますぐ。

彼女は殴られることを期待している。殴られたいのだ。どうしようもなく。そして、経験豊富なマイクに女性の昂《たか》ぶりを読み取る能力があるとしたら、彼女は叩《たた》きのめされるかもしれないことに興奮している。そう、このおれに。

マイクは息ができなくなった。

大急ぎでここを出なければならない。吐き気をもよおすこのバスルームから、このアパートから、この女の人生から。さあ、急げ。

彼女がバスルームの出入り口に立ちはだかっていた。

マイクは両手を伸ばして、彼女の肩をつかんだ。まるで鳥のよう、皮膚一枚はさんでその下は骨だ。彼女の身震いが手に伝わってきた。女はどうしようもなく興奮している。いままさにはじまろうとしているゲームを、全身で待ちわびていた。

しかし、マイクは彼女を壁に叩きつけようとはしなかった。そっと持ちあげて、バスルームを出られるように、右側におろした。むかついている胃がふたたびなかのものをぶちまける前に、服を着たい。

ジーンズをはいていると、背中を押された。「クソ野郎！」女が金切り声をあげた。「あんた、なに考えてんの？　ここに残って、ちゃんと最後までやってきなさいよ！」

マイクはブーツを探した。耳障りな声は聞こえているが、窓にぶつかるハエの羽音のように、素知らぬ顔で聞き流した。

ブーツがあった。片方はベッドの下、もう片方はぼろぼろのソファの下で横倒しになっていた。脱いだときのことは覚えている。服を脱ぐのももどかしく、ベッドにもぐりこんだ。けれど、いま思うと、欲望に駆り立てられてのことではなかった。悪臭がして、薄暗い明かりのなかでも不潔なのがわかったからだ。長居をすれば萎《な》える。アルコールの大半を吐いて、ほぼ素面《しらふ》に戻ったいまなら、急いで逃げだしたいわけがよくわかる。ペニスが萎えて当然のものをすでに見ている。

マイクは海兵隊員だ。一時期はサンディエゴ市警察のSWAT（特殊火器戦術部隊のこと）に籍を置いていたし、いまは兄弟ふたりとセキュリティ会社を共同経営して大成功しているが、一度、海兵隊員になったものは、生涯、海兵隊員でありつづける。海兵隊員は几帳面《きちょうめん》で、折り目正しい。このむさ苦しい部屋はネズミの巣のようだ。部屋じゅうに服がちらかり、一枚としてたたんでない。ベッドは整えられておらず、シーツは汚れて、染みだらけだった。汗とセックスと絶望が悪臭となって立ちこめている。そして——いまになって気づいた——テーブルにスペースをつくって、鏡とカミソリが置かれ、なにやら白い粉が散っている。

ちっくしょう。クソっ。ああ、いまいましい。

コカイン中毒者。そんな女とやってしまった。最後までいくところだった。

口汚くわめきたてながら、女はマイクを蹴ったり、こぶしで殴ろうとしたりしている。マイクはそこに立ちすくんでいた。彼女のしたいようにさせたかった。当然の報いだ。

三十五歳のマイクは、きわめて優秀な兵士だった。SWAT隊員としても一番だった。そして現在は、国内で五本の指に入るセキュリティ会社の共同経営者におさまっている。

つまりいいやつの部類に入る。

そんな自分がコカイン中毒者となにをしている？　しかも心を病んでいるとおぼしき女と。おれはなにをしているんだ？

彼女がどなり散らしている内容に耳を傾けた。

「――なによ、クソ野郎。なにもたもたしてんのよ、ぐず！　もう続けらんないの？　せっかく男を連れこんだと思ったら、ちゃんと勃《た》ててられない半端野郎……」

マイクはジャケットを着こんだ。もう少し滑稽な状況なら、声をあげて笑っていただろう。人生における大問題のひとつが、ペニスを勃てておけないことでなく、おとなしくさせておけないことだったからだ。

マイクにとってセックスはつねにある種の逃避だった。頭や感情の緊張をゆるめるための行為だった。そういう意味では走るのと同じだが、セックスのほうが楽しい。夢中で汗まみれになれるエクササイズだ。

これは――なんと言っていいかわからない。セックスでないことは確かだ。ちっとも楽しくない。自分の暗い一面をのぞき見るようで、恐ろしくなる。その暗い部分に落ちこんだら、闇に塗りこめられたじめじめした未来へと否応《いやおう》なく導かれてしまう。そこはここによく似たみすぼらしい巣穴だらけで、何度も何度もどん底を味わわされる。

女の罵声が大きくなっていた。マイクがいよいよアパートを出ていこうとしていて、これ以上はセックスしてもらうことも、殴ってもらうこともできないと悟ったのだ。

まったく。ひどい大騒ぎになっている。これでは近所に通報される。これぞ完璧な結末ってやつじゃないか？　元同僚に警察まで引っ立てられることになるとは。

警官時代の仲間はマイクが女に手を上げられないことを知っているし、なかにはマイクが経営するRBKセキュリティ社が虐待されて傷つけられた女たちを暴力男から引き離し、別の場所で新しい人生を築く手助けをしていることを知っているものもいる。マイクたち兄弟独自の地下ルートだ。

だが、この女には長期的に虐待を受けてきた形跡がない。もし彼女がレイプされたと訴えたら、体内にはないにしろ、体外のどこかでマイクのDNAが見つかるから、この話は本部まで持ちこまれて、地方検事まで登場することになる。

サムとハリーは保釈金を持参してきて、マイクを外に出さなければならない。取り調べが行われ、悪くすれば裁判までいく。RBK社の名前は地に堕ちる。

なんたること。

マイクは泣き叫ぶ女の顔の前でドアを閉めて、周囲を見まわした。アパートのなかもひどかったが、通路はさらに悲惨だった。電球はことごとく切れ、一帯から小便のにおいがする。汚れが縞模様になったリノリウムの床に足がへばりつくようだった。ドアの向こうの女は叫ぶのをやめて、泣き声になっている。別のドアの奥から、大声でどなる女の声がした。

混乱と暴力と失意の場所。

マイクは顔を伏せ、息を詰めて、階段をおりた。二階の踊り場に吐瀉物《としゃぶつ》があった。どちらがより悲惨なのかわからない——ゴミ溜《た》めのようなこの場所か、こんな階段をよろよろとのぼるほど泥酔していた自分か。下半身に脳があったせいで、なにも見えていなかった。

通りに面したドアを押し開けて外に出ると、冷たく清々《すがすが》しい夜の空気がやさしい手のように撫《な》でてくれた。それでようやくひと心地ついて、周囲の様子に目を配った。

この界隈《かいわい》全体が不穏だった。まだついている数少ない街灯がうち捨てられた家々や道ばたに丸まって転がる人びとを照らしだしている。ポーチの階段には紙袋に入れた酒瓶から酒を飲む老人がいるし、ボロ布をまとったもうひとりは壁に向かって立ち小便をしているが、小便の大半は壁よりも靴を濡《ぬ》らしていた。

体内のアルコールのあらかたがサンディエゴの下水システムに向かっているのは、ほぼまちがいないが、できれば飲酒検問には引っかかりたくない。SUVはいま停《と》めてある場所に放置する。盗難に備えて追跡システムがついているし、保険もたっぷりかけている。張りこみをしていたと言い訳して、明日バーニーに運んでもらおう。バーニーは黙って言うことを聞いてくれるだろう。マイクとサムとハリーのことを神のようにあがめ奉っているから。

そんなことを思って、マイクは鼻を鳴らした。

空を見あげた。街明かりに汚染された都会の夜空に、輝きの強い星が二、三、またたいていた。街を離れてキャンプに行けば、おびただしい数の星が夜空を飾っている。

最後にキャンプしたのはいつだろう？　思いだすこともできない。

そのくせ、こんなうらぶれた界隈で半分頭のいかれた女とやっているとは、なにを考えているんだ？　男に痛めつけられたがっているような女と。これまで抱いた女は数知れないが、いかれた女だけは避けるようにしてきた。いかれた女と、薬物中毒者、それに既婚者は。それを鉄則として厳格に守ってきた――今夜までは。

なのに、どういうことだ？

どういうことだか、マイクにはわかっていた。サムとハリーとその家族から逃げたのだ。サム・レストンとハリー・ボルト。ともに育ったふたりとは、いまも兄弟以上の関係を保っている。実の家族のない三人には、お互いしかいなかった。サムの母親は生まれたばかりのサムをゴミのように捨てた。ハリーの母親と幼かった妹は、ハリーが十二のとき、頭のいかれた母親の恋人に殺された。そしてマイクは――言わずもがな。

マイクは胸をさすった。なぜこうも痛むのか。家族を失ってもう二十五年になる。すでに大人で、海兵隊員から警官を経験したセキュリティの専門家だ。狙撃手としても超一流の腕を誇り、体は雄牛並みに頑丈にできている。

それなのにやけに胸が痛い。

うち。うちに帰りたい。

なんでうちじゃなくて、こんなとこにいるんだ？　とはいえ、うちは大きいだけの殺風景な空間で、待っていてくれる人はいない。　義理の姉妹たちがなにか言いたげに目配せしているのを見てしまった。

クリスマスシーズンを通じて、サムの家かハリーの家で全員そろって食事した。三人の家はいずれもコロナドショアズの同じ建物にあり、マイクはほかにそう呼ぶ場所がないという だけの理由で〝うち〟と呼ばれる広くてがらんとした空間を持っていた。消去法で残った〝うち〟を。

サムの広大なアパートと、それよりは少しせまいハリーのアパートは、それぞれの伴侶によって極上の空間に造り替えられ、どちらも甲乙つけがたかった。サムとニコールのうちのほうが広くて、ハウスキーパーは料理上手で、大使の娘であったニコールは人をもてなすのがうまい。

四階下にあるハリーとエレンのうちは、それより少しだけせまくて、お抱えの料理人もいないけれど、エレンには彼女のファンだというレストランのシェフが何人もいて、そいつらが競いあうようにしてごちそうを運んでくる。だから、あそこではいつも、街で人気のレストランのシェフがこしらえた料理が食べられる。

ハリーのうちでディナーを食べると、もうひとつ、いいことがある。妻のエレンが世界でも有数のシンガーで、よく食事の最中に即興で歌ってくれるのだ。音楽好きの人間だったら泣いて喜ぶような特典だ。

そして、子どもたち。ああ。

サムの娘のメレディスと遊ぶためなら、赤く熱された石炭の上だろうと喜んで裸足《はだし》で歩こう。メリーは愛らしくて賢くてかわいい。マイクおじちゃんのことが大好きで、マイクだって、やっぱりメリーが大好きだった。さらにもうひとり女の子が生まれようとしていて、その誕生をみんなが心待ちにしている。そしてハリーの娘のグレース——まだ生後三カ月だというのに、マイクの声を聞くと笑顔になる。

だから、サムかハリーの家で週に三回、四回、なんなら五回夕食のテーブルを囲んだって、なんともない。さらに週末には全員でのんびりする。テラスでバーベキューをしたり、ピザをとったりして、ビールを飲みながらスポーツ観戦を楽しむのだ。

家族が殺されて以来、こんなに幸せな一年はなかった。規則正しくよく食べていたので、体重もまったく減らなかった。しかも手軽なだけの栄養バーじゃなく、本物の食べ物だ。

性生活のほうは打撃をこうむったものの、足に火炎を噴射されて指の爪をはがされたら、認めるしかない——じつは酒場でのやりとりや、それに伴う味気ないセックスに、多少というわずうんざりしていた。

だから、兄弟の家族とずっと楽しくやっていた。けれど、マイクのひとり合点だったのだ。

それが昨夜になってわかった。

大晦日《おおみそか》はサムの家でメリーと遊んで過ごし、元旦はハリーの家に集まって、夜はサムの家に移動した。それで今日はどうするのかと尋ねたら、エレンとニコール、サムとハリーが一瞬、目を見交わした。その一瞬のやりとりが状況を雄弁に物語っていた。

誰がこの困った子に話をつけるのか？　お行儀を教えてやらなければならない。

イブことエレンは疲れていた。クリスマスに恒例のコンサートを開いてエネルギーを消耗したうえに、三月発売予定のＣＤのレコーディングがあったからだ。しかも歯が生えかけていて夜眠れないグレースのせいで、エレンとハリーは目の下にくまをつくっている。そしてニコールは妊娠三カ月、つわりのまっ最中だというのに、休暇中に仕上げなければならない大切な大仕事があり、自宅に持ち帰っている。

マイクは頭に一発食らったような衝撃を受けた。そうか、みんなは夜になったら、家族だけでくつろぎたいのか。身を寄せあう家族がいないのは自分だけだ。そんな自分のよりどころとして、彼らは犠牲を払って代理家族となってくれていたのだ。

彼らが歓迎してくれるのを当然のように思ってきた自分が、いやになった。行きたいときに出かけ、好きなときにごちそうになってきた。サムとハリーの家族から放たれる好意を食いものにしてきた。

マイク・キーラー。これじゃまるでバンパイアだぞ。

兄弟の家族に寄生するのをやめて、自分のことは自分で面倒をみようと決めた。さっそくはじめなければ。それで今夜、冷蔵庫を開いたら、明々としたからっぽの空間に入っていたのはアンカー・スチーム・ビールの六缶パックがふたつだけだったので、市街地に出かけた。食べるものと、抱くものを求めて。

あげくどうなった？　このざまだぞ。

マイクは抜群の方向感覚を持っている。海兵隊でも偵察狙撃手訓練でトップの成績をおさめて、フォース・リーコンに配属になった。頭のなかの地図が方向転換したので、マイクも方向転換して、歩きだした。

そのうちゆっくりめの駆け足になった。自分の頭のなかの考えから逃げたかった。街のその界隈から遠ざかりたい気持ちもあった。気の滅入《めい》る場所だし、危険と背中合わせでもある。そのあたりの通りは暗く、乱雑だった。服を何枚となく重ねた者たちが、少しでも暖をとろうと、歩道と建物のあいだで段ボールにくるまっている。

錆《さ》びたドラム缶の脇を駆け抜けた。缶のなかで火を焚《た》いて、手をかざしているのだ。オレンジ色の火明かりが、ごつごつとした不幸そうな顔を照らしだしている。歯を痛めても、傷を負っても、治療を受けることのない男たちの顔。そのうちのひとりが口を開けて野生動物のような残忍な笑みを浮かべた。腐った黒い歯が木の切り株のようだった。

クズ野郎。ハリーの母親と妹を殴り殺したのと同じ種類の男だ。すばらしい奥さんと幼い娘のおかげで、ハリーもようやくその過去を乗り越えた。ハリーはふたりを溺愛している。

足の運びが速くなった。ここから、ここにあるすべてから逃れたかった。ここにあるのは闇と苦痛と悲しみ。すでに存分に味わってきた。

どうして逃げきれないのだろう？

いまや全速力で走っていた。地面を蹴るリズムにわれを忘れ、今夜の憂さを汗にして流し、いかがわしい店で女漁《あさ》りをした夜や、日替わりで女を抱き、汗ばんで寝乱れたベッドで目を覚ました記憶を追いやった。自分の名前すら思いだせないほどひどい二日酔いに見舞われながら、女の名前を思いだそうとしたものだ。

もろもろすべて忘れたくて、ひたすら走った。コロナドショアズまでは、フェリーでの移動をべつにして、二十キロ以上ある。ブートキャンプではそれくらいの距離を毎日、百キロの装備をつけて走っていた。そして急な痛みで動けなくなると、教練教官のディッティから、その痛みは肉体から弱さが出ていっている証拠だと耳元でどやしつけられたものだ。

もちろん、ディッティの言うことにまちがいはない。教練教官はつねに正しい。海兵隊で教練教官といったら、ひとり残らず神なのだ。

ただただ走った。海まで来ると顔を上げ、清らかな潮の香りを胸いっぱいに吸いこんだ。女の部屋といまわしいセックスの悪臭は、すでに汗となって体外に排出されていた。もはや自分の汗と、海のにおいしかしない。背後に置いてきた市街地をおおう空がうっすら白み、前方に空と海が接する水平線が見えはじめていた。

ついにフェリー乗り場まで来た。リズムを失わないようにその場で足踏みをし、フェリーが接岸して乗船するときも、同じペースで足を運んだ。まだ早朝なので、落ち着きのないおかしな男を見る人もわずかしかいない。フェリーが着岸すると、またすぐに走りだした。

コロナドショアズのもっとも奥にある自宅の建物の脇まで来たときには、汗まみれになっていた。鍵束を出そうとポケットを探ったが、ルイズという、四人いる夜間警備員のうちのひとりがマイクに気づいて、二階分の高さのあるガラス製両扉を解錠してくれた。

ここに勤めて二年になるルイズは、あらゆる状態で帰宅するマイクを見てきた。酔っぱらってセックスに溺れたあとのこともあれば、極秘調査のあとのこともあった。けれど、長距離を走ったマイクが、ジーンズにTシャツにボマージャケットを汗まみれにして帰ってくるのを見たのは、はじめてだった。ルイズは黙ってうなずき、走るのをやめたマイクは歩いて広いロビーを横切った。

上の自分のアパートまで行くと、そこは今夜——いや、もう昨夜だ——急いで出ていったときのままだった。清潔そのものなのは、週に一回人に掃除を頼んでいるからでもあるし、海兵隊員として整理整頓が身についているからでもある。そもそも、たいして持ち物がない。ベッドとカウチと映像音響機器。キッチンもあるが、使ったことがない。

菌ひとつない、からっぽの空間。

ぐっしょりと汗を吸った服を脱いだ。それをランドリーバスケットに入れて、シャワー室に向かった。大きなシャワーヘッドの下に立ち、壁に両手をつけて、たっぷり三十分は背中に熱々の湯を浴びた。シャワーを終えたときには、窓の外にパールグレイの空が広がっていた。太平洋に面した細長いデッキに出て、愛してやまない景色を眺めた。茫洋《ぼうよう》と広がるコバルトブルーの海原と、それを縁取る早朝のこまかな波も、今朝はいつものように深い安らぎをもたらしてくれなかった。鉄製の手すりをつかみ、大きな白いタオルを腰に巻いて、ゆっくりと白んでいく空を見ていた。

ハリーのように、不眠症に悩んだことはない。ハリーは結婚して至福の国の住人になるまで、三、四日連続で眠れないこともめずらしくなかった。マイクには理解できなかった。ところがいまはちがう。まるで眠気を感じない。永遠に眠れないのではないかと思うほどだ。明るくなってゆく空と、眼前に広がる大海原を眺めていると、自分の人生が延々と続いてまったく変化することのないその海と同じに思えてくる。その光景に自分の未来を垣間《かいま》見る思いがした。

ただ続いていく。

ニコールやエレンをなるべく煩わせたくないけれど、愛してやまない姪《めい》っ子たちには頻繁に会いたい。外側から姪たちが成長するのを見ることだけが、楽しみに思えた。

どうにも落ち着かなかった。女が望んだのだから、暴力をふるってやればよかった、とまで思った。だが暴力をふるいたいわけじゃない、おれの望みは……自分でもなにを望んでいるかわからなかった。ただ、もし街のなかを黙々と走っているときに悪党と出くわしていたら、これ幸いとばかりに激しい喧嘩《けんか》をふっかけていたであろうことはわかる。

殴りあいは得意としている。むかしから喧嘩にはめっぽう強い。めったなことでは尻込みしない。挑みかかっていく。

ウーラー！　海兵隊仕込みの掛け声が頭のなかに響く。

でたらめを言いやがって。

どんな殴りあいをしようと、いま自分のなかで湧きあがっている感情を鎮めることはできない。そのことが深い部分でわかっていた。

空から夜の痕跡がすっかり消えると、なかに戻った。身支度をし、出勤する時間だった。

2

クロエ・メイスンはRBKセキュリティ社のとても上品なロビーにいた。ついでに言えば、この会社のあるビルも、そのビルがあるサンディエゴの界隈も、同じように上品だった。インテリアデザイナーが手がけたしゃれた空間には慣れているけれど、この大きな部屋にはうならずにいられない。美しいうえに居心地がよく、しかも合理的にできている。

この空間にはほかにももうひとつ、クロエになじみのある特徴があった。アーストーンで統一された色合いも、青々とした観葉植物も、高価なカウチや肘掛け椅子も、どれもひと工夫ありつつもモダンな騒々しさがなく、落ち着きと安らぎを与えることを主眼にデザインされていることだ。

まだクリスマスシーズンの最中だけれど、ここではクリスマスキャロルが際限なく流されるようなことはなかった。ただでさえ不快で腹立たしいことが多いのだから、トラブルを抱えた人にとってはなおさらだろう。キャロルがない反面、クリスマスの精神を表すべく、中世のマドリガルが控えめに流されていた。そしてこの会社では木を切ってツリーにする代わりに、色付きのライトを埋めこんだ、美しくて人目を惹《ひ》く彫刻作品を飾っている。

クロエは子ども時代を通じて、また大人になってからも頻繁に、高価なクリニックへの入退院をくり返してきたために、趣味のよさと安心感を与えてくれる調度の組みあわせになじんでいた。

ここでは受付係までが穏やかだった。クロエは羽振りのよさそうなこのオフィスを訪れると、経営者のひとりと話がしたいと受付係に頼んだ。アメリカのビジネス界では通用しないやり方だし、クロエだってそれがわからないほどの世間知らずではない。

それでも、あらかじめ約束を取りつけていなかった。ボストンからここまで、なにも考えずにすっ飛んできてしまった。興奮と恐怖と希望とが、同じ程度に混ざりあっていた。

U字形にデザインされた優雅な受付カウンターまで行くと、すっきりした身なりの受付係に静かな声で自分の名前を告げた。受付係の銀髪は、腕のいい美容師の手で美しくカットされていた。

唐突な要求にもかかわらず、受付係はまばたきひとつしなかった。顔を上げて、お急ぎですかと尋ねた。

急ぎかしら？　どちらとも言える。ハリー・ボルトが自分の思っているとおりの人なら、急ぎどころの話ではない。人生を揺るがす一大事だ。

黙ってうなずいた。喉が締めつけられて、なんの申し開きもできなかった。

「わかりました」受付係は言い、タッチスクリーンに触れた。「ボルトは午前中ふさがっておりますが、なんとかいたしましょう」ふたたび目を上げて、クロエの顔をうかがう。「ほかのふたりのどちらかではいかがですか？　キーラーでしたら午前中、時間があります」

キーラーとは、マイケル・キーラーのことだろう。海兵隊とSWATに籍を置いたことのある、現在の共同経営者。彼の略歴はRBK社のウェブサイトに載っていた。厳《いか》めしい顔写真とともに。ほかふたりの共同経営者同様、見るからに賢くてたくましくて有能そうな男性だった。セキュリティに関する相談をしたいのなら、ハリー・ボルトと同じように優秀にちがいない。

だが、相談したいのはセキュリティに関することではないから。

クロエは首を振った。行儀が悪くてしゃべらないのだと思われないといいのだけれど。そして、ここにいるあいだ、自分の手が震えていることに気づかれませんように。

受付係はなに食わぬ顔で、ふたたびスクリーンに触れた。「わかりました。では、少々お待ちいただきますが、九時三十分にボルトで」

このときをずっと待ち望んでいた。あと三十分ぐらい、待つうちに入らない。どうにかお礼を述べると、恐ろしく広いロビーに点々と置かれた肘掛け椅子のひとつに腰かけた。信じられないほど座り心地がよかった。

さまざまな思いが胸に渦巻いて、どれかひとつに特定することはできないけれど、なにはともあれプレッシャーが強すぎて息をするのも苦しかった。どれだけ願ってきたか――

そこで考えるのをやめた。願っただけでは叶《かな》わない。これまで生きてきて教訓めいたものを得たとしたら、それだった。心がはじけ飛ぶほど強く願ったとしても、結果は変わらない。望む結果が得られるかどうかは、人智《じんち》のおよばないところにある。運命かもしれない。たんなるでたらめの可能性もある。けれど、強く願うかどうかとは無関係だった。

そこでクロエは特上の座り心地と美しさを兼ねそなえた椅子に深く腰かけ、そして……消え、た。

これは過酷だった子ども時代に学んだすべだ。自分の存在に気づかれたら、悪いことが降りかかってくる。そこでかなり幼少時にじっとして気配を消すすべを身につけたのだ。べつに姿を消すわけではない。人間が無意識のうちに放つ信号を絶つことによって、相手に気づかれなくなる。

クロエはそこに座り、動くことも話すこともやめて、三人の共同経営者のうちの誰かを待っている人たちを観察した。ロビーには三人いた。いずれも中高年の男性で、見るからに押しだしのいい、裕福そうな人たちだった。RBK社になんらかの支援を求める実業界の男たちだろう。うちふたりは汗だくで、身につけている高級なコロンの奥にかすかな刺激臭がにおっていた。もうひとりは男性であることを誇示するように、開いた膝に肘をついて、両手を握りあわせていた。その男が放っているのは怒りと敵意だった。

クロエはその男を見ないようにした。目立たないすべは完璧に身につけているけれど、苦い経験を通じて、腹を立てている男のなかには、目が合っただけで喧嘩を売られたと思う人がいるのを知っていたからだ。

だから彼のほうを見ていると誤解されないように、入り口に目を向けた。そのときスライド式のドアが音を立てて開いた。

男がロビーに入ってきた。待っていた男たち全員がそちらを見て、歩く男の姿を目で追った。お金のかかった身なりをした三人の男は、たぶんそれぞれの環境のなかではわれこそが群れを率いるボスだと思っているのだろう。だが、ここではちがう。金のある男は往々にして、どんな場所でも、どんなときでも、富さえあれば最高位が与えられると考えがちだ。そういうこともままあるが、つねにそうとはかぎらない。

その点、いまロビーを横切る男はまちがいなくアルファメール、群れを率いるボスのタイプだ。どんな人たちが集まっていようと、それが金持ちだろうと、貧乏だろうと、関係ない。それほど背は高くないけれど、驚くほどがっしりとしていた。肩幅が広くて、腕も首も太かった。ボディビルダーのような体形だが、ボディビルダーに特有のぎこちない歩き方はしていない。本来あるべきところに筋肉がついているからだ。動きはすばやく敏捷《びんしょう》で、力強かった。文句なしに、この部屋一番のたくましさ。そして、どの部屋にいようと、その部屋で一番になる男だった。

マイケル・キーラー。ＲＢＫ社のＫにあたる男。大富豪ではないものの、そんな必要はない。裕福な成功者で、人の上に立つ資質がある。それだけそろっていれば、人としてじゅうぶんだった。

キーラーは歩きながらロビーを見まわし、しばしクロエに目を留めた。歩をゆるめることはなかったが、クロエは視線を感じて彼のほうを見た。知性の光を宿した、はっとするほど青い瞳は、冷ややかで醒《さ》めていた。だが、その目がふとまばたきしたかと思うと、冷ややかさが消えてなくなり、なにかが加わった。

ロビーに入ってきたときの彼は、そこがただの通り道であるかのように、スライド式のガラスドアの見えているオフィスにまっすぐ向かって歩いていたのに、いまやその道をそれて受付に立ち寄り、カウンターに肘をついて、受付係に話しかけた。

受付の女性はびっくりした様子で、クロエのほうをちらりと見た。

胸が痛いほど、クロエの心臓の鼓動が大きくなった。わたしのことを話しているの？　どうして？　ここにいる理由を知ってるってこと？　そんなことありうるだろうか。自分がここにいる理由を知っている人はひとりもいない。お抱え弁護士であるペルトン氏さえ知らない。彼にはまだ話を持っていっていないから。

うまくいってからでも遅くはない。それに、ペルトン氏がいい顔をするとは思えないし。

そう、ここへはこっそりやってきた。

だったらなぜ、マイケル・キーラーが受付係と自分のことを話しているの？
おかしい……こんなことめったにない。人から注目を浴びることには慣れていない。他人のレーダーを避ける方法を学んだ覚えはないから、元々持っていた能力を年月をかけて磨いてきたのだろう。

着飾ったことは一度もなかった。身につける服は高価ではあるけれどさりげなく、流行に走ることもなかった。清潔で、手入れが行き届き、けれど派手さはない。

ひと目見たら、その場で忘れ去られる存在、それがクロエだった。注目などいらない。恥ずかしいからではなくて、怖いからだ。物心ついてからずっと、注目は危険を意味した。しげしげと見られるようなことがあれば、心臓の鼓動が速くなる。自分ではどうすることもできない、本能的な反応だった。

マイケル・キーラーは受付係にうなずきかけた。そのあともう一度こちらを見てクロエの手のひらを汗ばませてから、スライド式のガラスのドアを抜けて、ロビーの奥にあるオフィスに消えた。

九時十五分。ハリー・ボルトが折り目正しい人ならば、あと十五分で面談がはじまる。

クロエは待ちの体勢に入った。これこそ大得意なことだった――そう、待つことが。子ども時代――覚えている範囲だけれど――も、大人になってからも、ほぼ待つことに費やされてきた。傷が治るのを待ち、ギプスがとれるのを待ち、手術から回復するのを待ち、つぎの手術を待った。クロエは待機の女神だった。待つことに博士号があったら、とうのむかしに与えられていただろう。

待ち時間の対処方法は、よく心得ている。浅く、ゆっくりと息をして、肉体から距離を置き、体をむやみに動かさないように心がける。

大学に入ると、行動や心の整え方について書かれた本を何冊も読んだが、そんなことがあるのも知らないうちに自然と身につけていたことがわかった。

待つことにかけては誰にも負けない。必要なときまで、内側に沈みこんでいればいい。

それがどうしたことか、いまは、どんなテクニックも役に立たなかった。呼吸が速くなり、肩が上下しそうなほどだ。不安で心臓は大きく、不規則に打っていた。手のひらはじっとりと汗ばんでいる。平常心を取り戻す方法など、どこにもない。膝のマニラ封筒を何度も握りしめなおしたので、端が湿って紙がよれてきた。これもまた、酸素が足りない感覚と同じで、大きなストレスがかかっているもうひとつの証拠だった。

自分でもそれと気づかないうちから、このときをずっと待っていた。そしてようやくここまで来たというのに、心の準備ができていない。準備できるようなことではなかった。どう言おうかずっと考えているが、なにも浮かんでこない。頭はからっぽ、パニックを起こしているせいで、まっ白になっている。こんなに口がからからでは、話をするのもおぼつかない。

頭を使って、とクロエは自分に厳命した。これまでたくさんの困難を乗り越えてきたのだから、これだって乗り越えられるでしょう？

なんと言ったらいいのだろう？　話せたとしても、どう伝えたらいいものか。いざ話してみたら、国を横断してこんなところまでやってきたのがバカだったということになるかもしれない。あるいは――

「ミズ・メイスン？」

クロエはどぎまぎしながら、声のするほうを見た。「あ、はい？」返事につかえて、椅子から腰を浮かしかけた。

受付係がやさしそうな笑顔を向けてくれる。これだけの規模のオフィスでこの笑顔は、特筆ものだった。大金が出入りする大企業の受付係や秘書は、だいたいがお高くとまっている。たとえばペルトン氏の事務所。そこに出かけるたび、こちらを上目遣いに見る彼の秘書の偉そうな顔を見させられている。

「ボルトの手が空きました。通路を進んで右、三番めの部屋です」受付カウンターの隣にある大きなガラスのドアを指さす。

ああ、神さま。いよいよです。

パニックに頭を締めつけられながら、ゆっくりと立ちあがった。本物の恐怖感が襲ってきて、ちゃんと立てるかどうか不安になった。どちらの膝も合成樹脂とスチールを材料とする人工物で、精密なだけに繊細にできている。

全員の視線を浴びながら、ゆっくりとロビーを横切った。ゴビ砂漠になったかのように、やけに広く感じられる。前方のガラスのドアはきれいに磨かれて、光を反射している。どうやって開けたら——ああ、よかった。どこからか指示が出て、ドアが音を立てて開いた。

奥の通路に入ると、豪華な雰囲気がより濃厚になった。ドアはぴかぴかの真鍮《しんちゅう》製。ドアノブはなく、右側にフラットスクリーンが埋めこまれている。たぶんどの部屋もそうとう広いのだろう。つやのある寄せ木細工の通路を三番めのドアまで延々と歩かされた。

着いた先にあったのは、クロエの頭のなかと同じくらいなにも手がかりのない、壁のようなドアだった。バッグと封筒を握りしめたまま立ちつくし、つぎの展開を待った。頭のなかにあった思いなり計画なりは、すべて消えてしまった。前のめりに進むことしかできない制御不能の道を歩かされているように感じる。

輝きを放つ真鍮製のドアを前にして、こちらを見返す自分の姿をぼんやりと見つめた。鼓動一拍分か二拍分の空白をはさんで、うなるような音、そして見えない錠前が外れる音がして、ドアが横にスライドした。

凍りついたように立ちつくして、動けなかった。ずっとこのときを夢見ながら、夢のなかでしか叶えられないことなのにと、そんな自分の正気を疑ってきた。

願いごとも、たんなる夢や希望ならば自分でその結末を決められる。人生の大半は思いどおりにならなかったけれど、この夢はちがった。つねに笑いと喜びの結末が待っていた。

ただし、頭のなかだけの絵空事。

それがまたやけに不安定なのだけれど。

クロエは震えていた。この部屋に足を踏み入れることは、よりよい人生に踏みだすことにつながるかもしれない。さもなければ、これまで生きてきた、目には見えないけれどあまりにリアルな壁の内側に、永遠に閉じこめられることになるか。

すべてその敷居、その一歩にかかっているような気がした。

「ミズ・メイスン？」低い声がして、息を呑《の》んだ。それと気づかないまま、一分近く息を殺していたようだ。

やはり広い部屋の奥にふたりの男が、淑女を迎える紳士よろしく立って待っていた。片方はマイケル・キーラーだった。

彼にはいてもらいたくない。用事があるのはハリー・ボルトひとりだし、失意の結果に終わったとき、それを人に見られるのは屈辱だった。けれど、これまでの人生を通じて学んできた処世術に従って、口を閉ざしていた。部屋を出ていってほしいと遠回しに伝えることすらできなかった。

もうひとり……こちらがハリー・ボルト。クロエは飢《かつ》えたように彼を見た。マイケル・キーラーよりもかなり上背があって、多少細身とはいえ、同じくらいがっちりしていた。濃いブロンドの髪に、明るい茶色の瞳。見知った瞳だった。

彼らに音が聞こえないのが不思議なほど、心臓が激しく打っている。クロエは人を観察してボディランゲージを読み取るのに慣れていたが、このふたりにはいっさい読み取れるものがなかった。どちらも微動だにせず、表情を消している。これでは心のなかをうかがい知ることができず、結末を見通すこともできない。不相応な希望と運命の宣告を受ける感覚を胸に、クロエは震えながら部屋に入った。

彼女はとてつもなく怖がっている。この面談に同席できることを喜びながら、マイクは思った。このクロエ・メイスンという女が名指ししたのはハリー・ボルトだったが、ロビーで彼女を見た以上は、放っておけなかった。

この女が〝ロストワン〟を目当てに来たことは明らかだからだ。崖っぷちに立たされて、暴力男から逃げだしてきた女。そしてマイクは、この世界には平気で女を殴れる怪物がいるという事実に怒りをあらたにした。

RBK社は企業のセキュリティ対策を主たる業務にしている。いまロビーでRBK社が提供するきわめて値の張るサービスを待っている三人のうちふたりがCEO、残るひとりがフォーチュン誌が毎年発表する全米上位五百社に入る企業のセキュリティ責任者だ。彼らのファイルにはすでに目を通し、どんな問題を抱えていて、どう解決したらいいか、考えてある。

そこにいる男三人だけで、今年一年で百万ドルほどもたらしてくれるだろう。

その点、クロエ・メイスンはなにももたらさない。RBK社では逃亡女性から金銭を受け取らないことにしている。むしろ、もっとも困難な一年めを無事に過ごさせるため、ささやかな金を持たせてやることが多い。

最初の一年が過ぎれば、だいたいは安全に暮らせるようになる。

昨夜あんなことがあったせいか、女を守りたいという気持ちが強まっている。女を助けたい。とくにこんな女、やさしくて穏やかそうな女、彼女をこんなところへ走らせたいかれた男にはもったいない女を。

今朝はサムが出勤していない。ニコールのつわりがひどいからだ。だから会社の業務はマイクとハリーのふたりで分け持たなければならない。ふたりになら、目をつぶっていてもできる仕事だ。三人が三人とも、セキュリティ上のリスクを本能的に察知する能力を有している。セキュリティ上のリスクだらけの子ども時代を送ってきたうえに、米国政府《アンクルサム》が大金をかけてリスクへの対処方法を徹底的に叩きこんでくれた。大切なのは知識と判断力だ。

だが〝ロストワン〟となると勝手がちがう。女たちは傷ついた体で、崖から転げ落ちてしまう前に、最後の頼みの綱としてRBK社の戸口に震えながら現れる。彼女たちと向きあうときは、頭だけではなく心も使わなければならない。

ロビーにいた女性はハリーを指名したが、マイクには自分が担当すべき女だと本能的にわかった。この女は自分が助けなければならない。

きれいな女だが、それが理由ではない。とはいえ、びっくりするほど美しい女だ。しかも、あまりに寂しそうで寄る辺のない風情をしている。華奢《きゃしゃ》な体つきに、青白い肌。目鼻立ちは美しくて繊細、口は少しだけ大きめで、大きな瞳は金色と見まがうばかりの薄茶色だった。

服には金がかかっている。靴もバッグもご同様。エレガントで奥ゆかしい高級品。生まれも育ちも上品な、趣味のいい、金持ちの女性だ。

そんなことは関係がない。

マイクたち兄弟のもとにはありとあらゆる種類の人が訪れてきた。ドラッグに溺れたクズのような男たちに暴力をふるわれる女たちはもちろんいたが、決してそれだけではなかった。弁護士や医者、なかには上院議員の妻もいた。富があることは、女や子どもを痛めつける楽しみを遠ざけない。むしろ巧妙に隠せる分、暴力が長引く。

警察もそうした連中には甘くなりがちだ。

RBK社の〝ロストワン〟にたどり着いた裕福な家庭の妻たちのなかには、警察に訴えでようとするものもいたが、その夫たちは多大な権力を行使することが多く、貧しければ投獄されたであろう罪をまぬかれることができた。こうした豊かなクズ夫を持つ妻たちは、貧しき姉妹たちと同じように叩きのめされた。

このクロエ・メイスンという女性が裕福であることは、まちがいようがなかった。しかも、成金のたぐいではない。彼女には派手なことをして目立つ必要のない人、自然と趣味のよさが身についている人の控えめな優雅さがあった。頭のてっぺんから足の先まで、念入りに手入れされていて美しい。だが、その美しさの下、高級ブランドの服の内側には、少し美しさに欠けるなにかが隠されている。

第一、動きが緩慢だった。服に隠れる場所をひどく殴られている人は、ちょうどこんな動き方をする。女や子どもを痛めつけるのが好きなクズ野郎が好むやり口だ。怒りには歯止めがきかないくせに、目につかない場所を殴るだけの抜け目なさはある。たとえば先週やってきた銀行員の妻の場合、見えるところにはひとつも傷がなかった。ところが半年前には脾臓《ひぞう》が破裂して、八時間かけて手術をした。そのあと肋骨《ろっこつ》を折られ、肝臓を強打されて、その肝臓はいまだダメージを被ったままだという。

つまり、クズ野郎には自分がなにをしているかわかっているということだ。激しい怒りに駆られているときすら、その痕を隠す算段をしている。

何者かがクロエ・メイスンをそんな目に遭わせた。だから彼女の動きは慎重で、注意していないと倒れてしまいそうなのだろう。

なんという腹立たしさ。誰だ、彼女のような女性にそんなことをしたのは？　女や子どもが相手なら、見境なしに手を上げる男なのか？　いや、相手がクロエ・メイスンだからなおさらそんな気になったのかもしれない。やわらかな肌と、やさしげな顔立ち、柳のような体つきをしたクロエだから。

マイクはハリーがなにか言うのではないかと思って、そちらを見た。目を疑った。

どうしたんだ？

ハリーは根が生えたようにその場に立ちつくし、彼女を見つめていた。異性を見る目ではなかった。サムがそうであるように、ハリーも妻ひとすじ、猛烈に愛している。結婚以来、ほかの女には目もくれない。けれど、この女性のなにかが注意を引いたらしい。そして、なにも言わないところをみると、ついでに口を封じられたらしい。

ハリーにだって、ここへ来る女たちには安心感が必要なことくらい、わかっている。彼女たちをまじまじ見る男など、めったそうもない。背が高くてたくましい男なら、よけいにだ。そうした目つきは侵害行為とみなされ、クロエ・メイスンのような女性はいやというほどそういう目つきにさらされている。

マイクはハリーの脇腹をつついたが、反応がなかった。そうか、ハリーは頼りにできない。あとは自分が話を進めるしかない。

「ようこそ、ミズ・メイスン」マイクはおずおずとハリーの部屋に入ってくる女性にやさしく話しかけた。ハリーが動かないので、自分がデスクの奥から出て、彼女に近づいた。急な動きは禁物だ。感じよく、かしこまらずに。

彼女から見あげられると、思わずその目を見つめそうになって、無理やり視線をそらせた。これじゃハリーを笑えない。

まいったな、この女《ひと》は……愛らしい。そんな古めかしい言い方がぴったりの女性だった。現在、使われている〝美しい〟という言葉は、自分に手をかけて外科的な処置を受けたり、身なりや扮装《ふんそう》によって人より抜きんでたりしている女性に対して用いる技術用語のようなものだ。

クロエ・メイスンのきれいさは、それとは異なる。完璧な肌、繊細な顔立ち、やわらかな金髪、大きな金色の瞳。そのいずれにも、マイクの見るかぎり、手は加えられていなかった。つまり朝になっても顔が変わらないということだ。そう、セックスのあとでも。

マイクは考えるが早いか、その考えを握りつぶした。自分が恥ずかしかった。彼女は助けを求めてここへ来たのであって、その相手から言い寄られることなど、望んでいない。

彼女が不安そうな表情でマイクを見あげ、続いてハリーを見た。バッグと大判のマニラ封筒を握りしめている。心配そうにしているのは、ハリーの頭のネジが抜けているからだろう。彼女がいまにも倒れそうだったので、マイクはここぞとばかりに彼女の肘に手を添えた。いかにも紳士らしくふるまっているが、クライアント用の椅子に彼女を運ぶのもやぶさかではなかった。

いや。それをしてはいけない。マイクは自分を抑えつけた。

痛めつけられてきた女たちにはアンテナがあり、男が彼女たちの空間に侵入するとそれが反応する。男の侵入によって悲惨な結果になることが多いからだ。クロエに不安を感じさせるようなことは、一瞬たりともしたくない。

だから昨夜、みずからトラブルを求めて街の荒れ果てた界隈を歩いたり走ったりしたときと、逆のことをした。昨夜は全身で、来るなら来い、相手にしてやる、と訴えた。アルコールとテストステロンという、すばらしいドラッグ二種類が体内をめぐっていたからだ。男たちを窮地に追いやるきわめつけの組みあわせであるのは確かだが、マイクはトラブルには頭からぶつかるよう最高の訓練を受けてきた。昨夜は攻撃性で毛が逆立っていた。攻撃性は長いつきあいとなる友人であり、過去にも幾度となく命を救ってくれた。誠実な仲間、それがマイクにとっての攻撃性とセックスだった。

だが、いまは使えない。

それを抑えつけて、この美しい女性を安心させなければならない。彼女を怖がらせるな。

「ミズ・メイスン」マイクはハリーのデスクの前に置かれたクライアント用の椅子二脚を顎で指し示した。「どうぞ、おかけください」

マイクの声は元来が太かった。前夜の飲酒のせいで少ししゃがれている。マイクを見ていた彼女が、かすかに体を揺らした。どの程度被害にあっているのだろう？　一瞬、マイクの脳裏をそんな疑問が横切った。立っているのもやっとなほど彼女に暴力をふるったやつがいるのなら、そいつを見つけだし、ひそかに痛めつけてやる。

「ミズ・メイスン？」マイクは穏やかな口調でくり返した。

彼女がうなずいた。

「はい、ありがとうございます。お詫《わ》びを申しあげなければ——最近、ストレスのかかることがあったので」

彼女の声を聞くのは、これがはじめてだった。ほかもろもろ同様、やわらかな声で、鈴を転がすような声だった。そして、かすかなイギリスなまりがある。

イギリス人なのか？　マイクは彼女が腰かけると手をおろし、大きなハリーのデスクの奥に戻った。

彼女は端っこにちょこんと腰かけていた。とびきり座り心地のいい椅子だ。当然のことながら、RBK社に仕事の依頼に来る人たちは心配事を抱えている。会社としては、せめてそれを話してもらうあいだくらい快適に過ごしてもらいたい。クロエ・メイスンはその椅子でも快適そうに見えず、緊張に凝り固まっていた。

沈黙。ハリーは……まだ、凍りついている。おいおい、いったいどうなってんだ？

マイクはしばらく待った。そして、業を煮やして沈黙を破った。

「ミズ・メイスン、RBKセキュリティにようこそ。わたしはマイク・キーラー、こちらがパートナーのハリー・ボルトです」無言の彫像と化した共同経営者に視線を投げ、天を仰がないように気をつけた。まだ幼い娘のせいで、また夜、眠れなくなっているのか？　だから、覚醒しているのに気を失ったような状態に陥っているのか？「ボルトを指名されたとうかがっていますが、わたしたちはよく……ひとつの案件を共同で担当するんです。お話をうかがう前に、なにかお飲み物でもいかがですか？　コーヒーとか、紅茶とか？」イギリスなまりを思いだして、付け足した。

「はい、ありがとうございます」いっきに緊張のほどけた声になった。「では、紅茶を」

大当たり。

マイクは一瞬、待った。ハリーが目を覚まして、始動するかもしれないと思ったからだ。だが、自分で内線ボタンを押して、受付係に話しかけた。「マリサ、こちらに紅茶を運んでもらえるかな？」

ふだんならマリサにこまかい飲み物の指示など出さないが、マリサは〝ロストワン〟の母親役だった。彼女自身がこの活動によって救われ、それを証明する傷も残っている。働き者で忠実で、申し分のない従業員であり、虐待に苦しんでRBK社を尋ねあててきた女たちのこととなると、全身全霊を傾けた。そうした女たちを慰め、世話をやき、身を挺して守る。

「はい、いますぐお持ちいたします」

ささやかな幕間劇《まくあい》がクロエ・メイスンをくつろがせた。

自分の話をすることに困難を覚える女性もいる。みな、どこかわが身を恥じていた。だが、マイクには、何者かのサンドバッグにされてしまったからといって、なぜ彼女たちが恥じなければならないのか、理解できない。クロエには本題に入る前のこの時間が休憩になる。呼吸が整い、愛らしい顔にうっすらと赤みが戻った。

オフィスの扉が開き、マリサがトレイを持って入ってきた。誇らしげな顔をしている。大きなティーポット、カップ三つ、ミルク、そして自家製のクッキーの皿が載っている。家政婦が焼いたからと、サムの妻のニコールが持ってきてくれたクッキーだ。

「ハリー」マイクは肘でつつきたいのを我慢して、兄弟を見た。「おまえがつぐか？」

ハリーがかすかに体を動かした。実際、ふいに眠りから呼び戻されたかのようだ。「ああ、そうだな、そうしよう」クロエの顔を見すえた。「砂糖は入れますか、ミズ・メイスン？」

クロエがやさしくほほ笑んだ。「お砂糖を一杯に、それとミルクを少しお願いします」

このときはじめて、マイクは彼女の笑顔を見た。多大なストレスのもと、怯《おび》えているのは確かだけれど、それでもその笑顔はまばゆいばかりに本物だった。おとなしくて愛らしい顔が、燦然《さんぜん》と輝いた。本物の美人だ。一度見たぐらいでは、いや二度見たぐらいではわからないが、いったんその美しさに気づいたら、目が離せなくなる。

マイクは胸のどこかがちくりとするのを感じた。誰かに引っぱられているようなその感覚は、記憶にないほど久しぶりのものだ。

この愛らしい女性はうちで守る。身の安全を確保し、危険から遠ざけてやろう。

そして、彼女をこんな目に遭わせた男――そのクズを見つけだしたら、殴るぐらいではすまない。息の根を止めてやらなければ。

3

クロエは紅茶を飲むと、カップをソーサーに戻した。小さな音がした。手がこまかく震えているせいだ。男たちは気づいただろうか？　たぶん。どちらもじっくりと観察していた。不思議。これまでの経験によると、男にはあまり観察力がない。だいたいの男は自分に夢中なので、自分に影響がないかぎり外の世界に気がまわらない。

それなのに、このふたりは観察眼に優れているようだ。もちろん、そうあってほしいのだけれど。自分の話に耳を傾け、じっくりと聞いてもらいたい。そうハリー・ボルトに。マイケル・キーラーにではなく。

けれど、いまのところ、反応がいいのはマイケル・キーラーのほうで、ハリー・ボルトは黙ってこちらを見ているだけだった。

どちらの男も不透明なままだった。ふだんなら、二、三分あれば相手のことをかなり把握できる。材料はいくらでもある。ボディランゲージ、目つき、服装、声の調子、言葉遣い。呼吸のしかただって手がかりになる。ときにはオーラまで読めそうな気がするけれど、特別な訓練を受けたことはない。物心ついてからずっと、外側からなかをのぞきこむようにして観察を続けてきた結果だった。

このふたりは読み取れない。これといって特徴のない服装。着心地のよさそうな上等の服だけれど、とくにしゃれているわけではなかった。世界を相手にして忙しく立ち働く男のための、高価な仕事着。

そしてふたりは潤沢な空間と時間を与えてくれ、クロエはそれを存分に使っていた。

クロエは両手を膝にやり、大判のマニラ封筒の端をいじりはじめた。過去が入った封筒――そして、おそらくは未来も。

「ボルトさん」クロエは切りだした。

「ハリーと」マイケル・キーラー同様、とても低い声だった。「ハリーと呼んでください。彼はマイクです」隣の屈強な男にうなずきかけた。

心の奥深くのなにかが、ハリーの声に反応して震えた。

「あの――では、ハリー。じつは嘘《うそ》をつきました。受付係の女性に。ほんの数分ですむと。ですが、もっとかかると思います。あらかじめ予約しなくて、ほんとうにごめんなさい」封筒をつかみ、ハリーが断ってくれることを願いつつ、妥協案を提示した。「もしご都合が悪いようなら、いま予約をして、あらためてうかがいます」

「かまいません」ハリーはクロエを見つめたまま仕事用の大きな椅子にもたれ、手を伸ばして内線ボタンを押した。「ああ、マリサ、つぎの予約を後ろにずらしてくれ……一時間？」共同経営者のマイクも、スピーカーに顔を近づけた。「マリサ、おれのも頼む」「キーラーも一時間だ」と、ハリーはきっぱり言って、ボタンから指を離した。「これで、ミズ・メイスン、わたしたちはふたりとも手が空きました。好きなだけお時間をとっていただいてけっこうです」

すごい。クロエは前後に体を揺するのをやめて、考えた。どこから説明したらいいの？そりゃ、最初からよ。

「わたしは事故に遭いました」おもむろに切りだした。「幼いころです。ひどい事故でした。事故のことはなにも覚えていません。ですがそのせいで、子ども時代の大半と十代の前半を病院で過ごすことになり、十五歳までに、十四度の手術を受けました」

男ふたりが顔をしかめた。「お気の毒です、ミズ・メイスン」ハリー・ボルトが言った。「どうぞ、クロエと」笑みを浮かべようとしたが、顔の筋肉の感じからして、はかなげな笑みになったようだ。「あの、同情していただきたくて、そのお話をしたんじゃないんです」むしろ人には知られたくないことなので、医療関係者以外には話したことがなかった。経験するだけでじゅうぶんだ。出会った人たちのなかには、クロエの動きがたまにぎこちなくなることを不審に思う人もいるかもしれないが、その理由を話す義理など誰に対してもない。「その話をしたのは……子ども時代と十代を健康問題で失ったことを伝えるためです。医者もサジを投げそうになるほどひどい状態でした。いまこうして生きていられるのは、奇跡と言っていいと思います。そのせいでわたし、いえわたしの歴史から、大きな部分が失われました。長期の入院と、クリニックを渡り歩いてリハビリを受けてきたことをのぞくと、ごくわずかなことしか記憶にありません。十五になるまでは、学校すら行けませんでした。行ったとしても、中断ばかりだったでしょうが。わたしの、あの、両親は家庭教師を雇って、病院によこしました。わたしが立ちあがって歩けるようになったのは十五のときで、そのときやっと、ふつうの生活を考えられるようになりました」

クロエはまずハリー・ボルト、続いてマイケル・キーラーの目を観察した。どちらも負けず劣らず、熱心に話を聞いてくれている。男性からこれほどじっくりと見つめられるのは、めったにないことだった。ふたりは一言一句を、いや、言葉にならない部分までも聞き取っているようだった。

クロエは深呼吸した。いよいよ地雷原に突入する。

「なにがあったのか、一度も両親に尋ねようと思ったことはありませんでした。わたしの両親は、そう……とてもよそよそしかったので。そうとしか言いようがありませんでした」の ちに父親だと思っていた男が、一気に近づいてくるのだが。「わたしの、あの、わたしの父は大金を相続して、母と一緒に不動産業をはじめ、大成功をおさめました。母は月に何度か、入院中のわたしを見舞ってくれましたが、やがて会社のほうが忙しくなって、そんな時間もとれなくなりました。最後のころは、お見舞いも月に一度くらいなもので。ひとつ手術を終えて、つぎの手術を受けるまでのあいだには厳しいリハビリがあったので、病院に通うより、わたしを長期入院させておいたほうが都合がよかったんです。お金はありましたし」

そんなわけで、設備の整ったクリニックでまったくのひとりきり、長くて苦痛に満ちた年月を過ごすことになった。ICUに出入りする看護師だけが生身の話し相手だった。

クロエは決して叶えられることのないまま、ただひたすらに両親の愛を願った。無駄だと悟るまで、黒い穴にみずからの愛情をつぎこみつづけた。

子ども時代を通じて、つねに母の来訪を心待ちにしていた。あきらめることなどできなかった。母の見舞いは、いつも同じだった。高いプレゼントをひとつかふたつ買ってきて、コートを着たまま来客用の椅子に浅く腰かける。そしてクロエに具合を尋ねるが、見るからにそわそわとした様子でろくに返事も聞かず、十五分もすると帰ってしまった。残されたクロエは涙にくれることも多く、そうこうするうちに、母親から気に懸けてもらえることはないのだという現実を受け入れるようになった。

「そんな人だったんです、わたしの両親は。たまに病院に来る、よそよそしい人たちでした。父よりも母のほうがよく来てくれました。クリニックにいるあいだ、父には一年に数度会うくらいで。そして十五歳のとき、ついにもう手術を受けなくてよくなったんです。お医者さんたちから、これ以上は治療することがないと言われて、うちに帰されました。両親は何度となく引っ越しをしていたので、退院したときには、街の知らない場所にある知らないうちに連れて行かれました。インテリアデザイナーが整えてくれた部屋をあてがわれました。そこで過ごした最初の一週間は、ほんとに奇妙でした。ほとんど知らない人たちを両親として、まっさらな環境に置かれたんです」

「住まいはどちらに？」マイケル・キーラーが静かに尋ねた。

「ボストンです」

「それなのに、あなたの言葉には軽いイギリスなまりがある」

ハリー・ボルトはいまのところ無言だった。けれど、聞いてくれているのはまちがいない。しかもただ聞くのではなく、全神経を傾けて聞いてくれている。それでも、質問を放つのはマイケル・キーラーのほうだった。

軽いイギリスなまりが無意識のうちに出てしまう理由を説明するのはむずかしい。

クロエはどう話をもっていったらいいか、考えた。むずかしすぎる。人生のある一面に関する話。理解したいと思う反面、忘れたいと思い、また一方で許したいとも思うが、どれも叶わなかった。

深呼吸をして、男ふたりを見つめた。時間を奪われているのに、じれている様子がまったくない。クロエはどう言ったらいいか考えるのに時間がかかって、人から怒られることに慣れていた。あまたある欠点のひとつだった。

それがここでは欠点だと感じないですむ。ふたりはじっとこちらを見て、真摯に耳を傾け、こちらのペースで話をさせてくれる。つぎにどう話したらいいか考えているときの、相手のボディランゲージの数々には見覚えがあった。いらだたしそうなため息をついたり、貧乏揺すりをしたり、床を踏み鳴らしたり、天井を見あげたり、時計を見たり、いたずら書きをしたり。どれも見たことがあった。

しかしいま目の前にあるのはちがう光景だった。熱心に興味をもって耳を傾けてくれるふたりの男がいるだけだった。

おかげで、つっかえずに話せる。一度見た映画の筋書きを述べるように、すらすらと言葉が出てきた。

「その点についてはのちほど。もう医療の世界ではすることがなくなって、ようやく病院から解放されたのは夏のことで、学校は休みに入っていました。病院やクリニックでは勉強ぐらいしかすることがなかったので、二学年先に進んでいました。でもむずかしかった……うちにいることが。わたしがそばにいると父の様子がおかしくなり、そうするとこんどは母が挙動不審になりました。比べようもなかったけれど、ふたりともひどくおかしかったんです。

わたしにはわけがわかりませんでした。とくに話題のないまま、緊張のうちに言葉をやりとりしました。ふたりはなにも尋ねなかったし、わたしも尋ねませんでした。ふたりとも仕事が忙しくて留守がちで、そういう意味では入院中と似たようなものでした。ただ、好きなときに着替えて、外出できるだけで。そしてある日、父が早く帰ってきたんです」クロエは目をつぶった。くり返しセラピーを受けてきたけれど、そのときのことを思いだすと、いまも心が乱れる。思いだすというより、一瞬にして当時に引き戻されてしまう。

その日のボストンは晴天で、蒸し暑かった。クロエの部屋には、いつにない母の心遣いで、かわいいサマードレスがたくさんあった。長いあいだ病院で寝間着やスウェットスーツばかり着ていたので、きれいな服が嬉《うれ》しかった。

外で過ごすのは楽しいし、目新しかった。顔にあたる日差しや、髪をなびかす風にはっとして、ボストンの夏の蒸し暑ささえが喜びだった。その日のクロエは肩紐《かたひも》の細いサンドレスをブラジャーなしで着ていた。小さなティーカップほどの胸しかないのに、どうしてブラジャーがいるの？　家には庭があって、そこを探索するのは楽しかった。週に二度、メキシコ人が庭周りの力仕事をするために通ってきていた。ミスター・マルチネス。ディエゴという名の親切なおじいさんで、なにをしているかよく説明してくれた。花の名前も英語とスペイン語の両方で教わった。仕事の邪魔になっているかもしれないとはつゆほども疑わず、何時間も日差しのなかで一緒に過ごした。

日差しに赤らんだクロエがアスターの花束を握って庭から戻ると、父がじっとこちらを見ていた。

父は近づいてきて、正面からクロエを見おろした。背の高い大柄な男で、体格のよさで周囲の人間を威圧するところがあった。案の定、母はびくついていたし、料理人もメイドも、ときおりやってくる数少ないディナー客もそうだった。クロエに対しても同じだったので、なるべく同じ部屋にいないように気をつけていた。

はっきりとした自覚のないまま——苦痛に満ちたセラピーを受けたあとになってわかったのだが——父のことを最大限に避けていたのだ。父と入れ替わりで部屋を出たり、あいだに家具をはさんだり、父が近づいてきたら、後ずさりをしたりしていた。

距離が詰まりすぎると、虫酸《むしず》が走った。一度、すれちがいざまに体が触れたときは、腕のうぶ毛が逆立った。

その日は逃れる道を封じられていた。角に追いつめられたクロエは、大きな手で肩をつかまれ、ダマスク織りの布を張った壁に押しつけられていた。

その瞬間のパニックがいっきによみがえり、いま向きあっているかのように、呑みこまれそうになった。たまに、自分には霊能力があるのではないかと思うことがある。悪い夢といったらいつも、大男に襲われて壁際に追いつめられる夢だったからだ。

そのありとあらゆる変形を何度もくり返し夢に見た。そしてその午後、夢が現実となった。

「そうだったんですか?」マイケル・キーラーが野太くて低いかすれ声で尋ねた。顔の皮膚が引きつっている。彼の言った語尾だけがクロエの耳に届いた。

まばたきをした。「なんでしょう?」

「その手の話はいろいろ聞いています」彼は頭を動かすことなく、目だけをハリー・ボルトのほうへやった。「父親にレイプされたんですか？」

クロエは顔を伏せた。そんなに見え見えなの？　父親にレイプされた女に見えるってこと？　なんという屈辱。被害者に見えないように取り繕ったつもりなのに、会ったばかりの初対面の人にみごと看破されてしまった。

「いいえ」クロエは膝に目を落としたまま、ささやくように言った。「されそうにはなりましたが」

「しっかりなさい、クロエ。シスター・メアリー・マイケルの穏やかでいて力強い声が頭のなかで響いた。

穏やかさと力強さ。

クロエは顔を上げた。「わたしは抵抗しました。非常に大きな男だったので、ばかげた行為だったんですが。逃げなきゃいけなかったのに、そうできなくて」一秒一秒が鮮明によみがえった。思いもよらないところから怒りが噴きあがり、それまでに経験したことのない黒々とした荒々しい怒りに、父親の殴打と同じぐらい圧倒された。「どうかしてたんです。その彼あの……わたしの父は身長は百九十センチ、体重は百五十キロ近くある巨漢でした。その彼がバックハンドでわたしを殴った。黙らせるためだったんでしょう。彼に殴りかかろうとしながら、ずっと悲鳴をあげていましたから」

なにが起ころうとしているか、すぐにわかった。セックスの経験はなく、男の子とのキスはおろか触れたこともなかったけれど、本で読んだことはあったし、そういうことは本能的にわかった。父の赤ら顔や、ひくつく鼻の穴や、野生動物のにおいは、危機を意味した。それはクロエの奥深い場所から湧いてきた。本を読んでいたおかげで、リネンのズボンの前に張ったテントがなんなのかもわかっていた。勃起したペニスだ。

逆上したクロエは、足を蹴りだしたり叫んだりしながら、真鍮製の燭台《しょくだい》をつかみ、それで彼の顔に殴りかかった。あそこまで必死になっていなければ、そのとき彼が見せた驚愕《きょうがく》の表情を滑稽だと思ったかもしれない。体の弱いクロエが反撃したのだ。われながらショックだった。

けれど、抵抗も長くは続かなかった。

「腕を折られました」クロエは言った。「手術を受けてまだ日が浅い腕で、簡単に折れたんです」腕が折れて助かった。彼はぴたりと動きを止めると、折れたのがわかる腕を抱えるクロエを見つめたからだ。

ハリー・ボルトが吐きそうな顔になった。マイケル・キーラーは怒っているようだ。

「母が入ってきて、父にはひとことも言わずに、わたしを病院に連れていきました。わたしが転んだことにして、ひと晩、病院に留め置いたんです。翌日にはギプスなんかをつけたまま、ロンドン行きの飛行機に乗せられて、向こうの〝聖心女学校〟に入れられたんです。それから三年間、わたしは寮からその学校に通いました」

クロエはほほ笑んだ。母がその学校の下調べをしたかどうかは知らない。海外の女学校の格付けをする親向けのサイトがあってそこを見たのかもしれないし、適当に選んだ学校に娘を投げこんだのかもしれない。いずれにせよ、大当たりだった。シスター・メアリー・マイケルの厳しくも愛情に満ちた保護のもと、女学校で過ごした年月は、まちがいなく人生最良の日々となった。シスターはクロエの心の母となった。修道女たちは寛大でやさしく、世界じゅうから集まってきたほかの少女たちと友情を育むことができた。生まれてはじめて味わうわが家の感覚があった。

「わたしはイングランドに留《とど》まり、ロンドン大学のカレッジに進みました。卒業後は母校の女学校で英語を教え、それきり両親に会うことはありませんでした。母とはメールのやりとりがあったし、ロンドンに行くとも言っていましたが、それは叶いませんでした」

けれど、母からの送金が途絶えることはなかった。クロエは延々と送られてくるお金を律儀に貯金し、できるかぎり節約した。きれいな服は好きだけれど、たくさんある必要はなかったし、シンプルなものが好みだった。貯金は増える一方だった。

クロエは腕時計を見た。すでに三十分ほどしゃべっている。

「ごめんなさい」顔を上げた。「お時間をとらせてしまって。でも、お話ししなければならないことなので、どうか――ご理解ください」

こんども答えたのはマイケル・キーラー――マイク――だった。「理解してますよ」厳しいるようだった。

ハリー・ボルトは首を振った。否定のしぐさというより、首を振って目を覚まそうとしている口調で言うと、ハリーをじろりと見た。「だよな？」

い口調で言うと、ハリーをじろりと見た。「だよな？」

　よかった、ここまではうまくいった。クロエの手がふたたび震えはじめた。いよいよだ――人生の岐路に立たされている。うまくすれば……。

　そちらへ行かないで、ほかのことを考えるのよ。

　けれど、いつもならこれで期待を鎮められるのに、効果がなかった。心臓ががっちりと希望にわしづかみにされている。過去をたどるあいだは、距離を置くむかしながらのやり方で、遠い知りあいの話のように自分のことを語った。

　けれど核心に近づいたいま、より個人的な領域に入りこんでいる。恐ろしい結末になるかもしれない。あるいは喜びに満ちたものになるか……。

　少しだけ身を乗りだすと、男たちもそれにならった。国家転覆の陰謀を練る共謀者の集まりのようだ。

「さっき申しあげたとおり、両親にはそれきり会わず、たまにやりとりをするだけでした。だから……ふたりが交通事故で死んだことも、まったく知りませんでした。去年の四月十八日のことです。父の弁護士がわたしを見つけだすのにひと月かかりました。学期の終わりだったので、わたしはこちらへ飛びました――後片付けをするために」

膝の上で皺《しわ》になった封筒が、レンガのように感じられた。重くて、ごつごつとしていて、扱いにくいもののように。

本題に近づくにつれて、息苦しくなってきた。胸の内側をなにかに押しつぶされているようだ。クロエはハリー・ボルトの目を見た。淡い金茶の瞳がこちらを見ている。

「父はわたしになにも遺《のこ》していませんでしたが、とくに意外とも思いませんでした。けれど、母のほうが父より三時間長く生き、母は父の唯一の相続人でした。そのために全財産がわたしに来ました。ややこしい処理でしたけれど、弁護士がいたし、わたしには時間も、滞在する先もありました――両親のうちです。滞在中なかを探検してまわりました。まっさらの家で、わたしにはやはりはじめての場所でした。売りに出したのですが、ご存じのとおり、不動産市場は冷えこんでいます。売れようと売れまいと、わたしにはどちらでもよかった。重要なことなので、学校には両親が亡くなったことを通知しました。ありったけの時間を使って書類や本や物に目を通し、両親のことを理解しよう、過去を読み解こうとしました。ずっとわたしを悩ませてきた謎を解く機会だと思ったので、時間をかけたんです」

言葉を切って、息をついた。全人生がこの瞬間に向けられている。ありとあらゆる可能性を検討し、予想しうる問題をすべて列挙しようと心がけてきたけれど、それでもかいもく展開が読めなかった。

「金庫がありました。映画に出てくるような、大きな金庫です。とてもわたしには開けられません。ですが、開ける権利があると弁護士に言われて、専門業者を紹介されました。かつて金庫破りとして服役した経験があり、いまは〝セキュリティコンサルタント〟として依頼を受けて合法的に金庫を開けるのを仕事にしている人です」

そのときのことを思いだすと、口元に笑みが浮かんだ。ルイジ・ザンピッリ。神経外科医の手を持つ、消火栓のように小さな男。数千ドルを払ったら、五分とせずに金庫が開いた。

男ふたりがこちらを見ている。話をするのがどんどんむずかしくなっていく。残っていた紅茶を飲み干して、喉を湿らせた。いまから十五分先送りできて、自分がなにを話して、どんな反応が返ってきたかわかっていればいいのに。

「なかには――金庫のなかには五、六十万ドル相当の米長期国債と、十ポンドの金塊の山と、わたしがまったく知らなかったたくさんの不動産の所有権がありました。それと、書類が詰まった黒い箱がひとつ」

震える手でマニラ封筒をハリー・ボルトのデスクに置いた。この封筒にわたしの人生が入っている。クロエは目を上げて、自分によく似た彼の目を見た。

「わたしは養女でした」ついに言うと、大きく唾を呑みこんだ。「思ってもみないことでした。養子縁組の書類を見たときは、横っ面を張られたようでした」

ショックが強すぎて、一昼夜、肘掛け椅子から立ちあがれなかった。記憶が組み替えられ、万華鏡のなかで新しいパターンが描かれ、意味を失った古い模様の代わりに納得のいく新しい模様が浮かびあがってくるに任せた。

養女。もらわれた子。両親は自分を求めていなかった。そのことが〝母〟の日記からはっきりと立ちあらわれてきた。

「養子縁組の書類があって、母の名前だけが記入されていました。ですが、わたしが母と思っていた人が、じつはおばだったことがわかりました。わたしは母の姉の子だった。わたしの、わたしの生物学上の母親は困った人で、更正施設に入ったり出たりをくり返したあげく、十代の終わりのころ家出したんです。それがわかるまでに一週間近くかかりました。だいたいは母が――いいえ、おばが――ひそかにつけていた日記に書いてあったし、実母の逮捕を報じる新聞記事もありました。家出をしたあとの足取りはわからなかったので、わたしは私立探偵を雇いました。その探偵が半年ほどかけて調べあげてくれたんです……」クロエは震えはじめた。ハリーを見て、そのあとマイクを見て、ふたたびハリーに視線を戻した。

ハリーの身になにかが起きていた。ほぼ無言だったハリーが、異様なほど目を輝かせていた。顔の皮膚が引きつり、口元の両脇にくっきりと皺が刻まれた。

「わたしの正体を突き止めたんです」ささやき声で告げた。

感極まって、喉が締めつけられた。長いあいだ口がきけず、かろうじて息をしていた。ハリーを見つめることしかできない。

そこへ至るまでの試行錯誤や失望については、語ってもしかたがない。クロエの実母は心を病んだ変人で、なぜか暴力や不安定な男を引き寄せる能力があった。あらゆる物質に依存した。読んで気持ちのいい報告書ではなかったが、それでもクロエは真実を追い求めた。まだましだったからだ……無よりは。心と人生の真ん中に大きな穴が空いていた。

クロエが雇った私立探偵のアマンダ・ボックスは、若くて聡明《そうめい》な女性だった。上司からのいやがらせを理由に警察を辞めた、元警官だ。アマンダは裁判に訴え、勝訴して、先に進んだ。そしてクロエのことを本能的に理解してくれた。アマンダは調査に心血を注いでくれた。アマンダの執拗《しつよう》なほどの粘り強さなくしては、クロエはいまここにいない。ここで……。

クロエは唾を呑んだ。

緊張に喉を締めつけられながら、ハリーをじっくりと見た。

問題はハリーを知らないことだった。彼のことはなにひとつ知らない。どう反応するか予想がつかなかった。

ひどい結末が待っているかもしれない。

文字どおり、自分の心をハリーに差しだすような気持ちだった。伸ばした手の上にあるのは、鼓動する小さな筋肉の塊。その塊が血をしたたらせながら、希望に打ち震えている。

ハリーの返答いかんによっては、心臓が破れて、たちまち倒れ伏してしまう。

どんなに厳しく自分に言い聞かせても、期待せずにはいられなかった。顔にも出ているにちがいない。体じゅうの細胞という細胞に刻まれていた。いい結末が待っているという、大きな希望。これまで感じたことのない種類の、強い希望だった。

なにかをこんなに強く望んだことはなかった。医者から二度と歩けないかもしれないと言われたときも、歩けるようになりたいと思ったけれどここまでではなかった。

「それで」ハリーが尋ねた。鼻の上で薄茶色の濃い眉がしかめられた。かすれ声になっている。「正体はわかったのかい？」

クロエは彼から目を離さずにうなずいた。薄茶色の瞳からなにかを読み取ろうとして、失敗した。

「ええ、まあ」喉がからからになり、手のひらが汗ばんだ。「さっき言ったとおり、私立探偵に頼んで半年かかりました。探偵は実母の違法行為を頼りに足取りをたどったんです。母は――母は西部へ行き、サンディエゴでまた薬物依存者と結婚しました。その男はわたしができると、母を捨てた。わたしはふたりめの子どもでした。その男は第一子は男の子だった。わたしが五歳のとき、母は恋人に殺されました。そしてその男は兄とわたしを痛めつけた。ひどい怪我《けが》を負わせたんです。それが――さっき言った〝事故〟です」

クロエは身を乗りだして、デスクに両手をついた。気持ちが昂ぶって、おとなしく座っていられない。蒸気が沸いてくるように胸の圧力が高まっていく。緊張に感覚のなくなった手で、ゆっくりと封筒をハリー・ボルトのほうへすべらせた。静まり返った室内に、分厚い紙の封筒がデスクをすべる音が大きく聞こえる。

「すべてそのなかに入っています。私立探偵からの報告書も、結婚証明書も、わたしと兄の出生証明書も。そして母と、母の夫、つまりわたしの父親だった人の死亡証明書も。母の夫の名前はマイケルといいました」音を立てて、唾を呑みこんだ。「マイケル・ボルトです。彼らには子どもがふたり」汗ばんでいた。深い苦痛と、恐ろしいまでの希望を胸に。「クリスティン・ボルトと――ハリー・ボルト。わたしはクリスティン・ボルトとして生まれたんです」いまや、ただひとりの肉親と確信するに至った男の瞳を見た。喉がせばまった。言葉を口にするのが苦痛なほどに。「ハリー……たぶんあなたがわたしのお兄さんです」

ハリーが藪《やぶ》から棒に立ちあがった。血の気が失せている。「クリッシー？」小さなしゃがれ声で呼びかけた。

心の奥底の、自分でも忘れていた場所から、失われてはいなかった答えが浮かびあがってきた。「ハウィー？」

クロエはにわかに泣きだした。

4

神よ、こんなことがあるのか。

クロエはハリーの腕のなかで、息が苦しくなるほどに泣きじゃくっていた。おおいかぶさるようにクロエを抱いたハリーも、やはり涙にくれていた。マイクはハリーが泣くのを一度も見たことがなかった。アフガニスタンから瀕死《ひんし》の状態で帰還して、その痛みに呼吸すら困難なときでさえ、ハリーは涙を見せなかった。

「信じられない」ハリーは涙に頬を濡らしながら、身を引いて、クリッシー――クロエ――の肩に手を置いた。「ほんとなのか？　ほんとにおまえなのかい？」返事を待たずに、ふたたびクロエをかきいだいた。

問いただすまでもなかった。似ているのは誰の目にも明らかで、ハリーが動けなくなっていたのは、そのせいだった。心が必死に送りだす信号を頭で受け取れずにいたのだ。

ふたりは兄妹だった。わかってみれば、見まがいようがない。男と女、陰と陽のちがいはあれど、同じ家系だった。マイクにしてみれば、明らかに兄妹なのに、クロエが女らしさの塊、ハリーが男らしさの塊であることが驚異だ。けれど、並べてみれば、このとおり、同じ色の髪、同じ色の瞳、顔色までが同じ色合いだった。

キーラー家の子どもたちもそんなふうだった。幼い三人の少年は見るからに兄弟で、父親の容貌を色濃く引きながら、そこにほんの少し母親が交じっていた。血でつながった家族。それを思うと、例によって心臓がぴくりとした。マイクはそれを押さえつけて、いつもの場所にしまいなおした。

ハリーとクロエは大騒ぎだった。聞き取れないほど早口でしゃべったり、激しく泣いたり、かと思うと、高笑いしたりしている。

そのとき、ふくれっ面のサムが顔をのぞかせた。十歳は老けて見える。彼の妻のニコールは第一子のメリーがお腹《なか》にいるあいだ、つわりに苦しんだ。そしていままた、ふたりめの子を宿して苦しんでいる。サムもその妻につきあって、夜眠れずにいた。

「なんの大騒ぎだ——おい！」ひしと抱きあって泣き笑いしているハリーとクロエを見て、息を呑んだ。ハリーが女を抱いて涙にむせぶ光景など、めったにおがめるものじゃない。

マイクにはサムの頭のなかでギアが動きだすのが目に見えるようだった。ゆっくりと。最初はその光景が意味するものを理解できなかった。元ＳＥＡＬ（米海軍特殊部隊）のサムにしたら、珍しいことだ。ＳＥＡＬ隊員は容易には驚かないし、そのうえ物事の処理にも長《た》けている。

サムの睡眠不足はかなりのものなのだろう。

ハリーが顔を上げた。濡れた顔が喜びに輝いていた。サムに笑いかけた。「サム、妹のクリッシーだ」彼女を見おろした。「それとも、クロエのほうがいいかい?」

クロエは小さな太陽のように明るくほほ笑んだ。「クロエにして」小声で言った。

サムがまばたきをして、首を振った。途方もない話すぎて、頭に入らないとでもいうように。「クリッシーだって? でも、おまえの妹は……」

死んだ。死んだ、と言いかけたのだ。クロエがサムに顔を向けた。ハリーとクロエが兄と妹だという考えが頭に入りさえすれば、事実はそこ、ふたりの顔にあった。事実が血肉を伴っている。

「まじかよ」サムは目をみはった。気がついたのだ。

「ああ」ハリーは涙をぬぐった。「そうなんだ。エレンに伝えるのが待ち遠しいよ。グレースにも!」クロエを見おろす。「おまえには姪がいるんだよ、ハニー。小さくてかわいい姪だ。グレース・クリスティン。おまえの名前をつけた」

クロエがまた顔をくしゃくしゃにして、肩を震わせた。濡れてしまったハリーのシャツに顔をうずめて、静かにすすり泣いた。

サムがおずおずと入ってきた。結婚して二年になるというのに、彼にとってはいまだ泣いている女はタイマーがカチカチ鳴っている起爆装置付きのプラスチック爆弾と同じだった。

だが、サムがふたりのもとへたどり着くより先にマリサが部屋に駆けこんできた。すすり泣く女。マリサはそんな女に反応するようにできている。毛を逆立てて入ってくると、〝ロストワン〟で面倒をみるべき女、つまり自分にとって大切な女を泣かせたハリーとサムとマイクをにらんだ。クロエの肩に腕をまわし、三人の男をにらみつける。マリサは恰幅《かっぷく》がよくて、五十歳になる。だが、高度な訓練を受けた元兵士である三人でさえ、母猫モードになった彼女には逆らえない。

「どういうことです？　このかわいそうな女性になにを――」マリサは面と向かってがみがみ言いはじめた。

「おれの妹なんだよ、マリサ」ハリーが間髪を入れずに言った。「死者がよみがえったんだ」

マリサの顔から表情がなくなった。誰も話題にはしなかったけれど、社内の全員がハリーの身の上を知っていた。幼い妹を亡くして、その喪失感を抱えて生きていることを。

「なんてこと《マンマ・ミーア》」マリサが子どものころ使っていた言葉でつぶやいた。クロエの肩をつかんで体を離し、クロエとハリーを見くらべた。「マンマ・ミーア」

「ほんとなの《ダベッロ》」意外にもクロエがイタリア語で答えて、笑顔になり、頬を伝っていた涙をぬぐった。

マリサは歓声をあげると、クロエの頬にキスして、軽く体を揺さぶった。マイクは目をみはった。いつもは穏やかで冷静なマリサが、こんなに手放しで喜ぶのを見るのははじめてだっ

た。「妹《ウナ》さんが見《ソレッラ》つかった《リトロバータ》！　亡くなったと思っていた妹さんが
イタリア語を話すなんて！」

「ほ《ソロ》んの少《ウンポコ》し」クロエはにこりとして、また涙をぬぐった。「習ったのはほんの一年ぐらいなの」

「ねえ、なにしてるの？」美しい女がふたり、部屋に不思議そうな顔を突きだした。ニコールとエレンだ。たぶんエレンはニコールの会社の経理をしていたのだろう。エレンはみんなのために歌を歌ってくれるうえに、ニコールの翻訳会社とＲＢＫ社の経理を担当している。マイクはそれをとびきりのおまけだといつも感謝していた。

エレンがハリーの涙に気づいて、駆け寄った。「ハリー！」心配するより、驚いているようだった。「どうしたの？　怪我でもした？」

最後のひとことは、考えながらゆっくりと口に出された。泣いてはいるけれど、ハリーが負傷などしていないのは見ればわかる。ハリーは笑いだして涙を拭いたが、新たな涙がその頬を濡らした。

クロエはふたりの女性に笑いかけた。その金色の瞳に宿った希望と明るさを見て、マイクは胸を打たれた。まるで内側に光源を持っているようなまばゆさだった。見ていて胸が締めつけられるような笑顔、幸せに慣れていない人の笑み。

「来てくれ、ハニー」ハリーはエレンに言った。片腕をクロエにまわしたまま、もう片方を

開いた。エレンがそこにおさまると、ハリーはその頬にキスした。エレンもニコールもばかではない。ふたりしてクロエとハリーを見くらべ、なにかが起きたことを理解した。けれど、そのなにかまではわからない。

「ハニー」ハリーは妻に声をかけると、笑い混じりの咳《せき》払いをした。胸にあるものが大きすぎて、言葉に表すのがむずかしいとでもいうように。「信じられないと思うが、じつは彼女……クリッシーなんだ。妹の。死者がよみがえってね。ただしクロエって名前で」天を仰いで、また声をあげて笑った。

エレンもニコールも絶句した。

マイクはそのふたりも、兄弟ふたりも、ろくに見ていなかった。自分でもどうすることもできず、クロエに近づいた。光そのものである彼女に、どうしようもなく引き寄せられた。そこにはこれまで誰からも感じたことのない、ある種のオーラがあって、こちらの意思とは無関係にマイクに作用した。脚が勝手に動き、体が光に引っぱられた。その先にあるのはこれまで見たことのないなにか、見たとたんに欲しくてたまらなくなったなにかだった。

ハリーはそれぞれの腕にクロエとエレンを抱えていた。みんながいっせいに話をするせいで、蜂の巣をつついたような騒々しさだった。マリサはひとり離れて、涙に濡れた目をぬぐいながらほほ笑み、サムがかがんで彼女を見おろしていた。

「マリサ」相手がマリサでなければ、サムは肩に手を置いていたかもしれない。マリサと同じように、みなそれぞれに感極まっていた。だが、マリサは男から体に触れられるのを嫌う。夫に触れられたときの傷がまだ癒えていないのだ。

ふたたび背筋をぴんと伸ばしたマリサは、いつものきちんとして堅苦しい人柄に戻っていた。きまじめな顔でサムにうなずきかけた。「ミスター・レストン」

サムはハリーと、幸せそうな女たちの一団を見た。クロエもエレンもニコールも、大きな声で楽しげに話している。そして、マイクと目を合わせた。

サムは迷わず決断を下し、マリサを見た。「当社は今日から二日間、休みにする。従業員は全員、有休。今日と明日の予約はお詫びのうえ、すべてキャンセルしてくれ。つぎの営業は月曜だ」サムが視線を投げると、マイクがうなずいて返した。

そりゃそうだ。とうに死んだと思っていた妹が見つかったのだから、休日に値する。しかもその妹がクロエ・メイスン……これを祝わずにおられようか。休日、大賛成。

「承知しました。ありがとうございます」口調こそそっけないが、浅黒い色をしたマリサの頬はうっすらと赤らんでいた。ハリーの幸福病が伝染したのだ。

ここにいる全員が。

「だったら、そうね、ワードスミスも今日はお休みにしましょう」ニコールが笑顔で言った。彼女が経営する翻訳会社は、廊下をはさんでRBK社の向かいにあった。「わたしが訳さなきゃならない分を今日から二日分、ほかの人に頼むわ。チェックなら家でもできるし。お祝いしないわけにはいかないもの。それと、エレン——」厳しい顔でハリーの妻を見た。仕事の虫であるエレンは、ときに、ワードスミスとRBK社のスプレッドシートに没頭しすぎて、無理やり引きはがしてやらなければならなくなる。「経理の仕事もいっさいお休みよ。月曜日まではコンピュータに近づかないで」

エレンが笑った。「もちろんよ！　あたりまえでしょう？　妹ができて、家族の一員として迎え入れるのに、どうしたら仕事なんてできるの？」と、クロエを抱きしめた。「ああ、待ち遠しい」エレンは続けた。「早くグレースに会わせたいわ、クロエ。あなたの姪よ。きっと好きになってもらえると思うの。こんなことがあるなんて！　あの子におばさんがもうひとり！　これでニコールはおばの務めをあなたに分担してもらえるわ」

「わたしはそのおばの務めが好きなのよ」ニコールがかがんでクロエの頰にキスした。クロエとエレンよりもずっと上背のあるニコールは、腹がせりだしてきたせいで、動きが多少ぎこちない。「でも、喜んで分担させてあげる。うちの娘のメレディスにも早く会ってもらわないと。メリーと呼んでいるのよ」ニコールは夫に笑いかけ、その笑顔をハリーに向けた。

「すばらしすぎて、言葉もないくらい」

翻訳のプロであり、語彙《ごい》の豊富なニコールには、めったにないことだ。

自分の兄弟たちは伴侶に恵まれた、とマイクは思った。そして兄弟たちはそのことを自覚している。どちらの妻も美人で、とくにニコールは象牙色の肌に黒炭の髪をした白雪姫よろしく、見ると目がつぶれそうなほどの美貌だった。エレンのほうだって負けてはいないし、世界的な歌手でもある。だが、サムとハリーが幸運なのは、妻たちが美人で賢くて才能があるからというだけではない。愛すべき人柄だからだ。どちらも兄弟のために幸せな家庭をつくってくれ、幸せな家庭に縁のなかったサムとハリーは、その環境をとことん味わっている。

だがニコールもエレンもクロエにはかなわない。現にマイクは彼女から目が離せなくなっていた。彼女を取り巻いているなにかを感じ取るため、じわじわと近づいた。クロエの周囲には磁場のようなものがあって、特定することも説明することもできないのに、牽引《けんいん》ビームのように強力だった。

ニコールは耳に携帯電話をあてていた。それを閉じ、両手を握りあわせた。「さあ、みんな、聞いてちょうだい！　マニュエラが泣きやみしだい、わたしたちのために昼食を準備してくれるそうだから、再会劇の続きはコロナドショアズに持っていきましょう。クロエ、どこに泊まるの？」

「うちに」ハリーとエレンが同時に言った。「当然だろ」と、ハリーは付け足した。

クロエは喜びではち切れそうになっていた。マイクは早くもロビーにいるときから、この青ざめた不安げな美女に惹かれていた。その彼女がいま喜びに輝いている。目を喜びに濡らし、頬は紅潮させて。もはや抵抗のしようがない。

「まあ！」クロエは手で口を押さえた。「そんな迷惑かけられないわ！〈デル〉に部屋を取ってあるので、泊めてもらう必要はないんです。小さなお子さんがいるんだし……」言葉が細くなって途絶えた。見ると、ハリーとエレンは聞いてもいなかったのだ。なにげなくクロエの肩をつかみながら、ハリーとベッドや部屋の話をしていたエレンが、クロエのほうを向いて、もう一度頰にキスした。

「興奮しちゃう！　最高のクリスマスよ！」

「ほんとうに、申し訳ないわ」クロエが後ずさりをした。ほんの小さな一歩だが、この状況になってからここまで、誰も後ずさりをしていない。

ハリーはサムとマイクに目配せし、三人はクロエにじわじわと近づいた。残酷な里親のもとにいた思春期のあいだ、三人はこの目配せをしてきた。お互いに相手の言いたいことが、本能的に察知できる。いまのハリーはサムとマイクに援護射撃を求めている。サムにもマイクにもそれを拒否することは許されず、なにがあろうと、ハリーの背後を守ってやらなければならない。ハリーのため、サムのためなら、銃弾を受ける覚悟ができている。大切な兄弟のためなら。

ふたりのためなら、死に近づくこともいとわない。

クロエに迫るハリーが求めていることは、頭を使わずとも明らかだった。

ハリーはクロエの両手をそっと握った。ハリーの手は、サムとマイク同様、大きくて力強い。そして三人ともその手で女や子どもを傷つけないよう、細心の注意を払っている。

そのときふと、前夜、薬物中毒の女を押さえつけてセックスしていた記憶がマイクの脳裏によみがえり、やましさに胸をつかれた。彼女を傷つけてしまった。いかれた女ではあったけれど、痛みを与えていい理由にはならない。

恥ずかしさ、罪悪感を覚える記憶だった。兄弟たち、その妻たちに顔向けできない。クロエにも。

「クロエ」ハリーは妹の顔をのぞきこみながら、やさしく話しかけた。「大事なことを言うから、よく聞いてくれ。おれたち全員がおまえの家族になった。サムとマイクはおれの兄弟、いや兄弟以上の関係だ。理由を説明するにはうんと時間がいる。当面おまえに知っておいてもらわなきゃならないことは、このふたりがおまえにとっても兄弟だってこと、ニコールとエレンとメリーとグレーシーがもれなくついてくるってことだ。おれたち全員がひとつの家族で、おまえもその一員なんだよ」

クロエはふたたび涙にくれた。感極まっているのがマイクにもわかった。当然だろう。自分のことを話す彼女の声には、つながりを求める気持ちが滲みでていた。あこがれが感じ取れるほどだった。マイクには十歳まで実の家族があった。家族を求める気持ちはよくわかる。ごく幼いころに自分を守ってくれるハリーがいたきり、ずっと家族のいない生活を送ってきた彼女なら、なおさら切実だろう。そのころの記憶は彼女にはない。

サムがそっと腰をかがめて、彼女を抱いた。百九十センチの長身のサムが深く腰をかがめて、彼女の頭頂部にキスをした。「おれもきみの兄弟だよ、クロエ。ハリーが言ったとおりだ。ニコールとメリーとおれと――みんなきみの家族なんだぞ」

クロエは笑顔で彼を見あげて、唾を呑みこんだ。長くてほっそりとした首筋の筋肉が動く。涙をぬぐって、ささやいた。「ありがとう、サム」

サムがマイクに場所を譲った。

マイクは彼女に両腕をまわした。彼女はいつしかコートを脱いでいた。どうやらシルクらしい、淡いピンク色のラッフルブラウス。赤らんだときの彼女の頰と同じ色。

クロエがもたれかかってきた。あつらえたように、ぴたりとマイクの体にはまった。サムと彼女の抱擁はこうではなかった。サムのほうがずっと長身だし、彼女の動きもしゃちこばっていた。気持ちはあっても、ぎこちない抱擁だった。

だが、マイクとだと腕をまわす自分も、その内側に入ってくるクロエにも無理がない。狭間《はざま》にはまりこんだように時が止まった。

部屋が消えた。ハリーとサム、ニコールとエレンも――もはや誰もいない。音もしなくなった。存在するのは自分と、腕のなかのクロエだけ。

クロエの頭には、兄弟ふたりより背の低いマイクの肩が最適だった。マイクが頭を傾けるだけで、やわらかな金髪が頰にあたり、あともう少し顔を下げれば、キスができる。

やわらかで温かなシルクのブランケットにおおわれたように、体の前面が熱をもった。それににおいも申し分ない。清々しくて、ぬくもりがある。

全神経が敏感になった。首には昂ぶった彼女の吐息があたっているし、彼女の幅のせまい背中の大部分をおおった大きな手のひらを介して、速い鼓動が伝わってくる。嬉しくて心臓がはずんでいる。

何百という女を抱いてきたマイクにして、こんな感覚ははじめてだった。彼女を抱えていると、軽く帯電しているような感覚がある。どこに触れても、いままで女を知らなかったかのように新鮮だった。いままで感じたことのないなめらかさと、ぬくもりがある。女性の体が磁石に吸い寄せられるように入ってきたと感じるのも、はじめてだった。誰にも邪魔することのできない自然の力が作用しているようで、これこそが正しいと感じた。

もたれかかってくるクロエを永遠に抱いていたかったが、自分自身が硬くなるのを感じると、内心で天を仰ぎながら、そっと体を引いた。

なんたるざま、おれのペニスは行儀というものを知らない。

この瞬間を、気落ちしたときに飛びこむ安酒場でのひとときに変えてしまう。

だが、ペニスには反応する権利がある。ただし彼女に近づくまでは、大々的に勃起することはなさそうだった。まずはやわらかな金色の物体に近づかなければ。

そうだ、いずれは彼女に近づく。近づいてなかに入る。いまはまだそこには至らない。

彼女の手は手のなかにあって、少し気を許したら、口元に運んでしまいそうだった。なんてきれいな手だろう。指が長くてほっそりとしている。彼女がピアノを弾くかは知らないが、ピアニストのような手だった。

その手にキスしたときの感覚まで鮮明に想像できて、衝動的に実行してしまいそうだったので、手をおろして身を引き、笑みを浮かべた。

同時にクロエも身を引き、笑顔でマイクを見あげ、「お兄さんね」と小声で言った。

マイクは、ああ、もうひとりの兄だよ、とは言わなかった。

胸にあるのは、兄としての感情にはほど遠い思いだった。

5

クロエはその朝、これまでの人生のすべてを合わせたよりもたくさんの抱擁を受けた。言葉を超えた魔法のよう。想像の域も超えている——眠れない夜、天井を眺めて、家族というのはどういうものだろうと、さんざん想像してきたクロエにしても。

すばらしい、というのがその答えだった。

女性のどちらがどちらだったかを思いだすのに、少し時間がかかった。そう、小柄できれいな赤毛の人、軽い南部なまりがあるほうがハリーの妻のエレン。クロエにとっては……義理の姉妹。しかも、姪までいる。

義理の姉妹とか姪とか、自分にそんなものが持てるとは、考えたこともなかった。血のつながり。それを思うと、体が震えた。

そして、サムの妻のニコール。美人で気さくで温かみがある。ハリーはサムのことを兄弟同然だと言っていたから、だとしたら、やはりニコールも親戚ということになる。

サムはすごく背が高い。背の高さではハリーに負けていないけれど、ハリーほど端整ではない。荒々しい風貌で、ふつうならとっさに避けてしまうタイプ。長身で屈強で荒々しい男性は、それだけで危険な香りがする。そのメッセージは心と頭と体に深く刻みつけられていて、いまのいままで、疑問に思ったこともなかった。

風貌とは裏腹に、サムはいい人らしかった。汗ひとつかかずに相手をつまみあげて壁に叩きつけられそうな人なのに、精いっぱいの気遣いを示してくれた。抱擁するときも、華奢なおばあさんでも抱くようにうんと注意して、荒々しい声は隠しようがないのに、声音までやわらげようとしていた。

そしてサムは、見るからに奥さんが大好きなハリーと同じくらい、奥さんを愛している。そのことはニコールを見る彼のまなざしに、いつも表れていた。けれど、その愛情は病んではいない。いまふり返ってみると、養父母のあいだや、生母と薬物依存の夫や恋人たちのあいだにあったのは、病んだ愛情だった。

それとは別の、本物の愛情があり、ニコールの美貌と人柄のよさを考えれば、当然だった。長身で細身で、妊娠中なので少しだけお腹が出ている。漆黒の髪にコバルトブルーの瞳。そのうえとても自然で、美しい女が周囲の女に対して示しがちなややこしい競争心のようなものがまったくない。真心を込めてクロエを抱擁し、そのあとは服装やバッグや靴には目もくれずに、ただクロエを見てほほ笑みかけながら、友人のエレンの肩に親しげに腕をまわしていた。

ボディランゲージが雄弁に物語っていた。ニコールもエレンも、歓迎してくれているのが伝わってきた。あなたの友だちになりたいわ、と。

そして、マイク・キーラー。彼に関しては事情がちがう。兄弟と呼ぶほかのふたりほどの上背はないけれど、幅は倍ほどありそうだった。あんなにたくましい肩と腕は見たことがない。ボディビルダーの体つきなのに、しゃちほこばったぎこちなさはなかった。ただ……強そう。なにごとにも動じず、しっかりと地に足のついた印象がある。

マイク・キーラーを兄だと考えるのには、少し無理がある。

サムとハリーという、いまや兄弟となったふたりの男性と、その妻たちとの抱擁は、短くて温かみに満ちたものだった。興奮のうちに一気に行われ、誰にいつ抱擁されたのか区別がつかなかった。温かな海に浸《つ》かったようなもので、たくさんの波が押し寄せてきた。

だが、マイクに抱擁されたときは、なぜか時間が止まったようだった。瞬時にすべてを察知し、その衝撃のひとつずつを個別に感じ取った。そのどれもが特別で、ぞくぞくとした。

マイクの感触。それに大きく心を動かされた。ハリーとサムはとても背が高いので、無理して伸びあがらないと肩に手を置けなかった。つま先立ちになって、一瞬抱擁して、すぐにかかとをつけた。そんなふうだったので、はじまったと思ったら、終わっていた。

それがマイクだと、まず背の高さがちょうどよかった。クロエよりは長身で、でも高すぎない。それにあの力強さ。あんなにたくましい人には触れたことがない。まるで鋼鉄製の男性に、そうレオタードを着ていないスーパーマンに抱かれているようだった。スーパーマンよりは背が低くて、でもより屈強で、けれど射貫くような青い瞳と、そう、それに額にかかった黒い髪。手を伸ばして髪を後ろに撫でつけたくなって、手を握りしめないと、ほんとうにそうしてしまいそうだった。

それにいいにおいがした。清潔で、いかにも男らしいにおい。

ほんの一瞬だけれど、ただのハグではなく抱きしめられた。腕をまわされて、胸のなかに抱きすくめられた。

すごくよかった。思いもよらないことだったけれど。誰となにをするにも理由づけがいるのに、そんなものがまったく必要なかった。これをするべきだろうか、こう言うべきだろうか、これをしたらどうなるだろうか、と考えなくてよかった。これはふつうなのかとか、どう感じるべきかとか、そんなことをしたら奇異な目で見られるだろうかとか、そんな心配が吹き飛んでいた。

ふだん人とつきあうときは、そんな疲れることで頭がいっぱいになる。そういうことを自然にこなすのが苦手だった。

寂しかった入院生活のせいか、はたまた相手をしてくれなかった両親のせいかわからないけれど、どんな理由にしろ、みんなには人生のはじまりの段階で指示書が渡されて筋書きがわかっているのに対して、自分だけは暗闇に置かれているように感じてきた。

そんな感覚も、女学校に入り、そのあと大学に進んで、世の中に出て働きはじめると薄らいだ。それでも、自分には社会的な本能が欠落していて、厳しい学校で苦労して学ばなければならないことのように感じていた。

それなのに、マイクとのひととき――あのひとときだけは――本能のままだった。ふたりが申し分なくしっくりきて、十分の一秒のぎこちなさもなかった。一瞬、彼にもたれかかると、背中に腕をまわして、頭を寄せてくれた。

そのとき、クロエのなかのなにかが静まった。絶え間なく続いていた内なる独白がぴたりとやんだのだ。思考が停止したところに、感覚が流れこんでいて、それに圧倒された。

力強さ。熱。守られている安心感。欲望。

びっくり。

マイクのほうが身を引いた。こちらは動けなくなっていたので、助かった。けれど、彼が下がると、置いてきぼりを食ったような気分になった。生気にあふれたものが奪われて、体の前面が冷たくなった。それで身じろぎもせずに彼の目を、鮮やかな青い瞳をのぞき、自分のなかで重大ななにかが起きたことを示す手がかりを探した。

彼は深刻な顔をしていた。ふだんはどんな表情なのか知らないが、あのときはクロエの目を探って、頭のなかを歩きまわっているようだった。顔の皮膚がぴんと張り、右目のまぶたがひくついていた。そんな彼から目が離せなかった。

時間の感覚が失われる……。

「決まりだ！」ハリーが両手を叩きあわせた音にびっくりして、クロエは跳びあがった。室内全体がふたたび視野に入った。ハリーとサムは仕事の片付けにかかり、コンピュータの電源を落とし、ファイルをしまいだした。ハリーが笑顔で言った。「クロエ、〈デル〉でおまえの荷物を引きあげたら、うちに行こう。着くころには、おまえの部屋の準備ができてるよ。食事はサムとニコールの家でごちそうになる」ハリーは手を止めて、しかめっ面になった。「ショック状態だな」やさしく言うと、クロエの両手を持ちあげた。「急にこんなことになって、大丈夫かい？」

　ハリーの両手は温かかった。クロエは笑顔で兄を見あげた。「少し圧倒されてるけれど、いいほうによ」声の震えを鎮めようとした。「まだ信じられないの。わたしにお兄さんがいて、その人が見つかったことを」

　ハリーがかがんで、額にキスした。「わかるよ。少なくともおまえのほうは、ここへ来るまでに多少の心の準備ができてる。おれにしたら、青天の霹靂《へきれき》だからね」身を引いて、クロエを見おろした。「でも、いまどう思ってるか、わかるかい？　おれが知らなかっただけで、ずっとおまえはそこにいたような気がしてる」ごくりと唾を呑んだ。「で、いまはそのことを知ってる。それですべてが変わった」

「そうね」涙が頬を伝う。クロエは軽い笑い声をあげて、涙をぬぐった。「そのうち泣きやむから、許して」

「わたしは無理かも。少なくとも、しばらくは」エレンが近づいてきて、また頬にキスしてくれた。「わたしにも、ハリーとグレース以外に家族がいないのよ。だから、わたしにとっても妹が見つかったようなものなの。みんな喜んでるわ」くるりと回転して、両手を天に突きだす。「さあ、みんなでパーティよ！　ここを出て、家に帰りましょう！」

「ほら」背後からマイクの太い声がした。びっくりしてふり向くと、彼がクロエのコートを掲げていた。クロエは腕を通した。彼の大きな手が一瞬、肩に載せられた。いい感じ、ほんとうに心地よい。ついていけないくらい状況が変化して、目がまわりそうになっている。そんななか、マイクの大きな手は浮き足だった心を落ち着かせ、時間の流れを遅くして、すべてに現実味を与えてくれる。

「そちらには三十分くらい、そうね四十分もあれば着くわ」ニコールはそう告げて、話していた携帯電話を閉じた。「マニュエラったらまだ泣いているわ。でも大急ぎで料理してくれるそうよ。それが冷めるようなことになったら、一大事。マニュエラを怒らせたらたいへんだもの」

「まったくだ」サムは熱意を込めて相づちを打つと、クロエにウインクした。「マニュエラがいなかったら、食事ができなくなる。いてっ」ニコールに肘鉄を食わされて言ったが、たいして痛そうではなかった。

甘い笑顔で夫を見たニコールは、コバルトブルーの瞳が線にしか見えないくらい、目を細めた。「今後もそういう口をきくようなら、どうなるか、わかっているわよね」

サムはさも恐ろしげな顔をして、唇にファスナーをかけるしぐさをした。

クロエは声をあげて笑い、とっさに手で口を押さえそうになった。古い癖だった。人前で笑うと、母親が――養母が――眉をひそめたからだ。けれど、その人はいないし、もう二度と会うこともない。クロエが笑い声をあげると、みんながほほ笑み、サムはまたもやウインクしてよこした。

「よし！」ハリーが空に円を描いた。「ここを出よう。クロエ、おれたちとおいで」

「おれも乗せてくれ、ハリー」マイクが言った。「SUVはいまバーニーに回収に行ってもらってるんだ。昨日の夜、ローガンハイツに乗り捨ててきたもんだから」

ハリーとサムが意味深な目配せを交わした。その意味を突き止める間もなく、大きな手に肘をつかまれた。気がつくとマイクが脇にいた。

彼らはひと塊になって広々としたロビーを通り抜けた。客たちはすでに立ち去っていた。秘書たちは立ちあがって、コートを着ている。一同は明るい声で別れのあいさつをしつつ、順番にロビーを出ていった。

この会社は温かな雰囲気に包まれている。兄のハリーはサム・レストンと、いまも自分の肘をつかんでいるマイク・キーラーとともに、いい会社をつくった。そこには一体感が、クロエのいた女学校の修道女たちによってつくられていたのと同じものがあった。

あの学校でも、初日から心が明るくなった。クロエは外国からやってきた、傷ついた転校生だった。内気で、人との接触に慣れていなかった。急な移動だったために、怖がる間もなくロンドンに到着し、着いてみれば、怖がる必要などないことがわかった。

生徒たちに対する修道女たちの態度や、少女たちのやりとりを見ているだけで、嬉しくなった。冷たさも、よそよそしさも、意地悪もなかった。喜びと穏やかさにあふれていた。

この会社にあるのはそれだった。従業員のボディランゲージから伝わってくるのは、会社の好調さと、結束の固さ、そして互いに対する敬意だった。

隣のマイクは相変わらず深刻な顔をしている。ハリーは喜色満面、サムは妻の腰に腕をまわして、笑顔で妻を見おろしている。そんななか、マイクだけが笑顔ではなかった。ハリーとサムのほうは屈託ない。ふたりのボディランゲージは簡単に読み取れ、結婚生活に満足して、のんびりとくつろいでいるのが伝わってきた。

それに比べると、マイクは読み取るのがむずかしかった。とくに幸せそうではないけれど、かといって、不幸そうでもなかった。とにかく深刻そうなのだ。そして自分に張りついている。影のように寄り添って、離れなかった。誰か知らない人が、会社を出て、広い通路を歩く自分たちを見たら、三組のカップルだと思うだろう。

ハリーとエレン。サムとニコール。そしてマイクと自分。歩くのが遅い自分に合わせて、マイクは歩調をゆるめている。いつもそんな歩調で歩いているかのようにさりげないが、さっき見かけたときは、広いロビーをわずか数秒で突っ切った。

他人の存在をこんなに意識したことはなかった。体の大きなマイクの周囲には、磁場があるようだった。よほど注意していないと、見とれてしまう。さらには、われながら驚いたことに、彼に寄り添ってしまいそうだった。彼はまだ肘をつかんでいて、強引な感じはしないものの、容易には放してもらえそうになかった。

そう、クロエ自身がそれを望まないかぎりは。そして、そんなことは考えられなかった。それくらい彼の手の感触は心地よかった。

そしていまクロエはビルの通路を歩いている。知りあったばかりの家族五人と一緒に。けれど、そのうちのひとりは家族というより、自分に関心を示している異性という印象のほうが強い。

わずか数時間のうちにここまで運命が変わるなんて。

ほんの二時間前には、吐き気を覚えるほどの不安と、胸を刺すような恐怖と、かすかな希望を胸に、この同じ通路を歩いていた。天涯孤独、方向を指し示すコンパスもなく、どこへ向かっているかもわかっていなかった。

ここへ来るまでのタクシーの車中で、再会の場面をさまざまに思い描いた。ちょっとだけ気をゆるめたときは、少しだけ希望の光が差しこんだ。ひょっとしてひょっとしたら、ハリーと……どうなるというの？　一緒に食事をするとか？　話はまちがいなくするだろう。会話がはずむとは思えないけれど、それはかまわない。ずっと気詰まりなことばかりだった。それこそ、生まれたときからずっと。

そして、大問題に向きあった。なぜ母の妹は子どもの片方しか養子にしなかったのか。

その答えは金庫にしまってあった日記帳に書いてあった。金庫のなかにあっても、なお隠すように、銀行の取引明細の束にまぎれこませてあった。養母のローレルはその日記に、警察によって自分が亡くなったキャロル・ボルト——旧姓タイラー——の妹だと突き止められた以降のことを記していた。ローレルはひとりでしぶしぶサンディエゴに飛んだ。当時、結婚直後だった夫については、病んだ欲望と暴力的な傾向を持つ男であることが徐々に明らかになっていく。けれど、裕福なうえに力のある男で、ローレルはそこに惹かれていた。

どうしようもなく。

そんなローレルは義務としてサンディエゴのオープン・クリニック——彼女が嫌悪を込めて〝貧乏人の病院〟と日記に記した病院——に向かった。姪であるクリスティンに会ったときの記述からは、敵意がにおい立ってくるようだった。全身、あらゆる箇所の骨が折れて病院のベッドに横たえられていたクリスティンは、深い昏睡《こんすい》状態にあり、かろうじて息をしているだけの小さな肉の塊でしかなかった。

そのあとローレルは甥《おい》に会いにいった。長身で、体の大きな少年。一人前の男と同じくらい屈強で、危険な子。現にもう男をひとり殺している。ローレルが病室の外から見ていると、少年は怒りを爆発させ、壁に皿を投げつけて、声をかぎりにわめき散らした。

迷うまでもなかった。夫の性格を考えると、おそらく長くは生きられない幼い少女を養子として迎え入れることには我慢できても、大きくて屈強な大人もどきの暴力的な少年など、受け入れるはずがない。

ハリーを福祉の手に委ねたローレルの気持ちは、クロエにも理解ができた。ローレルはハリーを手放して、家に連れ帰らなかった。

いままでのところ、ハリーはクロエが生きていたことをただ手放しで喜んでいる。だが、クロエのほうには、妹と一緒に救われなかったことに対する兄の複雑な思いを受け入れる心づもりがあった。

兄がそれを現実としてどう考えているにしろ、兄と会いたかった。自分とつながりのある誰かがこの世にいることを確かめたかった。

それで兄が距離を置くなら、しかたがないと思った。年に一度くらいは会えるかもしれないし、兄の怒りが強くなければ、年月を重ねるうちにあまり気兼ねしなくてよくなるかもしれない。クリスマスカードを交換したり、ときには電子メールをやりとりしたり。

兄が与えてくれるものなら、どんなかけらでも、喜んで受け取るつもりだった。

ところが実際は、思いもよらない展開になった。その場で無条件にクロエの全存在を温かく迎え入れてくれたのだ。そしてすぐさま兄の家族の一員となった。そう、拡大家族の一員に。クロエとはちがって、ハリーは他人と密な関係を築き、兄弟のちぎりまで結んでいた。

その拡大家族がいまではクロエの家族でもある。ほんの数時間前には、誰もいなかった。それがいまは、ハリーとサムがいる。エレンとニコール、メリーとグレースも。それに、まもなくもうひとり姪が生まれる。

そして極めつけが、すてきな男性。

マイクがこちらを見おろしている。明るいブルーの瞳はなにごとも見逃しそうになかった。

「まさか兄弟の家で昼食をごちそうになろうとは、思ってなかったんだろう?」クロエにだけ聞こえるように、低い声のままで言った。

クロエはほほ笑んだ。「わたしの心が読めるみたいね。読心術者なの?」

マイクが鼻を鳴らした。「いいや、人からいろいろ言われるけど、読心術者ってのはないよ。来たときは不安そうにびくついていたきみが、いまは幸せそうだからさ」

クロエは彼を見あげた。めったにないことながら、彼にはすぐに気安さを感じた。「そうよ、さっきまでは不安だったし、いまは幸せだわ」

マイクは前方にうなずきかけた。ハリーとエレン、サムとニコールは、早くもエレベーターの前まで移動していた。エレベーターの到着を告げる音がして扉が開き、彼らは順番に乗りこんだ。真鍮製のぴかぴかの内壁が鏡となって、幸せそうな人が四人の倍、八人いるように見える。エレンがハリーに耳打ちすると、ハリーが声をあげて笑った。

「いまのハリーくらい幸せな人間はいない。エレンもサムもニコールもね」マイクはひと息置いて、クロエの肘を握る手に少し力を入れた。「それにおれも」

返答のしようがなかった。

ハリーが大きな手の一方でエレベーターの扉を押さえてくれている。「おいで、ハニー」クロエに呼びかけた。

じれったがっているのではなく、待ち遠しがっている。

クロエは人を待たせることが多く、それ自体はどうすることもできなかった。さっさと動けないのだ。歩くという行為は、複雑な奇跡だった。何年も努力して、ようやく歩けるようになった。それでもゆっくりと歩くのが精いっぱいで、速度を出せず、速く歩こうとすると、転んでしまったりする。何度かそんなことがあってひどい屈辱を味わったし、一度など、以前に折った骨をまた折って、医者から三度めはあってはならないと言い渡された。そうなると、ほかの人のいらだちを受け入れて、ゆっくりと歩くほかなかった。

けれど、ハリーはいらだっていない。うきうきしているだけだ。マイクもいらだたしさを発散してはいなかった。ただ活力に満ちていて、体の線という線が馬力があることを物語っていた。クロエのペースで歩くのはひどい苦痛のはずだが、そんなことはおくびにも出さない。ゆっくりとしたクロエの足の運びに合わせて、一歩ずつ進んでいる。

エレベーターに乗ると、マイクが手をおろした。クロエはびっくりして、跳びあがりそうになった。体のなかを流れていた電流が急に切れたようで、猛烈に寂しくなった。そして、そんな自分にショックを受けた。

「マニュエラに真剣に頼んだら、トウモロコシのタマーレを作ってもらえるかな?」ハリーはニコールを横目で見て、尋ねた。

「さあ」ニコールが笑顔で答える。「どうかしら。マニュエラにはマニュエラの流儀があるのよ。彼女なりの慶事用のメニューがあるから、それにくちばしをはさみたくないの」ニコールはクロエを見て、続けた。「ずっと生き別れになっていた妹との再会をお祝いするとなったら、どんなメニューになるかしら。すごく楽しみだわ」

「オー・ハッピー・デイ、オー・ハッピー・デイ!」エレベーターの閉じられた空間のなかに、エレンの透きとおった美しい歌声が、鈴の音のように響いた。

「オー・ハッピー・デイ」サムが大きく音を外した低音で加わった。

「そうとも!」ハリーがこぶしを空に突きだして、妻の頬、続いてクロエの頬にキスした。

「婦人服、ランジェリー、帽子、化粧品……そして姉妹」ハリーはむかしながらのエレベーターガールをまねて、売り場案内をした。

みな浮かれて笑いやすくなっており、エレベーターが地下二階に到着するころには、それがクロエにも伝染していた。

「じゃあ、うちでね」エレンはサムとニコールに声をかけながら、自分たちの車に向かった。「わたしたちは〈デル〉に立ち寄って、クロエをチェックアウトさせてから、向かうから」

ニコールがふり返るとつややかな黒髪が鐘状にふくらんだ。クロエは例によってみんなの足手まといになっている。「わかったわ。一時間後にはシャンパンを開けるから、そのときあなたたちがいなかったら、わたしたちだけで飲ませてもらうわ」

「それまでには行くわ」エレンが大声で返した。「フランス産の本物にして！　カリフォルニア産の情けないのはやめてよ！」

ニコールはふり返ることなく、手を挙げて指をうごめかした。彼女の夫がドアを開けて妻が車に乗るのに手を貸してから、運転席にまわった。そしてクロエたちが駐車場のなかばまで行くより先に走り去った。

なんてみっともないのだろう。ハリーとエレンとマイクは自分につきあって、広い駐車場をカタツムリの一団のようにのろのろと移動している。クロエは弱々しい笑みを浮かべながら、ふつうの声を出すよう心がけた。「ごめんなさい、歩くのが遅くて。先に行ってて」マイクを見あげた。「あなたもよ。わたしはあとから行くわ」

マイクは首を振り、目をまっ向から見た。薄暗い明かりの駐車場で、彼の瞳は空を切り取ったように青く輝いていた。引きつった深刻な顔をしている。「クロエ」手を取って、腕の曲がりにはさみこむと、じっと顔を見た。これから言うことをしっかりと聞かせたがっているようだ。「いまのおれには、きみのそば以上にいたい場所がないんだ」

クロエは目をしばたたいた。

そうなの？　ワオ。

6

速く歩けない自分を責めて、クロエが困惑している。マイクの心は張り裂けそうだった。クロエは死んでいて当然の状況を生き抜いてきた。幼くしてひどい暴力をふるわれ、十年近い歳月を病院で過ごし、十四回の手術を受けた。いま生きているのは奇跡だ……その彼女が困惑？

ハリーは抱き人形のようにクロエを壁に叩きつけたくそったれを殺した。もしまだ生きていたら、自分が訪ねていって、〝説教〟してやるところだ。

元海兵隊のフォース・リーコンにして、元SWATをこけにしたらどうなるか、目にもの見せてやる。接近戦の専門家である体重百十キロの男を壁に叩きつけるのがどんなにたいへんんか、教えてやらなければならない。体重二十キロの少女の比ではない。

そうとも。そんなことになったら、楽しかっただろうに。

モリソン・ビルディングの地下駐車場は広大だった。ハリーに割りあてられた駐車スペースはビルの反対側にある。

ハリーとエレンはその半分ほどまで行き、ハリーはクロエがついてきているかどうか、ちょくちょくふり返って確認していた。

だが、心配にはおよばない。自分がついているし、なにかあれば、誰よりもすばやく対応できる。

昨晩の一件で、しばらくセックスを絶つつもりだった。長い〝しばらく〟だ。

だが、だめだ。性欲が猛然と戻ってきた。頭に巣喰い、血管を脈打たせ、股間に血の気が集まった。勃起はしないように気をつけている。二十年にわたって流れ作業のようにセックスをこなしてきて身につけたことがあるとしたら、ペニスの抑え方だ——それでも、股間が重くて、感覚と熱が集まっていた。

けれど、いつもとはちがう。クロエのことで頭がいっぱいで、どうしてこんなに彼女が特別なのか分析できないけれど。いま頭に残った血では、彼女にくっついていることしか、考えられない。

マイクとクロエがたどり着いたときには、ハリーとエレンはハリーのシボレー・タホに乗りこんでいた。すでにエンジンもかかっていた。「飛びこめよ、ハニー！」ハリーが言うと、クロエが顔をしかめそうになった。マイクはそれを見ていた。

ハリーはいいやつだ。兄弟のように愛するという言い方があるけれど、兄弟以上に愛している。それでも、いまはケツを蹴り飛ばしてやりたかった。

クロエが体の大部分を損傷するひどい怪我を負って、長期の入院生活を強いられていたために、兄であるハリーのことを思いだせなかったと説明しているあいだ、ハリーはまともに話を聞いていなかった。身動きひとつしないまま、頭に入ってきた特大のメッセージが処理できずにいたからだ。そしてクロエが爆弾を落とすや、嬉しくて完全に舞いあがってしまった。

そのせいでハリーのレーダーからはクロエが抱えている問題がすっかり抜け落ちている。その点、マイクはちがう。彼女がすばやく動けないことに最初から気づいていた。たぶんずっと恥じているのだろう、クロエは上手に隠していたが、マイクの目はごまかせない。二度とそのことで肩身のせまい思いはさせない、とマイクは誓った。

タホの車高の高さに気づいたクロエは、気落ちしたようだった。マイクは黙って彼女を抱きあげ、楽々とシートに座らせた。マイクが反対側にまわって車に乗りこむと、クロエが笑顔で迎えてくれた。「ありがとう」顔を寄せて、マイクにだけ聞こえるように、小声で言った。

これこれ、この笑顔。笑うとますます輝いて見えるのは、どうしてなんだ？　それはさておき、たぶん彼女はめったに笑わないのだろう。笑顔になれるようなことが、そんなにあったとは思えない。それがどういうものか、マイク自身、身をもって知っていた。

エレンが後ろをふり返った。「クロエ、早くグレースに会わせたいわ。でも、少しぐずるかもしれないの。歯が生えはじめてるみたいで」

「おいくつ?」

「三カ月よ」

「すごい子だ」マイクは褒めた。

「ほんと、そうなの」エレンがほほ笑んだ。「ハリーにそっくり。でも――」エレンが首をかしげると、赤い髪が肩にかかった。「あなたを見れば見るほど、あの子、あなたにそっくりだわ」

「そうなの?」クロエは片手を挙げた。「もう泣きたくないんだけど」

「好きなだけ泣いてくれよ」ハリーはバックミラーをちらっと見た。

エレンはティッシュペーパーを一枚取りだして軽く目を押さえると、後部座席のクロエに箱を渡してよこした。「今朝マスカラをつけなくてよかった。アライグマのママに見えるところだったわ」

クロエが笑い声を立てた。「そしたらわたしはアライグマのおばね」首を振る。「自分がおばだなんて、まだ信じられない」

「信じられるようになるわよ」と、エレンは腕時計を見た。「あと三、四十分したら。あなたが荷物をまとめるのにどれくらい時間がかかるかによるけれど」

「たいしてかからないわ。荷物が少ないの。せいぜい二日ぐらいだと思ったから」

沈黙。

ハリーがバックミラーを介して、クロエと目を合わせた。「おまえには二日といわず、もっといてもらうよ」

当然だ。二日で返すわけにはいかない、とマイクは思った。言わせてもらえば、ここに永遠にいてもらう。ハリーの家から数軒先に手ごろな空き部屋がある。マイクがビルの管理人に口をきけば、家賃の交渉はハリーが得意としている。

「さあ、ホテルよ」エレンが言った。車が〈デル〉の広大な駐車場に入る。やけに大きくてだだっ広い白い円形の建物が建っていた。そこここに取りつけられた赤い小塔が日差しを照り返している。「クロエ、一緒に行って、荷物をまとめるのを手伝いましょうか？」

「いいえ、ありがとう」クロエは応じた。

「おれが行く」クロエにスーツケースを持たせられない。「遠慮しないで」

クロエがびっくりした顔で隣を見た。「いいのよ、そんなこと――」けれど、その先には誰もいない。マイクは早くもクロエ側のドアの前にいたからだ。ドアを開けて、とびきりかわいい足が出てくるのを見た。

なんでSUVの車高はこんなに高いんだ？　スカートをはいた女性にはまったくもって不向きにできている。さっきと同じように、彼女の腰を両手でつかんで、地面におろした。手のなかの彼女は、羽根のように軽くてやわらかくて触れるのが純粋に嬉しい。両手を開いて、手を離すのがむずかしかった。

ひょっとすると、彼女がつけている淡い花のにおいがする香水のせいかもしれない。そのせいで頭が混乱して、手の動きがわからなくなっているのかもしれないぞ。

マイクは手を伸ばして彼女の後ろのドアを閉じた。そのときバックミラーに映るハリーのまなざしをとらえた。

ハリーとはお互いに腹の底まで知り抜いている。言葉がいらないほどに。

そいつはおれの妹だぞ、とハリーの目は語っていた。しっかり面倒みろよ。

マイクもまなざしに語らせた。わかってる。おれに任せろ。


〈デル〉の広大なフロアは、クリスマスシーズンなので混雑していた。暗くて寒くて雪に閉じこめられたボストンからやってきたクロエにとって、ここサンディエゴは魅力に満ちている。夏のようなこの街は、日差しが燦々《さんさん》と降りそそいで、暖かさを保証してくれていた。

そこらじゅうに観光客がいる。みな日焼けして、屈託なく、楽しそうだ。〈デル〉はファミリー向けのホテルなので、あちらこちらを子どもたちが駆けまわっている。

あらあら。にぎやかなビジネスマンの一団だ。派手なゴルフウェアでくつろぎ、冗談を交わして笑いあいながら、あたりをはばかることなく固まって歩いている。そんな人たちが前方にいた。

クロエは緊張した。大半の男たちが自分の倍近い体格で、経験上、そのうちのひとりがぶつかるまで彼らはこちらに気づかない。男たちは冷蔵庫のような大きさだから、少しでもぶつかれば痛い思いをする。

一団が大きな貨物列車のように向かってきた。クロエが脇によけようと構えたとき、隣のマイクが背後にまわり、大きな手を腰の部分にあて、もう一方で軽く肘を握った。ふたりは風のようにビジネスマンのあいだを通過した。

実際は一団が紅海のようにふたつに割れ、そのあいだをクロエとマイクが通り抜けたのだ。そうしてマイクに支えられたまま、日焼けした観光客の一群が傍若無人に動きまわっているフロントデスクの前をなにごともなく通りすぎた。

すごい。自分にとっては障害だらけのコースなのに、マイクに任せておくと、苦もなく通り抜けることができる。もちろん、マイクのような人にとっては、障害物でもなんでもないのだけれど。みんなのほうがマイクに気づいて、道を空けるから。アルファメール。

人混みを突っ切っていくのは、不思議な感覚だった。ぶよついたビジネスマンの壁ですらクロエには恐怖で、いつもなら脇によけて進路を変えている。

ところが、今日はその必要がない。風船のなかに入ってでもいるようで、守られているという貴重な感覚を堪能した。

〈デル〉のロビーは板張の吹き抜けになっており、広大で豪華だった。明るい外から入ってくると、少し暗い。クロエは一瞬立ち止まり、目を慣らそうとまばたきした。

マイクに導かれてフロントデスクに向かい、物腰のやわらかな男性にチェックアウトすると伝えた。ハリー・ボルトとの再会がうまくいかなくとも、何日かサンディエゴを観光したくなるかもしれないと思って、三日分の予約をとってあった。状況によって、どうとでもなる。

けれど、この展開は予想外だった。喜んだ兄が同じくらい大喜びの妻と一緒に外で待っていてくれるし、信じられないほど魅力的な男性がぬくもりを感じられるほど近くにいて、自分だけを見ていてくれる。

「イエス、マダム」デスクの男性は予定より早いチェックアウトの要望に応じた。名札にロナルドと書いてある。「ほかにご用ございませんか？」

クロエは嬉しくて頬を紅潮させた。「なにもかもうまくいっているわ、ロナルド。じつは今夜から……何日か、兄のところに泊まることになって」

ああ、すてき。なんていい響きなの。兄のところへ泊まる！

「口に出すと、いい気分だろうな」マイクがぼそりと言う。クロエはびっくりして、彼を見た。このとてつもないアルファメールは、人の心を読むのがなんて上手なのだろう！

彼のすべてが男を主張していた。人並み外れて広い肩、たくましい腕、いかつい顔、射貫くような明るいブルーの瞳。なによりも放たれているマッチョのオーラは隠しようがなく、男性ホルモンがにおい立つようだった。

クロエのささやかな経験では、マッチョな男はすなわち無知を意味した。自分中心でそれ以外のことに気がまわらないのがふつうなので、マイクにはなおさら驚かされた。彼女に目を留めたその瞬間から、クロエと同化しているようだ。

「ええ」クロエは小声で答えた。「いい気分。まさか自分がこんなことを言うなんて、思ってもみなかった」ふり返り、真正面から彼を見るなり明るいブルーの瞳に溺れた。

体が固まり、目の前で爆発が起きても動けそうにない。

「よかった」彼が言った。深くて低い声がお腹に響いた。「きみがいてくれて、ほんとうに嬉しい」

そんなことを言われて、どう応じればいいの？

「キーでございます、マダム」一瞬自分がいまどこにいるかわからず、まごついた。フロントデスクの男性がカードキーを差しだしていることの意味を理解するのに手間取った。それで黙って彼を見つめていると――マイクから目を離すのはひと苦労だった――フロント係は精神的になにか問題があると思ったらしく、カードをカウンターに置いて、こちらにすべらせてよこした。「チェックアウトに必要では？」

クロエは頬を赤らめた。さまざまな、いずれも強い感情が湧いてきた。長く生き別れになっていた兄が見つかり、その家族として子どもたちまでついてきた。そして激しくマイクに反応している。いままでに縁のなかったことなので、対処するのがむずかしい。

「ありがとう」マイクがケースに入ったカードキーをポケットにしまった。

「リゾート棟です」フロント係が言葉を添えた。「こちらです」地図を広げて、人さし指で道筋を示した。

「わかった」マイクはクロエの腕をつかんだ。「行こう、ハニー。荷物をまとめて、うちに帰ろう」

ハニー。うち。すてき。

男たちの一団がまたやってきて、ふたりの進路をはばんだ。スポーツウェア姿の中年男性の大集団が斜めに横切っていく。クロエは少し身をこわばらせたものの、気に病む必要はなかった。こんども目の前で集団が割れた。自分のため――というより、マイクのために。彼らの目にはクロエなど入っていない。マイクは苦もなくあいだを抜けていった。

人から世話を焼かれたり、守られたりすることには、慣れていない。不思議な感覚。人に囲まれているのに、まるで緊張がない。さまざまなことに身構えるのが、習い性になっているのに。

〈デル〉は広いので、歩く距離も長い。急いでも無駄だった。かえってつまずいたり、悪くすると転んでしまったりする。けれどそばにマイクがいるかぎり、転ぶことはありえない。彼はクロエに意識を集中して、足取りまで完璧に合わせてくれている。そして、舞踏会にでも出ているように、腕まで貸してくれた。クロエは腕を取り、そのぬくもりと、がっちりとした鋼のような頼もしさにうっとりとした。その腕が、彼のそばにいれば二度と転ばずにすずにきた。

なんて贅沢《ぜいたく》な感覚なの。クロエ自身は歩くことが大好きなのに、いままで思うように歩けむと、感じさせてくれる。

骨折した五十近い骨の大半はおおむね接《つ》ぎあわされたものの、体全体の制御がうまくできなかった。ある整形外科医が前に説明してくれたところによると、末端の知覚神経——バランスを取るのに役立つ小さなフィードバックデバイス——を大量に失ったせいらしい。クロエにとって歩くという行為には、足の置き場所に注意することが含まれる。ふつうの人なら意識せずに避けられるものにつまずいてしまうからだ。

それも、マイクが隣にいればありえない。

人の行き交う通路も、でこぼこのレンガの遊歩道も、草でおおわれた地面も、なにごともなく通り抜けることができた。部屋の前まで来ると、マイクが代わりにカードキーを入れてドアを開けてくれた。

眺望《ちょうぼう》のために百五十ドル余分に払った、オーシャンビューの部屋だった。RBK社でなにが待ち受けているかわからなかった。生き別れの兄との再会がうまくいかなくても、海を眺めていれば慰められる。

「いい部屋だな」マイクがなかに入って、室内を見まわした。

「ええ」相づちを打ちつつ、慰めてもらわずにすんだことを喜んだ。「一分とかけずに荷物をまとめるから」

「急がなくていいよ」明るいブルーの瞳でひたとクロエを見た。「短期滞在のつもりだったんだな」質問ではなかった。

「ええ、そうね。さっきも言ったとおり、予約は三日分だった。もしハリーとうまくいかなくても、サンディエゴを観光していけばいいと自分に言い聞かせていたの。ボストンを出たときは、地面に雪が降り積もって、気温は零下だったのよ」

「そうか。これでしばらくボストンには帰れない」マイクの視線を感じながら、引き出しを開けた。下着にナイトガウンにセーター二枚にウールのスラックス。たいした量ではない。

「買い物しなくていいのか？　ハリーなら喜んで相手してくれる。いや、おれでもいい」

クロエはナイトガウンを手にふり返り、眉をひそめた。「でも、どうかしら――ああ！」驚きに目をしばたたいた。「服を買ったらハリーが払ってくれるってことね。あなたも」まっ赤になった。「そんなことしてもらえない。それに、両親の遺産があるのよ」しかも、大金が。その額にはいまだにあ然としてしまうし、多少のやましさもある。もらいすぎだ。「じつはハリーを尋ねあてた理由のひとつは、そのことなの。わたしが相続した不動産の半分を兄に受け取ってもらいたくて。兄妹なんだから、半分に分けなきゃ」

ハリーが見捨てられたことへの埋めあわせにはならないが。

マイクが笑顔で近づいてきた。「ハリーにお金をやりたいのか？　幸運を祈るよ。はっきり言って、やつがきみから一セントも受け取らないほうに、ここ〈デル〉のクラウンルームのディナーを賭ける。そんなことを聞かされただけで、あいつは機嫌を損ねるぞ」

「わたしはなにを賭けたらいいの？」

マイクがクロエの視線をとらえた。窓の外に広がる海原の光が青い瞳を煌《きら》めかせ、瞳が海と同じ色になった。マイクは笑顔で言った。「〈デル〉でのディナーを」

「それって……どちらが勝っても、ふたりでここでディナーってこと？」

マイクが身を寄せてくる。「まあね。そういうことになるかな」

マイク・キーラーはハリーやサムほど背は高くないが、クロエよりはずっと高い。彼の目を見つづけるには、頭を後ろに倒さなければならなかった。

近づいたせいで、彼から放たれる体温を感じる。視界いっぱいにマイクが広がり、ほかのすべてが排除された。

「よし、それで手を打とう」彼が言った。

手自体が彼に握られたがっているように、勝手に動いた。無味乾燥な握手を交わすつもりでいたら、マイクがそれを両手でつかんだ。燃えさかる炉のように熱い手だった。彼はじっと目を見ながら、ゆっくりと手を口元に運んだ――そしてキスした！　クロエのなかにあるなにか、いままで存在することを知らなかったなにかが、息を吹き返した。熱、興奮……欲望。彼に握られた手がぶるぶると震えだした。もはや自分ではどうすることもできない――

手も、表情も、欲望も。

オールもなく筏《いかだ》に乗せられて、川の急流を下っていくようだった。ただしがみついている ことしかできない。実際、そうしていた。

自分を引き寄せる彼の手にすがりついた。

なんという心地よさだろう。この瞬間を永遠に覚えておきたい、とクロエは思った。開いたカーテンの向こうにはバルコニーがあり、白い砂浜と太平洋を見おろせる。音のない花火のように、波が日差しを照り返して煌めいていた。

遠く波の音が幸せなリズムを刻み、そこに幼い少女の笑い声とテニスボールがラケットにあたるにぶい音が重なっている。鼻をくすぐるのは、レモンの磨き剤のにおい、潮のにおい、それに窓の外から花のにおいが漂ってくる……そしてマイクのにおい。

五感が研ぎ澄まされ、全身が大きな受容体になったようだ。そうして受容したもののすべてが刺激的で、とりわけ欲望をそそった。

なるほど。その手の話はうんと読み、友だちからも聞いて、自分なりに想像していたけれど、理解できたとは言えなかった。

それがいまになってわかる。どうしてみんなが異性とつきあい、ときにはどうしようもない男と結婚するのかが。ほんの短いあいだでもこの感覚を味わえるのなら、それだけの価値がある。

全身が急速に熱を帯びてきた。熱が波となって体内を行き交い、ぬくもりと生気を与えてくれる。興奮と暑さで息苦しい。筋肉のひとつずつ、心臓の鼓動のひとつずつを感じ、腕や脚がうずうずした。

欲望が内側を溶かし、股間に熱をもたらす。マイクが体を寄せて乳房が胸板に触れると、膣《ちつ》がきゅっと締まった。まちがいなく、強い衝動がある。経験したことのない衝動だけれど、すぐにわかった。頭からの情報がなくとも、体のほうがおのずと彼に向かって開かれようとしていた。

なにより驚き、興奮して、嬉しかったのは、生きている実感だった。生きる力が身内を駆け抜けて、これまで死んだように生きてきた時間が長いことに気づいた。生きているとは言えない状態だったのだ。

でも、いまはちがう。いまは体じゅうの細胞が息を吹き返し、人間として地球とつながっている。怖い反面、わくわくもする。自分の内側から湧いてきたものでないことは、疑いようがなかった。自分ひとりではこんなふうに感じられない。疲れてはいるけれど、疲れでこうなったことはなかった。

そう、マイク・キーラー。まっ青な瞳でじっと自分を見ていてくれる人、能力があって、力が強くて、とても男らしい人。彼がいなければ、生の実感などなかっただろう。

そんなことを思ったら怖くなりそうなものだけれど、そうはならなかった。生きている力強さを感じて、気持ちが大きくなった。山だって動かせる。自然の力。

マイクがそろそろと頭を下げて、クロエの目をじっくりとのぞきこんだ。クロエが抵抗するかどうか、気持ちを推し量っている。

抵抗するわけないのに。キスされたくてたまらない。

すべてがぴかぴかの初体験だった。興奮しすぎて肺に息が詰まっている。これまで自分に目をくれる男性などひとりもいなかったのに、彼は男として全神経を傾けてくれている。

そして中断。欲望が高まる。ここまで高まったことは、かつてなかった。クロエのなかのすべてが期待に打ち震えている。

そのとき——ついに。

マイクが顔を下げて、クロエの目を、そして口元を見た。彼のまなざしが、唇に刺さるようだった。

唇が近づいてきた。触れた瞬間、電気が走った。火花が散らないのが不思議でならない。予想外のなりゆきに、体がびくりとした。まったく未知の体験だし、当然得意でもない。マイクが口を離して、こちらを見おろした。きまじめな顔で目を細めている。ショックを感知し、いやがっていることの印と受け取ったのかもしれない。

クロエは彼が満足していないと思って、黙って身を引いた。だが、ふたたびマイクがかがみこんで、こんどは迷わず唇を重ねてきた。口で口をこじ開けて、なかに入ってくる。

ふたたび熱が波となって迫ってきた。身を寄せて、鋼鉄にもたれかかるように彼にしがみついた。はじめて舌が触れあったときは、胴震いが走った。

彼もなにかを感じたのだろう。背中にまわした腕に力を入れてクロエを持ちあげ、壁のほうに二歩進んだ。

成人女性を片腕で持ちあげても、彼の呼吸に乱れはなかった。乱れは数秒後、クロエの背中が壁に押しあてられて、彼が体を押しつけたときに起きた。クロエの体は壁とのあいだにはさまれた。

キスが加熱して、セックスになった。用いているのは性器ではなくて口だけれど、同じくらい熱烈で、激しくて、膣の反応も同じだった。彼の舌に攻められるたび、どうしようもなく股間がぎゅっと締まった。

やめたいとも思わなかった。そんなことは不可能なのに、もっと近づいてほしかった。彼の首に両腕をまわし、唇を重ねて、全身で彼を求めた。口のなかに吹きこまれる彼の息吹を感じる。乳房の向こうには恐ろしく広い胸板があって、そこから大きな音がしはじめていた。

彼の足が片方ずつ、クロエの足のあいだに入ってきた。太腿に股間を割られ、彼の下腹部が押しつけられる……ああ、神さま。

腹部に押しあてられているのは彼自身。大きくて、太くて、硬い。舌で攻められるたびにクロエが感じていた興奮を、彼のほうも感じていた。収縮する膣の近くにあるペニスが、長さと太さを増す。彼が体を押しつけてきて、口と口、胸と乳房、股間と股間が重なって摩擦が起こり、内側に火がついた。彼が動くたびに、炎が大きくなった。

まぶたが重すぎて、開けられない。彼の顔を見たいのに、どうにも目を開けられそうになかった。体は、彼を見るよりも感じたがっている。その大きさ、たくましさ、熱を感じたかった。彼はそのすべてを一途《いちず》に注いでくれていた。

キスはいつまでも続き、クロエは時のない境地に入りこんだ。いまという瞬間だけが、熱を帯びて輝いていた。

マイクがスカートの裾に手をやり、太腿の外側に手を置く。その手は大きくてすっぽり広い部分がおおわれる。彼の手のひらはがさついていて、大きな手が上下すると、ストッキングのナイロンが引っかかった。

ストッキングが腿までしかないことがわかると、マイクがびくりとした。パンティストッキングが嫌いでよかった、とクロエは思った。がさついた手のひらがストッキングの上のレースまで来て、生身に触れた。クロエの体に震えが走り、全身が粟立《あわだ》った。そして湯気をたてるほど熱くなった。

脚の素肌の感触にマイクが硬直して、唇を持ちあげた。目を開けろっていうこと？　けれどそれだけのことがひどくむずかしくて、不可能にさえ思えた。首がぐらぐらする。まっすぐ立っていられるのはひとえに背中に壁、前にマイク・キーラーがいるからで、それがなければ、とうに倒れている。

マイクのキスが途切れて少しすると、クロエは目を開いた。簡単なことではなかった。鉛の重しが取りつけられているように、ゆっくりとまぶたを持ちあげた。視界いっぱいに彼の顔が広がった。

彼はじっくりとこちらを見ていた。素足に触れてもいいかどうか、見きわめようとしているのかもしれない。

ばかね、いいに決まっているのに。

少し伸びあがって、彼の唇に唇を重ねた。マイクがクロエの肺から出てくる息を深々と吸いあげて、飛びかかり、体の隅々にまで取りついてきた。そうとしか表現のしようのない感覚だった。

マイクが一瞬、身を引いた。冷ややかな空気が太腿に触れたときは、その理由がわからなかった。スカートをたくしあげられている。いま一度、彼が重い体をもたせかけてきたときには、硬くなったものを丸ごと感じた。

彼が腰を強く押しだして、股間を押し広げる。魔法でも使ったのか、どうしたわけかペニスが膣に寄り添っていた。襞《ひだ》を左右に割り、すりつけている……ああ。

クロエの鼻声が、マイクの口のなかに消える。なにもかもが完全に彼のもので、意思も意欲もはたらかなかった。彼に口をむさぼられ、がっちりした生身の壁のような肩に囲いこまれた。彼は両手でクロエの下半身を持ちあげて、短く突き刺すように腰を動かした。あえぎ声をあげ、頭をかしげて、クロエの口の深くに舌を差し入れてくる。彼の下着とズボンとシルクのパンティを介して、ペニスの熱が伝わってきた。焼けるほどの熱を帯びたペニスがすばやく、神経の一本一本に触れるよう的確に動く。電気のスイッチを正しく入れていくみたい……ああ、そこ。

クロエは快感の広大な海に放りだされた。温かくとろりとして、喜びでいっぱいになる。やがて海面が盛りあがり、体が持ちあがった。巨大な波が近づいてくる。近く、速く、どんどん速くなって……。

あげた悲鳴は彼の口に吸いこまれ、熱が下半身で爆発して、全身に散った。自分ではなすすべもなく、膣が激しく収縮する。鼓動は痛みすら伴いそうなくらい強く鋭く、指先やつま先といった体の隅々にまで押し寄せた。

クロエは外宇宙まで放りだされたのち、ゆっくりと下降してきた。あわただしく燃えあがっていたものがゆっくりと冷まされていく。重力がふたたび主張しだして、足元に床があることがわかる。クロエは目を閉じたまま、ため息をついた。

ああ、すごい。すべてすごいとしか言いようがなかった。これまで生きてきて、最高の経験だった。しかも、これだけが突出していた。

マイクが唇を離した。

いま一度ため息をついたクロエは、目を開いて、ショックを受けた。マイクは幸せそうでなかった。苦渋の表情。

「残念だよ」彼の張りつめた声を聞いて、幸福感が消えた。スイッチを切るようにいともたやすく。

「そうなの？」クロエはささやいた。ショックだった。

マイクが失望している。どう対処したらいいの？ キスをして、絶頂に導いたことを悔いているの？ わたしにとって人生で一番幸せな体験が、彼には悔やむようなことなの？

どうしよう。わたしのなにがいけなかったのだろう？ 状況を読みちがえた？ でも――キスをはじめたのは彼のほうだし。じゃあ、反応のせい？ 反応のしかたがいけなかった？ 派手に反応しすぎたとか？

悲惨な気分だった。思い悩まずになにかをするのは、めったにないことだったからだ。思い悩まないどころか、なにも考えておらず、頭が留守になっていた。純粋な本能に圧倒され、それに導かれた。これもめったにあることではない。いや、いままで経験のないことだった。

でも、もう本能はオフになっているのよね？

さらに悲惨なのは、困惑したままどこへも行けないことだった。背中を壁につけ、前には文字どおりマイクが張りついているので、まったく身動きがとれない。できることがあるとしたら、せいぜい、目を伏せるぐらい……。

力強くて、がさついた手に顎をつかまれて、顔を上げさせられた。マイクは不思議そうだった。「きみはいいのか？　おれはゼロから百まで、いっきに駆け抜けてしまった」

「残念って、なにを残念がるの？」クロエは尋ねた。「わたしにははじめてのことよ。すばらしかったわ」

ハトが豆鉄砲を食らったような顔で、マイクが目をぱちくりしている。

成人女性が成人男性に言うようなことでないのは、クロエも重々承知していた。男性とはあまり——いえ、ほんとはまったく——つきあったことがないけれど、友だちや本から情報は入ってくる。十八歳にもなれば、経験があることが絶対条件になる。

　だが、クロエには偽るということができない。まるで才能がないのだ。うっかり口をすべらせて、取り返しのつかないことを言い、如才ない受け答えでそれをカバーすることもできなかった。

あなたには楽しませてもらったわ、ありがとう。すてきな絶頂感だったからAよ、いえ、Aプラスかも。いつかまたいいムードになったら、しましょう。

マイクが口元を見すえて、かすれ声で言った。「そうか。きみが残念がってないなら、おれが残念がることもないな。正直言って、いますぐここから出ていかないと、またはじめてしまいそうなんだ。こんどはふたりとも裸になって」目を上げて、クロエの目を見る。「でも、考えてみたら、おれたちにはこういう時間がたっぷりあるんだよな？」

壁際でセックスに類する生々しい行為をしたばかりなのに、彼の表情はさらにセクシーだった。この男らしくてハンサムな人が自分だけを見て、セックスのことを考えている。お腹にあたるペニスがなくても、彼が完全に昂ぶっていることはわかる。表情のいたるところにそれが出ている。浮きあがった首の血管。日焼けした皮膚の下から赤みが浮きでて、顎の筋肉はこわばり、まぶしそうに目を細めている。

そしてまばたきもせずにクロエを見つめ、やがて顔を伏せた。

そういうこと？　さらなるなにかがはじまろうとしている。未知の領域なので、惜しむこともできない。けれど、エネルギーの大爆発とそれに引きつづく温かさと気だるさを経験してしまったために、もっと欲しくなっていた。

セックスをすると世界が動くことを、頭では理解していた。それはいたるところで、人間の原動力になっている。ときには山さえ動かす。十代のアイドルを天にのぼらせ、大統領を地に堕《お》とす。芸術作品を生みだし、殺人の動機になる。

自分はそうしたものには無縁だと思ってきた。そうしたものの外側にいて、なかをのぞきこむことで一生を終えるべく、運命付けられているのだと。

それなのにマイクが無理やり引きずりだしてくれた。安全な場所から追い立てられ、いまはその力をじゅうぶんとは言えないまでも、うっすらと感じている。ありえないことに。

今日クロエは目に見えないある種の境界を越えた。兄が見つかり、ひょっとしたらついでに恋人も見つかって、人類の一員となった。

ほんの一瞬、彼の唇が唇に触れた。たったそれだけのことで、期待に体が震え、息が苦しくなった。

そのとき大きな音がして、ふたりは跳びあがった。マイクが顔を上げ、とまどいに眉をひそめた。

「あなたの携帯よ」クロエはそっと告げた。

「まったく」つぶやきながら上着のポケットから凝ったデザインの携帯電話を取りだして、画面を一瞥《いちべつ》した。「わかった、わかったよ、ハリー。いますぐ下に行く」

クロエを見おろして、口元をほころばせた。「続きはあとで」

「あとで」クロエはほがらかに応じた。


一族郎党がそろって目の覚めるような白い砂浜に面した豪華な高層建築に住んでいた。あまりの美しさにクロエは言葉を失った。

ニコールとサムは最上階、ハリーは五階に自宅があり、マイクはそれより小さな部屋を四階に持っていた。

ハリーのうちに入ると、笑顔のラテン娘――ニコールとサムの家の家政婦であるマニュエラの姪とのことだった――がやわらかそうなピンクとクリームのブランケットを腕に寝室から出てきた。

赤ちゃんが泣き声をあげて、ぐずっている。

エレンが駆け寄って若い娘から赤ん坊を受け取り、小声で話しかけはじめた。胸が締めつけられるような泣き声が、さらに大きくなった。

ハリーがエレンの肩に手を置いて、娘を見おろした。

クロエは我慢できなくなった。近づいて、やわらかなブランケットに触れ、手のひらを赤ちゃんの頭に沿わせる。泣き声がやみ、ばたついていた小さな足が止まった。

無理やり赤ちゃんから目を離し、エレンの顔を見て、「いい？」と尋ねた。触れてもいいかと尋ねたつもりだった。

するとエレンは躊躇《ちゅうちょ》なく小さなわが子をクロエに託した。クロエに赤ちゃんを抱いた経験がないなど、思いもよらなかったらしかった。

赤ちゃんはすっぽりと腕におさまった。小さくて温かくて命に満ちた塊。クロエがこれまでに見たなかで、もっとも小さい人間だった。

左腕に赤ちゃんを抱えて、顔にかかったブランケットを右手でどけた。赤ちゃんを見おろしたとたんに胸が締めつけられて、たちまち愛情が湧いてきた。世界が溶けてなくなり、腕に抱えた小さな体だけがただひとつの現実の存在となった。

はるか遠くから、エレンの声が聞こえた。少し苦しげな声だった。「クロエ、あなたの姪のグレース・クリスティンよ。グレイシーと呼んでるの。グレイシー、あなたのおばさんのクロエよ」

クロエは自分を見返している、小さくて完璧な顔を見つめた。びっくりするほど自分に似ていた。瞳もまったく同じ色をしている。薄い茶色の瞳が、大きなはめ殺しの窓から差しこむ日差しを浴びて金色に輝いている。

クロエは複数の医者から子どもは持てないと言われていた。体の損傷がひどすぎ、骨の破片が卵管を傷つけたのだとか。子どものときからずっとそう聞かされてきたので、目や手足のように、その事実を自分の一部として受け入れている。

わたしには子どもが持てない。

だから自分にそっくりのかわいい女の赤ちゃんを腕に抱ける日が来るとは、思ったことがなかった。ありえない夢でありすぎて、はなから頭にも浮かばなかった。

それがいま叶った。小さな奇跡が腕のなかにいる。グレース。

グレイシーが少し体を動かし、しきりに足を蹴りだしたかと思うと、ふいに静かになった。見開いた目で星でも見あげるようにクロエを見て、誓ってもいい、にっこりとほほ笑んだのだ。歯のない口を開き、歯茎を見せて。クロエはその笑顔に心臓をわしづかみにされて、硬直した。

そして、なんの疑問もなくこの赤ちゃんの人生の一部になりたいと思った。両親が許してくれるかぎり、この子にかかわりたい。ハリーとエレンの嬉しそうな顔からして、そんな機会をたっぷりもらえそうだ。

あやしていると、泣いていたグレイシーが静かになった。クロエは時間を追うことを忘れ、食事のため上の階に行かなければならないことを忘れ、寝室としてあてがわれた部屋に荷物を運ぶのを忘れた。すべてを忘れて美しい金色の瞳に見惚《みほ》れて頬を撫で、そのやわらかさにうっとりしながら、姪と自分のあいだで寄せては返す波のような愛の行き来に陶然とした。

ふいに、室内が静まり返っていることに気づき、グレイシーの瞳から目を引きはがして、顔を上げた。ハリーがエレンに腕をまわし、エレンの頬は濡れていた。ふたりもマイクも自分を見つめ、マイクの目は真剣そのものだった。

「どうしたの？」なぜみんなこちらを見ているの？

エレンが頬の涙をぬぐった。「この何日か、グレイシーはずっとぐずって泣いてばかりだったのよ。それがあなたに抱かれたとたん、泣きやんで。あなたには赤ちゃんをあやす才能があるのね、クロエ」

なんという誤解。自分が子どもの面倒をみるのが上手だなんて、ありえない。いままでつきあいがなかったので、子どものことなどちっともわからない。グレイシーはたまたまあやせただけ、本能に従っただけだ。

マイクのことと同じ。

髪の根元までまっ赤になるのを感じ、みんなに見られないようにかがんでグレイシーに顔を寄せた。

携帯電話が鳴って、ハリーが太い声で答えた。「グレイシーをクロエに紹介してたとこだよ。ああ、相思相愛だよ。すぐに行く」

大きな手を握りあわせた。「さて、みんな、このままだとサムにシャンパンを飲み干されて、マニュエラの料理が冷えてしまう。クロエ、ここに落ち着くのは食事のあとでいいかな？　腹は減ってるかい？」

クロエは顔を上げた。「ええ、すいてるわ」自分でもびっくりした。

事実だったからだ。これまで空腹を感じたことはなかった。入院中、食べられないときは、点滴を受けていた。いまでも食べるのはごく少量で、食欲などめったに感じない。食べ物のことを考えただけで胃が抵抗して、ぎゅっと締めつけられることがあるくらいだ。

そんな自分がいま空腹を感じている。マイクのキス、オーガズム、腕に抱いた自分にそっくりの赤ちゃん。そうしたものが胃を刺激してくれた。自分のことを歓迎してくれるやさしくて楽しくて、不思議な力を持つ人たちの存在とともに……。

「じゃあ、行こう」ハリーは一同を玄関に追い立てた。

クロエは腕のなかの赤ちゃんを見おろした。グレイシーの透けるようなまぶたが完全に閉じようとしている。小さくふっと息をつき、またほほ笑んだ。まちがいない。

「クロエ？」ハリーはエレンとともに戸口の脇に立っていた。その横にマイクがいる。

「眠りそうなの」クロエがささやいた。「起こしたくないわ」

「ほんと」エレンが恐怖に目をみはった。「起こさないで。上まで運んでもらっていい？エレベーターですぐなんだけど」

これがほかのときなら、赤ん坊に責任を持たされることに怯《ひる》んでいただろう。赤ちゃんを抱えたまま歩くなんて、と。ときにはまっすぐ立っていることさえむずかしく、ふとした折につまずいたりする。自分の体さえろくに制御できないのだから、小さい赤ちゃんなど運ばないほうがいい。

けれど、いま腕の赤ん坊を奪おうとする人がいたら、その人の目をくりぬいてしまうだろう。突如、自分の体に対する自信が湧いた。グレイシーを抱いていたら転ばないという確信があった。力がみなぎり、地球に太い根をおろして、決して倒れないという感覚がある。

それに傍らには、マイクがぴったりついてくれている。

マイクがそばにいたら、転ぶわけがない。

腕に抱えたグレイシーの温かな重みが自分を大地につなぎとめてくれる。それを感じながら、クロエは新しくできた兄のハリーと義姉のエレンに笑いかけた。そして、マイクに……どんな関係になるにしろ。

「いいわ、行きましょう」クロエは言った。

7

サムとニコールの自宅は例によって例のごとく、温かく迎え入れてくれた。マイクが世界一好きな場所がここで、同じくらい好きな場所がハリーとエレンの家だった。そしていまここには世界で一番好きな人ふたり、メリーとグレイシーがいる。

グレイシーはそこで生まれたかのように、クロエの腕のなかにおさまっていた。グレイシーを抱かされたときにクロエが浮かべたまばゆい表情は、一生忘れられそうにない。そんなクロエにはハリーとエレンの反応も見えていなかった。急におとなしくなって、満足げにうとうとしはじめた娘を前にして、ふたりは驚いていた。

ハリーによると、何日か前からグレイシーは泣いてばかりいて、ふたりともろくに眠れなかったという。それがクロエに抱かれたとたん、満足してしまった。

その気持ちがマイクには痛いほどわかった。クロエには……そう、ぬくもりと穏やかさと落ち着きの、不思議なオーラがある。性的に昂ぶっているせいで混乱しているが、そうでなければ、マイクも落ち着きを感じているはずだった。

彼女にキスしただけで、いきそうになった。下着のなかに射精しないですんだのは、激しいセックス三昧の日々を通じて身につけた自制心のおかげだった。最後にそんなことをしたのは高校生のとき。いま同じことをするなんて、目もあてられない。

だが、あぶないところだった。口から腹から全身から、クロエの絶頂感が伝わってきた。そして、彼女からはじめてだと聞かされ、頭がぶっ飛びそうになった。

リビングまでサムとニコールが出迎えにきた。サムに運ばれてきたメリーは、マイクを見ると叫び声をあげ、父親をふり向いて、横柄に命じた。「おろして、ダディ」

サムはメリーの言いなりだった。ニコールはそれを問題にして、つぎの子を産むのは、サムが甘やかす相手をふたりにするためだと言っている。

サムがそっと床におろすと、メリーは自動追尾ミサイルのようにすっ飛んできた。自分とグレイシーのこととなると、マイクのほうがさらに甘いのをよく知っているからだ。

「マイクおじちゃん！」金切り声とともに、五十センチ先から飛びついてきた。いつものやり方だ。マイクはその体を受け止め、笑いさんざめく子どもを振りまわした。「マイクおじちゃん、見て！」

ふたつの小さな手でマイクの顔をはさんで、まだ注目のしかたが足りないとばかりに、自分のほうを向かせた。メリーにはお姫さまの遺伝子が受け継がれている。

「なんだい？」マイクは尋ねた。

メリーが足を指さした。「見て、マイクおじちゃん、新しい靴！」よく見えるように、小さな足を突きだした。「赤いお靴だよ」うやうやしい口調でささやくその顔は、真剣そのもの。「ぴかぴかなの」

ニコールが天井を仰いだ。「二週間前にその靴を見つけてからずっと、わたしにせがみっぱなしで」皮肉っぽい目つきで、ちらっと夫を見た。「もっとも、どちらのせがみ方が激しかったか、わたしには言えないけど——メリーかサムか」

サムが一瞬ばつの悪そうな顔をした。娘のためとあらば、月でも取ってきかねない。

「きれいな靴だな、メリー」マイクはおごそかな口調で応じ、唇を噛《か》んだ。ぴかぴかの新しい赤い靴——ちゃんと取りあわなければならない。笑いは禁物。

メリーが黒いポニーテールをはずませて、うなずいた。

「きみに紹介したい人がいるんだ、メリー。新しいおばさんだよ」

メリーの目が丸くなった。彼女にとってのおばさんとはプレゼントであり、歌を歌って踊らせてくれる人だからだ。つまりメリーの世界における〝おばさん〟は、すてきなものを意味している。おばさんが増えるということは、すなわち贈り物や楽しみが増えるということだった。

マイクはメリーを片腕に抱えてクロエを見た。クロエはグレイシーを抱えている。そのときの、その図、その場面——文句のつけようがない。自分がメリーを新しいおばに紹介している。

「いいかい、メリー、この人が新しいおばさんのクロエだよ。あいさつして」

「おろして、マイクおじちゃん」メリーはそう指示すると、歩いてクロエに近づき、小さな手を差しだした。「ごきげんよう」

メリーの取り柄はお行儀のよさで、ひとえにニコールのおかげだった。サムの基準に従っていたら、オオカミに育てられた子のようになってしまう。メリーはかくして幼いながらに非の打ちどころのないレディだった。

クロエも笑顔で手を差しだした。「ごきげんよう、メリー。あなたに会えて、嬉しいわ」

メリーはクロエの顔をうかがって、いつもとちがう行動に出た。脚にしがみついて、クロエを見あげたのだ。「クロエおばちゃん」

その美しい光景を前にして、マイクは頭のなかでシャッターを押した。この写真はこれから何度となく取りだして見ることになるだろう。若くて美しい女性が、美しい金髪の赤ん坊を胸に抱き、その脚には黒髪の美しい少女が取りついている。

そこに居合わせた全員がそれを、その光景がもつ力を感じていた。少なくともマイクは、心臓への一撃のように感じた。ハリーとエレンとグレイシー、サムとニコールとメリー。彼らはいま、その愛の輪のなかに新たなメンバーを永遠に迎え入れたのだ。

クロエの顔を見ていたメリーが、小さな顔をしかめた。メリーはマイクを見て、ふたたびクロエを見た。「クロエおばちゃん、おばちゃんはマイクおじちゃんの奥さんなの?」

事実ならどんなにいいか。思いが強すぎて、マイクはうっかりそう言いそうになった。瞬時にそんな場面が思い浮かんだ。

クロエが妻となり、自分とのあいだにできた子どもたちに囲まれている場が。

クロエはメリーに笑いかけた。「いいえ、メリー。わたしはハリーおじちゃんの妹なの」メリーのポニーテールを撫でつけた。「そしていまは、あなたのおばさんでもあるのよ」

「さあ」ニコールが震え声で言った。目がうるんでいる。「食事にしましょう。クロエ、手を貸しましょうか?」赤ん坊を抱えているうえに、子どもにまとわりつかれているクロエを案じてのことだ。

「いいえ」クロエは笑顔になった。「大丈夫です」

マイクはメリーにしがみつかれたままのクロエに付き添って、広いダイニングに向かった。メリーの気持ちはよくわかる。できることならクロエに寄りかかって、その静謐《せいひつ》さを味わいたかった。

「まあ!」クロエがダイニングの入り口で立ち止まった。マニユエラのお手柄だ。マホガニー材の巨大なダイニングテーブルはぴかぴかに磨きあげられ、灯《とも》したキャンドルの明かりを反射していた。「なんてきれいなの!」

まったくだ。食卓には、背の高い銀のホルダーに挿したキャンドルと、切り花を活《い》けた小さな花瓶、それにおいしそうなにおいとともに湯気を立てている料理の皿がところせましと並べてあった。

ニコールは両手を握りあわせた。「さあ、クロエ、あなたはここよ。エレンは――」

「マミー！」メリーが声を上げた。「あたしはクロエおばちゃんの隣がいい！」

ニコールが目をぱちくりさせた。いつもならテーブルマナーにうるさくない父親の隣に座りたがるのに。

「おれもだ」マイクもクロエの隣の席がなくなったらたいへんと、急いで立候補した。彼女の向かいの席など、考えられない。「おれも彼女の隣がいい」

「さあ」エレンがクロエのほうを向いて、腕を差しだした。「グレイシーを受け取るわ。わたしなら抱いたまま食べるのに、慣れてるから」

「そうね」クロエはブランケットに包まれたグレイシーを母親に渡した。グレイシーが鼻声を漏らして目を覚まし、何度かぐずぐず言ったあと、エンジン全開で本格的に泣きだした。

エレンは娘をそっと揺すりながら、小声で子守歌を口ずさんだ。

グレイシーの泣き声が大きくなった。

「おれに抱かせてくれ」ハリーがエレンの肩に手を置いた。

「お願い」エレンは不安そうな表情で娘を夫に渡した。泣き声はさらに大きく悲痛になった。

クロエは唇を噛んだ。口を開き、しゃべらぬまま、また閉じた。

グレイシーは父親から顔をそむけ、サイレンのように泣き声を響かせている。

「あの――」クロエはハリーとエレンを見た。「わたしに試させてもらっていい？」

ハリーが狐《きつね》につままれたような顔で答えた。「いいよ」そっと赤ん坊をよこした。

スイッチを切ったように、グレイシーが泣きやんだ。

「みごとだ」マイクは言った。

「ああ」ハリーが首を振る。「おまえがいてくれることになって、よかったよ。ずっと一緒に住んでくれ」

「少なくとも、グレイシーの歯が生えそろうまではいてね」エレンが頼みこんだ。「できたら、大学にあがるくらいまで」

クロエは体を傾けて、マニュエラに料理を盛ってもらった。何皿にもなった。マニュエラは料理において〝多いほどいい〟学派に所属している。

「着替えが数日分しかないから」クロエはほほ笑んだ。「グレイシーが大学に行くまでは無理だわ」

「だったら、買い物に行きましょうよ」ニコールは言いながら、ソーセージと玉ねぎのオムレツにナイフを入れた。そしてクロエにもたれかかって、あこがれのまなざしで彼女を見あげているメリーを見やった。「メリーも連れて。この子、買い物が大好きなのよ。どうやらあなたに恋をしたようよ」

「買い物」そういうメリーの口調からは、篤《あつ》い信仰心のようなものが滲みでていた。「クロエおばちゃんと一緒に」

向かいに座っていたハリーが笑った。「ハニー……」それきり言いにくそうに口をつぐんだので、マイクは驚いてハリーを見た。躊躇を知らないハリーが。「金がいるんなら、その心配はいらないよ」

「そうよ！」エレンが後押しした。「欲しいもの、いるものがあったら、遠慮なく——」

クロエがあわてて、片手を挙げた。「いいえ、大丈夫よ、お金の必要はないの。じつは——」隣に座るマイクには、彼女の手が震えているのが見えた。クロエは深く息を吸いこんだ。「じつは、あなたを探した一番の理由はそれなの、ハリー。わたしの両親が——養父母のことだけど——お金を遺してくれて。大金だから分けるのが妥当だと思ったの。ここにいるあいだにふたりで弁護士に会って話をつけたら、財産の半分をあなたに移せるわ」

沈黙。全員の注目を浴びながら、ハリーは首を振っていた。

「クロエ」ハリーは穏やかに答えた。「おまえのお金は一ペニーたりともいらないよ。会社は絶好調だし、仮に会社がひっくり返って明日、倒産したって——」エレンに笑いかける。「——ここにいるエレンがうんと稼いでくれるから、慣れ親しんだいまのライフスタイルを続けられる。それに、彼女がめっぽう金に強いおかげで、投資による資産価値が半年ごとに倍増してるんだ。おまえは地獄をくぐり抜けてきたんだよ、クロエ。金はおまえが楽しんで使ってくれ。そしてここサンディエゴでの生活を好きなだけ楽しんでいってもらいたい。おれたちと一緒に」

クロエの目に涙が光った。

マイクは彼女に身を寄せ、「言ったろ」と、ささやきかけた。クロエが喉を詰まらせて笑いながら、こちらを向いた。「これで明日の夜は〈デル〉でディナーだな」

そうだ、明日の夜だ。そのまたつぎの夜も、つぎのつぎの夜も。そんな気持ちが顔に出ていたらしく、クロエがこちらを見てまっ赤になった。

いいぞ、人生が好転している。昨晩はいかれた女とセックスしていたのに、それから二十四時間もしないうちに、これまで出会ったなかで最高にそそられる女の隣にいる。二度とこの女を放さない。

「そうね」彼女の返事を聞いて、マイクは心のなかでよしとこぶしを握った。明日の夜。クラウンルームでディナー。やわらかなキャンドルの明かりで、彼女の頬はますます輝いて見えるだろう。うまい食事のあとは、ふたりでビーチを散策して……。

マイクの携帯電話が鳴った。

取りだして、電話を切ろうとした。誰だか知らないが、かんべんしてくれ。少なくともいまは。いや、この先ずっとかも。マイクにとって大切な人はすべてこの部屋のなかにいる。あとの世界がどうなろうと、知ったことか。

おっと、ビル・ケリーか。サンディエゴ市警察の警官なうえに、やはり海兵隊にいた男だった。マイクにとって海兵隊は宗教に近い重みがある。いま任務についているわけではないが、心はいまだ海兵隊員のままであり、有名なモットーの後半部分——〝つねに兄弟《センパー・フラタニース》〟のとおり、海兵隊員はみな兄弟だった。マイクにはサムとハリーという、肉親に近い兄弟がいる。だが、海兵隊に所属していた全員もまたある意味で兄弟だった。

なかでもビル・ケリーとは親しい。かなりの頑固者だが、根のいいやつで、たとえ理想の女を見つけたかもしれない今夜でも、ビルを無視するわけにはいかなかった。

ため息をついて、携帯を開いた。「やあ、ビル。いまは都合が悪いんだ——」

「自宅か?」ビルは抑揚のない、重々しい声で尋ねた。

「いや」マイクは顔をしかめた。「サムのところだが——」

「二分で行く」言うなり、ビルは電話を切った。

マイクは電話を掲げたまま、一瞬それを見つめた。二分で来るということは、同じ建物内のマイクの自宅にいたということだ。

どういうことだ?

二分とかけず、ビルはやってきた。玄関に出迎えたニコールにあいさつする野太い声が、玄関ホールから聞こえてきた。そしてニコールに導かれて、ダイニングに入ってきた。

ビルはうかつな男ではない。自分が邪魔をしたことに気づき、頭を下げた。「やあ、ご婦人方。レストン、ボルト」親指で背後を指さした。「キーラー、一緒に来てくれ」

おかしい。ひどくおかしい。ビルは行儀にはうるさい。つまらないことで、家族の集まりに割って入るような男ではない。つまり、仕事がらみの訪問だ。

だが、マイクはもうサンディエゴ市警察の警官ではなく、ビルの指示に従う立場にはない。なにか頼みごとがあるとしたら、やり方をまちがえている。

それに、どんな頼みごとだろうと、待てないはずはない。いまは最高にいい時間を過ごしていて、クロエのそばを離れたくなかった。

「またにしてくれないか、ビル?」マイクはいらだちを隠そうとしなかった。

ビルが眉をひそめた。「いや、そうはいかない。あと十分で逮捕状が届く。おれはおまえのことを思ってその前に来たんだぞ、キーラー。だからいますぐこっちに来てくれ」

そう言って、ビルが悪態をついた。女性の前では決してそういう態度を見せたことがないビルがそうしたとなると、そうとうなストレスがかかっているということだ。

そのあと遅まきながら、マイクはある言葉に気づいた。「逮捕状?」

「そうだ」

サムとハリーが顔色を変え、椅子を引いて、立ちあがった。ニコールとエレンとクロエはショックを受けているようだ。

大人たちの様子がおかしいのに気づいたメリーは、母親に駆け寄り、膨らんだ腹に腕をまわした。グレイシーは目を覚まして、泣きだした。クロエが小声でなだめたが、こんどばかりは泣きやまないので、母親に渡した。

　ついさっきまでは、美しくセッティングされたテーブルで湯気を立てている料理にいたく食欲をそそられていた。祝いの席。いまはそのにおいが霧のように鼻腔《びこう》を満たして、吐き気を誘っている。お祝い気分は吹き飛んでしまった。

　なにが起きたんだ？

「さあ、キーラー」ビルは命令口調でそっけなく言った。

　マイクがそれに従ったのは上下関係があったからではない。生まれてはじめて、そういう関係のない時間を過ごし、それをいたく気に入っていたから。いや、そうではなくて、今日が生まれてきて一番いい日だったからだ。なにが起きたにせよ、さっさと終わらせたかった。

　なにかまちがいが起きた。さっさと片付けるしかない。

　いかにも仏頂面でマイクはサムのリビングに移動し、サムがふだん使っている大きくて座り心地のいい肘掛け椅子をビルに指し示した。そして自分は、そのビルと直角になるようにソファに浅く腰かけた。

　まもなくソファの隣にサムが腰かけ、ビルの隣の肘掛け椅子にハリーが腰かけた。

　ビルが眉を吊《つ》りあげた。「同席してもらっていいのか？」マイクに尋ねた。

言うにこと欠いて、愚かなことを。「ああ。こいつらは兄弟だ。隠しごとはいっさいない」

ビルがうなずいて、メモ帳を取りだした。ビルはラップトップやｉＰａｄでなくペンを使ってメモを取る最後の刑事だった。

ページを何枚か繰り、マイクを見あげた。「昨日の夜はどこにいた？」

マイクは動けなくなった。昨日の夜だと？　サムとハリーが顔を見あわせてから、マイクを見た。「出かけてた」

ビルが奥歯を噛みしめた。凍りつくほど冷ややかな灰色の瞳をして、沈黙をそのまま放置した。マイクは元警官として、自分の答えの意味をよく知っていた。だが、めったにないことながら、自分の女漁りを恥じた。サムとハリーが自宅で妻と娘と過ごしているあいだ、自分は酒場に飛びこみ、飲みすぎたあげく、いかれた女を引っかけた。

もうそんなことが許される年齢ではない、とふいに悟った。問題を解決するために酒場を飲み歩くのは惨めだし、翌朝になっても、問題はなくなっていない。二日酔いと、一緒にいる女から離れたいという焼けつくような願望があるだけだ。

マイクは深いため息をついた。「わかったよ。十一時ごろ、ローガンハイツに車で出かけて、酒場を何軒かまわって何杯か飲んだ」

ビルは膝にメモ帳を広げていたが、それを見ようとはしなかった。「最後に行ったのが〈ケーブ〉か？」

「覚えてない」言った瞬間、思いだした。汚れた窓の上でまたたいていた壊れたネオンサインが脳裏に浮かんだのだ。〈ケーブ〉と。「ああ、そうだ」マイクはため息をついた。「それで、おまえは女を引っかけた」

それがどうした？　ビルには関係ない――セックスの取り締まりでもはじめたのか。「なんでそんなことをおまえに尋ねられなきゃならないのか、わからないな」

「女の名前は？」ビルの声はますます冷たくなった。

名前だと？　頬を染められるものなら、赤くなっているところだ。彼女から聞いたとしても、覚えていなかった。ぐでんぐでんになっていたからだ。

マイクは肩をすくめた。

「たいした情事だな、おい」ビルの声が冷え冷えと響いた。

ぐうの音も出なかった。

「ミラ・コラビッチという名前に心あたりは？」

ミラか。マイクは目を閉じて女のアパートを思い描こうとした。汚く、乱雑で、いやなにおいがした。鼻をつく悪臭と、むかむかする悪酔いの感覚だけが記憶に残っている。女の名前など、どこかにあるだろうか？　マイクはまぶたを閉じて記憶を探った。なにもない。

目を開いた。「悪いが、名前は記憶にない。で、それがどうした？」

「女に乱暴したんじゃないか？」

恥辱感が体をめぐって、カッとなった。ハリーとサムは黙ってこちらを見ている。昨夜酔っぱらったまま、彼女を押さえつけたことを思いだした。彼女の、腫れて赤くなった手首に、つかんでいた自分の手の痕が白く浮いていた。

「ああ――少し。たいしたことじゃないが」

「そうか？」ペンを走らせていたビルが、マイクの言葉に顔を上げた。きつい顔をしている。「おまえの少しがどの程度を指すのか知らないがな、キーラー、おれならあれを少しとは言わんぞ」

封筒からつやのある8×10インチの写真を取りだして、コーヒーテーブルに投げた。前のめりになったマイクは、写真に目を凝らした。赤と黒の崩れた肉……やがてそれが形をなし、したたか殴られた女性の姿となって浮かびあがってきた。

マイクは目を細くした。その顔にどことなく見覚えがある……まさか。昨夜セックスした女だった。

驚きの面持ちで顔を上げると、怒りに燃えるビルの目があった。

「顎の骨が砕けて、脳震盪《のうしんとう》を起こしていた。片方の腕と肋骨三本が折れ、脾臓が破裂、内出血で手術が必要だった。おれならこの状態を少しとは言わんぞ、キーラー」

「おい、やったのはおれじゃない」マイクはじっとしていられずに、立ちあがった。「おれが女相手にそんなことをすると思うか。おれは彼女に言われて押さえつけただけだ」そして、激しくセックスした。しかしそれもまた、彼女に頼まれてのことだ。

ビルは腹立たしげに恐ろしい写真の数々を指さした。「ただ押さえられただけの女の写真に見えるか？　半殺しの目に遭ってるぞ」

「いや、ビル」マイクはふいに恐怖から身震いに襲われた。恐れることはめったにないが、過去に例のない恐れだった。もし自分を知っているビル・ケリーが自分のことをこういうことのできる男だと思ったとしたら、暴力犯罪課のほかの警官たちがどう思うかは推して知るべしだろう。マイクと関係があるのはほとんどがＳＷＡＴの連中だった。だが、サンディエゴ市警察は大組織だ。マイクのことをよく知らない警官がおおぜいいて、そういう連中は、マイクが女に暴力をふるえない人間だと聞かされても、耳を貸そうとしないだろう。

襲われたらもちろんやり返すが、女相手など、考えられない。

自分を疑う警官たちを相手に申し開きをしなければならないという現実が、じわじわと身に染みてきた。警官だけじゃない、地方検事もだ。そして、悪くすると、そこに陪審員団まで加わることになる。

ビルが詰問した。「じゃあ、なにか、おまえはこの女とセックスしてないのか？　発言には気をつけろよ。バスルームで使用済みのコンドームが見つかった」鼻を鳴らす。「使ってはあったが、中身はからだった。哀れなことに、いってなかったようだ。さて――ＤＮＡ鑑定をしたら、どんな結果が出るやら。おまえのＤＮＡの検体があることを忘れるな」

全警察官がデータファイルを作成するため、口腔《こうこう》粘膜を採取してＤＮＡを提供している。

「いや、そうだ、彼女とセックスした」

「なるほど」ビルは言った。「それで?」

「それで……おれはいかなかった。彼女から……乱暴に扱ってくれと頼まれ、おれにはできなかった」

いまやビルは哀れみの目つきになっていた。ビルはセント・パトリック・デーの日にしかセックスしなさそうな、杓子定規《しゃくしじょうぎ》な男だ。マイクはこれまでそんなビルを哀れんできたが、突然、真実を悟った。正しいのはビルで、自分のほうがまちがっていたのだ。女とセックスしてまわるのは、いいことじゃない。

ビルはため息をついた。「ふむ。じつは被害者の女性はクラックを使っていて、部屋のいたるところに散らばってた。おまえは元警官だ。海兵隊にもいた。海兵隊とクラック・コカイン、いい組みあわせとは言えんぞ、キーラー。ムスコはパンツのなかにしまっとくべきだったな」

マイクは目をつぶった。ビルの言うとおりだ。パンツのなかにしまっておけばよかった。

「で……おまえの言い分を聞かせてもらおうか」

マイクは奥歯を嚙みしめた。話したくなかった。なにも言いたくない。

沈黙。自分の歯が嚙みあわされる音が聞こえる。

ビルがため息をついて、立ちあがった。「わかった。話したくないんなら、本部まで来てもらおうか、キーラー」

サムとハリーが同時に立ちあがった。

マイクは苦労して口をこじ開けた。「ふたりとも落ち着け。座ってくれ」サムとハリーがいなければと思ったが、どちらも立ち去る気配はなかった。このふたりがもっと薄情であってくれたら。そう思ったのは、恐怖の館であった養父のヒューの家に足を踏み入れ、またもや送られたくそったれな里親家庭には自分を守ってくれる少年がほかにふたりいることに気づいたとき以来、はじめてのことだった。いまの望みはビルとふたりきりで静かにこの件を処理して、兄弟たちを巻きこまないことだった。

だが、サムとハリーはかたくななまでに忠実で、マイクをひとりにしようとしなかった。まいったな。

「座ってくれ」マイクがくり返すと、サムとハリーが椅子に浅く腰かけた。ビルは厳しい顔つきのまま突っ立っていたが、やがて腰をおろした。メモ帳を引っぱりだし、待ちの姿勢に入る。

「こういうことだ」マイクは言い、つと目を閉じた。口のなかに冷たい鋼鉄の味が広がり、まるで銃弾を口に含んだようだった。「昨夜のおれはやけに落ち着かなくて、十一時ごろ家を出た。しゃれた酒場でマティーニ片手に投資銀行に勤める女を誘う気分じゃなかった」そうだ、そのときの心象風景に見あった愚劣な場所に行きたかった。だが、サムとハリーの前でそれを言うことはできない。ふたりがマイクをそんな気分にさせてしまったことを悔いて、わが身を責めるに決まっているからだ。

こんなときだ、兄弟たちがこうも誠実でなければいいのにと思うのは。もっと友だち甲斐《がい》のないやつらで、自分のことをこれほど気遣ってくれなければいいのだが。

「それで、少しぶらついて、ローガンハイツにある〈ケーブ〉って店に行き着いた」

ビルが片手を上げた。小声で電話に応じてから、携帯を閉じた。ふたたびメモ帳に目を落とす。「なるほど。続けて」

「おれは……飲んだ。大量に」マイクはサムとハリーを見やった。どちらもポーカーフェイスを装っている。アフガニスタンから人間の残骸のようになって帰国したとき、死への願望が深く巣くっていたハリーは、しばらくのあいだ毎夜酒に溺れて、死のうとした。マイクとサムは好きなようにさせた。酒で死ぬのが容易でないことを知っていたからだ。だが、ハリーは試みた。マイクとサムは彼から銃器を取りあげ、泳いで沖まで出ないように目を光らせ、最悪の時期にはハリーのバルコニーの周囲に破れない網を張りめぐらせた。

だが、酒に関しては好きにさせた。飲んで死ぬのはたいへんだし、ハリーにもそれはできなかった。

マイクにも酒でうさをまぎらす癖があったが、ハリーのようにまっとうな理由はなかった。ハリーは歩けなくなるかもしれない瀬戸際にあって、四六時中痛みと向きあい、ふつうの暮らしには縁遠い日々を送っていた。

だったら、おれの言い訳は？　なにもない。それがときにマイクが感じること——内的な理由がいっさいなかった。

そのことを恥じてはいるものの、事実なのだからしかたがない。サムとハリーのように悲惨な子ども時代を送ったわけではないので、それも理由にはならなかった。盗みに入った虫けらのような男に両親と兄ふたりを殺されて子ども時代が終わるまでは、愛情深い家族にしっかりと守られてきた。それが二十五年前の三月十二日、マイケル・パトリック・キーラーが十歳のときのことだ。そして翌三月十三日には、悲しみに身を引き裂かれて、十歳にして大人となったマイクがいた。

だが、その日までは恵まれていた。

そして酒は、三月十三日以来の人生を忘れるためにあった。

「へべれけになったのか？」ビルが尋ねた。

これもある種の専門用語のようなものだ。〝酔う〟にも種類があって、へべれけというのは前夜のマイクを表していた。

「ああ」マイクは静かに答えた。

ビルは椅子にもたれて、マイクを見た。メモ帳の上でペンを構えている。「で？」

「引っかけた——」引っかけた相手は、娘とは言いがたい。レディでもない。「この女を」

　実際は自分のほうが女に引っかけられたのだが。

「名前は？」メモ帳から目を離さないビルを見て、瞬時に察した。マイクが気の滅入るようなことを言うのに備えて、顔を見ないようにしているのだ。

　マイクが答えずにいると、ビルが顔を上げた。

「さっきも言ったとおり、名前は知らない」マイクは静かに言い、男三人は顔をしかめた。女の名前を知らないのは失点だ。少なくとも挿入はしておきながら、その女の名前を知らない。それに対して言い訳できることなどなかったので、マイクは黙っていた。

　ビルはいまや頭のなかを探るように、まっ向からマイクを見つめている。ビル自身がアルファメールで、ふだんのマイクならこんな男から凝視されて黙ってはいない。これがビルの仕事だとわかっていなければ、髪を逆立てて怒っているだろう。だが、もはやマイクに憤る権利はなかった。

「名前はさっき言ったとおりだ」ビルが重い口を開いた。「ミラ・コラビッチ。聞き覚えは？」

　マイクは首を振った。思うに、彼女とは十言と口をきいていないのではないか。

「売春婦か？」ビルはなにげなく尋ね、こんどはマイクが顔をしかめた。

「いや」そうかもしれない。汚くて、みすぼらしい部屋に住む、薬物依存症者。売春婦でもおかしくない。「少なくとも、おれが知るかぎりは。金は求められなかった」求められたら、断っていただろう。禁止リストに引っかかる。既婚者、依存症者——それについては無視してしまったが——売春婦は相手にしない。

こちらから、願い下げ。マイク・キーラーには基準がある。しかも、高い基準が。

また長い沈黙。マイクにはサムとハリーの目が見られなかった。このふたりなら絶対に、汚らしい穴蔵で夜中の二時にバーボンを吐いたりしない。そう、ふたりは夜中の二時には連れあいと一緒にいた。仕事で外出している日以外は、毎晩決まった場所にいるし、ふたりともなるべく早く帰宅しようと躍起になっている。うちで彼らを待ち受けているものが、あまりにすばらしいからだ。

「で」ビルは一語ずつ、抑揚をつけずに淡々と述べた。「乱暴をはたらいたんだな」

マイクは床を見ていた。

「ひどい乱暴を」ビルの声のなにかに反応し、マイクは眉をひそめて顔を上げた。

思いだしても、胸がむかむかしてくる。「お、おれは彼女を押さえつけた。おれの手は、そう——少し乱暴になった。押さえつけてくれと女に言われて、手首をつかんだ。だが、ほんとうはいやだった。手を離すと、彼女の手首がうっすら赤くなってた」

「それで?」尋ねるビルの声がかすれた。

マイクは肩をすくめた。「たいしてひどくなかった」

ビルは前のめりになって、顔を見た。「おまえのたいした状態がなにを指すか知らないが、キーラー、おれの見るかぎり、彼女の痛めつけられ方はたいしたもんだぞ。人をあんな目に遭わせるのは、まちがってる。彼女は四時間にわたって、ナイフを突きつけられたんだ」

マイクはハッとして顔を上げた。「おい、おれは手首を押さえつけただけだ。さっきも言ったとおり、手を離したときは少し赤らんで腫れてたが、それ以上は断じてしてない。そんな——手術が必要になるような——傷はひとつもなかった。手術など必要なかった」

「だったら言わせてもらうが」ビルはメモ帳の先頭に戻ったが、内容を記憶しているらしく、ろくに見もしないで述べた。「病院に運びこまれたとき、彼女の顎の骨は砕けて、脳震盪。片腕と肋骨三本が折れ、脾臓が破裂していた」

「いや」聞くだに、吐き気がする。「やったのはおれじゃない。おれが女にそんなことができるわけないだろ。いいか、実際にあったのはこういうことだ。おれは酒場の〈ケーブ〉でその女を引っかけた。彼女の家に行って、セックスした。いちおうはセックスだった。彼女から乱暴にしてくれと言われて、気分が悪くなった。それでバスルームに行き、コンドームを——精子のDNAの入っていないコンドームを——外して、便器に吐いた。彼女はおれに腹を立ててわめいてたから、騒音でうるさいという通報があったんなら、それだろう。おれはまだアルコールが残ってたし、新鮮な空気を吸って、体を動かしたかったんで、車を置いて走り、フェリーに乗って、そのあとコロナドショアズまでまた走って帰った」

「自宅に着いたのは何時だった？」

「さあ――いや、待てよ。五時ごろかな。ああ、そうだ。シャワーを浴びたあと時計を見たら、デジタルの目覚まし時計が五時十七分を指してた。おれはバルコニーに出て朝日がのぼるのを眺めてから、出勤するため部屋に戻った」

ビルが顎を動かし、冷たい目でマイクを見すえた。

「そうか。だったら、こちらがつかんでいることを教えよう、キーラー。四時二分に通報が入った。アラメダ・ストリート四四五の三二一号室、つまりミラ・コラビッチの部屋から悲鳴と暴力をふるっているらしき音がするとの入電だった。現着してみると、彼女が意識不明だったんで、救急医療サービスの手で事故救急に運びこまれ、五時十五分に手術を受けた。おれたちは指紋を探した。鉄製のベッドの柵とトイレの上のタイルにはっきりとした潜在指紋があった」

なんたることか。鉄製のベッドの柵をつかんで、腰を振っている図がマイクの脳裏に浮かんだ。あのときペニス以外は女に触れたくないという気持ちがふいに湧いてきたせいだった。手首を押さえつけたのも、女からしつこく頼まれたからだ。吐くとき便器の上の壁に手をついて体を支えたことも思いだした。

「指紋を照合してみたら」ビルは怒れる雄牛のように、鼻から息をついた。「チンピラどもの指紋が合致した。だが、驚いたのは、そのなかにおまえの指紋があったことだ。鮮明な指紋がな。念のためにもう一度照合してみた」

軍隊と警察に籍を置いていたマイクの指紋は、当然のことながら、ファイルに残されている。胃がむかむかする。

「で、おれたちはおまえが在任中に使っていた身分証明書を持って現場付近の酒場にあたり、〈ケーブ〉で金を掘りあてた。おまえは十二時十五分過ぎに、ミラ・コラビッチを伴って店を出た。これは偶然だが、彼女には売春と麻薬所持の二件で逮捕歴があった。バーテンダーがおまえの写真を見て、コラビッチと出ていったと証言した。そして今朝八時、麻酔から覚めたコラビッチが、自分を叩きのめしたのはおまえだと特定した」

サムとハリーが同時に立ちあがった。大きくて屈強な男ふたりが共同戦線を張っている。

「そんなばかな」サムがうめいた。「マイクの話を聞いたろ。五時には帰宅してたんだぞ」

四人の男が互いに様子をうかがった。マイクにもサムとハリーが敵意を放っているのはわかったが、ビルは一歩も譲らなかった。威圧など受けつけない。海兵隊経験のある、優秀な警官なのだ。圧力をかけられて引っこむようなまねはしない。

ビルはサムとハリーを無視して、マイクを見すえていた。

だが、注意深く見ればその冷たい灰色のまなざしの奥に痛みがひそんでいるのがわかる。ほんとうはマイクのことを疑いたくなどないのだ。捜査だってしたくない。だが、これが仕事である以上、ビルとしてはやるしかない。

SEALでむかしから言い習わされているように、好むと好まざるとにかかわらず黙ってやるべし、なのだ。

ビルはメモ帳をジャケットのたるんだポケットに戻した。この一カ月、着たまま寝ていたように形が崩れている。「本部まで来てもらうぞ、キーラー。それしか方法がない」大きな手を挙げて、一歩前に進みでたサムとハリーを制した。「いいか、選択肢はふたつ。素直に従うか、強引に従わされるかだ。そっちで選べ」

突如、マイクは老いを感じた。そしてわが身を恥じた。被害女性を殴りつけたのは自分ではない。それは確かだし、ビルが証拠を精査してくれるいい警官であることも知っている。であれば、いずれは無罪放免される。

だが、解決するまでにはいやな目に遭わなければならない。おそらく保釈金を払うことになるだろう。RBK社は業績好調ながら、いまは大口の投資を進めている最中で、そちらにまわすべき金をごっそりと使えば兄弟たちに迷惑をかけることになる。ビルは本能的にマイクをマスコミからかばおうとするだろうが、もしこの一件が外に漏れて、RBK社のマイク・キーラーが傷害罪で逮捕されたことが明るみに出れば、これまで苦労して築いてきた会社の評判が台無しになる。

つまり兄弟たちが、会社が、泥にまみれるのを目にする可能性がきわめて高い。都合の悪い時期に大金を使わせることは、言わずもがなだ。

そしてこの件に関しては誰も責められない。悪いのはひとえに自分だった。

女を叩きのめしたのは自分ではない。その点では罪がないが、それ以外のことに関してはまったく申し開きが立たなかった。三十五歳にもなって、たったひと晩もひとりで過ごせなかったのは、自分の罪だ。深酒をして、見ず知らずの女を引っかけた。下半身で考えていないで、二秒でも頭を使っていれば、そんなことはやらないほうがいい、最悪だとわかったはずだ。

自分は会社と兄弟たちの名誉を汚した。そして兄弟たちの伴侶の面目をつぶした。敬愛の対象であるふたりの女性の面目を。

「検事長がお待ちかねだ」ビルから言われて、マイクは目を閉じた。そりゃそうだ、検事長も待つだろう。サンディエゴ市警察の元警官が被疑者とあらば、厳しい態度で挑んでくる。元警官に手心を加えたと思われたら、わが身に火の粉が降りかかる。ここへ来ることでビルはあぶない橋を渡り、いずれそのつけを払わされるかもしれない。

マスコミが特別扱いの気配をかぎつけたら、ビルは窮地に立たされる。タブロイド紙や政治的な事柄を扱うウェブサイトは血に飢えている。

「おれたちも同行する」サムがきっぱりと言った。問答無用。ビルは返答に窮していた。頑固な男だが、共同戦線を張るサムとハリーとやりあいたい人間など、どこにもいない。

おい、やめてくれ。マイクは兄弟たちを巻きこみたくなかった。

この瞬間、なにを差しだしても、兄弟たちにもっと薄情になってもらいたかった。市街地までついてきて、自分が重罪の被疑者として扱われるのを見られたくない。本部には新入りもいる。マイクを知らない彼らには、マイクがセックスのあとに薬物依存症の女に暴力をふるった嫌疑で訴えられた元警官と記憶される。マイクの致命的な判断ミスは白日のもとにさらされ、みなの失笑を買うだろう。

兄弟たちがそれを見る。そして傷つく。

ふたりには本来の場所で家族といてもらいたかった。ふたりにふさわしいのは安全なうちで、これから起こるごたごたにつきあわせるのはまちがっている。

メリーとグレイシーがまだ幼く、この超弩級《ちょうどきゅう》のクソ事件を理解できないことだけが救いだった。彼女たちのマイクおじちゃんがこんなにおぞましいことで疑いをかけられたとわかったら、ふたりの目には困惑と悲しみが浮かぶだろう。そんなものをまのあたりにしようものなら、とても生きてはいけない。

マイクはふり返ってジャケットをつかみ、ビルについて歩きだそうとして、恐怖に棒立ちになった。地獄の最深部に落とされて、そのまま世界が凍りついたようだった。あれこれ悔やんできたことが、いっきに意味を失った。そこにクロエがいた。出入り口の前に立ち、金色の瞳に悲しみをたたえてこちらを見ていた。

クロエ。引きつった、まっ青な顔。ずっとそこで話を聞いていた。つまり、マイク・キラーの人となりが彼女の耳に入ってしまった。クロエは自分のことをろくに知らない。彼女がいま知っているのは、この三十分で聞かされたこと。そしてそのすべてがおぞましく、しかもなお悪いことに事実だった。

もちろん、女を痛めつけてなどいないが、そのほかは――言い訳の余地がない。自分は泥酔した。正直に言って、たまに泥酔することが習慣になりつつあった。

ひとりだけの夜があると、正体がなくなるまで痛飲し、最初に近づいてきた女を引っかける。それがあとになって依存症者で正気が疑われるような女であったことがわかる。

相も変わらずだった。マイクは膣さえあれば突っこむと、SWATのロッカールームで誰かが言っているのを聞いたことがあった。

そのとおりだ。

マイクははるかむかしから、頭をからにする道具としてセックスとアルコールを使ってきた。一度として効き目がなかったのに、試すのをやめようとしなかった。これが狂気でなくて、なんだろう。こんどこそちがう結果になることを期待して、同じことをくり返した。

それがクロエの目に映っているマイク・キーラーという男だった。酒を飲みすぎて、薬物依存症者とセックスし、その女に暴力をふるった。

おれはそんな男じゃない、と叫びたかった。よき海兵隊員だったし、よき警官だった。会社の仕事にも熱心で、兄弟たちを愛し、その伴侶たちを愛し、なにより幼い姪たちを愛している。

虐待された女たちの失踪に手を貸し、慈善事業にも参加してきた。

クロエが聞かされた男は、おれじゃない。

いや――おれでもある。女を痛めつけてはいないけれど、それをのぞくと、あとはすべて事実なのだから。アルコールについてもセックスについても依存症の一歩手前で、まともな女性にはふさわしくない。そしてその結論に至ったその日に、ある女性がマイクの世界を揺るがした。

クロエ・メイスンには度肝を抜かれた。彼女と過ごしたわずか数時間のうちに、いままで感じたことのない、不思議な感覚が芽生えた。胸苦しくて息ができないのに、一方で、清浄な酸素を取りこんでいるような感覚もあった。

それが幸福感だと、いまになってわかる。自分の世界に、清らかで、清々しくて、美しいものが入ってきた。それなのに、マイクはみずからの手でそれを自分の人生から抜き取ってしまった。

一行は小さな列をつくって部屋を出た。ビルを先頭にマイクが続き、そのあとサム、最尾がハリーだった。家族全員で一日過ごし、きれいで物静かでミステリアスなクロエ・メイスンと深く知りあうつもりだったのに、浅ましい行為の後始末をするため兄弟たちまで家族から引き離してしまうことになった。そして、その一歩一歩がクロエとの距離を遠ざける。

ホテルの部屋でクロエと交わしたキスほど刺激的なものはなかったし、これまでしてきたセックスとはまるで別のものだった。新たな扉が開き、その向こう側から、謎と刺激に満ちたなにかが手招きしているようだった。

その扉がぴしゃりと閉じられた。そう、みずからの手で閉じてしまった。

一行はクロエの前を通った。彼女の視線を感じながらも、マイクはその目を見ることができなかった。どうしてもできなかったのだ。面目のなさと後悔が酸となって内側からマイクをむしばんだ。厳めしい顔つきで前方を見つめたまま、彼女の前を通りすぎた。

エレンとニコールもこちらを見ていた。どちらも悲しそうな目をして、エレンは音楽家の手で口を押さえ、ニコールはふたりめの娘を宿した腹を押さえていた。

早く遠ざかりたい。彼女たちから離れて、その悲しみと愛情に満ちたまなざしのない場所に行きたい。ふたりの愛情を痛いほど感じた。彼女たちは自分たちの家庭と心を開いて、マイクを歓迎してくれた。そんな彼女たちに、なんという仕打ちだろう? 家庭に薄汚れたやっかいごとを持ちこんでしまった。

兄弟たちの目もまともに見られなかった。ふたりは支えていることを示すため、通路でマイクの両側を歩いたが、目は前に向けられていた。誰ひとり口をきかないまま、エレベーターに乗りこんだ。

こんなときに言える言葉などどこにある。

8

「彼はやってない」エレンの声は静かながら、きっぱりとした口調だった。

「もちろんよ」ニコールも同じように迷いのない口調だった。

クロエはふたりを見た。ふたりとも本気で言っている。ボディランゲージにも声にもあいまいなところはまるでなかった。

心の緊張がゆるむ。刑事がマイクを取り調べているのを聞くうちにしょわされた重荷が少し軽くなった。

マイクのことは知らないと言っていい。そもそも男というものに縁遠いのだけれど。なにも知らないに等しい。はじめてオーガズムを感じさせてくれたから、いい人だと思っているの？　セックスと品位に相関関係はない。それがわかるくらいには年をとっている。

だとしても……刑事が言ったような怪我を女性に負わせられる人だと考えるのには、なぜか抵抗があった。ホテルの客室で彼にさわられたとき、がっちりとした大きな手なのに意外なほどやさしい手つきだった。男性とセックスといったら、わずかな知識しかない未踏の領域ではあるけれど、マイクがそんな形で女性を痛めつけるとはどうしても思えない。

自分はマイクを知らないが、エレンやニコールは知っている。

「マイクには絶対に無理よ、女性を傷つけるなんて」エレンが腕のなかのグレイシーをあやしながら言った。

ニコールがお腹を撫でる。「そのとおり、あんなにすてきな男性はめったにいないわ」

どちらも自分に向かって話をしている。どうしてだか、クロエにはわからなかった。わたしには関係ないのに。「そうなんでしょうね」クロエは穏やかに応じた。「わたしがこんなことを言うのもなんだけれど、彼がそのかわいそうな女性を殴ったとは思えないわ」

潜在的な暴力性はおのずと表れる。クロエにはそれを察知する能力があったから、長年〝父〟を避けてきた。私立探偵のアマンダによって五歳のときなにがあったかが明らかになると、自分がそうしたことに敏感な理由に納得がいった。

アマンダが石をどけて血のつながった家族が見つかったとき、クロエは自分の人生全体に母の恋人たちによるいわれのない暴力の刻印が押されていることに気づいた。「マイクがそんなことのできる男性だとは思っていないから、わたしを説得しようとしなくて大丈夫よ」

ニコールとエレンが目を見交わした。

「そうはいかないのよ」ニコールが言った。「あなたに話しておきたいことがあるの」手招きをする。「こちらへ来て。リビングに移動しましょう。みんな食欲なんて吹き飛んでしまったでしょうから」

そのとおりだった。クロエの胃は縮こまってこぶしのようになっていた。

だだっ広いリビングに場所を移すと、ニコールとエレンにはさまれた。ふたりとも好きだけれど、懐柔されるのはいやだ。

三人で腰かけると、ニコールとエレンはまた目配せした。無言のうちにニコールが主導すると決まったようだ。

「聞いてちょうだい、クロエ。ほかならないわたしたちが言うのだから、マイクがさっき言われたような罪を犯していないと信じてもらわないと。彼は――」

「ええ、信じるわ」クロエは張りつめたふたつの顔を交互に見た。「わたしの意見など、意味ないでしょうけど」

「ううん、あるの」エレンが小声で言った。「とっても」

「マイクはあなたが好きよ」ニコールがクロエの手に触れた。「彼に女と寝てまわる男というイメージがついたのはわかるし、ちがうとも言えない。残念ながら事実だから。見当ちがいの場所に愛を探すっていう表現があるでしょう？　マイクもそう。でもマイクはこれまで一度もわたしたちに女性を引きあわせたことがないの。マイクは一度も安定した関係を築いたことがないと、サムもハリーも言っているわ。そして、あなたに対するときのような態度をわたしたちははじめて見た。彼はあなたから一瞬たりとも目が離せなくなっていた。あなたにぞっこんなんじゃないかしら。そしてひょっとすると――」クロエの手を握る手に力が入った。「あなたもそのことに無関心ではないんじゃなくて?」

ホテルの客室での光景がよみがえった。マイクと唇を重ね、彼の重さを受け止め、太くなったペニスを敏感な部分にあてがわれた……それを思いだしただけで、体がほてる。

肌の白さが恨めしい。鏡を見るまでもなく、信号のように赤くなっているのがわかる。全身が真実を声高に語っているときに、嘘をついても意味がない。「ええ」静かな声で正直に答えた。「そうなの」

エレンがやさしくほほ笑んだ。「やっぱりね」ここでもニコールを見た。「ふたりともそう思ってたの。どうしてわたしたちがこんなにお節介なのか、あなたたちの色恋沙汰に首を突っこんであなたを悩ませているかというと、マイクになんとか幸せを見つけてほしいからなの。幸せになってしかるべき人なの」

ニコールが身を乗りだした。「彼はわたしたちの命を、わたしたちふたりの命を救ってくれたのよ。その話はまたいつかするけれど、肝心なこと、あなたに知っておいてもらいたいことは、わたしたちが命の危機に瀕したとき、マイクは二の足を踏まなかったということ。サムとハリーは恋に目がくらんでいたから命も懸けるでしょうけれど、マイクはただ兄弟だからという理由で助けてくれた。女を引っかけてまわっているくせに、古風な騎士のような男でもあるの。彼のことが心配だわ。やってもいない罪を着せられそうで。そんなことになったら、このごたごたから抜けだせなくなってしまう」

「それに、好きな女性が見つかったところだったんじゃないかってことも、わたしたちには心配の種よ。自由と同時に、チャンスを失ってしまいそうで」エレンはずばり核心を突くと、クロエの手を握った。「この件でだめになったりしないって、お願いだから、言って。マイクにチャンスをあげてくれる？　今日ぐらい、彼が幸福そうだったことないの。あなたに目を奪われてた。愛し愛されていい人なの。彼からそれを奪わないでやって」

両方の女性が目に希望を宿していた。

クロエはにわかに立ちあがると、部屋を横切ってバッグを手に取った。ふたりは心からマイクを助けたがっている。それは自分も変わらない。この人なら真実を突き止めてくれると思える女性が、この世にひとりいる。その女性の番号は短縮に登録してあった。

ニコールとエレンが希望と不安を周囲に放ちながら、こちらを見ていた。「わかったわ。あなたたち、マイクを助けたいんでしょう？　わたしもよ」クロエは電話の相手が出ると、笑顔になった。「アマンダ？　クロエよ。ええ、サンディエゴなの。アマンダ、助けてもらいたいことがあって」自分を見るふたりの女性を見た。生まれてはじめて、家族というものを切に感じて、胸が熱くなった。

「もう一度話してもらおうか」取調室でビルは言い、マイクはうめき声を嚙み殺した。さっきから何度も同じ話をくり返してきた。

居心地の悪いがらんとした部屋は、男の緊張と絶望のにおいがした。たぶん刑務所の独房もこんなにおいなのだろう。マイクとしてはそれを確かめずにすむことを祈るが、風向きがいいとは言えなかった。

ビルを責めることはできない。ミラは手術の麻酔から覚めるやいなや、マイクにやられたと証言した。彼女を実際に病院送りにしたクソ野郎をかばうためだ。警察がマイクを被疑者だと特定するのは理解できるが、実際はちがう。だが、向こうにはマイクを起訴して公判の日程が組まれるまで勾留しておけるだけの証拠があった。

その事態を兄弟たちはほうってはおかないだろう。地方検事から言われただけ、どんなに高額だろうと保釈金を払う。そのことがマイクには腹立たしかった。ちょうど金銭的に厳しい時期に重なってしまった。ババに一万エーカーの土地を買ったばかりなのだ。メキシコで熾烈なドラッグ戦争を担うことになる警官を育てるため、その卵たちの訓練センターと射撃練習場を作る予定だ。これはエレンの発案だった。名案ではあるものの、広大な土地を確保して屋内外の射撃練習場をつくるには、莫大《ばくだい》な金がかかる。そのせいですっからかんになっているので、保釈のためには金を借りなければならない。それだけではない、刑事事件に精通した高額の弁護士を雇うためにも、金を借りることになる。

自分のせいでＲＢＫ社は借金にまみれ、ふた家族が財布の紐を締めなければならなくなる。

責任ある大人であるにもかかわらず、自分がホルモンに翻弄されるティーンエイジャーのようなことをしたせいで。

それを思うと、吐き気がする。

罪は犯していないのだから、兄弟たちも自分をここに放置すればいいのだ。いずれ無実が証明されるなり、起訴されるなりする。サムとハリーには許せないだろうが、それがマイクの望みだった。自分をこのまま放置して、おのずと真実が明らかになるのを待ってほしい。

それでなくとも、うちには帰りたくない。エレンとニコールに顔向けできないし、誰よりクロエと顔を合わせるのがつらい。自分がやったことを聞かされたあとのクロエの、あの表情……燃えるような恥辱感が込みあげてきて、どこにも逃げ場がなかった。はじめて彼女に会ったときから、希望をいだいてきた。彼女は熱っぽい目つきで自分を見つめていたし、あの熱くてやさしいキスはその先を約束していた。そんなもろもろがすべて、消えてしまった。彼女は失意を感じているはずだ。どれほど困惑し、傷ついていることか。

ちくしょう。

銃火にも迫撃砲にも、ひるまず対峙《たいじ》してきた。それなのに、自分から目をそむける青ざめたクロエの顔を思い浮かべると——耐えられない。自分ではどうすることもできなかった。

こんな男は牢《ろう》で腐ればいい。いま訴えられている罪のせいではなく、二十年にわたって本来いてはいけないベッドに潜りこみ、好きでもない女とセックスしてきた罪で。

そのあげくが、このざまだ。

「〈ケーブ〉という酒場に行った」マイクはふたたび話しだした。どこか他人事のような、落ち着いた声で。「店に着いたのが午後十一時ごろだ。女がいた。少し話をして――」

そのときノックの音がした。マイクはもちろんのこと、ビルも驚いた。取り調べの邪魔をするべからず――鉄則だ。ビルの顔つきが険しくなり、マイクはなにも知らずにドアの向こう側にいる新任警官を哀れんだ。

驚いたことに、そこにいたのは新任ではなかった。マイクがSWATにいたころから知っている、ジェリー・クレインという刑事だった――なんと、そのあとにハリーとサムがついてきた。

ビルが気色ばんで、立ちあがった。当然だろう。ハリーとサムはなにを考えているのか。これは友人との連帯の表明ではなく、適切な手続きを邪魔する行為だ。警官による職務遂行を妨げるのを禁ずる法律には意味がある。

ビルが口を開いて民間人を取調室に入れるなと一喝するより先に、ジェリーはノートパソコンをテーブルに置いた。

「取調中にすみません。ですが、これを見ていただいたほうがいいと思いまして。こちらの、あの、民間人ふたりが持ちこんだものです」ジェリーが直立不動の姿勢になり、なにを意味するかわからない視線をマイクに投げると、なんと、ウインクをしてよこした。

なんなんだ？

ジェリーはノートパソコンの電源を入れ、ハリーがキーボードに触れる邪魔にならないように後ろに下がった。

ハリーはコンピュータが得意で、マイクにも負けていなかった。全員が身を乗りだしてハリーのすることを見た。今回はただ彼宛のメールを開くだけの作業だったが。

ハリーがマウスを回転させた。

「エレンからのメールで、クロエがボストンにいる凄腕《すごうで》の私立探偵に電話で調査を依頼したそうだ。それできわめて重要な証拠が見つかったとある」メールには複数のファイルが添付されていた。最初のファイルをハリーがクリックした。ファイルが開き、夜間に撮られたらしい粒子の粗い白黒の映像が画面いっぱいに広がった。軽い広角レンズが使われていたらしく、十メートルほどの空間がさほどゆがむことなく映しだされていた。一同が見守るなか、ひとりの女性が現れ、画面の下のなにかを押しはじめた。ATMの防犯カメラがとらえた映像だ。誰ひとりしゃべらない。四人が近づいてきて、金を引きだした。右下の白い文字が日付と時刻を表している。1／4。AM3：02。AM3：07、画面がいったん暗くなり、そのあと右端に人影が現れたかと思うと、さっと画面を横切った。

四人の男が見るなか、ハリーの指がキーボード上で躍った。ハリーは再生速度を落とし、人影が中央に来たところでキーを押して映像を停止した。マイクが走っている姿だった。ぼやけた映像だけれど、顔をこちらに向けた瞬間がとらえられているので、まちがいない。

「この映像は午前三時七分四十五秒に、アラメダ通りから四ブロック先のグリフィン通りのATMで撮影されたものだ。この先、マイクが通った道を海岸までたどることができる。そして、三時四十八分にフェリー乗り場にたどり着いた」

一同はマイクの通り道にあった防犯カメラで撮られた映像を次々と見た。全部で十四あった。何者だか知らないが、クロエの雇った私立探偵は優秀だった。できのいい人相認識ソフトを使っているのは明らかで、わずかなあいだにアラメダ通りからフェリー乗り場までの広域に設置されたほぼすべての防犯カメラを調べあげたのだから、高度かつ強力な処理能力を持っている。

画面にはフェリーの自動車搭載場所が映しだされ、そこでマイクが足踏みしていた。口から上がる白い息が顔にかかっているが、マイクであることはわかる。家までジョギングで帰ったことはうっすらとしか覚えていないけれど、真夜中から午前六時のあいだにフェリーを待っていたことは覚えていた。

映像がしばし海側に切り替わった。フェリーがゆっくりと近づいてくる。そこでふたたび乗客側に切り替わって、他四人とともにその場で足踏みしながら船を待つマイクが映しだされた。

マイクを含む五人が乗船する。映像の右下にはAM4：10と表示されていた。

最後の添付ファイルには、自宅のあるコロナドショアズの建物まで走って戻ってきたマイクが、なかに入って、夜間警備員と言葉を交わす様子が残されていた。

マイクは午前五時に帰宅したと証言し、コンドミニアムの監視カメラにもその姿が残されているはずだった。午前四時にミラ・コラビッチを殴ったとしても、車を使えば五時には帰宅できる。だが、マイクは走って帰宅しており、そのことが確認できた。

「おれの理解では」ハリーは厳しい顔つきでビルに話しかけた。「911通報の入電があったのが午前四時二分。フェリー乗り場のアラメダまでは二十キロ強。マイクが被害女性のアパートにいることは不可能だ」

一同の視線がビルに集まった。彼は立ちあがって考えこんだのち、メモ帳をコンピュータの隣に置いた。

そしてマイクを見た。「釈放する」静かな声で告げ、半笑いになった。「おまえを逮捕しなくてすんで嬉しいよ、キーラー」

「おれもだ」マイクは大きく息をついた。なにが起きたか気づいたのだ。

クロエのおかげで自由の身になった。

サムとハリーがマイクとビルの両方の背中を叩く。室内の緊張がゆるんだ。

マイクはビルに手を差しだした。ビルは仕事をしていただけで、いいやつだ。「女性を病院送りにしたろくでなしが見つかることを祈ってる」

「ああ」ビルは温かな手で一瞬、強くマイクの手を握った。「彼女を痛めつけるのが趣味の恋人がいるってネタがあるんで、そいつをあたってみる。おまえもやっかいなことに巻きこまれないように気をつけろよ」

ごもっとも。マイクは今夜、とても大切なことを学んだ。とはいえ、もはやクロエに関しては手遅れかもしれない。

サムが肩を叩いた。「さあ、帰ってお祝いの続きをするぞ。おれたちの女が待ってる」

おれたちの女。サムとハリーに関してはそのとおり、すばらしい奥さんと娘がいて、ふたりの帰りを待っている。マイクも別の世界でなら、自分を待つ女のもとへ帰っていけたかもしれない。手あたりしだいに女を抱いてまわっていない世界、マイクに暴力をふるってもらえなかったために別の男を呼びつける薬物依存症者とセックスしていない世界であれば。

その世界でなら、クロエとまっさらな状態から、新たな気持ちでスタートを切れただろう。ところが現実の世界では、まだろくにはじまってもいないうちに、最悪の部分を彼女に知られてしまった。

なんとしても彼女を口説きたかった。クロエほど口説きたい女性には、会ったことがない。お手軽な相手しか求めず、女から誘われることが多かったからかもしれない。

だがクロエにはひと目で惹きつけられて、とりこになった。それで、彼女に好かれようと努力した。同じ部屋にいられるだけで幸せで、彼女のことだけを見ていた。とても大切ななにかが起きているのを感じながら。

ほんのつかの間、マイクもサムとハリーが住む夢の世界に住んでいる気分になった。ふたりともたちまち恋に落ちたし、その結果は見てのとおりだ。どちらも腰を落ち着けて、とてつもなく幸福になり、妻と娘を溺愛している。

そして――愚かにも――探してこなかったものを見つけたと思った。正真正銘の本物で、長く続くもの、清潔で明るいものを。それなのに、見つけたと思ったその瞬間に、みずからの手でそれを握りつぶしてしまった。

自分でも想像がつかなかった。心のある部分では、空気や水を求めるようにクロエを求めていて、彼女のそばにいたいと思っている。その一方で、彼女から離れていたほうがいいと思う部分もある。自分のような男が、苦労してきたクロエにふさわしいとは思えない。

誰が考えたってわかることだ。自分と一緒になったら、クロエは、道を曲がるたびに自分が遊んだ女と出くわす。自分の過去はタール坑のようなもの。そこから逃れることはできず、彼女までタールまみれにしてしまう。

エレベーターで下るあいだ、ハリーは押し黙ったままだった。サムはそのことに気づいてもいない。マイクを窮地から救出できたことが嬉しくて、ふたたび祝いの場に戻るのを楽しみにしている。

そしてなんといっても、サムは妻子のもとへ戻ることが嬉しくてしかたがない。

エレベーターのドアが開くと、ハリーが腕を突きだして、マイクが出ようとするのをはばんだ。ハリーは強い。マイクはそのハリーよりも強い。その気になればハリーを倒せる。だが、ハリーには言いたいことがあり、愛する兄弟を殴ることなど、マイクにはできなかった。

ハリーは静かな声でサムに告げた。「サム、マイクと話がある。先に車のエンジンをかけてくれ。五分で行く」

ハリーは深刻な顔をしていた。親友に続いて愛犬を失ったような顔だ。サムはその顔を見ると、マイクをちらっと見て、うなずいた。

サムが遠ざかると、ハリーはマイクのほうを向いて、肩をつかんだ。

「よかったな。問題が片付いて嬉しいよ」言葉とは裏腹に、まるで表情がない。マイクに対して心を閉じられた顔をしている。

マイクは言葉を選んだ。「ああ、おれもだ。クロエにお礼を言わないと。ジョギング途中の防犯カメラを調べるとは、恐れ入ったよ」走ったのは事実だが、どの道を通ったかも、はっきり覚えていなかった。クロエの友人ができのいいソフトウェアを持っていなければ、いまも市警察本部に留め置かれ、場合によっては留置場に入れられていた。

「ああ、そうだな。クロエはやさしい。そうさ、あんないい娘はいない。やさしくて穏やかで愛すべき妹だ」きつい目つきで、マイクを見すえる。「クロエは地獄をくぐり抜けてきたんだ、マイク。妹を見るおまえの目つきには気づいてたし、おまえが女に対してどんなやつかもおれは知ってる。こんなことは言いたくないが、言わないわけにはいかない。女を探すんなら、よそで頼む。おれの妹には近づくな。あいつにはおまえよりふさわしい男がいるはずだ。あいつには触れないと、約束しろ。もしそんなことになったら、おれはおまえを叩きのめさなきゃならない。いや、叩きのめそうとしなきゃならない。おまえのほうが勝つかもしれないが、そうなれば、あいつはなおさらおまえにうんざりする」

たしかに。手段を選ばない自分のほうが勝つだろう。喧嘩に勝って、勝負に負ける。ハリーとは戦いたくない。ハリーの気持ちは痛いほどわかる。立場が逆なら、自分もまったく同じことをしている。しばらく動かずにいるものなら、相手かまわずやりまくる自分のような男から妹を守りたいと思う。

となると、受け入れるしかなかった。腹立たしいことではあるが、ハリーは正しい。自分はクロエにふさわしくない男だ。これ以上ありえないほど、ふさわしくない。ハリーの手が肩に食いこんだ。ハリーの手は大きくて力は強いが、マイクの肩の筋肉は鋼のように硬い。それでも、ハリーからもたらされるわずかな痛みがありがたかった。

ハリーが唾を呑んだ。「おまえのことは好きだ、マイク。それはおまえにもわかってるよな。ただ、おまえは――どこかぶっ壊れてる。クロエに触れさせたくない」肩を揺さぶる。「わかったか？　クロエには手を出すな。頻繁に行き来があるから会うなとは言えないが、妹には迫るな。おまえは女にとって危険人物、クロエにとってもそうなんだ。妹のためだと思って、離れててくれ」

マイクの全身の筋肉がこわばった。ハリーが強く肩を揺さぶる。「おい、聞いてるのか？返事は？」

「わかった」マイクは喉に詰まった石を吐きだすように、ぼそりと言った。それ以上なにも言えなかった。

「わかったって、なにがだ？」

マイクは少し緊張をゆるめて、息を吸った。体のいたるところが熱くて痛かった。「わかった、クロエには触れない」

ハリーの手が肩に食いこんだ。「絶対にか？」

なにを尋ねられているか、マイクにはわかった。女癖は悪いかもしれないが、約束をたがえたことはない。

マイクは深々と息を吸いこんだ。まるで息を吸うと同時に刃物を飲みこんで、内側から胸を切り裂かれるようだった。「約束する。絶対だ。二度とクロエには触れない」

9

半年後
ロシア連邦、カムチャッカ半島
ペトロパブロフスクから南に二十キロ
スベトラーナ号の船上にて

彼女たちは小さな町を中心に、国じゅうからかき集められてきた。ひとりはモスクワを囲む環状道路沿いにある施設から、もうひとりはエカテリンブルグの施設から連れてこられたが、それ以外はいずれも、小さな町にあって資金繰りに苦しむ小さな施設の出身者だった。そうした孤立した施設では、ごくわずかな金をちらつかせただけで、じっくりと時間をかけて上玉を選ぶことができた。

少女たちが天涯孤独であることが重要だった。逼迫したときの一時的な措置として少女たちを施設に預けたウォッカ漬けの父親や、貧しいおばや、無職のいとこの存在は許されない。父親の酒は抜けるかもしれないし、おばは暮らしぶりが上向くかもしれないし、いとこは職に就くかもしれない。そうなればふたたび施設を訪れ、少女たちがいなくなったことに気づいてしまう。

するとと追及がはじまる。

そうなってはやっかいきわまりない。ほつれた糸のないまま、すべてが滞りなく粛々と運ばれなければならない。

ここにいる少女たちはいっさい身寄りがなかった。誰も探しにこない。永遠に。

世界はいま不況のまっただ中にある。だがロシアは、皇帝の化身として出現したソビエト連邦の時代も、ロシア連邦になってからも、一貫して貧しかった。母なる大地には亀裂が入り、貧しい少女たちをその隙間に呑みこんできた。誰からも望まれず愛されない、ひとりぼっちの少女たちを。

近代的な産業組織と物流システムのおかげで、こうした少女たちにもはじめて使い道ができ、商品として換金できるようになった。

スカウトは見捨てられたような小規模の養護施設をまわって、親戚がいないかどうか確認しつつ、それぞれの施設でもっともかわいい少女を選びだしてくる。

少女の容姿を判断するのは、たやすいことではなかった。どの子も一様にがりがりに痩せて、脂じみた髪と死んだような目をしているからだ。だがスカウトには骨格と、本来的に健康かどうかを見きわめる目があった。少々の食べ物と石けんとシャンプーと慎重に与えられるほんのわずかな愛情が驚くべき変化をもたらした。優秀なスカウトたちの目にくるいはない……少女たちのかわいさは誰が見ても明らかだった。

スカウトたちの目がいい証拠に、本物の看護師たちに付き添われながらいま一列になって船に乗りこむ少女たちは、みすぼらしく汚れていたほんの数週間前よりうんときれいになっている。少女たちは市街地から南に数キロの位置にある倉庫にしまわれていた。五十人ほどの少女がそこで最後に合流する少女たちを待ち、出荷されるこのときに備えていた。

まだ短いその人生において、彼女たちにとっては倉庫でのひとときが最高の時間になる。カムチャッカ半島は六月でも寒いので、倉庫には暖房が入っていた。少女たちには食事が与えられ、入浴もできた。テレビ番組やＤＶＤも観《み》られる。古いアメリカ映画の安い海賊版がほとんどだけれど、娯楽に飢えているので、何時間でもテレビに張りついている。テレビだけでなく、本もある。文字の読めない少女や、読むのに苦労する少女もいる。文字が読めて、本におもしろさを見いだした少女たちは、そのまま読書に没頭することが多い。

倉庫はもう何十年も放置されていた代物だが、使いだす前の週に作業員が発電機を持ちこみ、天井からぶら下がる粗末な照明器具を直して、簡易トイレと効率的な暖房器具を設置していった。

多少の投資にはそれだけの価値がある。というのは、今回が試運転だからだ。計画どおりに運べば、定期的に輸送することになり、そのときはこの倉庫が中間準備地になる。

少女たちがそこで人心地つき、汚れを落として、きちんと栄養をとったところで、旅の最初の道の駅として倉庫までバスが彼女たちを迎えにくる。まちがいなくそうなるだろうが、取引が滞りなく行われたら、道の駅としての倉庫はこれから何度となく使われる。

これが、関係者に富をもたらすみずみずしいブロンド肉の供給ラインを確立する、最初の一歩となる。ロシア国内には、ベラルーシやウクライナといった旧ソビエト連邦の国々をべつにしても、八百万人の孤児がいると言われていた。

最初の委託輸送がすんだら、つぎのバスが少女たちを迎えにくる。運ぶ先は船で、一週間前に十五キロほど先にある天然の港のなかにつくられた小さな桟橋に係留してある。誰も気づかず、誰も頓着しない。世界一広い不毛の地シベリアの片隅にぽつんとある、閑散とした半島だからだ。

兵站《へいたん》部門の担当者たちは市の外れで物資を調達しているが、ペトロパブロフスクもやはり他人のことには我関せずの街だった。通りには酔っぱらいか落伍《らくご》者しかいない。それでも、複合組織のトップにいる連中は控えめにするのが得策だとして、乗換地点は街の外側に設定された。

船への乗り降りを夜中に行うのも、同じ理由による。頭上の衛星には赤外線機能はついていない。それだけは出資者たち――ロシアの機密部門に通じ、ロシア政府を実質的に牛耳っている――から聞かされていた。監視衛星はもっと低緯度の地域に焦点を合わせている。シベリアと同じくらいの緯度にあるのはスカンジナビア諸国とカナダぐらいのもので、こうした地域ではテロ活動がほとんど行われていない。アメリカ人が近ごろ気にしているのはそのことだけだ。

空の目に監視されて記録をつけられ、調べられるリスクは、最小限に抑えられている。それでも、万が一に備えて荷物の積み卸しは夜間に行う。たとえ注目している人がほとんどいなくてもだ。詰まるところ、扱っているのは流行の物品や薬物や武器ではない。

ただの少女たち。

少女たちは素直で従順だった。自分の足で歩いて船に乗り、家畜のように追い立てる必要すらなかった。五十人の少女に付き添う看護師はたったふたり。残りは少女たちの髪に触れただけで罰せられることを心得ている乗組員たちだ。しかも、不心得者には、死んだほうがましなほどの罰が与えられる。

少女たちには安全な渡航が保証されている。高価な商品なので、いい状態のまま海の向こうまで運ぶことが求められている。

複合的な組織にあって、最上部のメンバーにだけ公開されているスプレッドシートがある。費用対効果を綿密に分析したものだ。自然減を考慮したうえで可能使用期間を十五年――それぐらいすると、ふつうの少女ならおのおの工夫して自殺する――と設定すると、取るに足らない投資で少女ひとりあたり総額三千万ドルの儲《もう》けがある。

少女たちは列をなして船に乗りこみ、船内の各小部屋には二段ベッドが四つずつ入っている。窮屈な空間だけれど、不平を漏らすものはいない。ベッドには清潔なシーツがかかり、温かな食事が潤沢に与えられることは、もうわかっている。看護師は事務的ながら意地悪ではない。少女たちにとっては、これまでで最高の環境だった。

少女たちは向こう岸まで安全かつ快適に運ばれる。海の向こうの、最終目的地まで。

そう、市場まで。

サンディエゴ
メテオ・クラブ

「シャンパンのお代わりはいかがですか？」

若くて美しい女がクリスタルのシャンパングラスが載ったトレイを彼の前に差しだした。フランクリン・サンズは勧めに応じてグラスをひとつ持ちあげ、灯台のようにキラキラと照明を照り返すさまを眺めた。自分の人生そのものだった。

いまのこれ、この環境のすべてが気に入っていた。ブランド家具の詰まった広い部屋、優秀なケータリングサービス、贅沢な肘掛け椅子。室内には上質な革と、成功者が放つにおいが充満して、若くて美しい女たちがその欲望に応えようと待ちかまえている。

腰を落として彼にシャンパンを差しだした若い女も、並大抵の美貌ではない。息を呑むような黒髪で、すてきな乳房が適度に露出するバレンチノのドレスを身にまとっている。胸元をのぞきこむものなどひとりもいない。この部屋にいる男はひとり残らず、好きなときに女たちを裸にできるとわかっているからだ。正当な対価を払うことによって。

トレイは純銀製、週に一度は磨かれている。シャンパングラスはバカラのクリスタルで、中身のシャンパンはヴーヴ・クリコの八八年物。先週、出入りの業者から八ケース購入した。うっとりするほど座り心地のよいポルトローナ・フラウのソファに腰かけ、前にはフィリップ・スタルクのコーヒーテーブルがある。いずれも最高級デザイナーが手がけた家具を使ってだだっ広い部屋を区切り、優美かつ親密な空間をつくりだしている。背後に流れるのは耳あたりのいい音楽。サンズはその日の客層によってかける曲を決めている。今夜の平均年齢は六十歳前後なので、クラシック音楽と、客たちが男盛りだった七〇年代のヒット曲のさりげないカバー曲を中心に流していた。

彼らの多くが刺激を必要としており、金をもらってそれを提供するのがサンズの仕事だ。

「サー？」店でスカイと呼ばれている美しい娘は、サンズの新しい共同経営者であるアナトリー・ニキーチンにもグラスを勧めた。ニキーチンはいらだたしげに手を振ってしりぞけた。スカイから勧められたら、ふつうの男は受け取る。だが、このロシア人はちがう。

スカイはいい投資だった。美人で熱心で、娼婦として才能がある。会計士によると、彼女が店に落としている儲けは毎年百五十万ドルにのぼる。当然ながら非課税扱いだ。

それなのになぜこのロシア人は彼女の魅力にあらがえるのだろう？　新しい共同経営者は〈メテオ・クラブ〉が提供するすべてのものをおおむね拒否していた。クラブでは男の欲望に応えるべく、ありとあらゆる快楽を用意している。ただし違法薬物は扱わず、合法的なもののみだった。アッパー系からダウナー系、それにありとあらゆるバイアグラのたぐいを取りそろえている。すべて合法。最高級のワインや、選《え》りすぐりのスピリッツは言うにおよばず。

ここ〈メテオ〉にいれば、警察に煩わされることなく、合法的な快楽のすべてを堪能することができる。

非合法の薬物をせっせと扱う売人は多い。危険で暴力的でいかがわしいビジネスであり、当然のことながら、国によって厳しく罰せされる。そんなビジネスに参入するのは愚か者と決まっており、連中は若くして悲惨な死に方をする。

その点、女のビジネス、優雅な快楽を扱うビジネスは、様相がまったく異なる。商売としてうまみがあり、暴力的でもない。少なくとも、サンズがみずからの身を置くこうしたビジネスの最上位においては。

〈メテオ〉のすべてが、男の快楽中枢を刺激するためにある。ニキーチンをはじめとするロシア人投資家が投じた資金のおかげで、〈メテオ〉は劇的な再編を行って高級化に成功した。いまではゆっくりとくつろぎながら、一流フランス人シェフのすばらしい料理を管理の行き届いたセラーに保管されたワインで楽しめる場所となった。キューバ産の最高級シガーのそろった喫煙室まである。

そして奥の部屋に入れば、サンズが選りすぐってきた最高の美女たちと快楽を追求できる。これまではメキシコ人が中心だったが、まもなくロシアから新顔が流れこんでくる。褐色の肌から白い肌まで、客の好みは十人十色。

そしてあと少しすると……つねに新鮮な快楽を求める客たちの要求に応じることができるようになる。ここから先はまったくの新展開だった。若い娘が好きで、代価を払う気のある客がいるのであれば、〈メテオ〉の裁量で最高の娘を約束しようというもの。

法にかなったメインのビジネスに対して、こちらはもちろんのこと違法である。であるからこそ、料金も大幅に上乗せされる。

新システムの設立にはロシア人たちがあたった。より危険な反面、格段に儲かるシステムだ。洗練された組織が必要になる分、金もかかる。だが、金のある男たちはとびきりの商品を求める——そして、進んで金を払う。

奥にある部屋は防音仕様になっており、暗い快楽を求める男たちのためにある。相応の対価が支払われさえすれば、それがなんであろうと、サンズをはじめとする新〈メテオ〉の投資家たちには提供する用意がある。

クラブの会員権は、一般会員で年間二十五万ドル。特別会員になれば、もっと高い。より若い娘とつきあえる新たなサービスがお望みなら、金額はさらに跳ねあがる。

いまのような不況下にあっても、この世界は売り手市場だった。〈メテオ〉のように、病気をうつされたり秘密が暴かれたりする心配がないという洗練された設定でこうした商品を提供してくれる場所など、ほかのどこにもないからだ。

だが、このロシア人はクラブでもたらされる喜びに無頓着なようだった。喜びを拒否する彼の姿勢が、サンズには奇妙に思えた。そうしたものには溺れてこそ。節制など、まったく理解ができなかった。

ニキーチンと組んで一年近くになる。ニキーチンのほうから――兵役についていたのではないかと、サンズはにらんでいる――接触してきた。ニキーチンはアメリカに投資先を探している特定のロシア人たちの代理人であり、彼らには燃やしても惜しくないほどの金があった。これまでサンズには縁のなかった規模の大金が。実際、流入資金によってクラブは別次元に移行した。国内有数の男性専用クラブのひとつとなり、金さえ払えればどんな快楽でも求められる場所になった。

ニキーチンとは仕事の話をしていて夜になることがよくあるが、彼がクラブの分け前にあずかるのは見たことがなかった。一度も飲み食いしたことがないし、奥の部屋に女を連れこんだこともなかった。扱っている商品の品質を確かめるためにもと、サンズが何度も勧めたにもかかわらずだ。

ほかに投資先がある様子もなかった。クラブに来たニキーチンは、照明の差さない隅の席に腰かけ、黙って店内を観察していた。一週間もすると、このビジネスを完全に理解して、クラブの年間の売り上げ額をおおむねあててみせた。そして、それを十倍にしようと言ってきた。

彼にはそれを実現するだけの案があった。大量の資金を投入し、新たな供給網を組織して、より新鮮で、安価な商品を提供する。商品はつぎからつぎへと流れてくる。

そんな申し出に、どうしたらあらがえるだろう。

サンズは身を乗りだすと、本物のベルーガ・キャビアを載せた三角形のトーストをつまみあげ、それをシャンパンで胃に流しこんだ。ニキーチンのほうに皿を押しやる。反応しない彼を見て、サンズはため息を押し殺した。ニキーチンがもっと打ち解けた人物なら、ずっと楽しめるのだが。

女の悲鳴がした。平手打ちの音。男の大声。

トラブル発生。

隣でニキーチンが体をこわばらせた。

サンズはさりげなくクラブの会員たちにまぎれこんでいたボディガードのひとりを手招きした。見るからに筋肉質なボディガード、腕の下に大きな出っぱりのある、筋肉隆々の巨体はひとりもいない。彼らの選定には注意を払い、武術に通じていると同時にこれ見よがしでないことを重要視していた。さらには装飾性を大事にして、優雅で魅力的な男たちを集めた。そしておおいに着飾らせた。

トラブルが発生してはじめて、彼らがボディガードであることが明らかになる。いまのように。

また、コンシュエロか。

やはりな、とサンズは思った。面倒ばかり起こす彼女には、もう置いておく価値がないのかもしれない。まぶしいほどに美しく、美貌ではスカイに勝るとも劣らずだが、近ごろは……どうも反抗的でいけない。ここまでさんざん世話になっておきながら。コンシュエロは生まれながらのローサ・ペレス——プエルトリコ出身のダンサーにして女優——で、集めてきたなかでもサンズのお気に入りだった。彼女が十歳のとき、ティファナの裏通りでチューインガムを嚙んでいるのを見つけて以来、ずっと手をかけてきた。人間と呼ぶのがはばかれる、野生動物さながらの少女だった。そんな少女に読み書きを教え、身なりの整え方を教え、徹底的に英語を叩きこんだ。スペイン語をほとんど忘れてしまったほどだ。優雅な身のこなしを教え、男を喜ばせる手練手管を教えた。

あかと汚れにまみれた少女の実像を見きわめるには、技術が必要だ。その少女にここまで大きな変容をもたらしてきた。投資価値は高かったが、そろそろ地金が出てきたのかもしれない。

クラブでは目につく形で女たちを罰することはなかった。けれど、部屋に閉じこめて、男性スタッフの好きにさせてやったら……性根を叩きなおせるかもしれない。コンシュエロは連れだされ、彼女にこけにされた会員にはクリスタルのボトルと、一週間有効の無料パスが与えられた。

客の楽しみを損ねるな。

こんなときに女が反抗するさまを見せても、いいことはない。ニキーチンとその支援者の関係は端緒についたばかりで、まだ安定していない。よく手入れされた機械を手に入れたという感覚を持たせなければならない。できがよく、動きがなめらかで、利益をもたらしてくれる機械を。それがつぎの展開につながる。

そして言うまでもなく、サンズの心の奥深くには新しい共同経営者たちへの恐れがあり、恐ろしげな金の使者は、サンズの世界にいる弱くて衝動的な男たちとは一線を画していた。まるで完全には理解できない異星人と相対しているようだ。

ニキーチンが頭をめぐらせ、サンズは一瞬、異星人の目をのぞいている錯覚に陥った。冷たくて鮮やかな青い大理石のようで、地球の人間のものとは思えなかった。

「ミスター・サンズ」ニキーチンが言った。野太い声にロシアなまりが色濃く響いた。「あの女が悪い態度をとるのを三度見た。あの女には問題がある。きみが片付けないのなら、わたしがやろう」

急に寒気がし、胃のなかのシャンパンが酸っぱくなった。答えはひとつしかない。「ああ、わかった。心配いらない。わたしが対処する」冷たく青い大理石にじっと目を見られた。と、ニキーチンが顔をそむけ、サンズは大急ぎで息をついた。

そしてこのときはじめて、サンズは自分がニキーチンを恐れていることを自覚した。

アナトリー・ニキーチンは自分のまなざしでアメリカ人が青ざめるのを見ていた。それでアメリカ人に背を向けた。侮蔑を示すしぐさだが、アメリカ人にはわからない。アメリカ人とつきあってみてわかったのは、彼らには微妙な脅しが通じないことだ。

そしてアナトリーは脅しの名人だった。ソビエト連邦国家保安委員会《KGB》で厳しく鍛えあげられ、その後継組織であるFSB——ロシア連邦保安庁——に十年いた。脅しの音色に通じ、暴力については知りつくしている。どんな音質、和音があって、なにを意味するか、一から十まで理解している。

育った環境が過酷だったため、ニキーチンは世界の仕組みをよく知っている。人間には強者と弱者の二種類しかいない。主人か、すなわち奴隷か。このアメリカ人はこの場所を上品で高価な〝クラブ〟だと偽っているが、実体は売春宿にすぎない。アメリカ人はその言葉を口にしたくないのだ。ここの客たちは、自分たちが趣味のよい有力者が集った友愛会かなにかに所属していて、その好みを満たすためにすぐれた方法を見つけたとでも思いたがっているのだろう。

だが実際は、金にあかして上質のセックスを買っているだけのこと。人目を気にしながら汚らしい外をほっつき歩かずとも、ここに来れば、プライバシーも清潔さも保てる。完璧にプライバシーを守りたい客向きには、入り口から別になった特別室がある。一万ドル払えば、すばらしい食事と、望みどおりのセックスが手に入る。安い買い物である。

新興実業家ならではの金の使い方だ。アメリカにはそんなやからがあふれているらしく、ニキーチンがここにいるのもそのためだった。

客からの要望の多い、より若い商品を供給できればさらにビジネスとしてうまみが増す。ニキーチンはいま太平洋を輸送中の商品を写真で確認して、その品ぞろえに満足した。若い娘に偏りがちな男たちの好みに合致している。

ニキーチンはこの穏やかな場所に響き渡った異質な騒ぎに眉をひそめた。

美貌のコンシュエロがまた大声をあげ、つねられたと言って客を責めている。店で働く女たちは痛みに反応しないよう、しつけられているのだが。

いくら商品として価値があろうと、コンシュエロはお荷物になりつつあった。病気と同じで、ほかの女たちに広がる前に抑えこまなければならない。ここは男たちが大枚をはたいて絶対服従を買う場所、反抗などされたらしゃれにならない。逆らわれるのは外の世界でじゅうぶんだ。

アメリカ人は〝警備員〟のひとりに話をしている。

ニキーチンは失笑しそうになった。警備員たちにわかっていることがあるとしたら、タキシードの着こなしくらいのものだ。自分が連れてきた男たちなら、問題への対処方法を知っている。強引かつ、直接的な方法を。

ニキーチンは携帯電話を開いて、ある番号にかけた。アメリカ人がクラブの雰囲気が壊れるからと言うので、別の場所に待機させている。だが、ひとたびやっかいごとが持ちあがったとき、解決方法を知っているのは彼らだ。ニキーチンはリーダーのイワンに話をした。頑強で頼りになる。チェチェンで戦っていたイワンには、世の中の仕組みがよくわかっている。

アメリカ人はまだ〝警備員〟と話している。

イワンはなにげなく登場した。黒のコンバットブーツに、黒のジーンズに、黒のTシャツ。ジャケットでGSh-18の入ったショルダーホルスターを隠している。

「あの、赤いドレスの女、コンシュエロだ。面倒を起こす原因を探りだして、対処しろ」

イワンがうなずいた。アメリカ人の警備員とちがって、ニキーチンの男たちは能力を出し惜しみしない。その点はニキーチンも同じだ。ビジネスマシンが起動して滞りなく動きだすまでは、軍隊並みの規律に従って任務にあたる。休憩するのはそのあとだ。ひと段落したら、部下たちが好きにできるように女を十人ほどあてがってやろう。その女たちはそれきり使い物にならなくなるだろうが、彼らなら死体の片付けにも慣れている。

イワンは痛みを与えることを好む。問題が解決したときまだコンシュエロが店にいて、サンディエゴ湾に沈めていなければ、特別ボーナスとしてイワンたちに投げ与えてやってもいい。どれほど店に貢献してきた女だろうと、最優先すべきは規律だった。「あの女、外部の人間と連絡をとっていました」イワンが声をひそめてロシア語で言った。「手引きしている女が外部にいて、その女が元凶になっているようです」

ニキーチンはうなずいた。まもなくニキーチンの雇い主たちがアメリカにやってくる。初荷が無事に届けられたことを確認し、自分たちの投資した商品をじかに見るためだ。組織《ボーリャ》のためには、すべてが完璧でなければならない。それ以外の選択肢はなかった。「よりによってこんなときに。なにが起きているか突き止めて、やめさせろ。女を懲らしめてやれ」

イワンが首をかしげて、歩きだす。ニキーチンはイワンのことを信頼していた。イワンとその部下たちには、たっぷりのボーナスに加えて、万事うまくいったときに報酬を割り増しすると約束してある。

「そうだ、イワン――」

大柄で屈強でたくましいイワンが、いやがりもせずにふり返った。彼になら任せられる。

「その女を確実に排除しろ。警察が介入するとやっかいだから命は奪うな。だが、それ以外ならなにをしてもいい」

イワンがうなずいて、歩き去った。

ニキーチンはサンズから説教を受けるコンシュエロを見やった。ぶすっとした顔で、下を向いている。

たしかにきれいな女だ。宝の持ち腐れ。

愛しき娘よ、おまえの友だちは身をもって学ばされる。つぎはおまえの番だぞ。

10

七月五日
サンディエゴ
女性と子どものためのホープウェル・シェルター

こんなのおかしい、とクロエは思った。本人に尋ねるしかない。あなたはなにを求めているの、マイク？

言うは易しとはこのことだ。

クロエは寄付された衣類をたたみ終えたところだった。女たちの多くは、着の身着のままでシェルターに身を寄せるので、なにからなにまで必要になる。衣類に、食品に、現金。そしてなにより身の安全を求めている。

クロエにも覚えがあった。わが身を脅かされている感覚は、はっきりと覚えている。物心ついてからずっと、どうしてそんなことを感じるのかわからないまま、身の危険を低い太鼓の音を聞くように感じ取ってきた。

それがいまは申し分のない人生を送っている。愛しあう拡大家族のなかにすっかり身を落ち着けている。ハリーは考えうるかぎり最高の兄だし、エレンとニコールは義理ではなくてほんとうの姉妹のようだ。なにより嬉しいのは、グレースとメリーに出会えたこと。かわいらしいふたりの少女が育つのを見守り、その人生の一部になることには、筆舌に尽くしがたい喜びがある。

サンディエゴはきれいで快適で晴天に恵まれた街だった。ハリーと同じ建物にコンドミニアムを買ったので、ドアを出ればすぐに目にまぶしいほどの白い砂浜が広がる。なにをどう考えても、リゾート地に暮らしているようなものだ。泳ぎまでサムに教えてもらった。教えてくれるのが元海兵隊のSEAL隊員だというのだから、こんな贅沢なことはない。

週に三日はボランティアとしてシェルターに来ている。とても意義があって、やりがいを感じる仕事なので、秋には学校に通って心理学を学び、フルタイムで働こうかと真剣に悩んでいる。そんな申し分のない暮らしのなかで、ひとつだけ納得いかないことがある。

マイクのことだ。

はじめて会った日がひと人生前のことのように思えるし、実際、そのとおりだった。人生が一変してしまった。あの魔法にかかったような日……見つけたかもしれないと思った。新しい恋、というのはいかにも浮ついているけれど。でも、あの日が初対面だったのはまちがいないし、自分の寂しさを突き破ってくれる人が現れたと思った。

マイクは欲望を感じていることを隠さなかった。そして〈デル〉でのキス……オーガズム！

はじめてオーガズムを感じたなんて、言わなければよかった。そんなことを男性に打ち明ける女がどこにいるだろう。弱みを握られてしまう。それでなくとも弱みを握られやすいたちなのに。

あれから半年たつのに、〈デル〉での出来事を思いだすと、まっ赤になってしまう。なんて惨めなの？　それ以来、いっさい自分に触れてくれない男と半年前に交わしたキスを思いだして、いまだに顔を赤らめるなんて。彼が触れないままに手を差し伸べてくれるのは、転びそうになったときだけだ。

でも、もう転びそうにならない。マイクが自分を引き受けてくれたのだ——まったく触れることなく。そして、彼みずからが体を鍛えるためのプログラムを使って、ひたすらクロエを鍛錬した。まるでこの世の中の問題はすべて、ウェイトリフティングで解決できると信じているようだった。

あながち的外れではなかったけれど。

これまでクロエはありとあらゆるリハビリを試してきたが、どうにか立てるようになっただけだった。

マイクはウェイトリフティングを朝、昼、晩、厳格に課した。骨を包みこむ筋肉を鍛えるのが肝心と、容赦なく訓練させた。

上官に罵倒されながら訓練を受ける海兵隊の新兵なら映画で何度も観たことがあるが、マイクは別の戦略をとった。ひたすらおだてたのだ。日々執拗に、手を触れることなく。その効果たるや！　筋肉をつけようと腕を曲げると、実際に筋肉がついた。太腿の筋肉でクルミが割れるほどだ。

おかげで楽々と上手に歩けるようになり、ひと月前には、走れるようになった。記憶にあるかぎり、一度も走ったことがなかったのに。たぶん、あまりに怖かったからだろう。ある日の午後、ふらふらとビーチを歩きだしたグレースを見て、とっさにあとを追った。自分が走っているのに気づくと、声を立てて笑ってしまった。マイクも笑い声をあげ、一緒になって喜んでくれた。

そう、問題はそこだった。マイクは女としてはこちらがへこむほど徹底して拒否しているのに、反面、ふり返るたびにそこにいるような印象だった。引っ越したときも、新しい家具をすべて運び入れ、棚を組み立てて、目につくかぎりのものを手入れしてくれた。シェルターには車で送り迎えしてくれるし、ゴミは出してくれるし、買い物のときは買った物を運んでくれる。

クロエはほぼ毎回、兄たちと食卓を囲み、そのときもつねに隣にマイクがいて、こまごまと世話をやき、もっと食べろとせかした。

その間一度として自分に触れずに。

こんなことが続いたら、頭がおかしくなってしまう。

ニコールもエレンも役に立たなかった。ふたりにもやっぱり、わからないのだ。マイクは、エレンが〝おふざけ〟と遠回しに言い、ニコールが〝流れ作業並みのセックス〟と無遠慮に断罪するところの行為を、すっぱりとやめている。

ふたりとも彼はクロエにぞっこんだと言いつつ、クロエにいっさい触れないという事実が理解できずにいる。ふたりには妻に触れずにいられない夫がいるからかもしれない。〝尻軽男〟としか呼べなかった以前のマイクを知っているだけに、今回の彼の態度を解せずにいた。

いまのマイクの暮らしぶりときたら修道士そのもの。

だいたいは自分に張りついている。

そのくせ触れない。

これでは自分がおかしくなってもしかたがない。

どうやったらいつもそばにいる男を忘れて、乗り越え、先に進むことができるの?

それに、ほかの誰かとのデートという微妙な問題もある。ただ銀行の支店長や、建物の管理人や、整形外科医や、〈ユニオン・トリビューン〉の記者には、まったく興味が湧かない——その全員から一度はデートに誘われた。

興味が持てたらどんなにいいだろう。でも、誰よりセクシーで強くて生命力にあふれた男がすぐそば、隣にいたら、ほかの人に対してそんな気持ちになれる?

それに——記者がそうだったのだけれど——敵意むきだしでにらまれたら、両手を挙げて、退散してしまう。

人との対決は苦手だけれど、この際、ちゃんと言ったほうがいいかもしれない。わたしから離れていて、と。振ったのはあなたのほうなのよ。毎日毎日、こんなに近くにいられて、ふり向くたびに顔を合わせているのに、気持ちのうえでは遠く離れている……そんな状態には、もう耐えられそうにない。

はじめて会ったあの日、彼に心を奪われ、そのまま放してもらえない。

そのとき、中庭に面したドアが開く音がした。マイクのことをいっとき忘れられるという思いをよぎらせながら、クロエはそちらをふり向いた。たぶんシェルターを運営するマリオンだろう。親切で、きまじめな、白髪の男性だ。あるいはコンシュエロか。気楽に参加できるグループセラピーに通ってくるメンバーのなかでも、彼女とはとくに気が合う。目をみはるほどの美人だし、気持ちもやさしい。そして高級娼婦《しょうふ》という職業によって、身も心も疲れきっていた。

ところが、どちらでもなかった。ふたりの大男がドアを押して、なかに入ってきた。雲を衝《つ》くような大男だ。

すぐさま鼓動が速くなる。自動的に反応してしまうのだけれど、自分でもどうにかしたいと思っていた。大男がすなわち危険に結びつくわけではない。サムとハリーとマイクがいい例だ。目の前にふつうより大きい男性が現れるたびにパニックを起こす癖は、治さなければならない。

クロエは、母を殺して自分を十年のあいだ入院させたロドニー・ルイスの顔写真を見たことがある。百五十キロを超える巨漢だったルイスが、パニックの元凶であることはまちがいない。だが、理由がわかったからといって、パニックが弱まるものではなかった。

クロエは無表情を装って、突然汗ばんだ手のひらをリネンのシャツでぬぐった。大男を見るたびにこんなでは困ってしまう。

だが、男ふたりが近づいてくるにつれ、頭のなかの警報器が赤くなって鳴りだした。どちらの男も、アスリートのような軽やかな身のこなしだった。そろって金髪で、身なりはよくも悪くもない。ただ、怖いのは目だった。淡いブルーの瞳が、人形のようによそよそしい。ボディランゲージからは好意も敵意も感じられないけれど、完璧に鍛え抜かれた体はそれだけで脅威だった。そのふたりが部屋を横切って近づいてくる。

足を踏んばって、背筋を伸ばした。しゃんとなさい、クロエ。いつまでも過去に左右されていてはいけない。

この男たちがここにいるのはまちがっている。そのことを伝えれば、立ち去るだろう。ごくふつうのやりとりだ。クロエはハリーと再会してからのこの半年でようやく、そうしたやりとりができるようになった。それがあたりまえにならなければならない――ハリーやマイクヤサム以外の大男とも、びくつかずに話をすることが。

「ミス・クロエ・メイスン？」背の高いほうの男が尋ねた。がらがら声で、異国のアクセントがある。それに、いまどき二十八歳の女性を〝ミス〟と呼ぶアメリカ人はいない。

心臓の鼓動が大きくなる。クロエは自分の体が送ってくる信号を、無視しようとした。

「ええ、どういったご用件ですか？　でも、じつはここは男性の立ち入りが禁じられているんですよ。わたしの左手にあるドアをお使いいただければ、直接、駐車場に出られます」

シェルターへの立ち入りが許可されている男性は、マイクとハリーとサムだけだった。RBK社はそれに見あうだけの支援を行っている。危険が身に迫った女性の逃亡に手を貸しているのは、言うまでもない。

「すぐに失礼する」もうひとりが言った。背を少し低くして、横幅は少し広い。死んだような青い瞳は同じだった。そして同じなまりがある。「その前にいくつか片付けたいことがある。あんたに言っておきたいことがあるんで、聞いてもらおう」

ふたりが迫ってきて、クロエの空間に立ち入った。後ずさりをすると、また前に出てくる。典型的な侵略行為。

そこまできてようやく、自分の体が放っていた信号の正しさに気づいた。自分は危機的な状況に置かれている。

いまいるのは管理棟で、業務時間も過ぎているので、周囲に誰もいない。このふたりがシエルターの構造を知っているなら、クロエがひとりきりだと踏んできている。

「あんたに聞いてもらわなきゃならないことがある」背の高いほうが言った。のっぺりとした顔をして、その感情のなさが恐ろしかった。そしてにおいがする——不潔な男がコロンをつけたにおい。このふたりは、見た目もふるまいもにおいも、不穏だった。

クロエが横に逃れようとすると、背の高いほうにがっちりと上腕をつかまれて、彼のほうに引き寄せられた。

ふいに目がくらみ、恐怖に息ができなくなった。遠い過去の悪夢がたちまち現実のものとなった。

金属がカチリと鳴る音がしたかと思うと、鼻の下に刃物を突きつけられていた。尖った切っ先が左目のすぐ下にある。つや消しの、長くて黒い刃物は恐ろしげで、カミソリのように鋭かった。

「これから言うことを、ちゃんと聞いてもらうぞ。ちゃんと聞いてるか？」

恐怖で肺が締めつけられて息ができないので、口もきけない。背の高いほうの男に体を揺さぶられた。その顔がすぐ横にあるので、目の充血や、金色のヒゲのそり残しまで見えた。なにより、あまりに近いせいで、冷たい金属のような暴力のにおいが鼻をついた。

男が声を低め、どすのきいた調子で尋ねた。「おい——ちゃんと聞いてるか？」体を乱暴に揺さぶられる。腕を強く握られすぎているせいで、血が通わなくなっている。

喉が麻痺《まひ》して話せない。クロエはうなずいた。

もう片方の男が反対側にまわりこんできた。あろうことか、右手を突きだして、乳房に添えた。「いい女だ」と、強くつねった。爬虫類《はちゅう》のような目で、ちらっと背の高いほうの男を見た。「おまえが話をしているあいだに彼女が寝るといけないから、おれが起こしておいてやろうか？」

背の高いほうの男が腕を握る手に力を込めて、クロエを吊りあげた。クロエは痛みをやわらげようと、つま先立ちになった。男に握られているのは、二度折れたことのある腕だった。背の低いほうの男の手が乳房から離れた。だが、ほっとため息をつく間もなく、男は腕を使ってクロエが積みあげておいた衣類を卓上から払い落とした。続いて背の高いほうの男がクロエを机に押し倒す。肺のなかの息がすべて押しだされた。

ふたりはクロエの知らない言語で、短くそっけない言葉をやりとりした。最後には背の高いほうがいらだたしげな身ぶり——おまえの好きにしろ、とでも言いたげに——をして、脇によけた。

背の低いほうはせわしげにベルトを外し、ズボンの前を開けた。赤黒く勃起した大きなペニスが、濃いブロンドの陰毛のあいだから飛びだした。

いっきにパニックに陥った。必死に息を吸いこみ、脚をばたつかせて、男を蹴ろうとした。

「いい女だ」男はくり返してほくそ笑み、スカートの内側に大きな手をすべりこませて、クロエの脚のあいだに立った。ああ、どうしよう、展開が速すぎる！　どうあがいたところで、男たちのどちらかに押さえこまれてしまう。屈強な男ふたりが相手では、勝ち目がない。脚のあいだにいる男を蹴ろうと膝を引き寄せても、男は大笑いしながら目を細め、もうひとりの男と愉快そうに目を見交わすだけだった。

まだ息ができない。喉の奥から哀れっぽく弱々しい声が漏れる。パニックと痛みに襲われた人間の、喉にからんだ悲鳴だった。

男たちはおもしろがっている。楽しんでいる。身を守ろうとする自分をこけにしている。クロエには勝てないとわかっているからだ。

激しい怒りが体を駆け抜け、それが大爆発となって、肺がからっぽになった。とっさに息を吸いこむと、パニックの縛りが解け、声をかぎりに叫んだ。部屋じゅうにその声がこだました。

男たちの虚を衝くことができた。太腿を押さえつけていた背の低いほうの手がゆるみ、クロエの片足が男の股間に入って、嬉しいことに靴が睾丸《こうがん》にあたる感触があった。男は痛みでふたつ折りになり、クロエはもう一度、同じように大きな声で悲鳴をあげた。

戦わずして屈してたまるものか。

背の高いほうがなにかどなってこぶしを振りあげたかと思うと、眉をひそめて顔をめぐらせた。

木材が割れる音がするや、なにか大きくてすばやいものがクロエを押さえつけていた男に体あたりした。どちらも視界から消え、どすんという音とともに床に倒れた。

獣じみた声をあげながら取っ組みあっている男ふたりが、机にぶつかった。揺さぶられたクロエは、必死に体を起こした。じっとしてはいられない、動かなければ——

ふいに殴られて、体が飛んだ。円柱にあたって、床に落ちた。顔を血に染めた男が猛々《たけだけ》しい叫び声とともに立ちあがり、背の高い男に飛びかかった。クロエは雷に打たれたようにその男の正体に気づいた。マイク！　それきり意識を失った。

マイクは手を伸ばし、クロエがボランティアをしているシェルターの、木製パネルのドアを開けたものかどうか、迷っていた。

ここは男子禁制だった。それがシェルターの規則であることは、マイクも理解していた。ここにいる女たちは、クロエを含め、いやクロエはとくに、乱暴な男たちによって苦しめられてきた。だからここにいる女たちにとって男は敵。彼女たちを破滅させようとする、異なる性なのだ。

女たちの多くは、男たちから痛い目に遭わされたのち自尊心を取り戻せずにいる。男たちと同じ部屋にいるとふつうに息もできず、関係を持つこともできない。

クロエはまだ若かったおかげで社会に適合できるようになったが、それでも問題がないわけではなかった。

おれは入っちゃいけない。駐車場で待たなければ。いつものように、彼女が出てくるのを待つのだ。そんなことはわかっていた。

だったら、ここでなにをしているんだ？　なぜクロエと話すためにここまで来た？　家まで送るときでいいだろう？　あるいは今夜ハリーの家で夕食をとるときとか、明日の朝、コンドミニアムのジムで、彼女にウェイトトレーニングをさせるときとか、明日の昼、彼女がRBK社が失踪に手を貸す〝ロストワン〟のひとりのことをマリサに相談しにきたときとか。

マイクがいまここにいるのは、耐えられなくなったからだ。もう一秒たりとも、待てない。頭がおかしくなって、日常生活すらまともに送れなくなりつつある。

まず食べられない。とにかく無理。食べ物を口に入れても、砂を嚙んでいるようだった。仕事上も失念することが増え、細部にこだわるマイクにはかつてないことだった。忘れるなど考えられなかった。それがいまになって起きているのは、クロエとの関係のせいで体内のハードディスクがいかれてきたからだ。

今朝は、契約を結ぶためにある銀行に出かける予定だったのに、クロエの写真を眺めているうちに二時間たってしまった。二週間前、家族でバーベキューをしたときの写真だ。時間がたつことすら忘れて、写真を眺めていたら目が濡れていた。涙じゃないぞ、おれは泣かない。だが、たしかに濡れていた。それで、彼女に会わなければだめだと気づいた。

いますぐに。

なにがなんでも、いますぐクロエに会わなければならない。

これまでハリーに約束した言葉が鉄の壁となって行く手を阻んできた。ハリーと自分の心を天秤《てんびん》にかけてきたが、半年におよぶ我慢の果てに心が勝った。この半年は地獄の苦しみだった。もういい。

まずはクロエをデートに誘う。あの日、面倒な事態に巻きこまれる前に〈デル〉で食事をする約束をしていた。ふつうの人たちのようにデートに出かけてやる。ハリーは湖にでも飛びこめばいい。なんなら、ドアのすぐ前に広がる太平洋とか。

デートをすれば、ふつうに食べたり寝たりできるようになるだろう。頭のなかに響く低い音もやむかもしれないし、焼けつくような胸の痛みも消えるかもしれない。

なにはともあれまずはクロエ。そのあとは歯を食いしばって、ハリーに話さなければならない。それで……どうする？　おまえの妹とデートさせてくれと、許可を求めるのか？　彼女のそばにいて、荷物を運んだり、パーソナルトレーナーを務めたりするだけじゃ足りない。彼女と過ごし、つきあいたいのだ。半年間も清い関係を続けたのだから、ハリーの心証もよくなったんじゃないか？

クロエにはなにもかも話そう。彼女のことをどう思っているか。そして、われながらびっくりすることに、彼女以外の女と過ごすことなど考えられないことを。

これから半年間セックスせずにいられるかと半年前に尋ねられたら、そんな質問自体を笑い飛ばしていただろう。マイク・キーラーは禁欲しない。マイク・キーラーは誰にもそんな約束はしない。とりわけ女のためには。

それがこの半年、セックスに関しては神学校にいたも同然だった。たとえセックスができなくとも、クロエが歩いたり、話したり、そしてなんと、息をしたりするのを見ることができるのならば、熱した石炭の上を裸足で歩くこともいとわない状態だった。

ほかの女？　考えられない。ほかの女では無理なのだ。二度ほど試してみたが……うまくいかなかった。はっきり言って、ペニスがまるで反応しない。理事会の反対分子が拒否権を発動しているようなものだ。試してみようと酒場に行ったら、女が近づいてきたが、嫌悪感が湧いてきて、股間のムスコはぴくりともしなかった。それどころか嫌悪感に縮みあがるのを感じたほどだ。

そのくせクロエに近づくたびに勃起したのを隠したり、抑えつけたり、あるいは彼女の夢を見ると石のように硬くなったりした。それがなければ、突然インポテンツになったと思っただろう。去勢されたも同然、もう女とはセックスできない、と。

哀れだった。クロエがグレイシーとメリーを子守するのにつきあって、何千回めかになる『リトル・マーメイド』を観るほうが、女漁りに出かけるよりいいのだから。

哀れどころじゃない、男としては欠陥品だ。

しかも彼女を目にするたび、心臓が……おかしくなる。心臓発作を起こしたようになったことも、一度や二度じゃなかった。

毎朝、目を覚ますたびに、もういいだろう？　と、自分に問いかけずにいられなかった。ハリーとの約束に縛られて、頭がおかしくなりそうだった。たとえハリーが百パーセント正しいとしても、だ。自分の内側にはなにか、おかしい部分がある。それがいまはわかる。

ほかの部分はまともに機能している。立派な海兵隊員としてフォース・リーコンに所属し、地元警察にあってはＳＷＡＴを率い、その後は優秀なビジネスマンとなった。そうした分野では問題なく能力を発揮できた。だが、それ以外のこととなると欠陥品に等しい。

兵士として警官としてビジネスマンとしてうまくやれること。自分の人生にはそれしか許されていないのかもしれない。人間関係となるとまるきり不器用で、とくに女とはからきしだった。それに気づいたのもつい最近のことだ。クロエに対する思いがあふれて溺れてしまうのではと怖くなってはじめて、女とセックスしながら、その誰ともちゃんとした関係を築いてこなかったことに気づいた。たったの一度も。なんと恐ろしいことだろう。

入るのも出るのも、早いのが好みだった。日没とともに入り、夜明け前に出る。そんなマイクのことを〝コウモリ〟と呼んだ女もいた。

だがクロエのそばからは離れられなかった。そしてアイルランド系らしく女に対しては口達者のはずが、クロエの前に出ると無口になってしまう。なんとまあ、ぶざまにも。

クロエのほうは、存在からして優雅だった。穏やかで、落ち着いていて、金色だった。そんなクロエに触れないと約束させたハリーはまちがっているが、判断としては正しい。自分のような男は、クロエにはふさわしくない。

だから自分にできることを精いっぱいして、彼女に尽くした。

道具や機械には強い。自分の心の開き方はわからないし、彼女に実のある話をしようとすると頭が働かなくなるが、棚の組み立て方や、車の整備のしかたはわかるし、ウェイトリフティングのマシンの使い方を彼女に教えることもできた。

このまま永遠に影としてクロエにつきまとうこともできるかもしれない、彼女のそばにいられるだけでいいと思っていたが、最近になって……なんというか、落ち着きがなくなってきた。そわそわして、ミスばかり犯している。どこにいても感情的で、仕事に集中できない。食べることも、寝ることも、ままならなくなった。

やっぱり彼女と話すしかない。マイクはノックしかけて、ドアに手があたる直前で止めた。で……こうしたもろもろをすべてクロエにぶちまけたとする。そのあと——そうとも！——彼女が自分のことをなんとも思っていなかったら、そのときはどうする？　クロエは誰に対してもやさしい。誰からも愛される。自分ほど彼女を愛している人間は、ありえないかもしれないとしても——マイクのことを好きは好きでも、これ以上深い関係になることは望んでいないかもしれない。

これからもこうした生活が続くとしたら……この先の人生ずっと、日々絶えることなく内側から切り裂かれつづけるとしたら？

そのときはどうする？

マイクはどんな意味でも、臆病者ではなかった。戦地におもむき、勲章を授かった。覚醒剤依存症者でいっぱいの倉庫にSWATとして完全装備して踏みこみ、大金星を挙げたこともある。生まれつき屈強で、屈強なまま今日までできた。誰が相手でも一歩も引かない。

しかしクロエを失うかもしれないと思うと……うずくまりたくなる。

それでいま、銃を持ったクールなやつこと、マイクは、ノックするのが怖くてドアの前に手を構えたまま突っ立っている。

まったく、しょうがないな。

ドアの向こうから、やさしく穏やかなクロエの声が聞こえて、マイクは笑みを浮かべた。と、別の低い声がした。まちがいなく男であることを示す、低くて野太い声を聞いて、動けなくなった。

しまった。

こんなことになるとは。どこかでたかをくくって、クロエに誰かいるかもしれないとは、考えてもいなかった。いや、ありえない。あのしゃれた記者は追っぱらってやったし、間近で目を光らせていたけれど、それ以外に彼女につきまとっている男はいなかった。賭けてもいい。

実質、週に七日、二十四時間、彼女のそばにいる。どうしたらクロエがほかの男に出会えるだろう？

だが、低い声は男のもので、規則に反してシェルターに入れたとすると、かなり親しいにちがいない。

ちくしょう。ノックしかけていた手をおろし、ドアにそっと額をつけて、男のどら声に耳を傾けた……。声が……ふたりいるのか？

彼女に恋人がふたり？

そのときだった。男の声とはちがうものが聞こえて、心臓が止まりそうになった。なにより、マイクを駆り立てるもの。

クロエの悲鳴だった。

本能に突き動かされた。

ドアを突き破ってなかに入ると、クロエが机の上で抵抗していた。脚のあいだにペニスをさらした男がおり、もうひとりがそばに立っていた。マイクは無意識のうちにそちらへ走り、クロエを襲おうとしている男に飛びかかった。

屈強な大男だったが、力なら負けない。それに凶暴な怒りを抱えていた。男からくり返し脇腹を殴られても、感じないほどだった。取っ組みあって部屋のなかを転げまわり、テーブルや椅子にぶつかった。うめき声を漏らしながら、禁じ手なしの戦いに身を投じた。そこには戦闘につきもののはずのルールがなかった。命がけの戦いであることは、すぐにわかった。

相手は訓練を受けており、体の使い方を知っていた。のちにこのときのことを思いだしたマイクは、男がサンボのスタイルで戦っていたことに気づく。ロシアの特殊部隊で教えられているサンボは、寝技を中心とする格闘技だ。

男は床に転がってマイクを膝固めにして、動きを封じようとした。この男と床を転がりつつ、マイクはクロエがスカートの裾をおろして、もうひとりの背の高い男と向きあおうとしているのを見た。男がバックハンドでクロエを殴る。宙を舞ったクロエの体は柱にあたり、壊れた人形のように床に転がった。まっ青で、ぴくりとも動かない。

彼女が重傷を負っていたら――いや！――死んだらどうする？　たちまち超人的な力が湧いてきた。クロエのもとへ行かなければならないが、この男が邪魔をしている。マイクは人並み外れた腕力を持っている。クロエのもとへ行くためなら、鉄板であろうとぶち抜く。早急に決着をつけなければならない。

腕を曲げ、上半身の体重をかけて肘の先を男の喉仏に突き立てた。骨が砕ける音がした。たちまち自由になった。死によって男の肛門《こうもん》がゆるみ、糞便《ふんべん》のにおいが部屋に広がる。

マイクは一瞥もせずに立ちあがり、クロエを抱えあげようとしている男に飛びかかった。マイクが揉みあっているうちに、彼女を連れ去るつもりだったのだろう。

おれが生きている限り許さない。

男に勝ち目はなかった。飛びかかってくるマイクを見て、クロエを取り落としたが、時を逸していた。マイクは腹を殴ったうえで、顔面にストレートを見舞い、歯と軟骨を叩きつぶした。男が雄牛のように昏倒してうめく。赤く崩れた顔の残骸からぶくぶくと泡を吹いていた。マイクはろくに見もせずに男を蹴りやると、膝をついてクロエを抱きあげた。怖さのあまり、手の感覚がなくなっていた。

「クロエ」かすれ声で呼びかけた。「なあ、クロエ。なにか言ってくれ」腕のなかの彼女はやわらかかった。ぐったりとして、まったく動かなかった。

彼女を胸に抱き寄せて、揺さぶった。そのときか細くて悲しそうな声がした。その声が自分の喉から出ていると気づくのに、一、二秒かかった。

部屋の向こうから物音がする。まだ敵がいるのか？　とっさに頭を起こした。いるならいるでいい。マイクはいま殴りたかった。殴って、痛めつけて、殺したかった。

だが、ドアのところにいたのは悲しそうな目をした女たちだった。そのうちのひとりが手で口をおおっている。さっき聞いた音は、その女が声を漏らしたのだろう。マイクは鬼の形相になっているらしく、彼が顔を上げると、女たちが後ろに一歩下がった。

「クロエ」さっき声を漏らした女が、ささやいた。「クロエ——死んじゃったの？」

生きているとは思っていないようだった。幸薄い人生を送ってきた女たちだった。みなクロエを愛しているが、暴力によって奪い去られるのを当然と感じている。

そうはさせない。マイクは全細胞をかけて、その考えをしりぞけた。自分のエネルギーを
クロエに注ぎこむように、体を丸めて彼女を抱きしめた。

「救急車だ、911に電話してくれ」胸がつかえたまま叫んだので、言葉が聞き取りづらい。

「警察にも」

白い顔をした女たちは、身を寄せて突っ立ったまま、マイクを見つめている。

「急げ！」一喝すると、銃声に怯えた小鳥のようにいっせいに動きだした。

腕に圧力がかかり、強く抱きしめていた体が動いた。「マイク」クロエがつぶやいた。

生きていた！　神よ！

マイクはなぜか濡れていた目をぬぐった。

「ああ、クロエ。怪我をしてるから、動くなよ。いま救急車が来る」

そう言う先から、クロエは動いた。体を起こそうと、身じろぎをした。自分の体を見おろしてから、マイクを見あげ、彼の頰に小さな手を添えた。

「そんな顔をしないで、マイク」クロエが小声で言った。「気絶してただけよ。大丈夫だから」眉を寄せ、左の腕に触れた。青くなって、軽く腫れている。「ひねっただけで、折れてないといいんだけど。この腕はもう二度、折れたことがあるの」自分の頭に触れて、眉をひそめた。「それで――どうなったの？　男ふたり――」腕のなかでこわばって、目をみはっ

た。「男がふたりよ、マイク！　部屋に入ってきて──」

視線を動かして、彼女は男たちを見た。ひとりはひと目で絶命しているのがわかり、もうひとりは壁にぐったり寄りかかっていた。血に染まって崩れた顔。つぶれた鼻と口から血を流しながら、音を立てて息をしていた。

「連中のことは心配いらない。二度ときみを傷つけることはないよ」マイクは彼女の肩に顔をつけた。「ああ、クロエ。てっきり──きみが……」口に出して言うことができなかった。考えることもできない。ただ、彼女が自分を置いてこの世からいなくなったと思ったときの、冷え冷えとした空隙がよみがえった。

クロエの肌は氷のように青ざめていた。ショックの余波で瞳孔が広がり、全身に震えがとりついている。マイクはその体を抱き寄せて、そっと額に口づけした。かすめるような軽いキス。彼女がガラス細工のようで、いまにも砕け散りそうだったからだ。

「いいえ」クロエはささやくように言うと、震える手を伸ばして、マイクの濡れた目の下をぬぐった。「わたしはここにいるわ。あなたのおかげよ」と、大きく身震いした。「あの男たちはなにが望みだったのかしら。あなたにわかる？　それとはべつにレイプしようとしたのよね？」

うかつだった。情報を聞きだすためにふたりを生かしておくという選択肢は、ちらりとも頭に浮かばなかった。敵のひとりが生きているのは、クロエに気を取られていたからにすぎない。これが行きずりの犯行ではなく、クロエを狙ってのことだったら、どうするんだ？　彼女がいまも危険だとしたら？

考えることすら苦痛だった。頭がショートして、もうなにも処理できない。マイクは恐怖に胴震いした。

おれらしくもない。

戦いに際してはつねに冷静だった。狙撃手であり、しかも超一流だからだ。狙撃手は動じない。実弾訓練中の心拍数を測ったことがあるが、毎分六十回という落ち着いたものだった。外科医がメスの扱いに長けているように、マイクは暴力の扱いに長けていた。どの程度の力をどのタイミングで与えればいいか、正確に把握していた。いつ引き金を引き、いつ待つか。

ところが部屋に飛びこんだときは、戦略も戦術も吹っ飛んでいた。ただ血を求める野蛮さだけが頭を占めていた。その無鉄砲さによって、クロエを危険にさらす可能性もあった。片腕でクロエを抱えたまま、マイクは壁にもたれかかっている男に手を伸ばし、シャツをつかんで壁から持ちあげた。「おい、クソ野郎、ここになんの用だ？　おまえの任務は？」

痛めつけて殺したいという、強烈な欲望に襲われつつも、マイクはあることに気づいていた。自分が相手をしているのが訓練を受けた人間、兵士だということだ。動きや立ち居ふるまいからして、まちがいなかった。通りをうろついているチンピラがきれいな女を見かけて、のこのこついてきたわけではないのだ。そう、この男たちはこちらが逆上しているあいだも冷静だった。戦うときの動きも熟練者の働きだった。

通常なら高度な訓練を受けた男ふたりを相手にしていたら優勢には立てないものだが、今回はクロエを守るという目的があったから、相手が百人でも勝っただろう。いや、軍隊全体を敵にまわしたとしても負けた気がしない。

だとしても、避けられない事実がある。ふたりがプロで、なんらかの任務を帯びていたことだ。

マイクが乱暴に揺さぶると、男の頭がぐらぐらした。手の甲で殴りつけた音が猛々しく部屋に響いた。「おい！」なかば意識を失っている男を起こそうと、どなりつけた。「ここになんの用だ？」

男がうっすらと目を開けた。焦点の合った、淡いブルーの瞳。口が動いたが、言葉ではなく赤い泡が出てきて垂れた。

「話せ！」マイクはどなりつけた。

遠くにサイレンの音が聞こえ、しだいに大きくなってきた。いいニュースでもあれば、悪いニュースでもある。クロエが医療者に診てもらえるのは歓迎だし、警官がいたら男を殴りつけて情報を引きだせないという意味では歓迎できない。

サイレンの音が最高潮に達して、そこで途絶えた。数秒後、ブーツの靴音が廊下に響いた。

「こっちだ！」マイクは大声で呼んだ。救命士ふたりが部屋に駆けこんできて、そのあとに制服姿の警官がふたり現れた。

戸口に立っていた女たちはばらけて道を空け、彼らが通ると、ふたたび寄り集まった。恐怖に目をみはって、押し黙っている。

救命士のひとりが近づいてきた。マイクはいやいやクロエから離れた。

「一、二分、意識を失ってた」マイクははらはらしながら、救命士のひとりがクロエの目にライトをあてるのを見ていた。大きな外傷を負っているのか？　それとも大丈夫なのか？　宙を飛ぶほど強く、力のある大男に殴られた。彼女が飛んで、柱に叩きつけられたときは、心臓が止まりそうになった。

光をあてられたクロエは目を大きく開き、救命士の求めに咳で応じた。マイクのほうを向いたその顔は、紙のようにまっ白だった。「マイク？」

「大丈夫だ、ハニー」そんなわけはないと思いながら、マイクは言った。

彼女がこちらを見て、ぶるっと震えた。いったいどんな顔をしているやら。怒りに駆られて恐ろしい形相になっているのだろうが、気持ちを抑えることも、表情を隠すこともできない。いまいるこの部屋で、外道がふたり、クロエを襲った。そのとき、クロエが彼女の口を指さした。最初はわからなかったが、やがて気づいて、マイクは自分の口元をぬぐった。手に血がついた。「大丈夫」ほかに言いようもなく、くり返した。

「いいですか、ミズ――」検査していた救命士は言うと、軽く身を引いて瞳孔をのぞいてから、脈拍と血圧を測った。

「メイスンです」クロエは刻一刻と生気を取り戻していった。

「いいですか、ミズ・メイスン、これは何本でしょう?」救命士は手のひらを外側に向けて、指を二本立てた。

クロエは出入り口付近にたまっている青ざめた女たちに笑いかけた。その力ない笑みを見て、マイクの心臓は壊れそうになった。女たちを安心させるために、自分の身に起きたことを軽く見せようとしている。

「わたしなら大丈夫よ、キャシー、アン。心配しないで」続いて救命士に言った。「手をひっくり返したら、イギリスでは罵倒の意味になるのよ。指は二本。あなたの質問に答えると——あなたが立てている指は二本です」戸口から喉に詰まった笑い声がした。

クロエはかすれ声ながら、状況の悲惨さを緩和するために雄々しい努力をしていた。戸口にいる女たちの全員が暴力をふるわれてきたことをクロエは知っている。どんなに怖がっていて、クロエに力づけてもらいたがっているかも。クロエはみずからの恐怖と痛みを二の次にして、彼女たちを慰めている。

その瞬間、愛情が波となってマイクを襲い、その波の高さにひざまずきそうになった——すでにひざまずいているのだが。

もうひとりの救命士が腰を折って、死んだ男の首筋に手袋をはめた指を二本あてがった。

「息がない」そして、もうひとりのそばにしゃがみこんだ。こちらは切れぎれに息をしながら、口から血の泡を吹いている。

「こいつらは彼女を殴り、片方が彼女をレイプしかけていた」低くかすれた険悪な声は、マイク本人にも自分の声とわからないほどだった。

レイプ未遂は明らかだった。死んだ男のズボンのファスナーは開けられ、ペニスが太腿にだらりと横たわっている。それを見れば、男がクロエになにをしたがっていたか、なにをしたかがわかる。マイクは怒りに打ち震えた。できることならもう一度、殺してやりたい。

救命士が立ちあがった。「マダム、ご気分は？　ふらつきやめまいはありませんか？」

「いいえ」クロエはさっきより力のある声で言った。背筋を伸ばして、顔をしかめた。マイクが支えてやろうと、背中に手を添えた。クロエは少し腫れた腕を突きだした。「気がかりはこれだけです。骨が折れているかも。ただひねっただけだといいんだけど」

「病院でレントゲンを撮りましょう」彼女の目に光をあてた救命士がうなずいた。制服に名前の入ったバッジをつけている。スティーブン。「担架を持ってきましょうか、マダム？」

クロエは少し考えて、「いいえ」と答えた。「歩きます」痛めていないほうの手を床について、体を持ちあげた。急いで立ちあがったマイクが、いいほうの腕をつかんで立たせた。

立たせていいのか？　脳震盪を起こしているかも。歩いたら、そのせいで一生、障害がついてまわるかもしれない。そうとも、この救命士になにがわかる？

マイクが救命士のスティーブンを見て抗議しようとすると、クロエに指で口を押さえられた。「わたしなら大丈夫よ、マイク。自分で歩かせて。大事なことなの」入り口のあたりにいる女たちに目をやってから、ふたたびマイクを見た。察して、と訴えている。

そうか。

わかった。彼女の胸の内を思いやった。

傷ついたかわいそうな女たちのためにしゃんとしていなければならないという理由で、クロエは自力で歩きたがっている。そうなると、万が一内臓に損傷を負っている場合に備えて、彼女を抱えるなり担架に乗せるなりして運びだしたいという願いは、もろくも崩れ去る。

クロエは口をぎゅっと結んで、マイクが悩むのを見ていた。おれになら理解してもらえると思っている。ああ、理解したとも。

だからといって……ちくしょう。

「わかった」そう答えたのが奇跡のようだった。冗談じゃないと返事をしないように、奥歯を嚙みしめた。

マイクが悩んでいるあいだに、クロエは女たちに声をかけた。「心配しないでね、わたしは大丈夫よ。なんの心配もいらない。明日会いましょう」

クロエが〝彼女の〟女たちに話しかけているあいだ、マイクは室内を見まわしていた。なにかにぶつからないようクロエを室外に出すには、どうしたらいいのだろう？　そしてたまたまクロエの話を聞いて、傷ついた男が目を光らせたことに気づいた。氷のような、淡いブルーの瞳。知性の宿るその瞳が、明日クロエがここへ来るという話に反応を示した。

マイクは一瞬クロエから離れ、シャツの胸ぐらをつかんで男を持ちあげた。

ひどい負傷だった。歯が折れ、鼻はつぶれて顔にめりこんでいるので、血だらけの口で息をしていた。その痛みたるや、生半可ではないはずだ。それでもマイクが顔を突きあわせたときも、男は無表情を保っていた。

やっぱり、こいつは兵士だ。しかもよく鍛えられている。規律を守ることの大切さや、痛みのやり過ごし方を知っている。そして、どうしたら情報を漏らさずにいられるかを。

マイクは顔を近づけた。男の鼻から――いや、鼻があった場所から――数センチと離れていない。重傷を負っているにもかかわらず、男が薄気味の悪い息の音を漏らしながら、声を立てて笑いだした。

「なんだ？」マイクは声を落とし、相手の男にしか聞こえないように言った。こいつは戦いに負けて、大怪我をした。まもなく警官に逮捕される。なにをどうしたら笑えるんだ？

負傷した口からごぼごぼと音がした。聞き取りにくい声だったが、実戦経験のあるマイクには、男の言いたいことがわかった。

骨の髄まで凍りついた。

「これですんだと思うなよ」男は裂けた唇で言った。

11

「痛みますか?」救急治療室の医師は疲れた顔ながら、穏やかに尋ねた。彼女の腕に伸縮包帯を巻き終わったところだ。ありがたいことに腕は折れておらず、ただの捻挫だった。もう骨折しないように、と医師たちから注意されていたほうの腕だった。

「いいえ」嘘だった。もちろん痛い。けれどマイクの血走った目を見るにつけ、ささやかな刺激でも医者に襲いかかりそうで怖くて、とても正直に言う気になれない。

マイクは隣にいた。全身の筋肉をこわばらせ、いつでも動きだせるように、つま先に力を入れて立っている。まるで自然の猛威のようだった。

マイクに命を救われた。救急車のなかでお礼を言おうとしたら、マイクは手を振ってしりぞけた。救急車のバンの天井から宇宙人がさらいにくるとでも思っているのか、幅の広い体をクロエにおおいかぶせるようにしていた。仮にそんなことがあったとしても、マイクの備えは万全だ。

医者はかりそめにも、マイクを追いだそうとしなかった。マイクはしょっぱなから喧嘩腰だった。

不思議な安心感があった。彼が緊張してくれているおかげで、自分はくつろいでいられる。シェルターにはキャシーとアンとジョアンとエミリーと、もうひとり、ひどいトラウマでまだ名前を探りだせずにいる若い娘がいたので、気をゆるめられなかった。怖さや痛みを表に出せなかった。あわやレイプされかけ、ひどい暴力をふるわれたショックもだ。女たちは自分から希望と安心をもらいたがっていて、自分としてもその期待にそむくぐらいなら、死んだほうがましだった。

だから自分の足で歩いて通りすがりにキャシーの手を握りしめ、廊下を通って、停めてあった救急車に乗りこむまでのあいだ、マイクに寄りかかりつつも、傍目《はため》にはわからないようにした。キャシーは夫からナイフを突きつけられたショックからやっと脱けだしはじめたところだ。彼女たちを回復させるのがシェルターの役目であり、それを台無しにするようなことは、絶対にしたくなかった。

けれど、傷つきやすい女たちの目がなくなると、岩のように揺るぎないマイクにもたれかかった。

「ひと晩、様子を見させてもらったほうがいいかもしれないな」医者は独り言のように言うと、痛み止めの処方を書いた。

クロエはすかさず「いやです!」と大声をあげた。たいへんな剣幕だったので、医者はふさふさとした金色の眉を吊りあげて、眼鏡の上からクロエを見た。

クロエはパニック寸前だった。からからの喉を湿らせたくて、唾を呑もうとした。「いいえ」腹の底から湧いてくる悲鳴を抑えて、ふつうの声を心がけた。ともすれば声が震えそうになる。「泊まる必要などありません。気分は悪くないので、問題ないんです。お願いですから、どうかうちに帰してください」

ああ、これでは取り乱しているようにしか見えない。実際、そうなのだろう。ひと晩病院に泊まる。子ども時代と思春期の大半を病院に閉じこめられて過ごしたクロエにとって、それは恐ろしいことだった。そんなことになったら、心臓発作を起こしてしまう。最低でも、この十五年、縁のなかったパニック発作ぐらいは起こしそう。

訴えかけるような目で、新しい家族を見た。全員、当然のようにそこにいた。病院の職員も心得たもので、治療室から追いだそうとはしなかった。女性専用の健康センターを設立するにあたって、RBK社が五十万ドル寄付したのも、きいたのだろう。

ハリーとエレンとサムとニコール。この半年で学んだことをひとつ挙げるとしたら、彼らの忠誠心の高さだ。ハリーを筆頭にして、彼らは一丸となって絶対的な愛と支援を与えてくれている。

「ハニー」ハリーは両手を広げて、なだめるように言った。「お医者さんの言うとおりにしたほうがいいかもしれない。ひと晩だけ、泊まったらどうだろう」

「いやよ」クロエはそれきり口をつぐんだ。喉が締まって、つぎの言葉が出てこない。

「そうだ、だめだ」と、マイクが腕を肩にまわしてくれた。ああ、なんて気持ちいいの。重い腕に包まれていると、力が伝わってきて、安心できる。「彼女は病院が怖いんだ。それに、いちおうの用心として言ってるだけですよね、先生?」恐ろしげなまなざしを向けられて、医者はぎょっとしたようだった。

「ああ、そうだよ。脳震盪を起こしている様子はないからね。ただ、用心として、今夜はひとりにしないほうがいい」

「あら、それなら!」エレンが声を張った。「うちに泊まって――」

「いや、うちだ」マイクは室内に小さな爆弾を落とすと、細めた目でみんなの――ハリーとエレンとサムとニコールと医者の――顔を見て、挑むように言い放った。「彼女にはおれがついてる」

完全な沈黙。重くて気詰まりな沈黙だった。

「いいか、聞いてくれ――」ハリーが切りだした。

医者が咳払いをした。「あの、悪いんだが、患者さんが待ってるんで、失礼するよ」さっと立ちあがり、白衣をはためかせて出ていった。

「いったい――」ふたたびハリーが話しだした。

「聞いてくれないか」マイクはハリーとクロエを交互に見た。クロエのほうを見るたびに、大丈夫だと励ましてくれているようだった。「あのふたり組の狙いは最初からクロエだった。たまたま見かけてレイプしようとしたんじゃない。しかも、生き残ったやつから、これですんだと思うな、と脅された」

クロエは腕のなかでびくりとして、いま聞かされたことを理解しようとした。行きずりの犯行だとしても、暴力的な男ふたりに襲われるのは、いまわしい体験だった。悲惨な体験ではあるけれど、残念ながら、この不安定で凶暴な世界ではときとして避けられないことだ。だが、自分が狙われた？　とても受け入れられそうにない。理解を超えていた。

「なぜわたしを？」口がからからだった。気丈にふるまいつつも、ほんとうは縮みあがっていた。あのふたりは止めようがなかった。マイクがいなければレイプされて、さんざん暴力をふるわれていただろう。「わたしがなにを持っているというの？」

「おれにもわからないよ、ハニー。それがわかるまで、きみにはおれがついてる」肩にまわされたマイクの太い腕に力が込められた。マイクはふり返って、ハリーを見た。「まちがいない、あのふたりは元兵士だ。連中が武器を持っていなくて助かった。おれもシェルターだから丸腰だったんだ。だが、今後はそうはいかない。そうとも、つぎにこんなことがあったときは、おれが武器を持ってると思ってくれ」

クロエは身震いした。つぎ……。

元兵士だとマイクは言った。

「そういえば外国なまりがあったわ。手がかりになるかどうかわからないけれど」クロエは言った。

男三人がクロエに注目した。

「どんななまりだった？」尋ねるハリーの口調は穏やかだった。

クロエは目をつぶり、感情を脇に押しやった。ショックが強すぎて、男たちの会話の中身がなかなか思いだせない。でも、たしか……。

ちゃんと聞け、と背の高いほうの男は言っていた。それがどんなふうに響いていただろう？

内気な人が概してそうであるように、クロエは人の話をしっかりと聞いた。話に耳を傾け、ボディランゲージに注目し、相手の目を観察した。

そして相手がどこの出身かをあてるのが好きだった。アメリカ人だと外れることが多い。クロエが言うところの病院時代には人との接触が限られていたし、その後はイギリスに渡ったまま長らく帰ってこなかったからだ。だが、外国なまりなら得意としている。女学校には外国出身の少女がたくさんいた。親友は、リディアといって……。

なぜいまそんなことを思いだすの？　なぜならリディアにはお得意の決まり文句があったから。ちゃんと聞いて、と。〝ちゃんと〟の部分に空気が抜けるような音が混ざっていた。リディアの家族はモスクワ出身。

「ロシア語よ」クロエは断言して、マイクを見た。「ロシアなまりだった。あるいは東欧」

「そうか」マイクが短くうなずいた。「それなら理屈に合ってる。サンボの動きだったんだ。片方の男はすかさずおれを床に引き倒した。それに、クロエを脅すのに使ったナイフは——」マイクは目から光線が放たれているように、鋭い目つきでクロエを見た。「あのナイフはキズリャルだった気がする。ケリーに訊《き》いてみないとわからないが。つまり、なんらかの理由でクロエを追っているロシア人がいるということだ。いずれ真相を突きとめるにしても、それまでは、毎日毎分、彼女は危険にさらされつづける」

「おれが気をつける」ハリーが低い声で言った。「クロエはおれの妹だ」緊張にこわばり、青ざめていた。「これ以上の害がおよばないようにする。妹のことは兄であるおれの責任だ」

エレンが顔を上げた。悲しそうな顔で夫を見て、そのあとクロエを見た。幼い妹を失ったことにどれほどハリーが苦しんできたか、クロエに話して聞かせたのはエレンだった。

「いいか」マイクが言い返した。「おまえには妻も子もある。それに、サム、おまえは——」

サムは大きく腹のせりだしたニコールに腕をまわしていた。いつ産気づいてもおかしくない。

「おまえは数日中にふたりの子持ちになる。おまえたちには大切にしなきゃならないものがほかにあるってことだ。つまり、妻子の心配とクロエを守ることのあいだで、つねに引き裂かれなきゃならない。おれにはそれがない。全神経をクロエに注げる。ほかに誠意を示すべき相手がいないからだ。いまおれの世界にはクロエの身の安全を守ること以上に大切なことはない。なにが起きているか探りだして、危険を排除できるまで、彼女に全身全霊をかけることができる。どんなに時間がかかって、なにが必要になろうと、週七日、二十四時間、おれがついてる」クロエをさらに抱き寄せて、頭のてっぺんに口づけした。

ハリーはサムからエレン、そしてニコールへと視線を動かした。

「彼の言うとおりだわ、ハリー」エレンが言った。「全部まとめておれが面倒みるってあなたは言いたいでしょうけど、わたしはマイクの言うとおりだと思う」

ハリーが口を動かした。「クロエ、おまえは？」

全員の視線が集まるなか、クロエはマイクの顔を見あげた。彼はおためごかしを言っていない。むしろ険しい顔立ちになっている。

答えはひとつしかなかった。「マイクについていてもらうわ」クロエはそっと言った。「このごたごたが片付くまで」

ニキーチンはサンズから司令室としてあてがわれた優雅このうえない部屋で、抜群に座り心地のいい肘掛け椅子に腰かけていた。これでは贅沢すぎる。こういう部屋は人間から力を奪い、軟弱にする。グロズヌイ郊外の暖房もない野営地に何年も住み、自分たちよりも快適な生活を送る反乱軍の討伐にあたってきた。

ニキーチンは深く椅子にかけ、前のコーヒーテーブルに置いた衛星電話をじっと見ていた。

音を立てずに振動するように設定してある。イワンは一六〇〇時《イチロクマルマル》に連絡してくることになっていた。頼りになる男、イワン。女ひとりを痛めつけるため、リヤフをつけて送りだした。どこにむずかしいことがあろうか。これしきの仕事、イワンには失敗しようがない。

イワンはニキーチンのもと、軍曹《セルスカント》として多くの戦場で戦ってきた。屈強で手際がよくて頼りになる。そして最初の荷が到着したら、特別手当として五万ドル払うと約束してある。

それなのに、なぜ報告がないのか。

一八〇〇時《イチハチマルマル》。ニキーチンは衛星電話を手に取り、イワンの番号にかけた。万が一、イワンが携帯電話をなくすか、盗まれたか――ありえない！――したかもしれない。なすすべもなく、むなしく続く発信音に耳を傾けた。険しい顔で、電話を切った。なんたること《キヨルト》！　イワンが失敗したのか？

最悪のニュースだった。ニキーチンの主人、すなわち組織《ボーリヤ》は、すべてが滞りなく運ぶものとして大金を投資し、今後さらに投資額を増やしたいと考えている。彼らには壮大な計画があり、それを台無しにする者には容赦しない。

用心棒ふたりが行方不明になったのは、管理不行き届きの最たる例になる。少なくとも、組織はそう考える。ささやかな不服従を罰して、手に負えない状況になる前に芽を摘むだけのつもりが、スズメバチの巣に手を突っこむことになった。

あげく、手に負えなくなっている。

放置するわけにはいかない。すぐに対処しなければ。

ひとつだけあてにできることがある。ニキーチンの衛星電話は人工衛星スラーヤを使っており、追跡不能だった。警察にはニキーチンがどこの何者かつかめていない。月にいたとしても、そうとはわからないのだ。部下たちは追跡できるものを持たずに出かけ、イワンは口を割らない。リヤフにしても同じことだ。なにが起きようと、ふたりは完黙を通す。

今回の災難は抑えこめるかもしれない、とニキーチンは思った。抑えこめなければ、首が転がる。まっさきに転がるのは自分の首だ。

「もう一度思いだしてみよう、クロエ」ビル・ケリー警部補の口ぶりは穏やかだった。隣のマイクが体をこわばらせたので、クロエはその腕に手を置いた。ふだんから鋼鉄のように硬い体をしているけれど、こわばりすぎて腕の筋肉のひと筋ひと筋が際立っている。

「いいのよ、マイク」ぎりぎりと歯を嚙みしめているせいで、いまにも耳からエナメル質が飛びだしそうだ。ストレスがかかりすぎて、体がびくつきそうになっているのを手に感じた。

自分にはみんなが気を使ってくれている。何杯も紅茶を飲まされ、クロエおばちゃんは頭が痛いのよと聞かされたメリーとグレイシーからキスとハグを受けた。エレンとニコールはひたすら足をさすってくれた。

それなのに誰もマイクを慰めようとしない。クロエのために戦い、人を殺したマイクを。

「彼女は怖がってる。怯えてるんだ。地獄を見たんだぞ」マイクは嚙みつくような調子で、警部補に訴えた。「それに彼女はもう何千回もくり返した」

「気持ちはわかるが、クロエの記憶にかかってるんだ。拘束した男はだんまりを決めこんでる。自分のことを政治犯とでも思っているらしい。だから、手がかりはクロエだけだ」

マイクの顔がいっそう険しくなった。「おれの言ったことをやったのか?」

ケリー警部補は聖人並みに辛抱強いらしく、天を仰ぎもしなければ、マイクの口調に気色ばむこともなかった。「ああ。死体保管所の死体の男は偽名を使ってたし、病院送りになった男は登録がなかった。シェルターで映像は撮れてた。指示されて来たんなら、指示したやつにはふたりがどうなったかわかっていない。シェルターまでたどり着いたかどうかすらな」

「ふたりが乗ってきた車は?」

警部補はため息をついた。「レンタカーだ。会社名義で、ジョセフ・マークという人物が払うことになっているクレジットカードが使われてた。そんな人物は実在しないし、会社もダミーだった。まだ捜査は続いている。さて、引きつづきクロエに話を聞かせてもらえるか?」

マイクはぎこちなくうなずいた。

警部補はメモ帳を開き、親身な顔つきでクロエを見た。「で、クロエ、もう一度だけ聞かせてくれ。それがすんだらもうきみの邪魔はしないよ」

クロエは笑顔になろうとした。マイクが女性に対する暴行事件で訴えられたあの恐ろしい夜から半年、ケリー警部補とはずいぶん親しくなった。

いまや家族同然で、ハリーやサムやマイクとスポーツの試合を観るためにふらっと立ち寄っては、食事をともにしていく。うわべは警官らしく皮肉っぽいけれど、ひと皮むけば一徹で心のやさしい働き者だった。いい人なのだ。

市警察本部でなくてハリーのアパートで話を聞いてくれているのも、クロエと、元同僚にして友人のマイクに対する厚意からきている。ハリーとサムとも友人だった。

「あのふたりに関する情報はないんですか？」クロエは尋ねた。

「ああ、クロエ。死んだ男は――」警部補はマイクをじろりと見て、マイクも同じように見返した。マイクは人に脅されて、引きさがる人ではない。「死んだ男は身元の特定につながるものを持っていなかった。財布も携帯も、身分証明書もだ。衣類のタグまで切り取ってあってね。検視官の助手が内々に教えてくれたところによると、歯にこの国では使われていない金色の詰め物がしてあったそうだ。といっても、わかったのはそれだけで、指紋自動識別《AFIS》システムにかけてみたが、国内のどのファイルにも登録がなかった。IAEGに関しては結果を待っているところだ」

「国際的な指紋データベースを持ってる機関」マイクが説明した。

「ところがあいにくロシアは加盟していない」警部補が大げさにため息をついた。「だから、もし連中がロシア人なら、そこのシステムにも登録されていない。もうひとりの男の携帯が鳴る音がしたんだが、調べてみたら、発信者を追跡できなかった。なぜそんなことが可能か、いま調べているところだ。そんなわけでね、クロエ。最初からもう一度考えてみよう。なんで連中はきみの居場所を知っていたんだろう？」

「わかりません」頭がもうろうとしてきて、のろのろと答えた。マイクが手を握ってくれる。温かくて、がっちりしていて、心強かった。質問に答えたいのはやまやまだが、いまになってショック状態が表に出てきた。「わたしは備品室にいて、そのことを知っていた人は多くありません。それにあのふたりが使った出入り口は、ふだんは使われていないものです。だいたいの人は警察の人たちが入ってきたあのドアから入ってきます。小さなバルコニーを通って、駐車場に出られるので。シェルターの間取りに詳しくなければ、ふたり組が使ったあのドアも知らないはずです」

警部補が顔を上げた。「あそこの設計図のデータはどこに？」

頭がまっ白になった。設計図のことなどまったく知らない。

「うちで調べてる」マイクが言った。「土地登記所に友人がいるから、いまメールしよう」

「それで、きみは備品室にいた」

クロエはうなずいた。「服をたたんでました」

「いつものことなのかな?」

「衣類の寄付は街の何カ所かで行われていて、それを水曜の午後、回収してシェルターに運んできます。ですから、その質問に対する答えはイエス。水曜の午後はよく衣類をたたんだり、整理したりしています」

「それを知っているのは?」

クロエは肩をすくめた。「シェルターの人ならほぼ全員。秘密ではありませんから」

「それで、男たちがドアから入ってきて、どうなった? きみはどう思った?」

「出ていってくれるようふたりに言ったのですが、すぐに怖くなってしまって」クロエは正直に答えた。「彼らの身のこなしとか、目つきのなにかが気になって……」身を震わせる。

「さあ、ハニー」マイクが背後に手をやって、小さなブランケットを手に取った。グレイシーが寒がったときに備えて、エレンが持ってきたものだ。それをクロエの肩にかけ、こめかみに口づけした。

誰ひとりとして反応しなかった。ハリーしかり、サムしかり、エレンしかり、ニコールしかり。ビル・ケリーもそのひとり。マイクがクロエを抱きしめてキスすることが新たな規範になったかのようだった。

「さっき言ったとおり、連中の動きは兵士そのものだった」マイクが奥歯を噛みしめた。

「ロシアの兵士の可能性がある。ロシア連邦が兵士を残忍に扱うから、兵士も残忍になる」

ケリー警部補は口をへの字にして、うなずいた。「やつらはきみになにを言ってたんだい、クロエ？」

クロエは不安げに腕をさすった。「それが問題で。ふたりともたいして話さなかったんです。ちゃんと聞けって、そうくり返すばかりで。そして、そのことを強調するように、黒くて長いナイフを取りだして、わたしの目の下に突きつけた」

マイクはゆっくりと首を振り、警部補の目を見た。「あいつを閉じこめとけよ」喉の奥から、動物がうなるような声を漏らした。

「ああ。やつはどこにもやらないし、おまえも近づけさせない。ナイフを調べたら、キズリャル、おまえの見立てどおりだったよ、マイク」

「なんと。ロシアの戦闘用ナイフで、軍隊と特殊部隊で使われてる」ハリーが額を撫でた。ロシアの戦闘用ナイフ。クロエは今日の事件にかかわるもろもろの恐ろしい謎とともに、その事実を脇に押しやった。

警部補がメモ帳になにかを書いた。「それで、クロエ、ちゃんと聞けと言われて、そのあとはなんと？」

「それきりなにも……脇にそれてしまったんで」

レイプしようとして。その事実が中空で震えていた。ウェイトでも上げ下げしているように、マイクの荒い息遣いが聞こえた。

「兵士の、ロシア兵の可能性がある男ふたりがきみを狙った。動機に思いあたるふしは？」

クロエは病院への行き帰りのあいだ、ほとんどなにも考えられなかった。「考えてみたんですが、なにも浮かんでこなくて」

「敵はいない？」

「ええ。たまにRBK社の――あの――特別な仕事を手伝っていて」クロエはこれ以上、なんと説明していいかわからず、マイクとハリーとサムを見た。

「こいつは知ってる」マイクが口をはさんだ。「警察にも何人か知ってるのがいるんだ」

「復讐《ふくしゅう》の線はないかな？　きみが逃亡を手伝った女性の亭主とか？」警部補が尋ねた。

クロエは時間をかけて考えてみた。「ありえない話ではないけれど、最近RBKに来た女性の夫は、その一週間後に自殺しました。あなたが言うような男の人は衝動の制御に問題があるので、復讐するならその場で復讐しようとするはずです。時間をかけてじっくり策を練るようなことはしません」

警部補が納得してうなずいた。「シェルター内には？　あそこの女性たちは不安定な環境、暴力的な環境にいたんだろう？　シェルターはそんな彼女たちを保護する。きみに敵ができてもおかしくない」

クロエはため息をついた。「わたしはただのボランティアで、管理者としての責任は負っていません。シェルターの顔でもなければ、スタッフでもなくて、週に三日、手伝いに行くだけです。最近、シェルターでとても気楽なグループセラピーをはじめて、何人かの女の人が仕事を抜けてひょっこり来てくれます。話をするんですが、それが助けになるみたいで。でも、そういう仕事をしている女性たちは、ほぼ当然のように連れあいを捨てようと決めています。わたしから逃げろと説得したことはありません、もし、それをお尋ねなら」

「だったら、ロシアとつながりは？」警部補はまずマイクを見て、続けてサムとハリーを見た。「ロシアとつながりはないのか？　あるいは、ロシアもしくは東欧で訓練を受けた男から狙われる理由に心あたりは？　最近保護した女性のなかに、ロシア人は？」

「いいえ」クロエは困ったように両手を開いた。「なぜロシア人男性に攻撃されなければいけないのか、わかりません」

　クロエは身震いした。体の奥深くのなにかが怯えて、冷えきっている。男たちから襲われたせいで、過去になったと思っていた悪夢に叩き落とされ、意識できる記憶を飛び越えて地獄に引き戻された。どんな印も残したくないと、軽やかな足取りで渡ってきた世界が、突如、足元から崩れ去った。深淵《しんえん》が口を開け、その先にはまがまがしい闇が広がっていた。

　マイクがなにかを感知して、目を細くした。自分のことをそこまで見てくれていると思うと、安心な反面、怖くもある。もはや誰にも気づいてもらえない人間でないのは安心だし、世界に向けてカーテンが開けられて、身を隠すことができないのは怖かった。

　クロエは力なく肩をすくめた。「ごめんなさい。たいしてお役に立てなくて」

ケリー警部補は見おろしたメモ帳を閉じると、大きく息をついて、立ちあがった。サムと同じくらい長身なので、クロエが彼の目を見るには、見あげなければならない。「これでよしとするか。やつが話せるようになったら、取り調べをするつもりだ。あるいはなにか書けるようになったら」警部補はマイクをじろりと見て、マイクも見返した。「ただ、あまり期待はしてない。敵がロシアのマフィアなら、ひと筋縄じゃいかないぞ。ボスたちからの仕返しのほうが怖いから、おれたちがなにをしたって口を割らないんだ。とりあえず、クロエに注意してるしかない」

「任せてくれ」マイクがふたたびクロエの両肩を握りしめ、ハリーとサムは「そうだな」とつぶやいた。

「クロエも、しっかり目を開いててくれよ。それから、なにか思いだしたら、いつでも電話してくれ。やつらの狙いがどこにあるのかわからないからな。きみを怖がらせたいんだか、誘拐したいんだか、さらには殺したいんだか。だから、用心第一。一緒にいる人たちのためにも」

このときはじめて、クロエは危険と隣りあわせになっているのは自分だけでないことに気づいた。ハリーとサムはもちろんのこと、エレンとニコールも、さらにはグレイシーとメリーも引きずりこんでしまった。

幼いふたりの姪を心から愛している。自分のせいでそのふたりになにかあったら……。

「そこまで見送らせて、ビル」エレンがニコールに目配せした。ニコールは夫の大きな手に支えてもらいながら、億劫《おっくう》そうに立ちあがり、男たちを今後の相談のために残して、エレンとふたりで玄関までビル・ケリー警部補を見送りにいった。

「彼女にはおれがついてる」マイクが兄弟たちに宣言した。「この際、はっきりさせとこう。週七日、二十四時間おれがついてる」

「あなたには仕事があるわ、マイク」クロエはそっと口をはさんだ。彼はみずから進んで自分の生活をなげうってくれようとしている。あのふたりがロシア人だろうとそうでなかろうと、目的がなんだろうと、ふたりの存在は終わりの見えない不明瞭な脅威を象徴していた。

「あなたの生活のすべてを独占するわけにはいかないわ」

「いや」マイクは強い口調で言い返した。「そうする。きみに外出する用事があるのに、どうしてもおれがついていけないときは、バーニーに頼みたい。あいつならいい。あいつなら誰にも出し抜かれない」

ハリーとサムもその案には賛成で、ふたりそろってうなずいた。そのあと三人はこまごまと長い相談に入り、シフトや車の点検スケジュール、車の盗難予防の方法まで話しあった……そのうちにクロエは気を失いかけた。疲れきっていた。腕がずきずきするし、体じゅう打ち身だらけだった。

入院するほどの傷はないが、聞き慣れた騒音のようだった痛みが突然、ぶり返した。

相談のさなかにふいにマイクが立ちあがった。ハリーのキッチンまで行って、大きな手に水の入ったグラスと錠剤二錠を持って戻ってきた。

「さあ、ハニー」

そして兄弟ふたりと話の続きに戻った。

クロエはありがたく錠剤を受け取った。十五分もすると痛みがやわらぎ、意識がもうろうとしてきて、気分がよくなった。男たちの声が虫の羽音のように遠くに聞こえる。

「よし、いいだろう」マイクは両手を握りあわせ、クロエはぱっと目を開いた。一時間たっていた。「話がついたよ。バーニーにはハリーが説明する。ビルはふたりの男が残した車から追跡捜査を続けて、おれたちに随時連絡してくれることになった。クロエ、いいかい？そろそろ行くよ」

マイクはクロエの手を取って、立たせた。

立ちあがったクロエはハリーとサムを見た。サムは無表情を装い、ハリーの目には愛情と懸念が表れていた。「ああ、クロエ」

マイクが強引に押しきったのは、まちがいなかった。挑戦的な物腰で兄弟ふたりに向きあい、クロエの肩に腕をまわして、しっかりと抱き寄せている。

クロエの主たる守護者となるためには、喧嘩も辞さない覚悟であることが、ひしひしと伝わってくる。ハリーとサムもそこにいて、守る気も能力もあるが、マイクの言うとおり、ふたりにはほかに守らなければならない妻と子があった。しかもサムの妻は、いつ出産してもおかしくない。ひとりめも難産で、たいへんな出血だったと聞く。そんな彼女のそばをサムが離れたいわけがない。

ハリーの言うとおりだ。

クロエは小さく身を震わせた。不本意とはいえ、またはじまってしまった。男の暴力がもたらす闇の世界にふたたび入りこんでしまったのだ。

守ってくれる人がいるのは確かだった。そうでないふりをするのは、とてつもなく愚かな行為だ。道具や武器のある男たちに狙われて、こちらはなにもないのだから。

自分なら板ばさみにならずにすむ、とマイクが言ったのは正しい。けれど、それだけではなかった。マイクなら危険をものともせず、一途に自分を守ってくれる。現にきわめて危険な男ふたりに、真正面からぶちあたっていった。自分のために命を懸けてくれた。

もっとも根源的な意味でマイクはクロエのために戦い、もっとも原始的な意味でクロエはマイクのものだった。今回の件にはもうひとつ、クロエが胸に秘めている要素がある。

マイクが好き。

クロエは手を伸ばして彼の手を握り、ハリーとサムに告げた。「マイクについていてもらうわ」

12

〈メテオ・クラブ〉

男は太いうめき声を漏らし、彼女の尻に深々と指を突き立てたまま、体の上に倒れこんできた。コンシュエロは肩を押して男をどけようとはせず、圧迫された肺に息を取りこもうとした。なにをどう言おうと、男はそのために金を払っている。

ああ、もう、頼むからこのまま寝ないで。

何分かしてコンシュエロの目の前に黒い点が飛びはじめたころ、男が野太い声とともになかから引きだし、隣に仰向けになって、腕で目をおおった。

この先、コンシュエロは透明人間になる。娼婦という商売が成立するのはこのため、女が立ち去るためだ。

浅く息をして、静かにベッドを出た。アルマーニのコロンでごまかした男のくさい汗が肌にべったりとつき、股間からは精液のにおいがする。コンドームを使わないほうが、セックスに高値がつく。ロシア人による新たな管理態勢に移ってからは、なにかにつけ高値がつくほうが推奨された。

年かさの女たちのなかには、傷つけることが好きな男たちの相手をさせられるものもいる。離れたところに、防音になったそれ専用の部屋まである。妥当な金額が請求できさえすれば、ロシア人はできることに制限をもうけない。

先月は女がふたり、いなくなった。

コンシュエロは自分を傷つけた男を見おろしながら、身内を駆けめぐる焼けつくような怒りを脇に押しやろうとした。

男は〝ジョン〟と名乗り、コンシュエロは笑みを嚙み殺さなければならなかった。ジョンには売春婦の客という意味もあるからだ。たしかに、ジョンだ。

彼は本名をラリー・キャメロンといい、チュラビスタで大きな中古車販売店を経営している。テレビの深夜放送を見ていたら、彼の顔ばかり見させられる。

コンシュエロにはどうでもいいことだった。というか、どうでもよくないことなど、ほとんどない。男たちが自分の上でうめいているあいだ、使われている肉体から離れてしまうことが、どんどん増えてきている。今回は行為の最中にしぶしぶ戻った。〝ジョン〟がひどい痛めつけ方をして、痛みを無視できなかったせいで。〝ジョン〟は腰を打ちつけながら、コンシュエロの腰に爪を立てて、乳房を嚙んだ。

以前なら、こんなときはフランクリンが静かに注意してくれたものだ。当然ながら、紳士同士として。商品を粗末にしてはならない。だが、ロシア人たちの登場以来、客たちが度を越した暴力をふるうようになった。動物が自由を感知するように、新態勢になったことを嗅ぎつけたのだ。女の子たちの体には青痣ができ、それを隠そうと化粧は濃くなる一方だ。医者の世話になった子もふたりいる。

新たな悪霊がクラブを席巻《せっけん》したようなものだ。ロシア人たちがやってきて、その荒々しい存在によって、なにかが解き放たれた。なにか悪いものが。

コンシュエロに言わせれば、男たちの世界は動物の王国とあまり変わらない。ライオンの登場を察知してにわかに興奮しだす馬の群れと同じように、客たちは残酷な種類の人間が登場したことを感じ取り、その存在が抑止力を弱め、口に出されないまでもまがまがしい衝動に身を任せる許可となる。

結局のところ、男たちはそのために金を払っている。誰にも文句はつけられない。

男たちが新しい伝染病に感染しているかどうかは、目を見ればわかった。場合によっては、部屋に入って裸になれと命じられるや、彼らが感染していることを察知して、体から飛びだした。男たちの青い瞳までが、黒く冷たく見えることがあった。コンシュエロは青痣と汗にまみれ、悪臭をまとわされた。

豪華な部屋にはそれぞれバスルームがついているが、男がベッドで横になっているのを知りながら、裸でシャワーを浴びるのは耐えられない。ほかの女の子たちと住む別棟に自分の部屋がある。静かなその部屋に戻って、なにも洗い流せないにしろ、火傷《やけど》しない程度に熱いシャワーをたっぷりと浴びたかった。

コンシュエロは服を拾いあげた。破れたパンティとブラジャーを白々と眺めた。〝ジョン〟はドアが閉まると二秒で興奮しだし、室内にはふたりのほかに誰もいなかった。きれいなパンティとブラジャーだったのに。淡いラベンダー色のシルクで、縁にレースがついていた。それがただのぼろ切れになってしまった。

肉体を離れたコンシュエロは天井にいて、下の若い娘が破れたシルクの下着を手でしごくのを見ていた。娘はパンティを床に落とすと、ブラジャーの両端を握りしめて、ぐっと引っぱった。

シルクは繊細だけれど丈夫な繊維で、やわらかなロープのようなものだ。

コンシュエロは裸の娘を見おろした。娘はブラジャーをロープのように何度も引っぱって、強度を測っている。天井にいるコンシュエロにはなんの感慨もなかった。裸の娘がゆっくりとベッドに近づくのを他人事のように見ていた。娘はベッドに大きなくぼみをつくっている男を見おろした。

男は大柄で毛むくじゃらだった。ペニスは精液と潤滑剤でてらてらしている。あまりに乾いていたので、娘がこっそり使ったのだ。潤滑剤を使っても、入れるのが痛かった。

そのペニスもいまは太腿の上に横たわっている。

苦しげだった呼吸がいびきに替わる。冬眠中のクマのように太いいびき。なんて醜く、なんて無益なのだろう。

見ていると、若い女はベッドに膝をつき、男のほうに身を乗りだした。シルクのブラジャーをロープのように引っぱり、それを男の首へ近づける……。

ふいに危険を察知して、コンシュエロは娘の肉体に戻った。男が目を開いたのと同時だった。淡いブルーの目が充血している。

「なんだ――なにをしてる？」男がもごもご言った。コンシュエロが身を乗りだしているのを見て、声が大きくなっていく。「なんなんだよ？　おまえ、なにをするつもりだ？」

あなたを殺すのよ。その言葉で頭のなかがいっぱいになり、砂漠に巻きあがる風のように湧いてきた怒りとないまぜになった。さっきまでなにも感じていなかったのに、一転して、感情が噴きだしてくる。怒りが血液のように血管で脈打ち、波となって全身を駆けめぐる。完全無欠の怒りに骨の髄から揺さぶられた。

男は体を起こそうとして、肘をすべらせた。セックスとウイスキーでへべれけになり、起きあがることができない。だが、青い瞳にかかっていた靄《もや》が晴れて、理性が戻りつつある。コンシュエロは物欲しそうに喉を見つめた。ロープ代わりのブラジャーをあてるべき場所はわかっている。喉仏のすぐ上。うなじでひねり、ぎゅっと締めあげたままにすれば……。

でっぷりした男だけれど、急いで首を絞めればベッドに倒れて、反撃できなくなる。すね毛だらけの脚をばたつかせているうちに、顔色がどす黒くなって、眼球が飛びだす。

むかし施設にいたときに、人が絞め殺されるのを目撃して以来、その光景を忘れられなくなった。

首を絞めつづけていれば、そのうち男はおとなしくなり、黒い舌がだらりと出る。

「近づくな！」男はコンシュエロを見すえたまま、ぎこちなく脚を動かして遠ざかろうとした。ぶよついた男の巨体のすべてがいまいましい。コンシュエロには自分の顔に怒りが表れていることがわかった。

気をつけて、コンシュエロ。怒りに呑みこまれてはだめよ。あなたはすごく腹を立てていて、まだそのことに気づいていないわ。

頭のなかから、さとすような小声が聞こえてきた。クロエ。命綱。なぜか自分を理解してくれる人。裁くことなく、完全にわかってくれる人。クロエは優雅で、教養があって、お金持ちなのに、自分のことを対等な友人として扱ってくれる。

いま頭のなかにいるのはクロエだった。クロエが怒りをなだめて、セクシーな女の仮面をつけさせてくれる。ほんとうはわめき散らしたいのだけれど、クロエに言われるがまま、ハスキーな低音に切り替えた。

「ああ、ジョン」コンシュエロはブラジャーを彼の肩にかけ、胸板を撫でおろすように引っぱった。乳首のところで手を止め、爪の先でいじり、快感に身震いするさまに目を細めた。

頭のなかのクロエが命を救ってくれた。男を絞殺するだけの力がないことが、いまになってわかる。簡単に男に制圧されて、警備員を呼ばれる。本物の警備員、ロシアの怪物たちを。そして自分の命は終わる。

反抗した女の子たちがどうなったか、クラブでも噂《うわさ》が流れていた。いまわしい快楽を愛する男たちに投げ与えられて、二度と日の目は見られない、と。

頭のなかのクロエの声が押しとどめてくれた。

「さっきはすてきだったわ」コンシュエロはささやきながら、やすやすと嘘をつく自分に内心、目を丸くした。男に見せつけるべく、脚を開いた。一時間にわたって男から攻めたてられた性器は、腫れているはずだ。「あんまりすてきだったから、もっと欲しくなっちゃったの。全然足りない」

男にまたがり、ブラジャーをペニスに巻きつけ、やわらかなシルクの上に手を重ねて、彼を刺激した。

「ああ、ベイビー」男はうめくと、頭を枕に戻した。「なぜ言わなかったんだい？」満面の笑みになり、硬くなったムスコを手で指し示した。「すべてきみのものだよ、ベイビー。さあ、はじめてくれ」

行為がすむと、コンシュエロは震える手で口元をぬぐった。ドレスを着、部屋を出て、そっとドアを閉めた。これからどこへ行ってどうしたらいいのか、わからなかった。一時間後につぎの客を取ることになっているが、自制心が弱くなっていて、危険だった。

脚が震えて、息をするのも苦しい。全身が痛めつけられたようだった。自分の肉体が、自分自身が疎ましかった。

ジョンたちなんて大嫌い、客の全員がいまわしい。

無理よ。今日はもう無理。男を殺しかけ、ひいては自分の命を捨てそうになった。暗い部屋にひとりこもって、ひどい頭痛をなだめてやりたい。偏頭痛。めまいがひどくて客に吐いてしまうから、今日は働けない、と言ってみよう。

前にもそう言って、休ませてもらったことがある。

そして明日になったら、クロエに話しにいく。クロエは落ち着いていて、気持ちを理解してくれる。思いこみにとらえられて、命を投げだしそうになっていたとき、クロエが説得してくれた。自分の肉体から離れずにいることの大切さを教えてくれた。

そのとき、親友のエレナが廊下を向こうからやってきた。クロエと最初に話をしたのはエレナだった。自暴自棄になっていた時期、シェルターでたまたま会ったのだ。エレナはその前四日間、客に嚙みついた罰として、食べ物も水も与えられずに暗い防音室に閉じこめられていた。フランクリンがロシア人に頼んでくれたおかげで部屋から出してもらえたが、そうでなければ、死ぬまで閉じこめられたままだったろうと誰もが思った。エレナ本人を含めて。

クロエは助言も判断もせず、ただ聞いてくれるだけだ。だが聞いてもらったあとは気持ちが楽になると、エレナは毎回言っていた。それでコンシュエロも気まぐれに顔を出してみた。

最初は月に一度だった。食べたら危険な、甘い物に手を出すように。それが月に二度になり、いつしか週に一度になった。

いまではシェルターに住むことを考えるようになっている。

ロシア人に見つかって、引きずり戻されるのがおちだけれど。

コンシュエロは眉をひそめた。エレナがショックを受けた様子で、ふらふらしている。

「コンシュエロ」エレナは声をひそめ、腕をつかんで、左右に目を配った。ロシア人たちの登場以来、みなささやき声でしゃべるようになった。「なにがあったか、聞いた?」

「いいえ」なにがあったというの? 幾多の地獄を見てきたエレナがショックを受けるなんて、誰かが亡くなったの? それもはじめてのことではない。

「クロエが……ロシア人たちがクロエを襲ったのよ。あたしたちに話をしたからって」

胸で心臓が止まった。クロエがひどい目に遭った――わたしたちを助けようとして。わたしを助けようとして。

生きるのに手を貸してくれたクロエが。

こんどはどす黒い怒りだった。強くて苦々しい怒りに圧倒された。

そして、その怒りを追いやってくれるクロエはもう頭のなかにいなかった。

「クロエが心配なのね」エレンは寝室を行きつ戻りつする夫に愛情と思いやりのこもったま

なざしを向けて、おっとりと話しかけた。わたしのすばらしい夫。表向きはマッチョで強面《こわもて》だけれど、その内側にやさしい心を宿している。「わたしも心配。でも、あなたとマイクとサムがなにが起きているか突き止めてくれるでしょうし、あなたたち三人でクロエを守ってくれる。なによりマイク……彼、クロエにぞっこんだもの。傍目にもよくわかるわ。マイクを倒せる人なんて、わたしには想像ができない」

「ああ」ハリーは大きな手で濃いブロンドの髪をかきあげた。このしぐさなら、何千回と見たことがある。ストレスと失意を感じている証拠。どちらもエレンには理解できた。妹が危険にさらされ、そのことで兄であるハリーは頭がおかしくなりそうになっている。

まだ幼い妹を守りきれなかったという思いをずっと抱えてきたハリーが、そのことに強い苦痛を感じてきたことを、エレンほど知っている人間はいなかった。

その妹が見つかってハリーがどれほど有頂天になり、どれほど妹を愛しているかも。

エレンもクロエを愛している。クロエのような人を愛さずにいられるだろうか。やさしくて、賢くて、親切で。グレイシーとメリーなど、クロエのことを天使かなにかのように思っている。クロエの存在は家族みんなにとって祝福だった。

けれどマイクは……マイクだけは愛し方がまったくちがう。

「わからなかったのは、マイクはクロエにぞっこんなはずなのに、なぜ彼女から遠ざかったかよ。彼女に夢中なのは誰が見ても見え見えなのに、ばかみたいに、なにもせずにただクロエのあとをついてまわってた。あのマイクが、女たらしで動くものならなんでも目をつけずにいられないマイクがよ。半年ものあいだ、拾われてきた子犬みたいにクロエのあとをついて歩くなんて、想像もつかないわ。クロエが一緒なら姪たちとプリンセスのビデオだって延々と見つづけるんだから。マイクの気持ちは誰が見たって明らかよ。だから不思議なの。クロエに手を出すのはやめておきながら、そばから離れないなんて。ニコールにもわたしにも、わけがわからないわ。クロエもよ。頭がどうかなりそうになってる。ひどい事件だったけれど、少なくとも今回の一件がマイクの背中を押すかもね。半年間、ストーキングしながら彼女に触れなかったんだから。変よね……ハリー？」エレンがベッドで起きあがった。

「ハリー・ボルト、あなた、なにか知ってるわね？　知ってることがあるんなら、いますぐここで吐いて。わたしたちみんな、すごく悩んでたのよ」

なにかがおかしい。エレンはありとあらゆるハリーの表情を知っていた。いまのこのおどおどした表情は、罪悪感だ。

「ハリー？」

夫はため息をついてベッドの端に腰かけると、エレンの手を取った。「覚えてるよな。クロエがやってきて、みんなが心底、驚いた日のこと」

「ええ」エレンは笑顔で手を伸ばすと、夫の顔にかかった髪を押しあげた。

ハリーがうなじを撫でる。ストレスを感じているときの癖だ。「彼女がはじめてオフィスに入ってきたときのあの感覚は、とても言葉にできない。恐る恐る歩いていて、いまとはまったくちがった——」

「そうね。この半年でマイクが鍛えたもの。いまのクロエは馬みたいに丈夫よ。マイクのおかげだわ」

ハリーが咳払いをした。「ああ、そうだな」唇を噛む。大きな不安を抱えている証拠。エレンはヘッドボードにもたれて、背筋を伸ばした。いつもは冷静沈着な夫が、ひどく感情的になっている。

「ともかく、あの日、おれの目の前にいたのはもろそうな女性だった。不安げで、怖がっていて、強い風が吹いたらひとたまりもなさそうだった。それに彼女の話——悲惨だった。十年の入院。義理の父親にレイプされかけたこと。そして、忘れられないのは、その前になにがあったかおれが知ってるってことだ。彼女を殺しかけた野蛮なクズ男との、恐怖に満ちた暮らし。実際、おれは妹がそいつに殺されたと思ってた。クロエはいまにも壊れそうだった。ずっと気を張って生きてきた。そんな彼女にマイクが強引に近づくのを見たとき、おれは——頭がまっ白になった。やつは女に対して見境がない。そのあと、あいつが取り調べのため警察に引っぱられていった……マイクが女に手を上げられる男じゃないことは、おれにもわかってた。そんなことのできるやつじゃないんだ。それでも、女とや——セックスしていたのは事実だ。しかも出会ったばかりのヤク中と。息をしていて、それなりの器官がある相手なら、おかまいなしだからだ。大人というより、十七のガキ、あまりに浅ましかった。クロエに累がおよぶのはいやだった。彼女が傷つくようなことになったら……それで――」

ハリーは黙りこみつつ、口元を動かしていた。

「それで？」エレンは小声で尋ねた。

ハリーが意を決したように口を開いた。言葉がしぶしぶ出てきた。「それで……クロエが頼んだ私立探偵が機転を利かせて、ぶちこまれそうになっていたマイクを釈放させてくれたとき、おれは思った……クロエはマイクに惚れる、ひょっとしたらもうそうかもしれない、と。マイクは女にもてる。それでクロエの心もずたずたにされる。そう思ったら、いてもたってもいられなかった。だからクロエには触れないと約束させた」

エレンは目をしばたたいた。「そう約束させたの？　クロエには手を触れないって、そのとおりの言葉で？」

「ああ」ハリーはうなだれた。「自分でもなにを考えてたか、よくわからない。きみに怒られて当然だよ」

エレンが笑いだすと、ハリーがぱっと顔を上げた。「え？」

「わたしの愛するすてきなダーリン」エレンは手を差し伸べ、彼がその手を握ると、にっこりした。彼に手を握られていると、なんて気分がいいのかしら。これまでも、これからも、ずっと。もし自分が先に死ぬとしたら、この世からあの世へ移るとき、彼がそばにいて手を握っていてくれるだろう。一片の疑いもなく、エレンはそう信じていた。手を引っぱると、夫は素直に身を寄せた。エレンの髪に顔をうずめ、大きなため息をついた。「怒ってないのかい?」

「もう、ハリー、あなたったら」エレンは体を離して、愛すべき夫の顔に笑いかけた。「あなたは自力でわたしの大好きな人ふたりを結びつけてくれたのよ。そんな人に怒る理由があるかしら?」

ハリーは答えを探すように室内を見まわしてから、エレンに目を戻した。「おれが?」

「ええ」夫の首に両腕をかけ、手の下の力強さにうっとりした。それは肉体だけでなく心の強さを示していた。「あのふたりがすぐにくっついたら、目もあてられないことになってたわ。クロエは自分に自信がなくて、寂しいばっかりで、あまりに弱々しかったもの。あなたの判断が正しかったのよ。で、マイクのほうは――気持ちを伴わないお手軽な情事に慣れすぎてた。ひとりの女のために尽くしたことのない人だから。ほんとうの意味で、女性に出会ったことがなかった。だから、パンツのなかでおとなしくしてろっていう、あなたの指示は的確だった。それで、いつまで禁止するつもりだったの?」

「それは、その……ずっと、かな」

エレンはまばたきした。「ずっと? あらあら。それじゃマイクも苦労したわね。見てのとおり、マイクはあなたとの約束を律儀に守ってる。このことがもっと早くにわかってたら、ニコールも気を揉《も》まなくてすんだのに。どういうことだろうって、どれだけ頭を悩ませたかわからないわ。マイクったら、なにもしないまま、ほとんどつきっきりなんだもの、みんな、どうかなりそうだった」

「他人のことで、そんなにやきもきしなくたっていいだろ」ハリーが指摘した。

そんなことができるとでも？「無理よ。じゃあ、クロエは近々、あらゆる意味で義理の妹になるわけね」

ハリーがびくりとした。「待てよ、そんな話、聞いてないぞ」眉をひそめた。「急展開すぎるだろ？」

「全然」夫にキスした。軽くついばむように。そのあともう少ししっかりと。「ふたりともお互いにぞっこんなのよ。すぐにそういう関係になってたら、感情をコントロールできないマイクが強引に迫っていただろうし、クロエのほうは圧倒されてとまどい、傷ついていたでしょうけど、いまならそんな悲惨なことにはならないわ。いい状態だもの。もちろん、彼女がロシア人に狙われてるって問題はあるけど、それをべつにしたら、ふたりとも順調に関係を育んでる。あなたのお手柄よ、ボルト。いい仕事をしたわね」

「狙ったわけじゃないさ。おれはマイクを永遠に切り捨てるつもりだったんだ。でも、まあ、お手柄ってことにしておこう」

夫の視線を受け止めたまま、エレンは笑顔で肩を揺すった。二年前にはとてもできなかった動きだ。ストラップが肩から落ち、乳房のふくらみにナイトガウンが引っかかっている。ベッドの傍らに立って、ふたたび肩を揺すると、シルクのナイトガウンが床にふわりと山になった。新しく身につけた色気たっぷりの官能的な声で言った。「立派な行いには、ご褒美があってしかるべきだと思わない？」

彼の股間に手を伸ばした。案の定、熱を帯びた鋼鉄のようになっていた。ほらね。わたしにわからないと思って？

すばやく手を上下すると、彼が息を切らした。「ご褒美をもらえるんだろ？」かすれた低い声で尋ねた。「洞察力があって、うまくことを運んだから」

ハリーに引っぱられてベッドに戻ると、彼がのしかかってきた。エレンよりうんと背が高いのに、寸分の隙なく重なりあう。いつもそう。これからも。

彼のものが腹部に押しつけられると、熱を放ちはじめた下半身を持ちあげて、彼の感触を楽しんだ。彼のものが長くなって、太さを増した。

最高。お互いに相手の体がわかっている、この感覚。それでいておざなりになるどころか、愛の行為はより豊かに複雑になっていく。こんな関係を知らないなんて、ベッドを渡り歩いているマイクがかわいそうになる。

マイクにもわかるようになるかもしれない。

ハリーに耳の後ろを甘嚙みされ、全身が粟立った。彼の肩に顔をつけたまま笑みを浮かべると、大きな手が下腹部に伸びてきた。

ハリーの耳たぶを噛んで、また肩先で笑顔になった。彼の耳に直接ささやきかけた。「あなたにはもうひとつご褒美があるのよ。特別なのが」

「そうなのか？」彼が興味深そうに、ささやき返した。「セックスよりいいもの？　だとしたらすごいな。早くもらいたいよ」

「待たなきゃならないの。時間がかかるから」エレンは下腹部にあった夫の手に手を重ねた。「バレンタインデーあたりになるわね。八カ月くらい先よ」

電気ショックでも受けたように、ハリーの巨体がぴくりと跳ねた。ハリーは肘を立てて体を起こし、エレンの目をのぞきこんだ。

「エレン」感極まったその声と、自分を見る目つきだけで、エレンは泣きそうになった。彼にとってどれほど意味深いことかわかっているからだ。エレンにとっても同じだった。ふたりとも家族を持たず、長いあいだひとりぼっちで世間を渡ってきた。そんなふたりが出会い、グレイシーができて、ふたりの人生を喜びで満たしてくれた。そしてクロエが見つかった。そこへもうひとり子どもができた。

こんなに幸せでいいのかしら。

ハリーは腕で体重を支えきれなくなったのか、ふいにのしかかってきた。肩が震えている。エレンはその彼をしっかりと抱きしめ、耳から首から顔から、唇の届くところすべてにキスをした。彼を包むように腕と脚を巻きつけ、キスをしながら彼を受け入れ、ハリーとエレンとお腹のなかの赤ちゃんと、三人一緒にゆらゆらと体を揺らした。

13

マイクはクロエのスーツケースを運びこみ、壁際に置いた。彼女のアパートに立ち寄って、身の回りの品を持ってきたところだ。必要なものがあればいつでも取りに帰ることができる。ただし、マイクかバーニーが一緒のときだけ。時間はおよそ十分まで。

それ以外は、事情が明らかになるまで、マイクのアパートで過ごす。

マイクのアパートのドアは両面に鋼鉄のパネルを張って強化してあり、外には監視カメラが設置されていた。

ガンロッカーにはグロック19二丁、グロック23二丁、コルト1911A1一丁、ブローニング・ハイパワー一丁、シグ・ザウエルP226一丁、HK USPコンパクト・タクティカル40口径一丁、コルトAR-15Aカービン一丁、海兵隊時代に携行していたのとそっくりのM4ライフル二丁、モスバーグ590コンバット・ショットガン一丁――クマだろうとなんだろうと殺すのに適した銃――レミントン700、バレットM92、バレットM95、そしてお気に入りのバレットMRAD。この銃なら月にいる悪人でも撃ち倒せるだろう。加えて、実弾五万発。

照準器二個、戦闘用ヘルメット、ヘルメットに装着可能な赤外線ゴーグル、特別に幅の広いマイクの体に合わせてつくられた防護衣がふたつ。どの武器もぴかぴかに磨きあげられて、オイルに浸してあった。長さ三十メートルのケーブル、異なるサイズの引っかけ鈎《かぎ》が四つ、閃光手榴弾《せんこうしゆりゆうだん》十発。長い電線のついた四百グラムのC４はもちろんのこと不法所持だった。戦闘用ブーツ五組。戦闘用ベスト二セット。人間なら数秒で倒れるという保証付きの、動物用の麻酔薬の入った注射器五つ。

そしてナイフ類。マイクはナイフが好きだった。黒いチタンでできたソグ・イージス、ザッカーラのボウイナイフ、ギャリソンのファイティングナイフ、ガーバーのファーストナイフ、バタフライナイフにケランビットナイフ。

ゾンビが跋扈《ばっこ》する終末が来たらどうする？　マイクはそこまで考えていた。

クロエが入り口の敷居に立ったまま、下を向いている。マイクが影のように付き添ってきたこの半年のあいだに二度、彼女はここを訪れ、それぞれ二分だけ滞在した。たぶんここにはたいしてなにもないからだろう。

ここに住むようになって五年近いというのに、クロエがアパートに引っ越して一週間後には、彼女のアパートのほうが快適になっていた。

マイクのアパートのほうは高級ながら典型的な独身男の部屋で、寝て、食べて、テレビを観る、ただそれだけのための場所だった。一方クロエのほうは、この半年のあいだにハリーと同じ階にあるアパートを、敷居をまたいで部屋に入った瞬間、喜びのため息が出るような場所、ちょっとした天国に造り替えた。そこにあるもののすべてがやわらかで、明るくて、いいにおいがした。

マイクの部屋でも安堵《あんど》のため息なら出るかもしれない。洋上の船から携行式ロケット弾《RPG》でやられでもしないかぎり、ここにいれば安全だ。だが、やわらかさや明るさはもちろんのこと、においのよさなど望めるわけもなかった。

部屋の掃除をしてくれているモルドバ人の女性は、なににつけてもライゾールで消毒するにかぎると信じている。レモンの磨き剤など、軟弱すぎる。そんなアリーナに恐れをなして、マイクの部屋には細菌が寄りつかない。

ついでにぬくもりもない。

ドアが閉まると、クロエははじめて来た場所のように、あたりをうかがった。マイクのほうを見ないように注意している。

こんなときは勧めるべきなのだろう……なにかを。なにを勧めたらいいんだ？　ビールとチップスなら山のようにある。人に知られたウイスキーのすべてなどリカー類ならずらりとそろっている。冷凍のフライとピザとステーキ。ナッチョとチーズ。チョリソーがいくらか。

まったく。ミルクもお茶もない。考えてみたら、野菜や果物はおろか、パンやジャムすらない。心をなごませてくれる食べ物や飲み物がまるでないのだ。

クロエに与えられるものがひとつもない。

ふたりは顔を見あわせ、目をそらした。

なんともはや。思っていたような展開にはなっていない。これまで幾夜となく、盛大に勃起したまま、どうすることもできずに過ごしてきたせいで、さまざまなシナリオを頭に思い描いてきた。

当然ながら、まっ先に手をつけるべきは、ハリーの呪いを解くことだった。白昼夢ではもちろんのこと、夜の夢でも名案は浮かばず、ただ魔法のようにシュッと音を立てて、呪いが解ける。

そうしたら、彼女に言い寄る。

それにしたって、マイクには彼女をものにするだけの魅力はないのだが。

白昼夢はあまりうまく進まなかった。通常はハリーとのややこしいやりとりをすっ飛ばして、クロエが裸でベッドにいる場面を想像した。そこからスタートだった。

実際にスタート地点に立ったいま、言葉が喉につかえて、出てこない。

「あの、そうだな、お茶でも出さなきゃいけないんだろうけど、それがなくて」

これがクロエの笑みを誘った。ああ、なんてかわいいんだろう。いまみたいにほんの小さな笑みでも、顔が明るく輝く。

クロエはスーツケースの脇ポケットのひとつを探ると、小さなパックをいくつか取りだした。「そんなことだと思って、アパートからお茶を持ってきたわ」

茫然自失の状態なのだろうが、クロエの美しさは格別だった。弱々しく疲れているし、腕には包帯を巻いていて、化粧はすっかり落ちている。それでもクロエほど美しい女には会ったことがない。あのニコールも例外ではないのだから、美しさのほどがわかろうというもの。

彼女は……そう、金色に輝いている。やわらかな金髪に、金色の瞳。青白かった美しい肌は、日焼けして淡い小麦色に染まっている。その彼女がそこに佇《たたず》み、自分を見つめて様子をうかがっている。そして自分は突っ立ったまま、ただただ彼女を見つめている。

ムスコがおとなしくなることを願いながら。

よし、わかった。ムスコには理解できないだろうし、実行するのもむずかしいが、マイクは本能に逆らって、申し分のない紳士になろうと腹をくくった。ハリーが暗に呪いを解いてくれている可能性もあるが、クロエは暴力をふるわれ、性的に脅かされたばかりだ。

ああ、腹が立つ。そのことを考えるたびに、死体保管所に押しかけて、自分が殺した男を生き返らせ、あらためて殺したくなる。その足でサンディエゴ市警察にまわり、もうひとりの野郎も殺してやる。

マイクは暴力に慣れ親しんでいた。暴力が生き甲斐だと言ってもいい。いわゆる暴力の専門家。家族が惨殺された五分後からずっとだ。これまでの人生は暴力を理解して、わがものとするためにあったと言っても過言ではない。

暴力は言語、悪党のみが理解できる言語であり、マイクはそれに通じている。

だがマイクが信奉する種類の暴力には目的があった。暴力に触れられてはいけない人、たとえばクロエのような人を守ることだ。

それなのにクロエは、生まれてこのかた暴力にさらされてきた。

マイクは少年時代から暴力を学んできたのに、いまだに理解がおよばない部分があった。どうしてクロエの母親の恋人はまだ小さな女の子の腕を折って、壁に叩きつけることができたのか。彼女をレイプしたくて、その同じ腕を折った養父にしても、彼女をレイプしようとしたり、彼女を殴り飛ばしたりしたロシア人たちにしても、まるで理解できない。

なぜそんなことができる？　このクロエに対して？　この姿を見てみろ、とマイクは思った。悲しく不安げな目をして、静かに佇んでいる彼女は、言葉にならないほど美しく、あまりにやさしいので、彼女を見ただけで気分がよくなってくる。

みんな彼女がそばにいるだけで幸せになった。グレイシーとメリーは、ごく幼いものだけが持つ動物的な勘で、植物が太陽を愛するように、彼女に惹きつけられている。誰もが彼女を愛している。

おれを含めて。

ああ。

マイクは胸をさすった。

わかってるだろ、軌道を修正しろ。彼女をベッドに入れるんだ。

ところがふだんはすらすらと話せるマイクの口から飛びだしたのは……。「じゃあ、持ってきたお茶を飲みたいのかい？」

彼女がますます途方に暮れた顔になった。「ええ。お願い」

それでもマイクは動かない。彼女もだ。

脳でなにかが起きている。本人にもわからない、新しいギアに切り替わっていた。

長い年月をかけて、女性の口説き方を磨いてきた。台詞《せりふ》はすべて頭に入っており、あとは決められたとおりに枝筋をたどるだけだった。女がこう言えば、ああ言うし、ああ言えば、こう返すといった具合に。

時間のかけ方も決まっていて、どんな女でも三十分もしないうちに裸にしてベッドに誘いこむことができた。自分のベッドか、そうでなければ女のベッドに。できれば後者が好ましい。行為を終えたらすぐに立ち去ることができる。

わずか数分で取引が成立することもしばしばだった。やり方が脳にくっきりと刻まれているので、考える必要すらほとんどなかった。

ギアを入れさえすれば、メカニズムがおのずと動きだし、その間は脱いだ服をどこに置いて、どこが出口かだけを確認しておけばいい。

ところがクロエが相手だと、そんな手順がまるで役に立たない。脚本などどこにもなかった……なぜなら……そう、クロエだから。

キッチンに向かうべきことはわかっていた。彼女が——ええっと、なにを欲しがってたんだ？　思いだせない。どちらにしろ、彼女のいる部屋から出たくないので、関係ないが。

それにしたって、黙ってるわけにはいかない。

「で、あの、きみはおれの部屋を使ってくれ。引き出しに入ってるおれのものを放りだしてくれたらいいし、クロゼットにはたっぷり場所がある。タオルは……ええっと……」

おいおい、タオルはどこにあるんだ？　掃除に来てくれる女性がバスルームから持っていき、なにかをして、またバスルームに戻しておいてくれる。その間になにが行われているか知らなかった。

「廊下のクロゼットよ」クロエが教えてくれた。「アリーナがそこにしまってるの」

へえ、そうか。

どぎまぎして、自分が自分でないみたいだ。手や足や舌が大きすぎて、動くに動けず、話すに話せない。

「で……おれはソファで寝る。いいから。もっと寝心地の悪い場所でも寝たことがある」

クロエが一歩近づいて、前で止まった。マイクの目を見て、なにかを探している。「それがあなたの望みなの、マイク？」ささやき声と変わらないくらいの小声だった。「ソファで眠ることが？」

んなわけないだろ！

その言葉が舌に載っかっているが、舌が動かない。話ができないので、弱々しく両手を開いてみせた。

クロエがさらに一歩、そしてもう一歩近づいてきた。においがわかるくらいそばにいる。こんなふうに間近からきれいでたおやかな金色の彼女を見て、その熱を感じ、においを嗅いでいると……過剰すぎて、神経がおかしくなる。マイクは受け入れきれずに、目をつぶった。肩にそっと手が置かれた。「マイク、質問に答えてくれてないわ。あなたはソファで眠りたいの？」

ぱっと目を開くと、まん前に彼女の顔があり、睫毛《まつげ》の一本一本が見えた。彼女はからかって尋ねているわけじゃない。媚《こ》びを売ってもいないし、駆け引きもしていない。遊びで尋ねているのではなく、大まじめなのだ。

マイクがほんとうにソファで寝たいと思っているのか、それとも自分と寝たいと思っているのか、知りたがっている。答えなど決まっているじゃないか。

と、そのとき、おかしなことが起きた。生まれてはじめて、自分の体から抜けだしたのだ。同時に、自分の視点から脱して、状況を俯瞰《ふかん》した。

自分をさておいて、ほんとうの意味でクロエを見た。彼女が怖がっていることや、その勇敢さがわかった。自分に対する思いが彼女の目にはあふれていた。こちらがどう答えようと、彼女はそれを受け入れる。

打ち身をつくり、青ざめたクロエが、あなたはどうしたいのかと尋ねている。そして、マイクから拒絶された場合に備えているのが、その様子からうかがえた。

「いいや」もう何日も話していなかったかのような、かすれたしゃがれ声になった。「いや、おれはソファでなんか寝たくない」

彼女の腕の包帯を見て、手を差し伸べたものの、途中でやめて、脇に腕をおろした。「きみは怪我をしてる」

彼女を傷つけるかもしれないと思っただけで……吐き気がする。自分のセックスは荒々しい。というか、あまり考えたことがなかった。脳のスイッチが切れて、体に乗っ取られることが多かった。

ごくたまにそんな自分をふり返るときは、自分に似合いのセックス相手を選んでいるのだと思う。しかも都合のいいことに、女のほうが夢中になるので、相手を喜ばそうと必死にならずにすむ。

お互い、自分の快感は自分で面倒をみるという、納得ずくの関係だった。

いまのマイクは恐ろしく興奮して、棍棒《こんぼう》のように硬くしている。性欲が高まり、筋肉までこわばっている。なじみのある状態だった。脳のスイッチが切れて、下半身が体を乗っ取る時間だ。

しかし……もし、あくまでも仮定の話だけれど、もしわれを忘れて、クロエの腕を痛めたり、打ち身の箇所に力を加えたりしたら、どうする？　うっかりしていたら、ありえない話ではない。マイクは熱く苦いものが喉をせり上がってくるのを感じた。

自分のせいで痛い思いをするクロエの図が、うんざりするほどありありと脳裏に浮かんだ。痛みにわめくクロエの声が聞こえる……ああ、だめだ。そんなことをするくらいなら、この心臓をつかみだしてやる。

やりかねないからだ。いつもの調子でセックスしたら、クロエのなかに入れたムスコのことだけに集中して、頭が留守になってしまう。経験上、はっきりしていた。

そして彼女を傷つける。

「それはできない、クロエ」ささやくように言うと、言葉が喉にこすれるようだった。「おれには無理だ」

クロエはさっと身を引いた。閉ざされた表情が小さな人形のよう——磁器でできたように完璧で、生気がなかった。わずか数十センチ先にいるのに、手の届かない遠くへ行ってしまった。マイクに対して心を閉ざしている。

「わかったわ」彼女はよどみなく言った。「シャワーを浴びたら、ベッドに入るから、お茶はいらない。ただ、そうね、寝室に入らせてもらわないと。これからすぐ」彼女の声が震えだして、ひび割れた。すばやくマイクに背中を向けたが、傷ついた表情を隠すことはできず、マイクは自分自身に対する怒りで燃えあがりそうになった。

彼女を傷つけたくないと言ったのは、どこのどいつだ？　いまのこのありさまを見ろ。彼女を傷つけてるじゃないか。

ここにいるのは、三度にわたって暴力をふるわれた女性。誰にでも耐えられる仕打ちではない。そしてそのたびにひとりきりにされ、いままた同じことになろうとしている。

そう、抱きしめることすらせずに、彼女を寝室に追いやろうとしている。なぜか。自分が臆病だからだ。彼女を傷つけたくないという思いに嘘はないにしろ、根本の部分においてまやかしだった。

セックスの最中に殴る癖はない。噛みつく癖も、手足をひねる癖もない。彼女を痛めつけないよう、自分を抑えておくことはできる。どれもくだらない言い訳だった。

ほんとうは怖くてしかたがないのだ。ここには慣れ親しんだものがなく、例外は勃起したペニスだけだった。それすらいつもとちがって感じる。抱ける女がそばにいるときの、いつもの勃起とは勝手がちがう。クロエに反応して、徹底的に材木のようになっている。こうなったら、なにをしたところで、鎮められない。

桁外れのエネルギーに満ち満ちている。

ひりひりとして、不安定だった。巨大なブラックホールに落ちたきり、戻る方法が見つからないような気分だ。予測できない形で自分が変えられてしまいそうで、怖かった。それで、とっさに、彼女を拒絶するという逃げを打った。その過程でクロエを傷つけるかどうかより、自分が安全ならそれでよかった。

あの悪党たちは彼女の体を傷つけたが、傷つけることにかけては自分こそが真の王者だ。いずれは傷の癒える彼女の体ではなく、決して癒えない心を傷つけたのだから。彼女から必要とされているときに、狙いすましたように背を向けた。

そしてそのことに気づき、クロエが寝室に入って、いつものようにひとり、恐怖と心の傷に向きあおうとしているというのに、それでもなお自分は二の足を踏み、彫像のように立ちつくしている。前にしろどこにしろ、動きだすことができずにいる。

なぜなら、人生の一線を越えるかどうかの瀬戸際に立たされているからだ。いまここを境に人生はふたつに分かれる。

彼女が寝室に消えたら、もう手遅れ、その先はない。こちらの側にひとり、傷ついた心とともに永遠に留まるしかない。

「クロエ」静かな声で呼んだ。「待ってくれ」

彼女が立ち止まった。顔を伏せている。

マイクの口から言葉がこぼれた。自分が誰かに言うことがあるとは、思ってもいない言葉だった。口にできるとも思っておらず、その言葉を言わないために、全人生を費やしてきた。

「クロエ」声がかすれ、痛みを伴った。「おれにはきみが必要だ」

ふり返った顔を見て、マイクはひるんだ。氷のように青ざめ、寒々とした希望のない顔をしている。

彼女から罵倒されても、わめき散らされても、文句は言えなかった。暴力をふるわれた女に対して、こんな無慈悲な扱いはない。それなのになぜ、相手がクロエだとこうなのか？

心の奥深くをのぞきこむと、その理由がわかった。落ち着かないので、なるべくしないようにしていることだった。クロエを思いやりすぎているのだ。だが、どうしたら彼女にそれがわかってもらえるだろう？

自分の気持ちはいっさい伝えず、この半年、彼女の影に徹していた。彼女の住居を整えるのを手伝い、車に乗せてまわり、買い物の荷物を運んだ。彼女が姪たちのベビーシッターをするときはつきあい、ウェイトトレーニングの世話をやいた。こうしていい人ぶってもなにもうるところはないが、彼女のそばにいられた。朝目を覚まして、クロエをRBK社やシェルターに運ぶとか、週に三度、コンドミニアムのジムで朝、彼女に会えると思うと、その一日が意味のあるものになった。

クロエのかけがえのなさは、とてもひとことでは言い表せない。ひとことなどでは絶対に。

彼女が期待しなくなるわけだ。マイクのことが必要な、こんなときでさえ。

クロエは目をみはり、口を開けて、こちらを見ていた。ショックを受けている。「いまなんて？」

マイクもショックだった。彼女のほうに伸ばした手が震えている。狙撃手の手、けっして震えないはずの手が。

マイクはその前後を鋭く分ける亀裂を踏み越して、彼女が痛めたほうの手を取り、口元に運んだ。なめらかな皮膚が冷えきっている。あたりまえだ。あれだけの衝撃を受ければ。

彼女は容赦なく暴力をふるわれた。最悪の悪夢が現実になった。またもや。

こんな彼女は見たくない。以前のクロエ、兄を探してRBK社に現れたときの、おどおどと不安そうだったクロエ。動き方までがのろのろとためらいがちで、むかしに戻ったようだった。

この半年でむかしのクロエは、拡大家族の愛情にまぎれてなりをひそめたはずだった。ふたりの幼い少女に心から愛され、自分は――そう、自分は常時つきまとって、なにはなくとも、筋肉を育てるのに手を貸した。

クロエはすいすいと軽やかに歩き、よく笑うようになって、自然と人を惹きつけた。以前はかわいらしかったが、いまはきわめつけの美人だった。

サンディエゴへやってきた直後の、兄を求めつつも、ほんとうに見つかるとは思っていなかった痛々しいクロエを見ていると、胸が痛くなる。

「どんなふうに必要なの？　どういう意味？」ついにクロエが尋ねた。ショックを受けたせいで、反応するのが遅れたのだ。「わたしにはわからないわ」

マイクは彼女の手を握ったままだった。温めてやりたいのも事実だが、あまりに手触りがよかったからだ。もう一方の手を上げて、彼女の頰に触れた。一瞬ひるんだ彼女を見て、心臓がずんと重くなった。

彼女は小さなころから男たちに傷つけられてきた。頭ではマイクが傷つけるはずがないとわかっている。だが、マイクが寄りかかっていいことを態度で示していないので、クロエはひりひりとする孤独感を抱えて縮こまり、まゆのように寂しさに包みこまれている。マイクはそのまゆを突き破りたかった。

彼女は無表情を装って、頰を撫でられている。マイクは手の甲で首筋をなぞった。すべすべとしてやわらかく、芯から冷えきっている。「あらゆる意味で必要なんだ、クロエ。おれはきみのようにうまく説明できないが、態度で示すことはできる」

体を寄せて腰をかがめると、彼女を抱えあげた。向かう先は寝室だった。

マイクに抱えられて寝室に行った。

クロエはこれまで大人の女として男に抱えられたことがなかった。入院していたので、子どもとしてならある。これまでロマンス小説をたくさん読んできて、女が男に抱えられてどこかに運ばれる場面が大好きだった。男女平等という現代的な概念に頑として異を唱える原初的な女性の部分に、じかに訴えかけられるようだった。

そんな場面が出てくるとため息が出た。何百万年待っても、自分には起きそうにないからだ。それがいま、たくましい男の腕に抱えられて、運ばれている。そう、彼の寝室へ。

マイクは軽々と運んでいて、前方を見ることもない。自分の目だけを見ている。

彼は異様なほど力が強いので、まるで重そうな様子がなかった。成人女性ではなく、水の入ったグラスを運んでいるようだ。運ばれるクロエはこの半年で筋肉ばかり七、八キロ増えた。マイクの指導のたまものだった。

バランスを保つため、彼の首に両腕をまわした。腕のなかではずむ肩の筋肉の動きに魅了される。混じりっけなしの、男の力そのものがそこにあった。

マイクはゆったりした足取りで寝室に直行した。まだ見たことのないその部屋に入るとき、心臓がぎゅっと締めつけられた。

大きなはめ殺しの窓の外で輝いている月が、彫刻のほどこされたヘッドボードのついた巨大なベッドと、大きな引き出し式のチェスト、淡い色合いのラグと肘掛け椅子にやわらかな光を投げかけている。

マイクはベッドの脇を通って左手の壁にあるドアに向かった。クロエの体を一瞬沈ませてドアを開け、バスルームの明かりのスイッチを押した。光に射られて、クロエは目を細めた。

「さてと」マイクはクロエをそっと床におろし、立っているのを確認してから手を離した。

耐えきれないほどの大荷物を運んだかのように両腕を振り、大げさにため息をついてみせた。怯むほどの重労働を終えた男のしぐさ。息をつききると、芝居がかった熱っぽい口調で言った。「ずいぶん重くなったな、クロエ。ここまで運べないかと思ったよ」

びっくりしたクロエは、鮮やかな青い瞳を見た。サーチライトをのぞきこんでいるようだ。マイクは笑みを見せまいと、唇を引き結んでいる。

マイクがふざけている！

生まれてからずっと痩せすぎだった。十二歳のとき、四カ月のあいだに三度の手術を終えたあと腎臓が悪化したときは、大幅に体重が落ちた。

それがいまは標準体重に近く、その大半が筋肉だった。クロエは目を細くして彼を見た。

「足元に注意してね、キーラー。いつわたしに襲われるかわからないわよ」

マイクの笑みが崩れた。気楽なやりとりが嬉しくて、クロエも笑顔を返した。一瞬暗さが吹き飛んだが、つぎの瞬間には、記憶とともに暗さが戻ってきた。

ぶるっと身震いすると、マイクが身を固くした。厳しい顔でじっと目を見た。「きみの身に二度と悪いことが起きないとは、言ってやれないよ、ハニー。おれにも、誰にも、そんなことは保証できない。いつか天井が落ちてきみの頭にあたるかもしれないし、どこかの酔っぱらいがきみの車を荒らすかもしれない。でもな、おれを見てくれ、クロエ」がっちりした手で、クロエの顎をつかんだ。「これだけは約束する。おれの命のある限りは、二度とあのふたり組のようなやつらにちょっかいを出させない。それできみの気分がよくなるといいんだが」

マイクは真剣な顔で、少し青ざめていた。世間向けのいいやつ面とは大きく隔たっていた。ビールと笑うのが好きな、気さくで明るいマイク。

そのマイクとはちがう男がそこにいた。そのマイクとは存在する世界からしてちがう。このマイクは自然児であり、その肉体の隅々にまで力と意思がみなぎっていた。

クロエはうなずいた。重苦しいおおいが取り払われたようだった。そう、悪いことが起きないと保証できる人はどこにもいない。それは誰にとっても不可能なこと。けれど、いまこの瞬間はなんの危険もないし、マイクの瞳の情熱的な輝きは、なにかとてもいいことがときを置かずに起きつつあることを示していた。

バスルームには大きなバスタブとガラスで囲われたシャワー室があった。

「体を洗いたいんじゃないかと思って」マイクは言った。「それとも、先になにかを腹に入れるか？」彼はまだクロエの体に片腕をまわしていた。すぐ近くにいるので、ヒゲが伸びてきた顔と日焼けした首の境がはっきりとわかる。青い瞳がこちらを凝視していた。

「ええ、お願い！　洗いたいわ」おぞましい経験を、暴力と恐怖の経験を洗い流したいという思いが、食べ物や睡眠を脇に押しやった。

マイクが顔をほころばせた。「だと思った。バスタブに入るかい？　それともシャワーにする？」

ふだんならバスタブにする。お湯に浸かると、たいがいのことが自然と癒やされる。青痣だってそのひとつだ。けれど、いまは流水を浴びたかった。体にこびりついた暴力を洗って排水溝から流し、ついでに自分を襲ってきたふたり組のことも流したかった。

「シャワーがいい」

青い瞳をそらすことなく、マイクはうなずいた。クロエを観察しつつ近づき、背中に手をまわした。手が大きいので、背中の上のほうがほぼすべてその手のなかにおさまる。温かくて、重みのある手がそこ、ファスナーのいちばん上で許可が出るのを待っていた。

クロエはぎこちなくうなずいた。

彼が金具をつまんだ。ゆっくりと下まで引っぱると、背中の生地がふたつに割れた。裸の皮膚に冷たい空気が触れる。顔を見ていたので、ブラジャーをつけていないことに彼が気づいた瞬間がわかった。

胸は大きくも重くもないから、ブラジャーは必要ない。冬はシルクのキャミソール、夏は下になにもつけず、素肌に触れるシルクやコットンやリネンの感触を楽しむ。

マイクは張りつめた表情で、指の背を邪魔するもののない背中に走らせ、腰の上で手を止めた。その手から熱い興奮と重みが伝わってくる。

手から放たれる熱が全身に広がって寒気を追いやり、寒いという概念すら忘れるほどだった。いまクロエの体は彼の腕のなかにある。じっと立ったまま、感覚のひとつずつを存分に味わった。期待に満ちた彼の息遣い、その手の熱さ、彼という人物を包みこんでいる強さとセックスのオーラ。

この半年間、マイクは触れることを慎重に避けてきたので、強い力と熱の感覚が新鮮だった。嬉しくて、刺激的で、どぎまぎした。

静かなバスルームのなかで、ふたりは胸を触れあわせるようにして立ち、彼の手は背中の下にある。彼はその姿勢のまま、視線をそらすことなく蛇口を開いた。流れだした湯が静けさを破る。やはりクロエの目を見たまま、シャワーの下に手を出した。

「熱さはどの程度がいい？」

「熱くして。火傷しない程度に」

マイクの両手がクロエの体にかけられた。ワンピースをそっと前にやり、とくに包帯をしているほうの腕を傷つけないように気をつけながら腕を抜いた。クロエの視線を受け止めながらワンピースを床に落とす。

これでクロエはパンティとサンダルだけになった。

マイクがこわばった顔で少し下がり、全身に目を走らせる。そんなふうに見られると、手で撫でられたように肌が熱を帯びた。

マイクが視線を目に戻して、ささやいた。「とてもきれいだ、クロエ」

その目つき――グレース・ケリーとアンジェリーナ・ジョリーと、さらにはニコール・キッドマンを合わせて背を低くした女を見るようだ。

「ありがとう」秘密を分けあうように、彼にならって声を落とした。

マイクが身を寄せてきた。と、なんの前触れもなく、女王に仕える騎士のように片膝をついた。

びっくりしたクロエは、頭頂部を見おろした。マイクはつやのある豊かな栗《くり》色の髪を短く刈っている。きれいな髪だけれど、短くしていないと手に負えないのがわかる。

バスルームの明かりを受けて、何本かの金髪とうなじのあたりの白髪が煌めいた。

クロエは手を持ちあげたものの、頭の上でためらいがちに浮かせていた。ああ、もう我慢できない――頭に手を置き、頭皮に指を走らせた。髪が温かくて、やわらかい。シャンプーのミントのにおいが漂いだした。

マイクの喉から大型の猫が喉を鳴らすような声が漏れてきた。手の下で頭を動かしているのは、もっと撫でてくれということだ。髪を触れられて嬉しいらしい。クロエは手を広げ、短い髪をつかむように指を立てた。

マイクがふうっと息をついた。「いい気持ちだ」うなっているような、太い声だった。

「よかった」クロエはあっさり言った。

それから一分ほど、マイクは膝をついたまま髪を触れさせると、手を伸ばしてパンティを引きおろし、クロエに片方ずつ足を上げさせた。

クロエは頭にあった手を彼の肩に移して、バランスを取った。髪も触れ心地がよかったけれど、肩は……心地よいでは言い足りない。

彼を抱きしめたのは半年前のこと。すばらしい体験ではあったものの、あまりにつかの間、あまりにはかなかった。キスの記憶すらあやふやで、夢のほうが鮮明だった。

でも、こうやって——ああ、至福。指先を通じて、鋼のような筋肉から男そのものの力が伝わってくる。力を分け与えられているようだ。

マイクはサンダルを脱がせ、でも頭を上げようとはしないで、腹部に顔を寄せて鼻をすりつけた。温かな顔。伸びはじめたヒゲがちくちくする。

臍《へそ》のすぐ脇を舐《な》められると、ちくちくした感覚が消えて、たき火の前に押しだされたように熱風が押し寄せてきた。ふたたび舐められる。マイクはほんの少しだけ口を開いた。

身震いが走った。体のなかで火が燃えさかっている。彼からまた小さく噛まれて、全身に火花が散った。噛んだ跡を舐められると、いないペニスをつかむように膣が収縮して、腹部の筋肉までひきつれさせた。

マイクが腹部に息を吹きかけて、顔を仰向けにする。彼がクロエの顔に見て——感じて——いるであろうものは、彼の行為によってもたらされた。だがマイクは女を興奮させたと得意がるふうはなく、どちらかというと痛みに耐えているような顔をしている。

また息をつき、ぎくしゃくと立ちあがった。筋肉が痛むのかしら？　クロエは下を見て理由に気づいた。マイクがふだんのジーンズではなくカーキ色のチノパンツをはいているので、薄い生地にはっきりと形が浮かびあがっていた。

すごい。

「わたしに興奮したのね」そんなことを言う自分に驚きつつ、彼がほかの人に反応したのではないかと、バスルームを見まわしそうになった。けれど、ふたりきりだった。

マイクが顔をしかめた。「それはもう」

「だったらどうして――」口にしにくかった。自分の欲望をあらわにすることに慣れていない。どうしても知らなければならないことでなければ、ひるんでいただろう。この半年間もいまも、わけがわからない。わかるのは彼に距離を置かれてつらかったこと、頭に鋭い棘《とげ》が刺さったような痛みがあったことだ。

「どうして離れていたの？　いいえ、離れていたわけじゃないわ、あなたはいつもそばにいた。でも――」言葉が喉に詰まったが、ここで黙りこむことはできない。まっすぐ彼の目を見て、胸の内を打ち明けた。

これ以上どんな悪いことが起きるというの？　そうね、こっぱみじんにされるかもしれないけれど……かまわない。彼になにをされようと。もっと悲惨なことを経験して、生き抜いてきた。

「あの日、あなたは、ホテルでわたしにキスをしたわ。覚えてるでしょう?」

沈黙。シャワーヘッドから湯が降りそそぐ音と、それがタイルの床にあたる音しかしない。マイクの口元がひくついた。「ああ、覚えてる。あのときのことは、おれが死ぬその日まで忘れないよ、クロエ」

切々とした口調だった。だとしても……。「だったらなぜなの、マイク? すごく傷ついたのよ」せばまった喉の筋肉をこするようにして、痛々しげに言葉が出てきた。

あの日のことは、忘れようにも忘れられない。いま考えてみると、魔法のキスだった。魔法をかけられて、金色に輝いた。それがなくなり、遠いむかしに見た夢のようになった。アマンダの調査のおかげでマイクにはあのかわいそうな女性を殴れなかったことがはっきりしたとき、クロエはエレンとニコールと一緒に彼の帰りを待っていた。ふたりとも大喜びで男たちの輪のなかに入り、それぞれの伴侶を抱きしめた。

クロエも跳びあがって喜び、マイクに駆け寄った。

だが彼は一歩下がって目をつぶり、クロエの心を打ち砕いた。彼を抱きしめようと伸ばしていた両腕は、行き場を失って脇に垂れた。

顔を伏せてその場に突っ立っていたマイクは礼儀正しく礼を述べて去り、クロエはショックでその場から動けなかった。

みんなの視線を感じたし、女ふたりの目には同情の色が出ていた。ハリーが肩に手をまわして、抱きしめてくれた。「ありがとう、ハニー。おまえのおかげだよ」兄にそう言われても答えることができず、黙ってうなずいた。口を開いたら泣き崩れてしまいそうだった。

そのあとのことは、ぼんやりとしか覚えていない。食卓に戻り、マイク不在のまま食事を終えた。自分が場違いな場所にいる感覚には慣れているので、手だけ動かしながら料理を少しだけ口にし、疲れたから部屋で横になると言えるのを待った。

そして泣きながら眠った。

翌朝になると、マイクがやってきた。コンドミニアムの管理人に電話をして、ハリーの階に空き部屋があることを確認してくれてあった。そしてサンディエゴじゅうの、少なくともそう感じられるくらいたくさんの家具店につきあって、配送業者と一緒に家具を運び入れ、必要とあらば組み立てもして、三日もしないうちに住まいを整えてくれた。マイクとはそのときからずっと毎日顔を合わせているけれど、二度と触れてはくれなかった。

「どうしてなの？」ささやき声で尋ねた。

マイクは目を見つめたまま首を振った。「いまとなってはどうでもいいことだよ、クロエ。大切なのはもうそうじゃないってこと、事情が変わったってことだ。さあ」額に口づけした。

「体を洗わせてくれ」

シャワー室に入ると、マイクは包帯を巻いたクロエの腕をそっと自分の肩に載せた。「これでいい。こっちは濡れないようにしておかないと」

人に体を洗ってもらうのは、はじめてではない。いくつもの病院にいて、入院中はしょっちゅうだった。けれど、こういう経験はなかった。

マイクはミントの香りのするソープをタオルに取り、クロエの体の隅々へ走らせた。そのあとには湯と彼の口が続いた。ゆったりとした布の感触に、官能的な彼の舌の感触が重なる。首筋から肩へ、タオルはさらに下った。マイクは乳房を包みこむようにタオルを動かしながら、こちらの様子をつぶさに観察していた。

心臓の鼓動とともに、左胸の皮膚が動く。あなたのせいだって、わかってる？

顔を上げると、彼は引きつった顔に青い炎のような瞳をして、こちらを見ていた。

そうよね、わかっているわよね。

マイクが左腕でクロエの体を倒して、右手で腹部を洗いだした。足元が不安定なのも加わって、あらゆる意味でバランスを崩しているように感じる。けれど、マイクが一緒なら倒れることはない。

心臓が激しく脈打っている左胸の下に彼が鼻をすりつけ、小さく舌を動かしながら唇でなぞった。唇に触れられ、舌で舐められるたびに、興奮が体を突き抜けた。そして——ああ、すごい！——彼が乳首を吸いだした。じっくりと強く吸われるたびに膣が呼応して内側が締まり、息が切れてきた。彼に抱えられていなかったら、立っていられずにタイルの床に横たわってしまっただろう。

乳首を吸われながら、彼の両肩にあった手を頭に移した。彼が頭を引いて最後に乳首をひと舐めすると、その衝撃がまっすぐつま先まで走った。

見るまでもなく、彼が昂ぶっているのがわかる。鼻腔をひくつかせて息を出し入れするマイクは、日焼けした頰を紅潮させて、唇を赤く腫らしている。

ふいに彼の目が開いた。

「なに?」クロエは尋ねた。

マイクが苦しそうな笑い声をあげた。「なんてことだろうな。十五のころから、おれのポケットにはつねにコンドームが入ってた。必ずだ」苦痛に目をつぶり、ふたたび開いた。突き刺さるように鋭い、青い瞳が現れた。「それがいまは入ってないときてる。ただのひとつも、この家にはない。この半年必要なかったせいで。まったく」大きなため息をついた。「おれたち、どうしたらいいんだ? もよりのドラッグストアがここから三キロ先。いまのおれにはどうやったって、行き着けない。かといって、ハリーにもサムにも頼めない。直前で抜いてくれなんて言うなよ、できないから。きみのなかに入ったが最後、そう簡単には出てこられない」

クロエは彼の肩を撫で、指先で硬く盛りあがった筋肉をなぞると、それをゆっくりと動かし、首筋を通って、耳の裏へと進んだ。ささやかな愛撫《あいぶ》だけれど、彼には痛烈に感じられるはずだ。

案の定、マイクは猛り立った。息遣いが速くなり、唇の色がさらに濃さを増した。「拷問のつもりか？　愛しあえないのをいいことに、おれを苦しめるつもりだろ？　先に進めないと知りつつ、おれを許さないつもりだな？　なにごとにも限度はある。ジュネーブ条約っていう、れっきとした条約だってあるんだぞ、クロエ」

クロエは声を立てて笑い、前に倒れて顎をそっと噛んだ。マイクが武者震いする。クロエが下を見ると、勃起したペニスがチノパンツのなかでぴくりと動いた。

いまやマイクは自分の意のままだった。慰み者。こんなにたくましい男性がわたしの思いどおりになるなんて。

彼に伝えるべきことがあるが、いまでなくていい。いまは情熱と光のとき、暗さは遠ざけておきたい。

ふたたび彼に顔を寄せて、そっとキスし、息がかかるほどわずかに顔を引いた。「心配しないで、マイク。いますぐわたしを愛して」

彼の顔つきが一変し、思い詰めた表情になった。クロエの目を見つめて、シャツの前を引っぱった。ボタンがタイルの床に落ちる音が、シャワーの音を圧して大きく響く。チノパンツのボタンを外して下着ともども押しさげ、足を抜いて靴を脱ぎ、ソックスをかかとで押しやった。その間、彼のまなざしが揺らぐことはなかった。

シャワー室のなかに入り、シャワーヘッドの真下に移動した。湯が髪を濃く染め、胸板を流れて胸毛を大きな下向きの矢印に変える。巨大なペニスを指し示しているようだった。

壁際に押しやられたクロエの胸には、大きな手がある。心臓の鼓動を感じているはずだ。マイクはじっくりとこちらを観察しながら、体の中央に手を這《は》わせた。がさついた手のひらに刺激されて、全身が粟立つ。

腰まで来ると、マイクは手をひっくり返して下に向け、股間にあてがった。クロエの全神経が彼の手のある場所に集中した。しばらくするとゆっくりと動かし、指で襞を愛撫しだした。

同時に彼の目のまわりと、高い頬骨の皮膚が張りつめた。尋ねなくとも、彼には手を通じてクロエの昂ぶりが伝わっている。

指が内側に潜りこみ、ゆるゆると奥に入ってくる。クロエの脚は震えはじめた。

「マイク」ささやき声になった。セクシーさを狙ったのではなく、息がうまく吸えなくてふつうに話せなかった。「脚がもちそうにないから、ベッドに移動しないと」

マイクが奥歯を嚙みしめた。「そうか?」指を開いて、入り口を広げる。「おれはここで問題ないよ」

いまやわなないていない部分はなかった。ペニスがゆっくりと入ってきて、内側が完全に満たされると、肺から息がなくなった。とても大きいけれど、受け入れる準備はできている。この瞬間をずっと待っていた。

彼の大きな手が腰を通って尻にまわり、体を持ちあげられたクロエは、脚を彼の腰に巻きつけた。彼が体重を前にかけると、深々と突き刺さったペニスが心まで届きそうだった。すべてを感じ取った。乳房をくすぐる栗色の胸毛がもたらすちくちくとした刺激。腹部にあたる硬く引き締まった筋肉の畝《うね》。敏感な性器にはごわついた彼の陰毛がこすりつけられている。

奥深くに埋めこまれたペニスから、彼の鼓動が伝わってきて、膣が鋭く収縮した。あろうことか、ペニスはさらに大きく太くなり、それにふたたび膣が反応した。

「すごい」マイクがつぶやく。

ふたりは見つめあっていた。こんなに近くから人の顔を見るのは、はじめてだった。なにかが起きるたびに——膣が締まるたび、身震いするたび、腕をつかむたび、脚で腰を締めつけるたびに——それが彼にどんな影響をおよぼしたか見ることができた。

「動いたらいく」緊迫した声で、彼が言った。

クロエは短く笑い声を漏らし、腰を動かすと、ペニスがぐっと伸びた。「ここにいたら、ふたりとも溺れちゃうわ」

「引き分け《ステイルメイト》」彼がつぶやいた。

「そうかしら」つぶやき返して、膣を締めつけた。締めあげながら体重を預けて、結びつきを深めた。

マイクが天を仰いでうめき、ペニスがふくれあがる。ついに小さく速く動きだし、摩擦によって熱が生みだされ、その熱がクロエを爆発へと導いた。

だが、先に爆発したのはマイクだった。大きく腰を突きだすと、精を放ちながら歯を食いしばって叫び声を抑えた。それとクロエの脈動とは、同時だった。精が放たれて秘部が収縮するたびに、歓びがもたされて、それがいつまでも続いた。

クロエはタイルの壁に頭をつけて天を仰ぎ、顔に湯を受けた。頭が消えて、肉体がすべてになった。マイクに突かれて壁にこすりつけられているうちに、頭がもうろうとしてきて、膣が収縮をくり返す。湯は降りそそぎ、内側で爆発した熱が快感の火の玉となった。われを忘れて、本能と感覚だけの生き物となる。

マイクはようやく動くのをやめると、クロエの首に顔をもたせかけた。二キロを五分で走ったあとのように、大きな肩を波打たせて息をしている。

マイクが手を離したので、クロエは震える脚で立った。

マイクが首筋にキスして、まだ硬いものをそろそろと抜く。

「この先はベッドがいる」彼は言った。

14

〈メテオ・クラブ〉

娼婦が絶叫して、暴れた。咳《せ》きこんだのち、また絶叫して、暴れる。愚かな雌牛め。

そんなことをして、なんの得があるのか。娼婦は板にくくりつけられ、手は警官用の手錠でいましめられている。暴れて外れるようなやわな代物《しろもの》ではない。

とはいえ、生に対する人の執着の強さをニキーチンほど知っている人間はいないだろう。この拷問は何百回もしたことがあるが、傾けられた板の上の人間はひどい結果が待っているとわかっていてなお、暴れずにいられない。

ドミトリーは引きつづき女の顔をおおった三枚の布の上に水をかけながら、ニキーチンのほうを見た。

ゆったり構えたニキーチンは、マルボロを深々と吸いこんだ。アメリカ製のタバコはすばらしい。パッケージにこんな警告文を載せるとは、アメリカ人のなんと愚かなことか。もちろんタバコは命を奪う。命を奪わないものがあるのか？　なにをどうしようと命は消える。

女がとっさに息を吸おうとしたために、布が吸いこまれた。だが布は濡れているので、吸いこんでも鼻と口から水が入るだけだ。肉体はそれを銃創と同じく差し迫った脅威とみなして、相応の反応を示す。体を跳ねあげ、身をよじる。けれどそれも、声を立てようにも息ができないので、沈黙のうちに行われる。

うるさくされるのは好みに反する。

ニキーチンは数を数えつつ、煙を吐きだした。十三、十四、十五。うなずきかけると、ドミトリーはすぐに水をかけるのをやめて、布をめくった。

裸の女は激しく身をよじった。若くて、元気で、まだ体形が崩れていない。ハチミツ色の肌の下で、ほっそりと引き締まった筋肉がうごめいていた。

暴れたところで、いましめは解けない。歴戦の兵士で試してきたのでまちがいないが、みずからの体を傷つける可能性はある。筋肉がつれたり、引っぱられたり。水から逃れようとするあまり、腹立ちまぎれにみずからの骨を折る者もいた。

手首と足首のいましめの下には、やわらかな布をかましてある。

この娼婦を水責めにする最大のポイントは、体を傷つけないこと。明らかな拷問の跡を残さないことだ。この女の商品価値は高い。クラブでの稼ぎがどれくらいになるか、ニキーチンも知っていた。まもなくニキーチンの主《あるじ》である組織がやってくる。そのとき売り上げが落ちているのを知れば、なぜかと問いただされる。

ニキーチンは口の端からまた煙を吐きだすと、見物席だったスツールから立ちあがり、女に近づいた。女は顔をそむけられないよう額の部分を板に固定されているので、彼女にできる唯一のことをした。目を閉じたのだ。

「こちらを見ろ」わざわざ脅しを込めるまでもない。ニキーチンとしてはなるべく早く終わらせたかった。必要なのは情報で、手に入りしだい、さっさと女から離れたい。

女が目を開けない。

「ドミトリー」静かに名を呼ばれたニキーチンの副官は、女の顔にまた布をかぶせ、ゆっくりと水をかけだした。

女は必死に息を詰めているが、反射のなかでもっとも強いのが呼吸反射、始原的なのだ。肉体に自分を殺させる方法はいくつもある。壁に頭を打ちつけつづければ、いずれ血まみれになって倒れ、意識を失う。首筋や手首の動脈を切ってもいいし、自分の舌を噛むという方法もある。しかし、自分で呼吸を止めて死ぬことはできない。体はそれを許さない。

一分もすると布が内側に引きこまれ、水を吸った女がやみくもに身をよじりだした。

ニキーチンは一、二秒待って、タイミングを計った。指を立てると、ドミトリーが即座に手を止めた。布をはぐ。「おれを見ろ」ニキーチンは口調を変えることなく、もう一度言った。「一昼夜続けてもいいんだぞ」

彼女の目がぱっと開いた。そうだ《ダ》、それでいい。

満面に反抗心が出ていた。明らかに、サンズは女を甘やかしすぎている。ニキーチンになにができるかわかっていたら、女もこんな態度は……実行に移さないのは女がまだ稼げるからだが、そうしたくてうずうずした。

「イホ・デ・プタ！　ペンデホ！」女がどなった。

興味深い。女の素性は知っている。ティファナの裏通りで生まれ、自力で這いあがってきた。ニキーチンが聞くかぎり、英語の発音も完璧だった。みずからアメリカの売女《ばいた》に生まれ変わったのだ。

ところがストレスがかかると、地金があらわになる。

板は傾けられていて、足が上で頭が下になっていた。ニキーチンはスツールを引き寄せ、板の下になった頭の隣に腰をおろして、前かがみになった。これで女の視界を自分の顔でいっぱいにできる。それでいい。いま必要なのは女の世界を占領することだ。神となれば、女は譲歩するしかなくなる。

女はいましめを引っぱろうとするのをやめ、板に固定されたまま荒い息をしていた。ニキーチンは彼女の顔から、上にある足まで、ゆっくりと視線を動かした。

女を裸にしてあるのには理由がある。裸だと無防備な子どもに引き戻され、尊厳を丸ごとはぎ取られる。そもそも売女に尊厳など、あったものか。

頭のてっぺんから足の先まで、たいそう美しい女だった。とはいえ、そんな彼女の魅力もニキーチンには通用しない。女全般に対して免疫がある。だが、ごく短いあいだの〝貸しだし〟に男が大枚をはたく肉体と顔の持ち主であることは、容易に見て取れた。これだけの女を自宅にかこえる男はほとんどいない。

サンズは賢明にも売女たち全員にじゅうぶんな食事と睡眠を与え、クラブの地下のジムで運動させていた。加えて薬物禁止の厳格な規則を掲げ、守らなければ痛みを与えることも辞さない。

なるべく長持ちするよう、商品は大切に保護され、取り扱われた。以前オデッサで、四十歳にしか見えないのに、書類によると十六歳の売女に会ったことがある。街娼としての年月は犬の年齢同様、一年が七年に相当する。だが商品がちやほやされるこのクラブなら、長く商品としての価値を保つ。

ニキーチンの視線は足先から顔に戻った。その視線に込められたメッセージは明白、おまえはおれのものだ、ということだ。おまえの体は丸ごと。

スツールを引き寄せ、鼻が触れあうほど顔を近づけた。

「部下がふたり消えた」冷ややかな声で、はっきりと告げた。

女は不意を衝かれて、目をしばたたいた。予期していなかった質問なのだ。眉間に皺が刻まれた。「あたしがそいつらになにかしたってこと？」

「そうだ」

「あの、あたしが……あなたの部下に？」彼女は自分の体を見てから、ニキーチンを見あげた。もしはっきり口にしていれば、言いたいことは明らか――女の身で特殊部隊《スペツナズ》にいた男ふたりになにができるのか？

そんなことがありうるのか。

このときはじめて、ニキーチンは、女がなにも知らない可能性があることに気づいた。もしそうなら、最大級の窮地に立たされている。連れてきた部下は三人のみ。淫売宿への投資に危険が伴うとは、考えられなかった。任務は軍事的なことでなく、経済活動を守ることであり、それに適した男たちを選んできた。

一軍をごっそり連れてきたわけではない。その大半はシエラレオネでダイヤモンド輸送の警護にあたっている。おれはばかか。蓋を開けてみたら、こちらの投資のほうがダイヤモンドよりも儲かる可能性があった。とくにそのダイヤモンドが人里から何千キロも離れた場所で発掘して、市場まで運ぶのに付き添わなければならないとなれば。

敵はいないとたかをくくり、ここでの仕事を見くびっていた。捜査の網にかからないように運営しているし、市長補佐のひとりと地方検事ふたりがクラブのメンバーだから心配いらないと、サンズから聞かされてきた。

それでもクラブには敵対勢力がいた。そうでなければ、部下たちはここにいるはずだ。男ふたり、しかも優秀な兵士ふたりが、地球上から消えてしまうなどということが、あるだろうか？

ふたりは、靴に入った砂利のような、ささいな不快感の源だったアメリカ人を懲らしめるために、出かけていった。その女が店の女たちに不協和音を生じさせた。簡単な仕事なので、最初はひとりでいいかとも思ったが、結局、ふたりやることにした。イワンのほうが強引だが、リヤフのほうが英語がうまい。

どうということのない任務だ。ビジネスの邪魔をしている女に話をつけて、手を引かせ、任務完了の連絡を入れる。その連絡が入らない。きれいさっぱり消えてしまった。

イワンとリヤフの携帯電話はつながらず、向こうからも連絡してこない。

この女がなにかを知っているはずだ。シェルターに足繁《しげ》く通っている。サンズは遅まきながら、自分の厩舎《きゆうしや》の女たちに不服従を許す雰囲気があったことに気づきつつある。

「おれの部下たちはどこだ？」重ねて尋ねた。低い声で穏やかに。声を荒らげなくとも、こちらの意図は伝わる。彼女は動物のように縛りつけられ、ニキーチンには生殺与奪の権が与えられていた。

頭が固定されているのを忘れて、女が首を振ろうとした。唇から蒸気が上がるような音が漏れた。

これではらちがあかない。ニキーチンはドミトリーを見あげて、指で合図した。つぎのラウンドを準備しておけ。

ドミトリーは大きなピッチャーから、流れを調整しやすい小さなピッチャーへと、水をつぎ替えた。

「部下たちはシェルターに出かけていった。おまえにいらない思想を吹きこんだ女のいるシェルターだ。〈メテオ〉の売女たちに対してまちがいを犯していると話して、手を引かせるために」

コンシュエロは息を切らし、黒い瞳を嫌悪にぎらつかせていた。並の人間なら気に病むだろうが、ニキーチンは憎まれることに慣れている。売女ひとりの嫌悪ぐらい、痛くも痒くもなかった。

「あの人を傷つけたのね！」叫んだ女の口から、つばきが飛んだ。

ニキーチンは頭を動かして、つばきを避けた。うんざりする。「じつは」女の話など聞いていないように続けた。「その部下たちが帰らない。なにが起きたんだか。それでおまえからふたりの居場所を教えてもらわなければならない」

コンシュエロにもイワンとリヤフの行方がわからないかもしれないことには気づいているが、女たちのあいだにはジャングルに暮らす原始的な部族よろしく、特殊な情報システムがあって、それがウイルスのようにあまねく広がっている。

それに、ほかに選択肢がなかった。このおかしな国に、ぽつんとひとり孤立している。ドミトリーにあるのは筋肉だけだ。なるほど洗練された筋肉ではあるし、訓練も積んできているが、英語は片言しか話せないし、実行活動以外では使い道が限られる。

結果、残された方法が、売女を水責めすることだった。

ニキーチンは太腿を指で小刻みに叩いた。唯一自分に許した、いらだちを表すしぐさだ。

ここ、アメリカだと、自分の資源がまったくない。

母国にはある。たとえばロシア一のハッカーであるピラト。どこに住んでいるかも、本名も知らないが、とくに不都合はなかった。天才のピラトは、どんな問題に対しても答えを返してくれる。

それが今回は勝手がちがった。ピラトはありとあらゆる病院と警察署とニュースフィードのシステムに侵入し、死体保管所にまであたった。成人男子ふたりが跡形もなく消えるなどということは、ありえないからだ。だが、現実はそうだった。

母国の組織にこのニュースを知られるようなことは、断じてあってはならない。この事業には大金がかかっている、わずかなトラブルも許されない。

男ふたりの失踪はトラブルそのものだった。

なんたる失態《チョルト》!

この売女がなにか知っているはずだ。「もう一度」

ドミトリーが女の顔に布をかけた。

狙ったとおり、女が恐怖に悲痛な泣き声をあげはじめる。ニキーチンは、水が注がれ、息をしようと布が口に吸いこまれるのを、醒めた目で見ていた。溺れる寸前の、ここぞというタイミングを見計らう……よし。指で合図すると、ドミトリーが布を持ちあげた。

売女は頬を涙で濡らしながら、空気を求めて、全身を震わせていた。悲鳴をあげているのに、空気が足りないせいで、喉を鳴らすような音に聞こえる。すっかり怯えきっていた。

それでもまだ話そうとしない。

ドミトリーが布をかぶせようと動きだしたので、ニキーチンは手を挙げた。ドミトリーは粛々と従った。

ニキーチンはスツールをさらに近づけた。「おまえたちのあいだに不平不満を広げている女について、知っていることを洗いざらい話せ。クロエという女だ。クロエの名字は？」

体の自由を奪われてはいても、片方の肩をすくめることはできる。「メイスン。たぶん」ドミトリーにまたやれと命じかけると、彼女が続けた。「シェルターでは誰も名字を呼ばない。禁止されてて。だから、名字って言われてもあやふやなの。みんなそう。前に一度、彼女のバッグのなかに入ってた封筒を見たことがあって、そこに〝クロエ・メイスンへ〟って書いてあった。あたしにわかるのは、それだけ」

「ボランティアなのか？」

売女がうなずいた。「みんなそう」

ニキーチンにはどうにも腑《ふ》に落ちなかった。売女のためにみずから労働を買って出る人間がいるのか？　しかもただで。見返りはなんだ？　疑問ではあるものの、人間の愚かさを理解することは、とうのむかしにあきらめた。売女のためにただで働くものたちと、これまでに見てきた女への愛に――彼らが愛と信ずるなにかに――殉じて破滅する男たちと、愚かさでは甲乙つけがたい。

ニキーチンにはどちらも理解できなかった。

かまうことはない、世の中に理解できることはごまんとある。

「ほかには？」まだ知っているはずだ。「その女について、ほかになにを知っている？」

売女の喉が動いた。言いたくないことがある証拠。「もう一度」静かな声でドミトリーに指示を出した。

「やめて！」売女が叫んだ。動悸《どうき》のせいで、女の左胸の皮膚が小刻みに震えている。「まだある。知ってることがもうひとつだけ」

ニキーチンは答えず、黙って待った。ドミトリーが布を掲げているのが女にも見える。話す必要はなかった。

「あの――男がいるの。彼女がいる日はほとんど毎日、シェルターに来てて、まるで彼女の影みたいだった」女は咳きこみだし、しばらく続いた。

よし！　ニキーチンはぴくりとも動かず、抑えた声で尋ねた。「男の正体は？」

「知らない」女が息苦しげに答えた。「でも、大きな男。背はそんなに高くないけど、大きいの。ウェイトリフティングをやる人みたいに」

「どんな車を運転してる？」

女の眉間に皺が寄った。また咳きこむ。「わからない。アメリカ男がよく乗ってる大きな車」

「SUVか？」

女がうなずいた。「車種は？」

首を振る女を、思いきり張り倒してやりたかった。だが、そんなことをしても無駄だ。この女は知らない。娼婦たちは車を運転しなかった。運転を習うことも禁じられている。女たちに運転免許証を持たせたら、ろくなことにならない。

「そのクロエという女は、どこに住んでいる？」

首を振る一方で、女の目がちらっと光った。知っている。この売女は知っているのだ。ニキーチンは身を乗りだして、女の目をもろにのぞきこみ、女の視界の外でドミトリーに合図を出した。ドミトリーが女の顔に布をかぶせ、水をつぎだす。準備することのできなかった女は、鋭く息を吸いこんだ。そんなことをしても、顔にかかった布がよけいに張りつくだけだ。さっそく息切れして、固定された手足をばたつかせ、布の下でうめきだした。

いまこの女の血液を採取したら、二酸化炭素の濃度がうんと高くなっているはずだ。
十三、十四、十五。ニキーチンが視線を投げると、ドミトリーが布を持ちあげた。

売女は焦点を失った目をみはっていた。死ぬと思ったのだろう。前に一度、特殊部隊に所属するアメリカ人兵士が水責めにされつつ何時間も耐えるのを見たことがある。訓練を積んでいた兵士はついに口を割らなかったものの、動物と変わらない状態になって、最後には射殺された。せめてもの情けと言っていい。

女も目をきょろきょろさせて、まるで動物のようだった。ニキーチンはその顎をがっちりとつかみ、自分のほうを向かせた。「おれの言うことを聞け」女の目の焦点が自分に合うのを待った。女は全身を震わせながら、切れぎれに短い呼吸をくり返していた。

よし。

「クロエは、どこに、住んでいる?」

そしてわざとドミトリーを見あげた。待機の姿勢のドミトリーを見て、女が身震いした。もう一度同じことをされたら死んでしまう、と体が訴えているのだろう。実際は生きられるのだが、女にはそれが理解できない。原初的な恐怖に塗りこめられた脳には、論理的な思考をする余地が残されていない。

売女は口を開いたが、恐怖そのものを示す、うなるような声しか出てこなかった。ニキーチンは待った。体が話すのを拒否しているときに痛めつけても、うるものがない。女の目をじっくりと観察しながら、ただ待った。女の正気が戻った瞬間がわかった。

「どこだ?」質問をくり返した。

もう反抗心は見られない。雲散霧消した。女の体はいったん死にかかって、また戻ってきた。生物にとって、これほど根幹にかかわる体験はない。女にはもはや選択肢がなかった。「コロナドショアズ」息がはずんでいる。「ほかの子がそう言ってた。ラ・トレだって」体が空気を求めて、苦しそうにあえいだ。

ニキーチンは強要しなかった。コロナドショアズの場所は漠然と頭にあった。そしてどんな場所であるかも。金持ちの住居。ラ・トレ。必要なときに取りだせるように、記憶の引き出しにしまい、すでに知っていたことを確認するようにうなずいた。

「ほかには?」低い声を保ったまま、淡々と尋ねた。彼女の答えにはそれほど重きを置いていないとでもいうように。「その女について、ほかに知ってることは?」

この問いに売女はとまどったようだった。ニキーチンの目をまじまじとのぞきこんだ。売女には許されないことだし、実際、娼婦たちはそんなことはしない。クラブの女たちが男の目を直視するのを許されるのは、セックスのときだけだ。

この女は恐怖のあまりその規則を忘れ、まっすぐこちらを見ている。「ないわ。もうなにも知らない」女の声は低く、まだ怯えが交じっていた。そして一語一語に真実の響きがあった。

ニキーチンにはそれが嘘かどうか見分ける能力がある。ちがいがわかるようになるまでに、壊してきた男は数知れない。この女の持ち札は尽きた。ニキーチンの部下の居場所は知らない。もしなにか知っていれば、もう吐いている。もはや用済みだ。

「あと三度」ニキーチンはロシア語でドミトリーに指示した。

それで女は壊れる。このクソ女には当然の報いだ。そもそもこの女が騒ぎさえしなければ部下を派遣しておらず、従ってその部下たちが忽然《こつぜん》と消えることもなく、異国に部下とふたりなどという羽目にはならなかった。遠く母国には、まもなく到着する最初の商品に備えて準備万端整っていることを期待している組織が控えている。

ニキーチンは立ちあがって、元凶となった女を見おろした。支援者たちに金をもたらす女でなければ、さっさと片付けるのだが。

「あと三度だ」そう念を押すと、防音室を出てドアを閉めた。


コンシュエロの感覚は徐々に戻ってきた。寒い。ひどい寒さで、骨まで凍えそう。こんな寒さははじめて。ティファナで生まれ、サンディエゴで暮らしてきたコンシュエロは、本物の寒さを経験したことがなく、一度も雪を見たことがなかった。それがいまは氷に閉じこめられたように寒い。

目を開けて、最初はなにを見ているかわからなかった。平らな広がり。なにかを反射している。じっと見つづけて、やっとわかった。水だ。一面の水と、みずからの吐瀉物。

まばたきをすると、だんだん焦点が合ってきた。コンシュエロは床に横たわっていた。裸で、水たまりのなかに。痙攣《けいれん》したように身を震わせる。頭のなかはまっ白だった。

いつからここに横たわっていたの？　冷たいタイルの床で身を震わせながら、目だけを動かした。わけがわからない。裸でいることには慣れている。いうなれば、それも仕事のうちだから。だが、それともちがう——ただの裸ではなく、人間性までも奪われて、すべてをむきだしにされたみたい。

それは痛みとともに、徐々に戻ってきた。ロシア人の冷酷な目つき。終わりのない質問。そして溺死しかけたこと。

おぞましい布を何度顔にかけられたか覚えていないが、溺死しつつあるのを感じたときの驚きに満ちた絶望感は覚えていた。死の間際まで追いやられては、すんでのところで引き戻された。息を切らし、体を震わせ、恐怖に凍りつきながら。

そして自分を観察するロシア人は、表情を浮かべていなかった。たちの悪さでいったら、苦痛を与えることを隠れた趣味とする客たちに負けていない。彼らはぎゅっとつねったり、髪を強く引っぱったりするとき、小ずるそうな笑顔になる。こっそりと笑みを浮かべずにいられないのは、大好きなこと——痛めつけることをしているからだ。

これはそれとはまったくちがう。あのロシア人は好きでやっていたわけではない。かといって、その行為が嫌いなわけでもない。好き嫌いなど関係ないのだ。もしそのほうが少しでも都合がよければ、布の上から水を流しつづけるよう部下に命じて、自分を溺死させていたにちがいなかった。ところがコンシュエロはまだ〈メテオ・クラブ〉に儲けをもたらすので、殺されずにすんだ。

それもこれも、あの男にはなんの意味もない。

もちろん金を払って自分を買う男たちにとっても自分が無意味な存在であることは、わかっている。けれど、今回の一件は〈メテオ〉における恐怖より、一段階深いレベルにある。そう、ロシア人たちが居座るようになってから、みなそのレベルに留め置かれるようになった。なんでも、クラブに大金をもたらしているロシア人には、サンズがなにを言おうと、コンシュエロたち娼婦を殺そうが皮膚でコートをつくろうが自由だ、と。

コンシュエロは震えながら体を起こしたが、水で手がすべって、顔からまた床に落ちた。とても立ちあがれそうになかった。

内側が壊れている。

客とのセックスを終えたあとは、どことなく傷ついていることが多かった。女を自分の好きなようにできるという理由で娼婦を買う男は多い。妻や恋人はそれなりの扱いを求め、なかにはそれに応じるのがむずかしい男もいる。そういう男たちは澱《おり》が溜まり、それを金銭ずくのセックスで解消しなければならなくなる。

だから使われて投げだされる感覚、性欲と冷淡さによって貶《おとし》められる感覚には慣れていた。

けれど、これはそれとは別物だ。これほどの暗さ、これほどの残酷さがあるとは、想像したことも《》なかった。底を突いたのがわかる。さらに下るとしたら、そこにあるのは死だ。

死の黒い翼が自分をかすめたのを感じる。まだ年端もいかないころ、母親から捨てられる前にティファナのスラムで修道女から教わって、長らく忘れていたことが、ふいに心に浮かんできた。自分には魂がある。その魂が魔王その人に触れられたのだ。

ここを出ていかなければならないと、一片の疑いもなく、はっきりわかった。生きるため、魂のために。

一刻も留まってはいられない。

床はすべりやすく、体は弱って震えている。立ちあがらなければ、いますぐ。早々にこの場所を立ち去らなければならない。

サンズの女の子の扱いは、比較的よかった。それはわかっている。母親から捨てられて通りで暮らしていたコンシュエロは、彼のおかげで命拾いをした。そのことは彼から耳が腐るほど聞かされてきた。

サンズはコンシュエロが十五歳になるのを待って、生活のための仕事に就けた。それが親切心に根ざした行為ではなく、ビジネスに徹した冷徹な判断であったことが、いまならわかる。まずは英語と立ち居ふるまいを徹底して叩きこむため、年配の女たちと長く話をさせられた。彼はコンシュエロを高級娼婦に育てあげ、彼の懐には街娼として得たであろうよりはるかに多額の金が転がりこんだ。

コンシュエロはおおいに感謝していた。その間、サンズに淡い恋心をいだいていたと気づいたときは、自分のことがいやになった。彼と一緒になって子どもができる夢とともに目覚めたものだ。そんな朝はぬくもりが余韻となって残り、その日の最初の客を取るまで続いた。ばかな子。なんてばかだったんだろう。ばかな死体になりたくなければ、ぐずぐずしてはいられない。

いまだ体の芯が冷えているけれど、筋肉には力が戻ってきた。これなら自分の体重を支えられる。恐怖と不安と決意を燃料に変えて、両方の手のひらをすべる床についた。脚で体を支えられないときにつかまれるものを探してあたりを見まわしたとき、それが目に入った。金属でできた小さななにかが肘掛け椅子の後ろの床に落ちていた。床に顔をつけて寝転がっていなければ、見えなかっただろう。あの男、ロシア人《ルソ》が落としていったものだ。彼のことは触れたかのように記憶していた。黒っぽい革のジャケットを無造作に椅子の背にかけていた。ほかに仕事があって、痛めつけなければならない女がいたせいで、不注意になっていたのだろう。

コンシュエロは水のなかを肘を立てて進み、手を伸ばしてそれをつかんだ。取り外しのできる蓋のついた小さなもの、小型の記憶装置、USBメモリだ。

金属におおわれた小さな物体には、中身を推察できる手がかりがなかった。あのロシア人に打撃を与えられるなにかであることを願うばかりだ。

それからしばらくは、肩で息をしながら、冷たく濡れた床に寝転がっていた。握りしめた記憶装置がぬくもってきて、世界じゅうでそれだけがぬくもりを与えてくれるものだった。

ようやく手をついて体を起こすと、頭がくらくらして、吐き気に襲われた。もう一分してから椅子につかまって立ちあがった。

震える裸の体を見おろした。固定されていた胸とすねと手首と足首がうっすらと赤らんでいる。それ以外は青ざめて、死体のように灰色が透けていた。子どものころ、薬の売人に動物のように殺される人たちをおおぜい見た。子ども心に人に起こりうるもっとも恐ろしいことは死だと思ったものだ。

そうではなかった。

コンシュエロは服を身につけた。といっても、裸にされる前に着ていたパンティとリネンのドレスだけ、ブラジャーと靴はなかった。ドアへ向かう途中、ちらっと鏡を見て、ショックに足が止まった。

まるでゾンビだ。

口に手をやると、鏡のなかの女が動きをなぞった。他人を見ているようだった。自分が死んだのは、わかっている。ドアからのぞき、誰もいないのを確認して、外に出た。

廊下はおおむねがらんとしていた。〈メテオ〉は午後十時にならないと活気づかない。自分が幽霊のようになっているのを自覚しながら、自室に向かった。この幽霊は乱れた髪に、崩れた化粧、取りつかれたような目をしている。すれちがった数少ない女の子たちが目を伏せるのを見て、ロシア人たちが来てから痛めつけられた女の子を何度となく目にしていたことに気づかされた。女の子たちは見て見ぬふりをすることに慣れ、なに食わない顔でやり過ごす。

その道はまっすぐ地獄に通じている。

自分の部屋まで戻ると、クロゼットに近づいて、ジーンズと白いシャツを取りだした。むかむかしながら、そこにかかったドレスを見た。目に鮮やかな、襟ぐりの深いドレス。男をその気にさせ、セックスのとき男に手間取らせないことを主眼としたドレスだった。よく似合う青いサテンのドレスをつかんだ。顔映りがよくて、胸が強調されるこのドレスが、大嫌いだった。この部屋には控えめに見積もっても五万ドル相当のドレスと高級ランジェリーがある。そうしたサテンやシルクやレースの衣類を破いてやりたくて、手が震えた。びりびりにして、燃やしてしまいたい。

だが、我慢した。もし逃げたいのであれば、明日の夜まで誰にも警戒心を起こさせてはならない。最初の客は午後九時に来る。

そのころにはここを遠く離れていなければならない。客はここのところ羽目を外すようになった有名弁護士だ。

だからドレスを引きちぎったり、床に投げ散らかしたりしないで、手つかずのままクロゼットにおさめておいた。

捨てていくことの、なんとたやすいことか。

ふたたび手が震えてきた。バッグの内側の隠しポケットから名刺を取りだした。娼婦たちの部屋は定期的に点検されるので、番号を暗記している子も多い。コンシュエロもそうなのだが、その名刺があんまりきれいなので、とっておいたのだ。

どこといって変わったところのないクリーム色の名刺で、電話番号と空を飛ぶ鳥をデザイン化した図柄が入っている。

自由の象徴。

この番号にかけた先に、クロエの兄弟がいるという噂がある。それが事実だとしたら、クロエが襲われたのはおまえのせいだと責められないのを、祈るしかない。どう思われようと、頼れるのはその人たちだけだった。

震えながら番号を押し、相手が出るのを待った。穏やかな声の女性が出たので、コンシュエロは言った。「困ってるの。助けてもらえる?」

15

ラ・トレ
コロナドショアズ

「腹が減ってないか？」マイクが尋ねた。「なにも食べさせてなかった」

セックスの余韻に浸っていたクロエは、なにを言われたのかよくわからなかった。言葉を聞くよりも、太い声が彼の胸に響くのを感じた。裸で彼の上に横たわっているので、その声が自分の胸にまで響いている。

「減ってないのか？」

その心地よい音は言葉で、なにかを意味するらしかった。バスの響きにうっとりしていないで、言葉に耳を傾けなければならないらしい。

マイクが髪に顎をすりつけてきた。ヒゲが伸びはじめているので、髪が引っかかって、少し引っぱられる。かすかな意味がクロエを現実に呼び戻した。

なにか言ってる……ああ、食べ物のことね！

まったくと答えようとしたら、代わりに体が返事をした。お腹がぐうっと鳴ったのだ。

マイクが笑い、それにつられて、クロエも笑った。

「すいてるみたいね」実際すいていた——ものすごく。びっくり。急にお腹がすいてきた。いままで知らなかった感覚が爆発していたせいで、感じなかったのだ。胸から顔を上げ、彼の目を見てほほ笑んだ。「なにがある？」

これがほんとうにわたしの声？　なまめかしいかすれ声。マイクがにこっとして、クロエの手を股間に導いた。

まだ鉄のように硬く、生々しく濡れていた。クロエは眉を吊りあげた。自分はへとへとなのに、彼には永久電池がついているらしい。いまはもうセックスはいらないけれど、でも……つい手を伸ばして、彼のものを握りしめた。手のなかで大きくなって、ぴくりとする。白馬に乗った王子さまが眠れる森の美女にキスをして、目を覚まさせたようなものだ。ただし、立場は逆だし、体の別の部分を使ってだけれど。

マイクの息が荒くなり、目が細くなった。痛みに苦しんでいるような音だった。何時間か前なら、彼を傷つけてしまったかと、びっくりして手を引っこめただろう。でもいまはもうわかっている。傷つけたわけじゃない。

得意そうにほほ笑んだ。

「そんなことを続けてたら、食べ物はお預けだぞ」マイクが口の端を持ちあげた。

「男と女って、まったくちがうのね」クロエはつくづく言うと、ペニスを愛撫する自分の手を見おろした。手をゆっくりと上下させ、血潮が満ちるのを感じる。また赤黒くなって、大きな先端はプラムの色をしている。

　こんなに魅惑的なものがほかにあるかしら。テイトにもルーブルにもウフィツィにも行ったことがあるけれど、このペニスに比べられるものなど、ひとつもなかった。

「ああ……そうだな」マイクがもっと手に押しつけようと、腰を持ちあげた。その口ぶり――あたりまえだと言わんばかり。そりゃそうさ、男と女はちがうんだから。

「わたしが言いたいのはね、女はあんまり……自分の欲望をあからさまに表さないってこと。興奮してるって言いにくいの。それに、女には興奮をオフにするスイッチもついてる。たいして経験のないわたしが言うのもなんだけど、でも、あなたにはそのスイッチがないみたい。わたしのほうはすっかりギブアップなのに、あなたはまだ足りないでいる。まるでエナジャイザー・バニーよ、ほら、電池のキャラクターの」

　つまらない冗談だったけれど、彼に笑ってもらいたかった。ところがマイクは真顔になって、腰の動きを止めた。さらにクロエが手を動かさないように、その手に手を重ねた。

「おれは――」マイクは切りだした。「ちがうんだ――」言葉を切って、口をつぐんだ。強い感情に揺さぶられているらしく、口にできない言葉で喉が上下した。

　その気持ちが痛いほどわかった。言わなければならないことがあるのに、それができない。これまで、どれだけ言いたいことを呑みこんできたか。人体が配管のような構造になっていたら、いまごろ言えなかった言葉で喉が詰まっている。

クロエは手をどけた。マイクはなにかを伝えたいのにできずにいる。こんなときにセックスで気を散らすのは残酷というもの。

体を起こしたクロエは、シーツをまとった。上品ぶったのではない。さんざん乳首を吸ったマイクには、自分の体が隅々までわかっている。いまはセックスを二の次にして会話をするべき時間だと本能が告げていた。

彼の喉が鳴る音を聞いて、かわいそうになった。彼の手を取って、ためつすがめつした。ペニスと同じくらい魅惑的で、同じくらい歓びをもたらしてくれる手。そういう意味では彼の手は性器だった。

それにきれい。

大きくて、荒れていて、ごつい。とてつもなく力が強くて、甲に血管が太く浮きだしている。いかにも男の手、自分の手とはまるでちがう。

クロエは指をからめあわせた。官能をかき立てるためというより、愛情表現として。刺激ではなく、支えになりたいと伝えるため。「言いたいことがあるんでしょう、マイク？」やさしく尋ねた。

マイクは顔をそむけて、歯を食いしばると、ひとつ息をついて、こちらを向いた。

「そうなんだ」そこで止まった。喉を動かし、筋肉が上下している。そうとう言いにくいことらしい。苦しさがわかるので、待つことにした。

こんどは長い息が彼の口から漏れた。彼の指に力が入る。「話すんなら、いまをおいてないと思う。いい話じゃないから切りだしにくくて。おれはいままで手あたりしだいだったんだ、クロエ」

クロエは笑顔になった。マイクの美しい顔はこれ以上ないほど真剣で、国家の機密情報でも明かしたようだった。

「知ってるわ、マイク。エレンとニコールから聞いたの。そうね、ハリーからも。みんな隠さずに言ってたわ、そうね、あなたが……遊んでまわってるって。派手に」

遊んでまわる、か。なんと遠回しな表現なのかしら。

「でも、この半年はやってない」マイクは彼女が反論するとでも思ったのか、挑むように言った。「きみに会ったあの日から」

その直後にマイクは扉を閉ざした。室内に重い沈黙が広がって、息苦しくなってきた。彼はそれきり黙りこんだ。

それでいて、肉体のほうは能弁だった。あらゆる筋肉が極度にゆるみ、弛緩《しかん》状態になっている。苦痛を伴う話なのだろう。それを表現する言葉を持たない可能性すらある。

彼の胸の、ちょうど心臓の上に手を置いた。どきんどきんと打っている心臓の上に。

「話があるんでしょう、マイク。わかるわ。話しにくいことみたいね。でも、急ぐ必要はないのよ。先送りにしてもいいんだから。なんなら明日——」

「いや！」息を吸い、声を抑えた。「だめだ、言ってしまわないと」膝に目を落とす。ペニスが臍につきそうなほど勃起していた。筋肉におおわれた平らな腹部から引き離さなければならないほど、しっかりと上を向いている。「こういうことなんだ。おれには強い性衝動がある。それがいいことだと思う人は多い。まだ若い健康な男子なら、強い性衝動も似合いだろ？」

マイクは汗をかいていた。ひと滴の汗が頬を伝って、胸板に落ちた。音叉《おんさ》が震えるような緊迫感がみなぎっている。それをどうゆるめたらいいのか、クロエにはわからなかった。せめてじっとして動かず、しっかりと受け止めたい。

クロエはうなずいた。

「だが、そうじゃない」歯ぎしりするようにして、言葉を吐きだす。「その性衝動が清潔で健全な楽しみだったこと、いいものだったことは、一度もない。そいつは——健全だと感じられなかった。病的だった。かいたらおさまる痒みではすまなかった。そいつはまるで——まるで、日ごろから体に溜まった恐ろしい毒薬かなにかで、ペニスからしか排出できないようだった。それに緊張がどんどん強まっていって、じっとしていられなかった。取りつかれたようなもんだ。そうなると、外に出て処理するしかない。それで、気づいたら酒場に来ていた。男をてきとうに引っかけようとする女が集まる、そういう酒場だ。よくわからないんだが……おれからは特殊な信号だか、においだか、ほかの人には聞こえない音だかが出ているらしくて、店に入って五分もすると女が近づいてくる。計ったように、毎回同じだ。五分から十分すると、女はおれのビールを飲みながら、おれに住所を教える。商売の女は早くから見分けられるようになった。いくらおれでも、金で女を買うのには抵抗がある。でも、それ以外で、旦那や恋人のいない女なら、問題ない。それもおれの引いた一線だ。そのルールを適用しても、相手にできる女はたくさんいる。おれはまるでピンを引かれるのを待ってる手榴弾だった。で、本日の相手を手に入れるとおれは――」言葉を切って、鮮やかな淡いブルーの瞳でクロエをじっと見た。「すまない、でも、これが実態なんだ。きみに嘘はつけない」

手の下で彼の肉体が震えている。クロエは低く小さな声を保った。ひどく苦しんでいる動物に話しかけるときと、同じ要領だ。「いいのよ、マイク」

彼が鋭くかぶりを振った。「いや、よくない。いいわけないさ」体を震わせながら、深々と息を吸った。「それで……おれは女と一緒に店を出て、だいたいは相手のうちに行った。自分のうちには誰も入れたくなかった。そしてやった。やってやって、やりまくった。必要とあらば、いつまでも続けられた。前にこんなことがあった。その日おれは、一緒に訓練を受けた兵士がふたり、亡くなったと聞いた。イラクで簡易爆弾にやられたんだ。おれは外出して、女を三人見つけると、ぶっつづけに二十四時間やりまくった。放心状態だったような気がする。大酒を食らっていたのは確かだが、そのせいじゃない。そうじゃなくて――しこたま酒を飲んだら、激しいセックスを延々とやったら、おれは……おれは……」

また彼の喉が鳴った。全身が強いストレス信号を放っていた。目が赤くなり、樽《たる》のような胸から息を出し入れする音がした。

「死なずにすむ」クロエが代わりに述べると、マイクがびくっとした。

「え？」

「もし激しいセックスを延々とやったら、あなたは死なずにすむ」

典型的な依存症者の論理だ。ロンドン時代、ホットラインやシェルターでボランティアとして働いていたとき、そんな話をよく聞かされた。手段はさまざまながら、機序は変わらない。ドラッグにしろ、アルコールにしろ、セックスにしろ。むかしから使われるのはそういうものだが、それだけではない。足を偏愛するもの、金を使いつづけて破産してもなお使おうとするもの、リストカットせずにいられないもの……そういう例を見たり、聞いたりしてきた。

じゅうぶんに掘りさげれば、物語はどれも変わらなかった。依存症は人と空隙を隔てる壁になってくれる。依存症自体が空隙だとわかるまで、その状態が続く。

クロエは体質的にアルコールが合わなかった。もし合っていたら、アルコール依存症になっていただろうか。人生のど真ん中にぽっかりと開いた穴を埋めたいという理由で。

マイクのケースは原因が明らかだった。幼いころに家族が殺されるのを目撃したことだ。家族は亡くなり、彼は生き残った。そのことを思いだすのがいやで、毎日毎秒あがいている。

「ちがう、ちがうに決まってる。そんなんじゃないんだ」興奮したマイクは上掛けをはねて、立ちあがった。筋肉のすべてが張りつめている。血管が浮きだし、体が戦闘に備えて末端に血を送りこもうとしているようだ。「おれがやったり飲んだりするのは、死なないためだと？」嫌悪にうなった。「どうかしてる。おれの頭はそこまでおかしくないぞ」まなじりを決して、震える指でクロエを指さした。「おれはおかしくない！」

「ええ、もちろんおかしくないわ」クロエは両膝を立てて、脚に腕をまわした。どうしてこんな姿勢を取るか、わかっている。マイクのことはちっとも怖くないけれど、屈強で頭に血がのぼった男がそばにいると、体がおのずと丸まる。「わたしはそんなこと言ってないわ。あなたが言ったのよ」

マイクは室内を大股でせかせかと歩きだした。頭をかきむしり、愛の行為で乱れていた髪をさらに乱した。汗に濡れた髪が逆立っている。興奮もさらに強まったようだ。体じゅうの動きが亢進《こうしん》しているなか、ただペニスだけが、平らな腹に寄り添う石を思わせた。

彼の肌の上に興奮と活力が見えるようだ。

部屋を行きつ戻りつするマイクの姿を目で追いながら、助けてあげたいと思った。無理なのはわかっている。マイクは自力で乗り越えなければならない。みんなそうだ。命の電話とみずからのセラピーを通じて学んだ、もっとも大切な教訓だった。手を貸すことはできるが、根幹に関わる部分はマイクが自力で切り抜けなければならない。

マイクは抵抗している。

「おれはやらなきゃ死ぬかもしれないとは、思ってない。いいかげんなことを言うな。ただ、なにかある。まっ暗で、自分ではどうにもできないなにかが。そいつが……おれのなかに溜まっていって、取りださないと爆発してしまうんだ。戦ってるときだけは例外で、銃弾をよけているあいだは自分を忘れていられる。戦闘中のおれは男のなかの男、氷のように冷静で、鋼の神経を持つ凄腕の狙撃手だ。ハンターの恰好《かっこう》をして三日間、一発のチャンスをじっと待ったことがある。チャンスがあっても一分ぐらいだとわかっていたから、その三日のあいだ照準器に目をあてたまま、飲まず食わずで、睡眠もろくにとらなかった。ぴくりともしなかったし、心拍数も落ちた。ペニスのことなんか、考える余裕もなかった。それが国に帰ると、むっくり起きだして、そのまま起きっぱなしになる」

「ご家族のこと、心からお気の毒に思うわ、マイク」クロエが穏やかな口調で言うと、マイクがぴたりと立ち止まった。心臓を撃ち抜かれたように、左右に体が揺れている。

立ち入りすぎたかもしれない、と一瞬不安になった。彼が崖っぷちに追いやられているのがわかる。立った髪があちこちを向き、赤い目に涙をたたえて、緊張で爆発しそうになっている。

「知ってたのか？」細いかすれ声だった。

クロエはうなずいた。

マイクはしばらくその場に凍りついていた。一、二分すると目覚めた直後のように、無造作に顔をこすった。顔から両手を離したとき、その頰は濡れていた。

「神よ」どすんとベッドの側面の、クロエの隣に腰をおろした。重みでマットレスが沈む。手首の内側を目に押しつけた。「ほとんど毎晩、見るんだ。何度も何度も見るんだ。寝るのがいやになることもある。悪い夢のなかでその場面を見なきゃならないかもしれないから」

「そうね」クロエは小声で応じた。「わかるわ」手を浮かせて迷った末に、彼の裸の肩にそっと置いた。震えている。肉体そのものが彼の思いを受け止めかねているようだ。「話してみる？」

マイクはじっと床を見て、動かなかった。彼のために距離を置こうと、立ちあがりかけると、腕をつかまれた。「いてくれ」

クロエは腰をすえて、待つことにした。

床を凝視するマイクとともに、一時間ほどそうやって座っていた。急ぐことはない。待つのには慣れている。待ってばかりの人生だと思うこともある。ある意味、そのとおりなのだろう。クロエはこのときをずっと待っていた。

必要とあらば、いつまでだって待てる。

ついに、大きなため息とともに彼の体から緊張が抜けた。「一度も話したことがないんだ。サムとハリーは大筋しか知らない。むかし懐かしいヒューの家ではじめてあいつらと一緒になったとき、おれは手に負えないガキだった。たくさんの里親をたらいまわしにされてた。事件のことは話せなかった。話そうにも言葉がなかった。おれがその気になって話したとしても、サムとハリーにはわからなかっただろう。サムの母親は赤ん坊だったやつをゴミ収集容器に捨てた。ハリーの母親はドラッグ漬けのクズ野郎にご執心の依存症者だった」

急に黙りこんで、クロエを見た。気がついたのだ。「そうか、きみの母親でもあるんだよな、ハニー。すまない」

クロエはうなずいた。不快だろうとなんだろうと、事実だった。生物学上の母親は依存症者で、ほかの依存症者に入れあげていた。決まって暴力をふるう男に。

「そんなふたりになにが言える?」マイクは肩をすくめた。「だってそうだろ? ふたりとも悲惨な環境で、まったく愛情をかけてもらうことなく大きくなった。おれの家族のことなんか、話せるもんか。おれが失った家族のさ。おれの父親と母親は……そりゃすごかったんだ。とにかくすごい両親だった。ただ、子どもだったおれには、それがわかってなかった。ほら、子どもってそうだろ? 自分のいる世界だけが、唯一の世界だと思ってる。それで、おれの世界では、亭主っていうのはみんな奥さんを愛してて、奥さんってのはみんな亭主を愛してた。で、そんなふたりが子どもたちを愛してるんだ。父さんはボーイング社の電子工学機器を設計してる会社で技師をしてて、母さんは高校の教師だった。五人家族で、兄貴がふたりいた。エディとジェフっていって、十二と十四だった。おれは末っ子のちび、年齢の割に体が小さかった。よくからかわれたけど、家族以外のやつらは、ちょっかいを出してこなかった。エディとジェフが守ってくれてたからさ。たまに突っかかってくるやつがいると、二度とそんなことがないようにふたりが介入してくれた。キーラー一家にちょっかい出すと、後悔するぞっ、てな」半笑いになって、首を振った。「それがふつうの家族だと思ってたら、そうじゃなかったんだよな。うちは世にも珍しい特別な家族だったんだ。五人がお互いのことを気遣ってた。こんな世の中だと、めったにあることじゃない」

ほんとうにそうだ。クロエは強い絆で結ばれた家族のなかにいる自分を想像しようとした。ほんの端っこをかじっただけだけれど、この半年味わってみたら、すばらしかった。けれど子ども時代に唯一絶対のものとしてそういう環境に置かれ、そのあと奪われたとしたら、頭がおかしくならない人はいないだろう。

マイクがふたたび床を見つめだした。

「なにがあったか、わたしに話してみる?」

その言葉で彼は夢想から引き戻されたらしい。一瞬クロエに向けた瞳が、青い稲妻のようだった。クロエはいつもどおりの表情を保った。そのほうがいいのがわかっているからだが、苦痛に満ちた彼の顔を見ると、反応しないでいることがむずかしい。

「わかった、話そう。誰にもすべてを話したことはなくてね」切れぎれに息を吐きだし、膝を見すえた。「あれは三月十二日の土曜日、おれは十歳で、みんなでビーチに行くところだった。父さんがガソリンスタンドに寄った。小さな店のついてるタイプ、わかるだろ？」

うなずいて返したが、彼は見ていなかった。

「母さんが家にバレーボールを忘れてきた。どうせもう古いから、新しいのを買おうと母さんが言いだしたんで、店に入って、バレーボールとビーチ用のピンポンセットとコークを五本買った。おれはスニッカーズも欲しかったんだが、母さんはそこまで寛大じゃなかった。子どもにジャンクフードを食べさせなくていいように、サンドイッチを持ってきてた。おれはエディとジェフを見あげた。ふたりがこっそりスニッカーズを買って、おれにもまわしてくれないかなと思ったんだ。だが、そんないい話はなかった。スニッカーズはなし。おれはむくれちまって、母さんが支払いをしているあいだどたどた歩いていた。末っ子で、甘やかされてたのさ。なにを考えてたんだかわからないが、ひょっとしたらスニッカーズをこっそり盗んで、カットオフジーンズのポケットに突っこむつもりだったのかもしれない。思春期の入り口だったわけだから。なんにしろ、そこは記憶にない。父さんと母さんと兄さんたちは、おれを待ってた。母さんがおれを呼んで、行くよ、と声をかけた。それでもおれが店の奥でスニッカーズを見てたら、そしたら、入ってきたんだ——やつらが」

マイクの家族は殺された。クロエは彼の肩をつかんだ。

「ふたり組だった。通路の向こうによく見えた。見たことのないたぐいの連中だったんで、じろじろ見た。のっぽとちび、どちらも痩せぎすのふたり組だった。ドレッドヘアにズボンを股間まで下げて、スニーカーの紐は結んでなかった。当時はそんな恰好がまだ目新しくてね、それが主流になって、ガキどもがこぞって犯罪者に見えたがるようになる前のことだ。当時のおれにしてみたら、赤い顔をして洟《はな》を垂らして、まるで異星人みたいだった。壊れたみたいにへらへら笑ってて、ろれつはまわってないし、ポニーみたいに目をきょろきょろさせてた。大量にやってたんだ。いまから二年前、まだSWATにいたおれは、その事件のファイルを開いてみた。犯人たちはコカインでハイになってたうえに、どちらも血中アルコール濃度が1・02パーセント以上あった。動物としての本能に従っただけのことで、自分たちがなにをしてるかまったくわかってなかった可能性もじゅうぶんにある」

ベッドの脇に腰かけたマイクは、開いた両膝のあいだに握りあわせた手を置き、下を向いていた。よみがえってくる悲惨な過去に向きあっている。

「公判の記録を読んだら、弁護士のひとりは、クズ一号がドラッグとアルコールによりいちじるしく精神活動を制限されていたため、自分がなにをしているかわからないままクズ二号の指示に従ったという論を展開してた」

「その説が通ったの？」早くも胸が痛くなってきた。

「いいや。助かったよ、判事に常識があって。四十年の懲役。厳しい判決だった」

「よかった」クロエが言うと、彼が弱々しくほほ笑んだ。「そのふたりの犯罪者が店に入ってきて、どうなったの？」

「レジ係にレジを開けろと要求した。それがわかったのは、あとになってからだ。おれはおかしなふたり組だなと思っただけで、店の奥の棚にあったキャンディをにらみつけてた」暗い声に、苦々しさが滲む。一語一語、それが毒でもあるように吐き捨てた。「家族が脅されてたのに、おれはスニッカーズを二本、万引きしようかどうか迷ってたんだ」

クロエは隙を突いて、彼の肩胛骨《けんこうこつ》のあいだをさすった。骨の髄まで緊張していて、それが湯気となって立ちのぼってくるようだ。「子どもだったのよ」やさしくさとした。「それにあなたの世界にはないことだった」

マイクは暗い考えを振り払うように首を振った。「レジ係はばかじゃなかった。レジの中身をすべて差しだした。百三十七ドル三十二セント。おれの家族の値段。百四十ドルにも満たなかった。レジ係を含めて、ひとりあたりに換算すると、二十八ドルの命だ。総額を知ったクズふたりはいきり立ってどなりだし、背の高いほうが拳銃を抜いた。レジ係は——レジ係といったって、十九歳の、まだ少年さ。映像だと十二歳ぐらいにしか見えなかった。その少年は震えながら、自分のポケットを探った。十ドルもなかった。それでクズたちのどなり声がさらにでかくなった。そのころにはおれもなにかがおかしいのに気づいて、通路をそちらに向かって歩きだした。それを見た父さんが首を振って、近づくなと手ぶりで合図した。

そしたら、あのクソ野郎——悪い」と、目を細くしてクロエをちらりと見た。

クロエはうなずいた。クソ野郎という呼称がぴったりだ。

「拳銃を持ったクズはそれを振りまわして、おれの家族を脅してた。父さんは腕を広げ、母さんとエディとジェフはその後ろにいた」

マイクは口をつぐみ、重いため息をついた。クロエは肩胛骨のあいだの硬いくぼみに手をあてがった状態で、続きを待った。

「あのときは時間が引き延ばされて、すべてがスローモーションに切り替わったように感じた。ところが、防犯カメラの時計によると、すべてが二分四十秒のうちの出来事だった」

本人から聞かされるまでもなく、その二分四十秒がマイクの世界を一変させた。

「レジ係はカウンターの下に手を伸ばして通報ボタンを押し、拳銃を持ったクズは——たぶんものが二重に見えてたろう——迷わず引き金を引いて、レジ係の頭をぶっ飛ばした。こんども父さんは、おれに動くなと合図してよこした。そんな必要なかったのにさ。動けたもんじゃない。ショック状態だったんだ。父さんがじわじわとドアに近づこうとしてたら、野郎がふり向いて、銃を撃ちだした。セミオートマチック銃で、真鍮の薬莢《やっきょう》が光のなかでくるくる躍ってた。そいつは……やみくもに発砲した。動物を殺すみたいに、おれの家族を撃ち倒した。家族が折り重なって倒れ、上にかぶさった父さんは家族を守ろうと腕を広げたままだった。もうひとりのクズは血ですべり、床に倒れて笑い転げてた」

クロエにはその光景をありありと思い描くことができた。倒れた家族、血の海、正気を失った銃の男、怯える少年。

「おれは野球が大の得意でね。あの事件――あんなことがあるまでは、大きくなったら野球選手になるつもりだった。ピッチャー向きのいい肩をしてたんだ。フルーツサラダやトマトソースの缶詰をつかんで、まずは拳銃の男、それから床で笑い転げてるやつに思いきり投げつけた。銃の男は最初のひと缶で意識を失って倒れた。床のやつにも投げつけた。だが、どうにも止まらなくて、次々に缶を投げた。やつらが床に転がって、ほかの人たちにあたっても、まだやめられなかった。やつらの頭は血まみれだったし、顎や頬の骨は折れてた。おれは壊れたみたいに、わめき散らしてた。青い制服を着たでかい男に両腕をつかまれて、やっと止まった」

「警官ね」

彼は短くうなずいた。「ああ、そうだ。そのあとのことはろくに覚えてない。親戚を探したんだろうが、両親はどちらもひとりっ子で、祖父母は四人とも死んでた。おれにはソーシャルワーカーがついて、そいつがおれの自宅を〝管理〟したあげく、壊させた。おれは里親家庭に送られ、すぐにやっかい者扱いされるようになった。誰彼かまわず、めちゃくちゃに反抗した。受け入れてくれる家庭のレベルがだんだん落ちていって、最後の一軒にたどり着いた。おれを〝問題児〟として受け入れてくれる、たった一軒の家庭だ。州からもらえる養育費が高かったのさ。その家を仕切ってたのはヒューという名のサディスティックな怪物だったが、サムとハリーがいて、おれたちはお互いにかばいあった。法律で許された年齢に達するとすぐに海兵隊に入った」

「つらかったわね、マイク」クロエは静かに言った。なんの意味もない慰めだけれど、心の底から出た言葉だった。いま聞かされたのは、ある午後を境に世界が打ち砕かれた少年の物語だ。

「あんなこと、起きる必要なかったんだ」マイクのかすれ声が言った。

「え？」

「起きなくてよかったことなんだ、なにもかも。おれが甘やかされたガキじゃなかったら、あのクズたちが店に入ってきたとき、おれたちはもう海に向かってた。家族全員が犬みたいに撃ち殺されたのは、おれが……おれが——」言葉が途切れ、筋肉の動きに合わせて喉が鳴った。「おれがスニッカーズを欲しがらなければ。母さんと父さんと兄さんふたりが死んだのは、おれのせいだ」

クロエは愕然とし、息を吸いこんだ。

「ちがうわ、マイク」前のめりになって彼の顔をのぞき、目を見ようとした。マイクは顔を上げようとしない。首の腱《けん》が浮きあがり、頬の皺が深くなって、ひきつれていた。「あなたのせいじゃない！　あなたにはなんの落ち度もないのよ。片方は拳銃を持つふたりの薬物依存症者を止められたかもしれないなんて、思うだけでもおこがましいわ」

「おれがわがまま言わなきゃ、うちの家族は車に乗ってて、あそこにいなかった」

「そういうのを魔術的な考えっていうの。それにあなたがさっき言ったとおり、すべてが一瞬の出来事だった。実際にはあなたたち五人がまだそこにいて、あなたまで死んでいた可能性が高いのよ」

マイクの身震いが手に伝わり、クロエは驚くべき洞察力を発揮した。この人は家族と一緒に死ねばよかったと思っている。自分だけ生き残ったことが彼には慰めではなく、呪縛になっている。いまだ亡くなった家族を悼み、罪悪感を抱えている。罪悪感が鉄のマントとなって肩にかかり、毎日、毎秒、その重みに耐えている。

クロエにはその気持ちが痛いほどわかった。子ども時代を通じてつい最近になるまで、両親が自分を愛せないこと、愛してくれないことで、自分のことを責めてきた。ふたりはかりそめの愛情さえ示そうとしなかった。そんなふたりに対して、クロエは日々、自分を責めた。自分のなにが悪いのか毎日考えた。たまに母親が来てくれると、おとなしい、いい子でいようとした。父親には年に一度しか会わず、そのつど父に気に入られて愛情を示してもらおうと、必死になった。その甲斐はなかった。なにをやってもだめ、なにひとつ功を奏しなかった。

どれだけ母親の顔を探ったことか。なにか……すがりつけるものを求めて。母のなかに温かな感情をかき立てるため、口にできるなにか、態度で示せるなにかを。けれど解けない大きな謎が厳然とそびえていたために、毎回、同じ説明に行き着いた。愛されないのは自分に致命的な欠点があるから、自分のなにかがひどく損なわれているからだ、と。すべてわたしが悪い。

だから血液中に腐食物が入りこむように、酸性の罪悪感がしたたる感覚は、骨身に染みて理解できる。若くて小さな肩に重すぎる荷物をしょわされた子どものつらさも。

痛ましさに胸が締めつけられる。家族の愛情を知っていた子どもがそれを失い、さらにその小さくて幼い肩には重すぎる罪悪感というおぞましい荷物にずっと耐えてきた。

いま広くて大きな肩は震え、顔はそむけられているけれど、赤い目と濡れた頬が見える。やさしい気持ちが高波のように襲ってきた。あまりの勢いに地面が震えないのが不思議だった。

「マイク」小声で呼びかけ、ふり向かせようと彼の肩を押した。屈強な大男であるマイクに無理強いすることはできなかったけれど、彼はふり向いてくれた。それを見て、クロエの心に小さな隙間ができた。彼が苦痛と闘っているのがわかる。クロエは頬に頬を押しつけた。冷たい涙の下に、燃えるように熱い頬があった。「荷物をおろして、マイク。ずっと背負ってきた荷物をおろすのよ。それはあなたの荷物じゃないわ」

クロエは彼を抱えこんだ。体が大きいので手がまわりきらないが、腕の内側と胸で彼の震えを感じ取った。感情の昂ぶりがさざ波となって放たれている。

「手放して」ささやきかけると、彼が胴震いした。激しいなにかが彼の身内を走ったのだ。鉄の塊のような罪悪感が彼の体から離れるのが見えた気がした。一瞬、体が浮いて黒々としたものが抜けるや、彼はこちらを向いてクロエに腕をまわし、ベッドに押し倒した。

クロエはぎょっとしつつ、とっさに彼のための場所をつくった。体と心を全開にして、腕と脚を巻きつけた。マイクが感極まって震えている。強くて抑制された男には珍しいことだ。抑圧されてきた感情が解き放たれるのを、指先と手のひらと体の表側全体で感じた。

マイクが夢中で唇を重ねてきた。むさぼるように舐めたり吸ったりしている。クロエの口に彼の命にかかわるなにかがあって、それがないと生きていけないかのような熱心さだった。

彼はふと頭を持ちあげると、鼻と鼻を突きつけ、鮮やかなブルーの瞳でクロエを見すえた。クロエの髪に指を差し入れて、頭をつかむ。大きな手なので、ほぼ頭を包まれた。クロエがキスを避けるとでも思っているのか、そうやって動けないように頭を固定した。

避けるわけないでしょう、求めてるんだから。

「痛むのはわかってる」マイクが小声で言った。「それにセックスを杖《つえ》代わりに使ってきたと、いま話したばかりだ。でも、これはちがう」鋭く首を振ると、栗色の髪がはらりと額に落ちた。「じゃあ、どんなセックスかと問われたらわからない。ただ、いま必要だし、これまで生きてきてこんなに必要だと思ったことがないのも確かなんだ。セックスが、そしてきみが」

クロエは彼を見つめた。なんて一途なまなざしだろう。目の奥まで入ってきて、脳のなかを歩きまわられているみたい。

喉がからからなので、うなずいた。

マイクは音を立てて息をつき、広い背中がクロエの腕のなかで動いた。

「自分で開いて」低くて震える声で命じた。

とっさに下を向くと、広い胸板とくっきりと刻まれた胸筋と、それをおおう茶色のふさふさとした胸毛と腹部の筋肉の一部が見えた。

「おれは手を使わずに、きみのなかに入れたい。もっと脚を開いて、入れてくれ」

彼が心持ち体を持ちあげたので、ペニスが見えた。蠟《ろう》細工と見まがうほど、大きくて硬そうで、少し怖くなった。

でも、怖がってはいけない。ほんのわずかも。これまでずっと怖がってきたでしょう？見えも、聞こえもしないまぼろしを。もう怖がりたくない。愛する男と一緒なのだから。

脚の位置を動かして、片方の手で自分を開き、残る一方で彼をつかんだ。触れられた衝撃に、マイクが音を立てて息をついた。クロエの手に大きな手を重ね、目を凝視しながら、動かないようにしている。動きだけでなく、息まで詰めて。力に満ちた男が力を与えてくれていた。

そう、彼の力が欲しい、彼そのものが。

マイクを引き寄せて入り口にあてがい、腰を持ちあげて迎え入れた。顔を上げて、耳たぶに唇をすり寄せる。「いいわ、マイク」と、ささやきかけ、耳たぶを甘嚙みした。

彼はクロエの全身を震わせる野太いうなり声とともに、腰を突きだした。

腹の底から湧きだすような声を聞いて、全身が粟立った。ほぼいっぱいまで入ったけれど、痛みが引き起こされるほどではない。内側の筋肉が彼をくるんでいる。

「大丈夫か？」マイクがかすれ声で尋ねた。汗がひと滴、顎からクロエの胸に落ちた。

クロエは彼を引っぱって完全に体を重ねさせ、その重みに耐えた。骨が少ししなるけれど、いい気持ち。彼のものが奥で動くように、脚を持ちあげて腰を傾けた。受け入れられていると感じさせたい。体じゅうの細胞のひとつずつが、ただ彼のためにほほ笑んでいた。

「ええ」ため息をつき、腕に力を込めた。「わたしを愛して、マイク」

愛してくれた。まずはゆっくりと、遠慮気味に突き、慎重さを忘れなかった。クロエの体の内側にも外側にも触れ、腰の動きに合わせて舌を使った。ふたつの口とふたつの性器が引き寄せあう濡れた音、究極の親密さの音を立てていた。

クロエは自分をすっかり手放し、筋肉を水のようにゆるめて、岸辺にやさしく打ちつける波のようなマイクの動きを受け入れた。生命のリズムそのもの……寄せて引いて寄せて……。

力を抜き、思考を放棄して、感じることにだけ集中していたために、オーガズムの訪れは不意だった。全身に打ち寄せる波の、熱さすれすれのぬくもりを楽しみ、手や胸や股間に触れるマイクの感触に酔い、彼が刻むリズムに身を任せていたら――ああ！

肉体がいっきに暴走しだした。一瞬の出来事だった。

下半身の熱や緊張が徐々に高まる感覚はなかった。突然の電気ショックの強さに、脳がショートしそうになり、体が痙攣しだした。膣が強く締まるのはもちろんのこと、全身が引きつって、満ちてくる熱の感覚に窒息しそうだった。操り人形のように、自分の意思とは無関係に、体がひくついた。

とっさにマイクにしがみついた。上も下もない灼熱《しゃくねつ》の世界で、それだけが安定していたからだ。目は閉じているけれど、室内で爆発が起きたように、まぶたの裏が赤かった。

クロエがあえぐと、マイクがつぶやいた。「そうだ」下半身全体で彼のものをぐっとつかんで奥へと引っぱりつつ、まっさかさまに落ちていく。必死にマイクにしがみついていないと、深い隙間に落ちこんで二度と戻れなくなりそうだった。

マイクは速く激しく腰を打ちつけて、収縮を長引かせた。それからしばらく――あとになってみると、どれくらい続いたのか見当がつかなかった――クロエは自己に関わる感覚のすべてを、マイクと自分を隔てるものすべてを失っていた。ふたりでひとつの器官、ひとつの肉体となり、一体となって動き、大きな金色のボールをやりとりするようにして互いに快感を与えあった。

「ああ」マイクがうめいた。ショックを受けているらしい、かすれた声だった。彼の体に震えが走り、それがクロエの体にまで伝染した。

ようやく意識らしきものが戻ってくると、収縮がおさまり、われに返った。ところがそのときマイクが大量に放ちだした熱い精液を内側に感じて、ふたたび絶頂へと引き戻された。熱が脈動に乗って全身で火花を散らす。

それが終わったとき、残されたのは抜け殻だった。

汗にまみれたふたつの体。おもに彼の汗とはいえ、もはや分けることはできない。ふたりの営みのもうひとつの成果として、股間が濡れていた。においもする――セックスのにおい。自然で、心地よいにおい、ちぎりを結んだふたつの肉体のにおいだった。

マイクの頭はクロエの隣の枕に埋まっていた。そっとそちらを見てみたけれど、彼は枕に顔をうずめたままだ。走ったあとのような荒い息で厚い胸板を波立たせるだけで、まるで動かない。クロエからおりようとはせず、顔も見ようとしなかった。

ひと筋の液体が彼の頬を伝った。

ふたたび押し寄せてきたやさしい気持ちは、オーガズムよりも強かった。マイクも自分と一緒に完全に自己を手放していた。ふだんどんなセックスをしている知らないけれど、いま彼と分けあった体験を、毎夜、異なる相手と経験できるとは思えない。人はそんなふうにはできていない。

マイクもクロエ同様、心を揺り動かされており、だからこそ家族が殺されたときのことや、それ以来背負ってきた羞恥の感覚を話してくれた。

そしていまはクロエの目を避けている。それもありうることだった。

それならそれでいい。気持ちはわかる。処理できないほどの感情に襲われるとどうなるか、クロエはよく知っていた。彼の肩に両腕をまわせば、圧倒的な力を感じるけれど、いまの彼は子どものように無防備になっている。

彼のそばにいて、その気持ちを守ってやらなければならない。自分くらいそうした弱さを知っている人間はいない。だからこそ彼を大切にして、力いっぱい守らなければ。

わたしのことは彼が守ってくれる。そして彼はわたしが守る、絶対に。

汗に濡れて突っ立っていた髪をかき乱し、頭に手を添えた。

「いいから、眠って」ささやきかけると、マイクはふうっと息をつくと同時にいくらか緊張を解いた。

彼の寝顔を見ているつもりだったのに、クロエ自身、ストレスがかかって疲れていた。

五分としないうちに、重量級の男にのしかかられたまま眠りに落ちた。

16

コンシュエロは汗ばんだ手にUSBメモリを握りしめて、紙切れに殴り書きしてきた住所と小さな真鍮の銘板に記された住所を見くらべた。これで十回め。ここはサンディエゴの市街地にある優雅な建物だ。銘板の隣には凝った出入り口があった。

このあたりに来るのは、はじめてだった。用事がないから。オフィスビルが多く、巨大なガラスのドアを出入りしている人たちは、火星人と同じくらい自分とはかけ離れた存在だった。

まちがいなく、ここには生活のために体を売る人など、ひとりもいない。

急に腹が決まって、コンシュエロは顔を上げた。そういう暮らしはもうおしまい。電話した先のオフィスには、女性の失踪に手を貸してくれる人たちがいる。シェルターにいた女性もふたり、彼らに助けてもらって姿を消した。この名刺を手に入れたのは、そのつてだ。

商売女でも手を貸してもらえるだろうか。それが無理なら自力で逃げるしかないが、そのための手立てがコンシュエロにはなかった。手元にあるのは隠しておいた二万ドルとUSB

メモリだけ。書類のたぐいはまったくない。

入国して以来、ずっと不法滞在を続けてきた。実際は無理なのだけれど、仮に国境を越えられたとしても、メキシコにも書類はないし、行くあてもなかった。書類とかパスポートとか運転免許とか帰れる家とか、どれもコンシュエロには許されていなかった。

こんな自分を助けてくれるとしたら、変わり者。やっかいなだけで、なんの価値もない女なのだから。

けれどひょっとすると、手に握っているものに価値があるかもしれない。それが取引材料となって、命を助けてもらえるかもしれない。

恐怖を感じたときのつねで、背中に汗が伝った。たとえば自分の体のレンタル料を支払った客を笑顔で部屋に案内しているとき、その客が暴力を好みそうだと汗が出る。痛めつけるのが好きな客は現にいるし、流血沙汰にならないかぎりは問題にしないという店内ルールがあった。

ただその客に対する次回の請求額が高くなるだけだ。

そこでコンシュエロは怖いときにいつもするようにした。自然な笑みを顔に張りつけ、その奥になにがあるかわからないまま、ドアをくぐった。

マイクは大人になってからの大半を兵士として過ごした。世界がすばらしいものであることを確信しながら徐々に目を覚ますのは、兵士の流儀ではない。兵士なら目覚めるなり警戒態勢に入って、すぐ動けるように身構える。この世界には極悪非道な悪党があふれており、そういうやつらにいつ撃ち殺されるかわからない。

兵役中はダーウィン的な淘汰《とうた》が進む。深い眠りから即座に目覚めて瞬時に警戒できないものたちは、早々に吹き飛ばされる。だいたいは銃身の末端から飛びだす物体によって。

一度身についた癖を直すのはむずかしい。とりわけ、それが生存を左右するたぐいの癖の場合は。マイクはもう兵士ではないが、いまでも瞬時に目を覚まし、前の夜に相手した女につきあわずにすむ方策を練りはじめる。

目覚めたときはだいたい、だるくて味気なくて憂鬱な気分に包まれており、そのときいるベッドを大急ぎで飛びだして家に帰りたくなる。だるくて味気なくて憂鬱な気分になった、その場所を。

ところがどっこい、いまはちがう。まったくだ。気分は最高。ただ、ベッドを飛びだして、活動をはじめたいとは、露ほども思わない。無理。筋肉にいっさいの力が入らない。ああ、どこかへ行くなんぞ、冗談じゃない。クロエが一緒でなければ。クロエの小柄でやわらかでつややかな体の半分は、マイクの上に載っていた。

ときにはベッドにいるベイビーが誰だったのか、努力して思いださなければならないこともあった。だが、今日はちがう。ベイビーじゃなくてクロエだ。

天気は快晴。まぶたの裏側が金色に染まっているのが、その証拠。それに海からそよそよと吹いてくる温かな風がカーテンを揺らしている。

清々しかった。浄化されている。ずっと身体を毒してきた年代物の黒い胆汁が取りのぞかれている。こんなに希望を感じたのは、はじめてかもしれない。昨夜のセックスは生きたまま焼かれるようだった。古いマイクは燃え殻になり、ここにいるのは新生マイク、朗らかな笑みで新しい一日に向きあおうとしている。

こんな気分で一日を迎えるのは、いつぶりだろう？　ひょっとすると、はじめてか？

この気分……はじめてのセックスのあとは、こんなふうかもしれない。童貞喪失のときのことは、戸口で立ったままやったこと以外はろくに覚えていない。ぐでんぐでんに酔っていたからだ。だが、こんな人生ではなくて、いつも怒ってばかりでなければ、最初のあとはこんな気分だっただろう。それまで存在することすら知らなかった喜びの王国をひとりで見つけた気分とでもいうか。

ただし、それを一緒に見つけた相手は感じのいい平凡なハイスクール生ではなく、平凡にはほど遠いクロエだけれど。

思慮も愛情も深いクロエ。

そして、とびきり官能的。

ほんとにおれは運がいい。

「マイク？」クロエに肩を押された。

「うん？」

彼女が身をよじって腕の下から抜けだした。わずかな重みとぬくもりを失って、マイクはうめいた。なんなら、いつだって引き戻せる。問題ない。だが、自分の体を思うように動かせない。筋肉が綿になって、彼女をつかもうとした手がマットレスに落ちた。

「マイク・キーラー」彼女から叱責の声が飛んだ。「昨日の夜、二度わたしに食事をさせると言ったのに、どうなってるの？　まだわたしはお腹をすかせたままなんだけど。恥を知りなさい。あなたの家で女性がひとり、餓死しそうになってるのよ」

その声が、地平線のどこかから聞こえてくるやさしくてもの憂い羽音のようだ。マイクはちゃんと聞いていなかった。その声の響きにうっとりしていた。

シーツのすれる音がして、ベッドが軽く沈んだ。彼女が裸足で歩く音がする。

クロエの足、かわいいよな。彼女の足をぼんやり思い浮かべていると、心地よいシャワーの水音が穏やかなざわめきのように部屋を満たした。

「わかったわ」クロエがバスルームで言っている。「わたしが自分で調理すればいいのよね。なにがあるか見てみないと。材料があるといいんだけど」

遠ざかる足音。

マイクの額に皺が寄った。クロエ。キッチン。

不協和音が強く大きくなっていく。

計算不能。

マイクの目がぱっと開いた。クロエがキッチン！　だめだ、だめだ、だめだ！

電気をかけられたようだった。転がるようにベッドを出て、ローブをはおった。クロエとキッチンは相性がよくない。クロエがキッチンにいると、災難が製造される。料理に関してはまるでセンスがないのに、やたらに習いたがっている。彼女がつくったものをひと口食べたら、どれほど愛していても、残りは口にできない。クロエを敬愛してやまないメリーでさえ、食べられてもせいぜいひと口かふた口だった。

クロエがキッチンに入るのはよくない。

キッチンに走ったマイクは、出入り口で立ち止まった。クロエは温かな朝の日差しのなかを動きまわっていた。料理ができないのは確かだけれど、それはそれ、ものすごくかわいい。身につけたマイクのTシャツは膝まであり、袖がだぶついている。クロエは裸足の足を重ねて、トーストを焦がすのに夢中だった。カウンターのラジオをつけ、クラシックロックの局にすると、「ホテル・カリフォルニア」に合わせてかわいい尻を振った。

まるで天上から舞い降りた妖精のお姫さま——マイクに苦いコーヒーを淹《い》れ、殻の入ったスクランブルエッグをこしらえるために。

マイクはなにも言っていないのに、クロエがフライパンのなかでねばつく卵液をかきまわすのに使っていた木製のスプーンを置いて、ふり返った。

カウンターは散らかっているし、ひどいにおいがする。だが、彼女がほほ笑むと、胸のなかで心臓が飛び跳ねた。

クロエ。

かまうもんか。料理には人を雇えばいい。

「はい」まばゆい笑顔。こんな笑顔をされて、男に勝ち目があるか？　クロエはマグを差しだした。「朝食をつくったわ」

「いいね、ハニー」マグを受け取り、焦げたゴムのにおいにえずかないように気をつけながら、ひと口飲んだ。案外いける。味さえ気にしなければ。少なくとも温かい飲み物ではある。

「座って」彼女は命じると、煙の立つフライパンを食卓に置いた。続いて焦げたトーストが皿に載せられて出てきた。だが、テーブルのしつらえは悪くない。カップボードから見栄えのいい皿を選び、プレイスマット代わりにティータオルが敷いてある。いい感じじゃないか。あのとき落ちこんで、ＩＫＥＡに走ってよかった。ジャムの瓶をグラス代わりに使っていてエレンに笑われたのを機に、あらゆる種類のグラスを買ってきたのだ。

すてきなテーブルセッティングだった。クロエが席についているから、ますますきれいに見える。マイクは勇敢にも、トーストからいくらか焦げを削ってバターを塗り、炭くささをごまかすべくジャムを塗りたくった。

クロエのほうはずるをしていた。飲んでいるのはお茶。お茶は焦げない。そして、やわらかめのゆで卵の殻に穴を開けている。マイクのほうは殻を無視して、スクランブルエッグをほおばり、殻が口に触れたときは、嚙まずに呑みこんだ。なあに、これもプロテインだ。

晴れやかな朝だった。太陽はビルの向こうからのぼってくるが、海面の煌めきがバルコニーに面して開いたフランス窓を通してぬくもりのあるやわらかな光を届けてくれている。そして南カリフォルニアでしか見られそうにない、神々しいまでに青い空。ないだ海面にいくつか立った小さな波が、レース飾りのようだった。

マイクは強い安心感に包まれた。クロエに笑いかけると、笑顔を返してくれた。そのあとがめるように眉をひそめた。「ろくに材料がないんだもの」非難の目つきを投げてよこす。「冷蔵庫の中身をあらかた使っちゃったわ。食料品を仕入れに行かない?」

マイクは答えに窮した。空気の漏れやすい風船のように、さっきまでの幸福感がみるみるしぼんだ。問題山積みのこの世界のありようと、前日の出来事が黒い高波となって襲いかかってきた。

彼女の手を取って、言葉を選んで話しはじめた。「ハニー――」深く息を吸って、覚悟を決めた。さっさとすませたほうがいい。「ハニー、きみがいま外出するのには賛成できない」控えめな言い方。正体不明のクズどもの標的にされているいま、クロエが外出すると思ったら、それだけで頭がどうかなりそうだ。「昨日きみを襲ったやつらの見当がついてないからね。おれとしては、やつらが見つかるまではここに……きみにここにいてもらいたい」

彼女の眉間に小さな皺が現れた。「ここって、このうちに？　あなたと一緒でも外出できないの？　いつまで？」

マイクは奥歯を嚙みしめた。「きみを襲った連中のことが詳しくわかるまで」

「でも――ひとりは死んだし、もうひとりは病院で、口を閉ざしているんでしょう？」

さらに奥歯に力が入る。力をゆるめなければ。「そうだよ」

彼女の眉間の皺が深くなった。「それって……いつまでと決めずにわたしをここに置いておきたいってこと？」

ここからが難関だった。頭が痛くなる。マイクが女を知っているとしたら――実際知っていた――彼女は指図をされるのを嫌うはずだ。マイクにしてみたら、クロエは自分のものだから、守って大切にしなければならない対象だが、自分がそうした思いを〝言葉〟として口に出していないのは承知していた。女は〝言葉〟を好む。少なくともそう思っているから、マイクは不慣れな領域に入りこんで往生している。いつもはベッドのなかでたまに〝ハニー〟とつぶやくぐらいで名前すら呼ばないから、結果、名前も覚えられなかった。

それがクロエには、劣化することも折れることもない鋼鉄の帯で結びつけられているように感じる。もはや家族だった。一度は家族を失った。彼女を失うことは絶対にできない。

それをどう伝えたらいいのか。外出しても安全だと自分が判断するまで、週七日、二十四時間閉じこめると？　しかも、誰にもいつになるかわからないと？

クロエは動きまわるのが大好きときている。子ども時代を病院のベッドで過ごしてきたのだから、あたりまえだろう。毎日ビーチを散歩し、オフィスへ出勤し、買い物に出かけ、書店やティーショップに立ち寄る。

そのうえ温かみのある、居心地のいい空間を好む。彼女のアパートは入っただけでほっとして、実用一点張りで殺風景なマイクのアパートとは大ちがいだった。

マイクはキッチンの出入り口からリビングを眺めて、顔をしかめた。だだっ広いだけで、よそよそしい空間。どちらもでかいソファとコーヒーテーブルがひとつずつ、それにどでかいテレビが一台。床にラグすら敷いていない。まったくクロエ向きの場所ではないのに、ここに閉じこもれと言わなければならない。

彼女はきっといやだと言う。それでも無理を強いなければならないと思うと、うんざりする。いやでたまらなかった。マイクにとって、クロエこそが〝その人〟だった。思いきり愛して、かわいがりたかった。望むものはなんでも与え、プレゼント攻めにしたい。彼女のしたいことをして、行きたいところに行く。

クロエを幸せにしたい。ふたりがつがいになったその日——マイクの頭のなかでだけかもしれないが——よりによってそんな日に、先の見とおしのないまま、ここに閉じこもっていてくれと言わなければならない。

問答無用。それしか方法がないからだ。ロシアのギャングが彼女を標的にしているかもしれない。その疑いだけでも、外出させるわけにはいかない。絶対に。結果、クロエが怒って自分を罵倒したとしても、彼女を危険にはさらせないのだから、受け止めるしかない。

失恋するかもしれない。彼女の身の安全を確保するのと引き替えに。

クロエを失うかもしれないと思うと……いや、それは考えられない。そんなことにはさせないぞ。

「マイク？」彼女が小声でくり返した。「いつまでと決めずにわたしをここに置いておきたいの？」

食いしばりすぎて、顎が痛い。エナメル質が欠けて、そのざらつきを実際に感じた。「ああ」苦しげな声になった。「おれはそう思ってる」

緊張のしすぎで、体が小刻みに震えていた。どんな反論も受けて立つ用意があるが、そうしなければならないと思うと、胸がむかむかした。

「あなたはわたしがここにいるのが一番安全だと思ってるのね？」

「あたりまえだろ！」取り乱して、どなってしまった。「ああ」多少は落ち着いて聞こえるよう、声を落とした。

マイクたち三人はそれぞれのアパートに多少手を加えていた。ドアは銀行の金庫に使ってもよさそうな頑丈さで、開くにはキーパッドが必須だった。ドア脇の壁には鋼鉄のパネルを入れ、その上に化粧ボードを張って塗装してある。窓にはすべて、ISO9001規格に合致した、十層のマイラーコートガラスが入っている。原理的には携行式ロケット弾《RPG》でもなければ侵入できない。

狙撃手が拠点にできる場所もない。まず地上からでは狙えない。位置が高くて、角度がせまずぎる。また船上から狙おうにも、距離がありすぎるし足場が不安定だ。

自身、狙撃手であるマイクは、そうした可能性のすべてを検討した。狙えるかどうか確認するため、船まで出した。マイクには狙いを定められなかった。

建物の屋上から降下してくる常識外れのばか者がいるといけないので、バルコニーには念のためにモーションセンサーがつけてあるし、バルコニーには棘付きのマットも敷いてある。

そうだ、ここならあぶなくない。クロエをここに閉じこめておけさえすれば。

体から汗が噴きだし、雄牛のように荒い自分の呼吸の音が部屋に響いた。すんなり聞き入れてもらえるとは思えない。どうしたらうまく伝えられるんだ？

クロエはじっとこちらを見つめて、表情は消している。彼女にはそれができるのに、自分にはできない。心の揺れのいちいちが顔に出ていることに、ふと気づいた。

そのときだった。驚いたことに、クロエがマイクの手に手を重ねて、そっと握った。

「あなたがそうしたいなら、マイク、いいわ」クロエが目をのぞいていた。「状況がはっきりするまで、わたしが外出したら落ち着かないんでしょう? そうなのよね?」

強力な万力に締めつけられたように、喉が詰まった。ぎこちなくうなずいた。

彼女の声はやさしかった。「子どものころ、ずっと閉じこめられて過ごしてきたのよ。あなたが調べてくれているあいだ、ここにいるぐらい、なんでもないわ。それであなたが安心できるなら、マイク、喜んでここにいる」

なんという! マイクは思わずひざまずきそうになった。彼女は自分の主義主張を通して無理を言ったりしなかった。自分を悪者にしないでくれた。必要とあらば悪者役を引き受けるつもりだったけれど、ほんとうはいやだった。

いままで女性とのやりとりで感じたことはなかったものの、すぐにわかった。これは海兵隊やSWATにおけるチームワークと同じだ。サムやハリーとのあいだにもある。仲間のために困難を引き受ける行為。必要とあらば、犠牲になること。

クロエは意に反して、閉じこめられようとしている。自分の気持ちを慮《おもんぱか》って。

おれたちはチームだ。おれにも自分のチームができたんだ。

マイクはぎょっとして顔をそむけ、どっとこぼれだした涙にまばたきした。いったいどうなってるんだ? 泣いたことなんか、なかったのに。家族の葬式のときでさえ、怒りに駆られていて涙は出なかった。それが昨晩は泣き、またこうやって泣きべそをかいている。

そんな自分にまごついた。いつもは怒りでいっぱいだったのに……自分をどう扱っていいか、皆目見当がつかなかった。

「マイク」クロエにそっと手を触れられて、顔を上げた。彼女の笑顔があった。「バルコニーに出て、少し外気にあたらない？　わたしがひとりのときにバルコニーに出るのはいやでしょう？」

「ああ、そのとおりだよ」よし、こういうことなら対処のしかたがわかる。涙をぬぐって、立ちあがった。「おれに下見させてくれ」

バルコニーに出た。このコンドミニアムでは、ほぼすべての部屋に海に面したバルコニーが設置されていた。その一点が、ここを買う決め手になった。さらに兄弟のサムとハリーもこのコンドミニアムにアパートを持っている。

キッチンのバルコニーはせまいなりに奥行きがあるので、ふたり用の小さなテーブルを置いて外で食事することもできる。これまで考えたこともなかったが、いまのごたごたが片付いたら、たぶんクロエと一緒に暮らすようになるから、宇宙船のようなこの空間を少し飾ってもいい。ここキッチンのバルコニーには小さなテーブルを置いて、外で食べられるようにしよう。

もちろん、食べるのはクロエの料理じゃない。サムのところの、マニュエラに頼んで料理を運んでもらえばいいし、外に注文する手もある。

バルコニーの手すりにもたれ、周囲に目を配った。兵士の流儀で全領域を四つに分割する。

一区画め、目視よし、二区画め、目視よし、三区画め、目視よし、四区画め、目視よし。水平線上にはなにもなかった。釣り船一隻なく、ビーチにも歩いている人はいなかった。まったくひとけのない風景が広がっていた。

「出てきていいよ。問題ない」

マイクはクロエが手すりにもたれられるように後ろに下がった。彼女は顔を上げ、ほほ笑みとともに深呼吸して、手すりに肘をついた。「すごくいいにおい。それに鮮やかな色。こんな景色が見られるなんて、あなたは運がいいわ、マイク。湾が一望できるうちの眺めも好きだけど、ここからの眺めはとびきりよ」

背後に立ったマイクは、彼女を囲いこむように、その手の外側の手すりを握った。自分がしかるべきことを言えば、彼女はすぐにここに住んで、好きなだけ海の景色を眺められる。

「気に入ってもらえて、嬉しいよ」

クロエが笑顔でふり向き、マイクも笑みを返した。不安が吹き飛んで、体がゆるんだ。といっても、ある箇所は別。そこだけはまったくゆるまないどころか、刻一刻と緊張が高まっていく。

クロエがふたたび海のほうを向いたので、髪を持ちあげた。ウェーブのかかったやわらかな髪を手に受けて、うなじに口づけをすると、彼女が身震いした。クロエに意識を集中しているので、彼女の快感が唇を通じて伝わってくる。盛りあがった蜜がおのずと流れこんでくるようだった。

いいぞ。

マイクはローブの前を開いて、体を寄せた。これで勃起しているのが伝わる。軽くふり返ったクロエの顔は、ほころんでいた。腰を前に突きだすと、彼女が軽く押し返してきた。

喉の奥で小さな声を漏らしながらTシャツを押しあげ、せまい背中から細い腰にいたるなめらかな淡い金色の肌を見おろした。背中のくぼみに手を押しあて、その手を上にすべらせた。彼女の肌は熱を帯びたシルクのようになめらかで、できたての筋肉は細く引き締まっている。ほっそりした首の、髪が小さな渦を描いている箇所にそっと口づけすると、彼女がふたたび身震いした。呼吸が変わり、深くゆっくりになった。

唇を上下に動かし、耳の後ろに舌を伸ばした。また彼女が身震いする。前方には美しい海原が広がっているが、目の前の女しか見えない。彼女のため息の音色や、たおやかな動き、脇腹を撫であげたときの背中のしなり。そうしたひとつずつが、どれだけあっても足りない依存物質のように感じられた。

マイクは岩のように硬くなっていた。彼女は正しい。自分が並外れたスタミナの持ち主なのは確かだが、クロエは？　準備はできているだろうか？　答えを知りたければ方法はひとつしかない。

手を下にまわして、なめらかな深みへと進めた。よし、おれを求めている。指を差し入れると、濡れたこぶしのようにその指を締めつけた。クロエが鼻声を漏らす。その肩にキスをしながら、自分まで鼻声を漏らしそうになった。

なんと刺激的な。過去にセックスした女は数知れず。それなのに、はじめてのように新鮮だった。実際、はじめてと言っていい。これまでの行為とはまるでちがう。

自宅に女を連れこむことに強い抵抗感があってよかった。おかげで、クロエとの行為をみずみずしく新鮮に感じる。

ほんの少しだけ、彼女の肩に歯を立てた。鋭く嚙みついたような昂ぶりを覚え、彼女の驚きを感じた。じっくりと唇を動かし、肩から細いうなじ、耳へと進めた。「脚を開いて、クロエ」自分のものとは思えない、低いかすれ声だった。

彼女が脚を開くと、ひざまずきたくなった。ああ、膝をついて、こちらを向かせた彼女を舐めたい。唇と同じように、その部分にキスしたい。考えただけで、腹の底から声がせりあがってきて、その場面がありありと脳裏に浮かんだ。大きく脚を開いたクロエが、口での愛撫を受けておののいている。

だが、その行為をするならベッドのほうがいいし、なるべく早く計画から実行へ移すにしても、いまではない。手すりが低いので、クロエが後ろにそると四階下に落ちないともかぎらず、少しでもそんな危険性があることは避けたかった。

時間はたっぷり――残りの人生のすべて――ある。そう、彼女をコーンの上に横たえて、うまいバニラアイスクリームのように舐めあげる時間は。

ただし、いまではない……片腕を彼女の体にまわして、もう一方の手で手すりを握った。クロエは落とさない。たとえ空から火の粉が降ってきても、絶対に落とさない。

長いため息とともに彼女のなかに入り、熱に包まれた。彼女の体が自分を歓迎して、迎え入れてくれるのを感じる。彼女の上にかがみこみながら、ゆっくりと動きだした。彼女の腹に手のひらをつけて固定すると、内側の筋肉がペニスを引っぱりはじめる。手のひらに感じるほど、強い動きだった。

ずっとこうしていたい。ただ波のようにゆっくりと出し入れする。このためだけにある永久運動のように。そう、クロエを愛することだけを目的とした永久運動。

小さな膣がまた引っぱる。マイクは腰を寄せ、挿入を深めた。クロエがうめき声を漏らし、脚を震わせだす。おっと、やけに早いな。午前中いっぱい、海の香りと、焦げたトーストのにおいを鼻腔に感じながら、バルコニーでクロエを愛そうと思っていたのに、そうはいかないようだ。

「マイク」小さな震え声。彼女は下を向いて、小さなこぶしが手すりをつかみ、マイクの動きにつれて、髪を前後に揺らしていた。弓なりになり、完全に体を委ねている。マイクはさらに一歩踏みこみ、速く短く突いた。熱い液体が背筋を走る。汗をかき、息を切らしながら、速く重く腰を動かした。

クロエが喜悦の声を朝の空に放ちながら、絶頂に向かいはじめた。熱く濡れた膣に引っぱられたら、もはや抵抗のしようがなかった。足を踏んばって腰を振っていると、甘くて熱いものが身内を駆け抜けてペニスから飛びだした。心臓の鼓動に呼応するように、強い脈動が続く。

終わってからも長いあいだクロエにおおいかぶさったまま、徐々に自分を取り戻していった。彼女がため息をついて、倒した頭をマイクの肩にもたせかけた。その髪にキスする。ぴったりと寄り添っているので、どこからが自分でどこからがクロエなのかわからない。鼻をすりつけるマイクの呼吸と心拍数は落ち着いている。まだ入れたままだが、動いたら抜けてしまう。このまま一生を終えたい。腕に力を入れ、「愛してる」と、ささやきかけた。

「わかってる」彼女がささやき返した。

クロエを抱擁したまま、ふたりして満ち足りた気分で海を眺めていると、携帯電話が鳴った。マイクは悪態をついた。

「電話に出させてくれ、ハニー」

彼女が笑顔でふり向いた。

こんちくしょうめ。誰が電話してきたか知らないが、ろくな用事じゃなかったら、二度と電話をかけられないようにしてやる。

温かなクロエのなかから取りだされたペニスが、寒さを嫌っている。マイクは携帯電話をつかんで、かけてきた人間を確認した。ハリーだ。

「なんだ？」

ハリーは低くて深刻な声で言った。「マイク、来てくれ。クロエを襲ったやつの手がかりが見つかった」

17

アメリカ人のなんと堕落していることか。ニキーチンはいま、偽装した双眼鏡を使ってバルコニーで交わるふたりをうんざりと眺めていた。これではロシア人と変わらない。

クロエ・メイスンの写真はフェイスブックにあった。アメリカ人の愚かさといったら、救いようがない。おかげでメイスンの顔が判明し、双眼鏡のなかでどこぞの男とセックスしている売女はそのクロエ・メイスンだった。部下の行方を追うなら、この女が手がかりを握っている可能性が高い。ニキーチンがここ、建物と海を隔てる青々とした茂みに隠れて、カーテンの閉まった彼女のアパートを偵察していると、ひとつ下の階に彼女が現れ、知らない男とセックスをはじめた。

車はコロナドショアズという名の住宅区域の入り口付近に停めてきた。グーグル・アースで下調べして、建物から五十メートルほど離れた、湾沿いの道路の向こうに絶好の監視スポットを見つけてあった。ここ、コロナドショアズは金持ちの縄張り。組織《ボーリャ》に仕えるニキーチンは、金持ちの好む暮らしぶりを知っていた。

だが、これがもしニキーチンの雇い主たちなら、道路とビーチのあいだに鬱蒼《うっそう》とした緑地帯をつくることなど許さない。仮に許したとしても、日夜、警備員にパトロールさせる。

お人好《よ》しのアメリカ人、頭が悪すぎる。

ニキーチンは背後から犯されるクロエ・メイスンを眺めた。その動きのひとつずつ、表情の変化を。どんな女なのか、なぜこの女のために優秀な部下ふたりを失う羽目になったのか知りたかった。

女を犯している男、その男が答えにちがいない。一瞬でもいいから男の顔が見えないかと思ったが、クロエ・メイスンの肩に顔をつけている。屈強で、上背はあまりないものの、人並み外れた広い肩と厚い筋肉の持ち主だった。

娼婦の体つきを説明するのと似たようなもの。

この男のせいで部下をふたり失ったのか?

ニキーチンはバックパックからiPadを取りだした。アメリカ人にはうんざりさせられることが多いが、ハイテク機器に関しては卓越している。だとしても、頭脳が必要となる場面では、ロシア人を見習わなければならない。

ニキーチンはパスワードを入れてログインすると、自分の親指の指紋を写真に撮り、それを送信した。

四十七秒後にはピラトがオンライン状態になった。ピラトへの支払いはオープン勘定方式になっており、ピラトと話をするだけで一時間一万ドルかかる。できることなら十五分以内にすませたい。

なにがいる?

カリフォルニア州サンディエゴにあるコロナドショアズ内の一棟、ラ・トレの概略と分譲主の名前。四階正面左から三つめの部屋の所有者については必須。

それから一分半後、概略図と記録されている所有者全員の名前が手に入った。現在その部屋を所有しているのは——双眼鏡をのぞいてチェックしたところ——クロエ・メイスンとセックス中の男。ずいぶんとスタミナのある男だ。そのアパートの持ち主がその男、マイケル・キーラー。

画面いっぱいに写真が表示された。焦げ茶色の髪、明るいブルーの瞳。いくぶん残忍ささえ感じさせる険しい顔。

詳しい情報を請求しようとしたら、情報が画面に流れてきた。

マイケル・キーラー。元海兵隊、フォース・リーコン所属。

顔面を一発張られたような衝撃だった。とてつもない敵が自分の前を通りすぎるという警告。猫ではなく虎。たしかにアメリカ人は軟弱な国民だが、兵士はちがう。しかもフォース・リーコンは特殊部隊。ロシアでいえばスペッナズ。

そうだ、この男にちがいない。武器があって、隙を衝けば、この男ならイワンとリアフを倒せる。

データのスクロールはさらに続いた。海兵隊を除隊したあと、マイケル・キーラーはサンディエゴ市警察に入り、ＳＷＡＴに配置された。それが警察における特殊作戦部隊であることもニキーチンは承知していた。

そしていまはＲＢＫというセキュリティ会社の共同経営者におさまっている。

元兵士、元警官、現セキュリティ会社の共同経営者か。ニキーチンは自分の神経が研ぎすまされるのを感じた。まさに戦闘に突入する直前の心境だった。

だが、兵士たるものやみくもに突入してはいけない。


クロエ・メイスン情報。同じビルの別の部屋を所有。

ピラトがデータベースを探るのを待ちながら、いま一度、双眼鏡を目にあてた。いよいよ佳境らしく、ふたりは身をこわばらせている。セックスをしているときどれほどまぬけ面になっているか、みな気づかないのか？　女は口を開き、目をつぶっていた。離れていても、ふたりの体が汗にまみれているのがわかる。

ああ、むかむかする。

表示が変わったので、双眼鏡をおろして、画面を見た。


クロエ・メイスン、二十八歳。五歳にしてボストン在住のジョージ・メイスンとその妻レベッカの養子となる。十五歳から十八歳までロンドンのカトリック系寄宿学校で学ぶ。ロンドン大学で英文学の学位を取得。RBK社の共同経営者のひとりハリー・ボルトの妹。


一度ならただの偶然。二度となったらパターンとなる。

RBKセキュリティ社。

ニキーチンは住所を書き留めようとポケットに手を入れ、そこではっとした。

ノー《ニェット》！

革のジャケットのなかを必死に手探りし、裏地に穴を見つけようとした……ありえないからだ。ひょっとしたらほかのポケットにあるかもしれない。ない。

ジャケットに火でもついたように大急ぎで脱ぎ、外側のポケットふたつと、内側のポケットをくり返し探った。念のため、裏地にも指を這わせたが、そこにないことはわかっていた。

USBメモリ。全オークションデータが入ったUSBメモリ。少女たちの写真、身長、体重、年齢などのデータ、医者の証明書。なにより、オークションへの参加が認められた人物たちの氏名。医者、弁護士、CEO。すべて非公開オークションで思春期前の少女たちに入札する予定の男たちだ。

言うなれば爆弾入りのUSBメモリ。それをなくせば、ニキーチンの人生は終わる。しかもいい終わり方ではない。ボーリャというのは慈悲深さで定評がある組織ではない。

つねに持ち歩いていたのに。いったいどこで――

答えが閃《ひらめ》いた。娼婦のコンシュエロが持っているのだ。拷問の最中、革が濡れるのを嫌ってジャケットを脱いでいた。あのときなぜかUSBメモリが落ちて、コンシュエロの手に渡ったにちがいない。拷問のあと、彼女を嘔吐《おうと》物のなかに残していった。床に転がっていた彼女が気づいて、拾ったのだろう。

情報はすべて暗号化されているが、少女たちを積んだ船が着いたときにあれがなければ、面目が立たない。オークションを成立させるために、なくてはならないデータだからだ。そのデータには少なく見積もっても五百万ドルの価値があり、オークションの成り行きによってはさらに価値が上がる。匿名のオンラインオークションになる予定だが、あのいまいましいUSBメモリがなければオークションを開催できない。

ニキーチンの強い要請によって、〈メテオ〉の女たちには性感染症に対するワクチンだと偽って、小型の電子タグが埋めこまれており、ニキーチンの携帯電話を使って全員を追跡することができる。ただ、データをダウンロードして、さらにコンシュエロのデータをそのなかから探すのは時間の無駄だ。

ピラトは十五分単位で課金し、今回はまだ七分残っていた。ニキーチンは電子タグのデータベースにログインするための情報をアップロードして、コンシュエロを探すように頼んだ。

ピラトは仕事が早い。一分とかけずに答えを返してきた。

コンシュエロは〈メテオ〉にいるはずなのに、受け取ったメッセージはそうではないことを示していた。

RFIDタグ#三七〇一@バーチ通り一一四七、モリソン・ビルディング

そのビルのどこだ? と、ニキーチンは打った。

答えを呆然《ぼうぜん》と見つめた。

RBKセキュリティ社

思っていたよりずっと順調にすべてが運んだ。コンシュエロは長いあいだ、〝ＲＢＫセキュリティ〟と刻まれた銘板の横のなにもない壁を見つめていた。あせりでパニックを起こしそうになったとき、すっと音を立てて扉が開き、その奥に短い灰色の髪にすてきなスーツを着たやさしそうな笑顔の女性が立っていた。

「マリサと呼んでください」少しなまりがあったので、コンシュエロも気分が楽になった。

ここは忙しくて、豊かな人たちの場所、豊かな成功者がその仕事をする場所だ。コンシュエロには外の世界がわかっていなかった。子どものときに捨てられ、その後は娼婦となって、今日まできた。

だからあまり外の世界を見たことがない。そこを歩くときは、自分の惑星よりはましなようだった。その惑星を歩いているようだった。

その惑星の女は裸同然の恰好をしていないし、精肉店の肉のように陳列されてもいない。男もアルコールと欲望で目をガラス玉のようにしていないし、金を持った動物よろしく、欲望ゆえに人間性をなかば放棄してはいなかった。

それがコンシュエロの日常であり、人生を有意義に過ごすには救いがたいほど足りないものだらけであることに気がついた。わずかながら残された恩寵《おんちょう》はほかの女の子たちとの団結だが、それすら、ロシア人が現れて厳格な新体制が敷かれると、お互いにほかの子を避けるようになった。もう助けあうことはない。いまは誰も助けられない。

みんなコンシュエロに起きたことを知っている。けれど助けられないから、コンシュエロを避ける。だから今朝はみんなが目をそむけるなか、店を出てきた。

ここは大ちがい。みんなが意味のあること、自分の価値に見あったこと、自分の知っていることを行なって、忙しくしている。コンシュエロは貪欲な目ですべてを眺め、人が人を買っていない場所の穏やかで冷静な雰囲気を毛穴から吸収した。

これからはこういう世界に住むのよ――その前に命を落とす可能性もあるけれど。

マリサに指示されて、清々しく清潔なにおいのする――そして香水とアルコールのにおいのしない――だだっ広いロビーを横切り、通路を進んで、またなにもない壁の前に立った。上部にあるカメラの緑色のライトが点滅し、ドアが音を立てて開いた。「どうぞ」太い声が言った。

コンシュエロはふと動けなくなった。ついに来た。ここが最後の逃げ場であり、最後の命綱だった。

前方の広々とした空間に目をやると、とびきり大きな男がふたり立っていた。一瞬、なぜふたりが立っているのかわからず、つぎの瞬間、殴られたように答えに気づいた。

立ってあたしを出迎えてくれている。

レディを出迎えるように。

コンシュエロは動けなかった。心臓がどきどきして、膝から力が抜ける。涙をこらえた。

みんなが辛抱強く待ってくれている。隣にはマリサ、前にはふたりの大男がいる。深呼吸をして歩きだし、大きくてぴかぴかのデスクの前で足を止めた。

男ふたりが表情を消して、こちらを見ていた。どちらも胸や脚には目もくれず、まっすぐこちらを見ている。それで相手の目を見てもいいのだとわかった。

会ったことがないのは確かなのに、片方の男に見覚えがあった。ブロンドの髪、淡い茶色の瞳、淡い金色の肌。全体的に色合いが金色だった。

「クロエのお兄さんね」質問ではない。事実がそこにそのままあった。

彼がこくりとうなずいた。「ああ、そうだよ。おれの名前はハリー・ボルト。クロエの兄だが名字はちがう」右に頭を傾ける。「そしてこちらがバーニー・カーター。はじめまして」

そのあとハリーがコンシュエロにはわからない珍しいことをした。手を差しだしたのだ。一瞬、なにかを見せたいのかと思って、彼の手を見た。けれど、手のひらは上を向いておらず、ただ突きだされていた。自分のほうに。

それを確認してから、彼を見た。クロエにそっくりなのに、女らしさの塊のようなクロエの顔に対して、いかにも男らしい顔をしている。不思議。コンシュエロにも〈メテオ〉のほかの子たちにも、家族がいない。顔形が似た家族というのを見たことがなかった。

おずおずと手を伸ばした。最後に人と握手したのがいつだったか、思いだせない。彼は温かくて力強い手に、一瞬力を込めた。

「マダム」低い声で言われて、もうひとりの男を見た。コンシュエロがセックスの相手をしている弁護士やCEOとちがって、たまに外でも仕事をする羽ぶりのいいビジネスマンに見えるハリー・ボルトに対して、こちらの男は危険なにおいがする。外で会ったら、避けたいタイプ。高さも幅もハリー・ボルトよりある武骨な雰囲気の大男で、腕の筋肉がTシャツを押しあげている。

こちらもコンシュエロの手を取り、ハリー・ボルトよりも短く、けれどやさしく握手をした。女の手ぐらい瞬時に握りつぶせるだろうけれど、人並み外れた力を人並み外れた自制心で抑えこんでいることが全身から伝わってきた。

ハリー・ボルトがうなずいた。「座ってくれ、ミズ……」

「ただコンシュエロと」めったに言わないので、自分の名字を忘れそうだ。

「ではコンシュエロ、座って」ハリー・ボルトは座り心地のよさそうな椅子を手ぶりで示すと、大きなデスクの奥に入って、椅子に腰かけた。強面のバーニーはコンシュエロの隣の椅子に座った。

どちらもとくに表情を変えることなく、こちらを見ていた。やがて理由に思いあたった。コンシュエロが娼婦だと知らないからだ。今日はジーンズと白いブラウスという恰好で、メイクもしていないから、彼らにはわからない。

そうなのね。

いま目の前にいる男ふたりは、自分の正体を知らない。男たちはふつうの女性を見る目で自分を見て、ふつうの女性を扱うように扱ってくれている。

〈メテオ〉で暮らすようになって長い。最後に娼婦扱いされなかったのは、いつだろう？その感覚に浸りつつ、息を吸いこみ、息を吐いた。こちらの思いどおりにことが運べば、こういうことが日常になるかもしれない。過去を過去として。

ああ、そうなったらどんなにいいか。

「それで」ハリー・ボルトはデスクの上で手を組んだ。ここへ来た理由を言わせたがっているのはわかるけれど、まったく圧力を感じない。ここが業績好調の忙しい会社であることは、あらゆる面ではっきりしているのに、時間をくれている。「おれの妹の友だちかな？」

もうひと息。ふつうでいられるのはあと一秒。

コンシュエロはつと目を伏せて、また上げた。「はい。クロエが傷つけられたのは、あたしのせいなの。あたしと、あたしの――友だちのせいよ」

ボルトが眉ひとつ動かさないので、バーニーのほうを見た。やはり表情は変わっていない。

「そう思うのはどうしてかな、コンシュエロ？」ボルトが穏やかに尋ねた。

「クロエはあたしたちと話をして、励ましてくれたわ。小さな勇気をくれたの。それで、女の子たちのなかには言い返す子も出てきた。ささやかな反抗よ。彼らにはそれが許せなくて、ロシア人を送りこんだの」

ハリー・ボルトがすっくと背筋を伸ばして、バーニーに視線を投げた。

「ロシア人というのは？　どのロシア人だ？」

深いため息をもう一度。ほんの短いあいだだった。

顔を伏せて、自分の膝に向かって話しかけた。「〈メテオ・クラブ〉のロシア人よ。あたし、そこで働いてるんです。クラブに大金を投入したのよ。男三人とリーダー格がいるわ。ニキーチンって男。彼らが来て一年ぐらいになる。いまはなにかが届く予定で、それに備えて働いてる。とてつもなく大きなことが起きようとしてる」

コンシュエロは意を決して目を上げた。軽蔑と嫌悪の目で見られていると思っていたら、ハリー・ボルトは思案顔だったので、こんどもバーニーのほうを見た。ペンで机を小刻みに叩いている。やがてふたりがそろってこちらを見たが、いまだコンシュエロの実体がわかっていないようだった。

そんなことがありうる？

「〈メテオ・クラブ〉を知ってますか？」思わず尋ねた。

「もちろん」ボルトがうわの空で答えた。「それで、そのロシア人たちのうちのふたりがクロエを襲ったと？」

驚いた。娼婦であることを打ち明けたばかりなのに、ふたりとも頓着していない。コンシュエロにしてみれば、働き場所を告げたとき、ついでにレディのように扱われる喜びを投げ捨てたつもりだった。胸は締めつけられ、息が浅くなった。けれど、ふたりの反応によって呼吸が楽になってきた。

「ええ。男たちはイワンとリアフという名前の悪者よ。平気で暴力をふるう人たち。お店でも友だちがふたり、あいつらに叩きのめされて、ひとりは病院へ行く羽目になったわ。手当てを受けるために国境を越えたのよ。その子とはそれきりになった」

「待って」ハリー・ボルトはコンシュエロの目を見たまま、携帯電話を手に取って、ボタンをふたつだけ押した。「ああ」電話の向こうに誰かが出ると、唐突に言った。「マイク、来てくれ。クロエを襲ったやつの手がかりが見つかった。妹の推察どおり、ロシア人だった」黙って、耳を傾ける。「わかった。なるべく早く来いよ。急げ」

電話を切った。「で、そいつらが妹を襲った理由は?」

「あの人たち、あのロシア人たちは、さっき言ったとおり多額の投資をしてて、大きななにかが運ばれてこようとしてます。〈メテオ〉のオーナーのフランクリン・サンズは、ロシア人たちにつねにいい印象を与えるため、すべて問題がないようにしておきたがってるんです。クロエは――あたしたちと話をして、話を聞いてくれて、安らかな気持ちにさせてくれる。ほかの人とはちがう」

ボルトが重々しくうなずいた。「そうだね」

コンシュエロは汗ばんだ手のひらをこすりあわせたかった。顔を伏せて床を見たかった。

けれど、どちらもしなかった。胸を張って、クロエの兄の目をまっすぐに見た。

「クロエはグループセッションを担当してました。セラピーとはちがうと思うんですけど、だいたいは彼女が話を聞いてくれて。参加するとみんな気分がよくなるんです。気分が軽く、晴れやかになって。でも、終わったらはまたお店に戻るしかないんですけど」声がかすれてくる。コンシュエロは咳払いをした。「それがだんだんつらくなって、あたしたち、少し反抗的になったんです。クロエのせいじゃありません。クロエはどうしろとかこうしろとか、全然指図しなくて、ただ——あたしたちのほうが変わっちゃって。お店のボスはそんなあたしたちにものすごく腹を立ててました。ロシア人にいい印象を与えたかったから、問題があっちゃいけなかったんです。スージーは、彼女もあたしたちのひとりなんですけど、店をやめる、クロエにそうしろと言われたって言っちゃって。嘘なんです。クロエはそんなことひとことも。あたしたちに助言や指示をすることなんかなくて、いつも聞き役だった。でも、スージーがそんなことを言ったせいで、ロシア人たちに火がついちゃったんです」

「それでなのか?」ボルトが尋ねた。「それが原因で、連中は妹を襲った?」

コンシュエロはうなずいた。「手を引かせるためです。波風を立てるなって」

「なんて卑劣なやつらだ」ボルトの顔が険悪にゆがむ、口の周りに皺が刻まれた。コンシュエロがちらっともうひとりを見ると、こちらも誰かを殴りたいような顔をしている。「連中をのさばらせてはおけない。リーダー格のロシア人もだ」

いまだ！

「これが役に立つかも」コンシュエロはバッグからUSBメモリを取りだし、つやのある広い卓面にすべらせた。「ニキーチンっていう、ロシア人のリーダーから奪ってきたんです。名字は知りません。ここに大切なものが入ってるはずです。ジャケットのポケットにしまってました」

「内部情報か？」ボルトはUSBメモリをためつすがめつした。「ロシア製だな。驚くにもあたらないが」コンピュータのほうを向き、USBメモリを差しこむ。じっと画面を見守り、キーをいくつか叩いた。コンシュエロはコンピュータに関して無知だった。店の女の子たちにはコンピュータの所持が禁じられている。

ボルトがいましましげに鼻を鳴らす。「暗号化されてる。しかも二一六ビットの暗号のようだから、かなり手強いぞ。解除するには手間がかかる」

ちんぷんかんぷんながら、自分の持ちこんだものが無益だったかもしれない、とコンシュエロは漠然と思った。価値があると思っていたのに。まばたきして涙をこらえた。「読めないんですか？」

あてにしていたのに。このUSBメモリがあれば、逃がしてもらえるかもしれないと思っていた。もう店には戻れない。けれど、行くあてがなければ、この先どうなってしまうの？

「ああ、手をかけないと無理だ。ロシア語のわかるクラッカーを探さなきゃならない」ボルトがうわの空で言って、こちらを見た。コンシュエロは自分の気持ちを隠すのに慣れていた。娼婦ならみなそうだ。そうでないと、仕事にならない。それなのに、いまは隠せなかった。思っていることがありありと顔に出ているのがわかった。

息をすることも、考えることもできない。

「どうした?」太い声が急にやさしくなった。

コンシュエロは手をひねりまわし、その手を止めた。自分を見おろして、びっくりした。パニックのせいで動悸がして、清楚な白いコットンのブラウスの左胸の部分が波打っていた。ボルトを見て、そのあと強面のバーニーを見た。

「あそこには戻れない」コンシュエロはささやいた。「これを持ってきたのは――支払いのつもりだったんです。女性が逃げるのに手を貸してくれると聞いて。ロシア人たちの持ってる情報なら、大切な情報にちがいないから。あたし、戻れません。戻れない――」声が割れて、話すのをやめた。取り乱して、息が浅くなっている。「あそこには戻れない。あんなこと、もう無理。あの人たち――あたしの顔に布をかぶせて、その上から水を――」

コンシュエロは縮みあがった。

隣にいたバーニーが、藪から棒に立ちあがった。「水責めにされたのか?」突然の大声に、コンシュエロは縮みあがった。

男性の機嫌がいいかどうかは、早くからわかるようになった。動物的な勘といっていい。

そしてこの男性はいま凶悪になった。

身を固くして、顔から表情を消した。

「やめろ、バーニー」ボルトが言った。「いま騒いでもなんの役にも立たない。レディを怖がらせるだけだ」彼女にうなずきかけた。「すまないね。バーニーはきみに怒ってるんじゃなくて、女性を水責めにできる男に怒ってるんだ。かんべんしてやってくれ、マダム」

背筋を伸ばすと、まずボルトを見た。そのあとバーニーを見て、ふたたびボルトに戻る。レディ扱いされて〝マダム〟と呼ばれるのは気分がいい。そして、死にたくなるほど言いたくないことだけれど、やはり黙ってはいられない。

「あたしはレディじゃありません、ミスター・ボルト。〈メテオ〉がどんな場所だかご存じなら、そこで働いてるあたしが、あたしが何者かご存じのはずです」

「きれいな女性だよ」バーニーの低い声を聞いて、彼女はびっくりしてそちらを見た。まだ若いので、ひどいニキビがある。青ざめた肌はあばただらけだった。そのいかついニキビ面が赤らむ。「あなたのことです。おれの母さんも同じことをしてた。食べさせなきゃならないガキが三人いて、それしか方法がなかったんだ。恥じることなんてない。恥じなきゃなんないのは、クソばか――」

「バーニー！」ボルトが叱責した。

バーニーは口元をもごもごさせていたが、やがて「すみません、ボス」と謝った。

コンシュエロは頭を下げて、垂れた髪で顔を隠した。自分を隠した。ひと粒の涙が太腿に落ちて、ジーンズに濡れた滴のあとができた。

バーニーの荒々しい低音がやわらいだ。「恥じなきゃならないのは、あなたじゃない。女をそんな目に遭わせる男のほうだ」

コンシュエロは膝を見つめつづけた。顔を上げられなかった。話すことも動くこともできず、息をするのもむずかしかった。

ボルトは内線システムを使って、小声でなにか告げた。誰も動かないまま、ドアが開いた。コンシュエロは会社の誰かだろうと思って、ふり向かなかった。

自分を放りだすためかもしれない。なんの役にも立たないものを持ちこんでしまった。入ってきたのは男ではなくて、女だった。黒髪にくっきりとした青い目をした、長身の美女。見た瞬間、この人なら〈メテオ〉を大儲けさせられると思い、つぎの瞬間には、そんなことを思った自分を恥じた。

その女の人には彼女を愛する人がいた。後ろから入ってきた巨漢が、大きく腹のせりだした彼女の背中に手を添えている。彼女におおいかぶさるように立ち、タカのように目を光らせていた。

〈メテオ〉の女の子たちは妊娠しない。仕事に就く子たちは早々に妊娠できなくされる。だから子どもの誕生を待つカップルは、ほとんど知らなかった。それは小説のなかの出来事。もちろん、子どもができるのはふつうのことだ。コンシュエロが見たことがないだけで。コンシュエロは子どもとは相容《あいい》れない世界で生きていた。

ボルトとバーニーが立ちあがって出迎えるなか、その女性は大きなお腹をしているにもかかわらずゆっくりと優雅に動いた。バーニーがデスクの脇に椅子を引っぱり、女性は特大のため息とともに椅子に腰かけた。彼女の男――恋人だか亭主だか――は背後に控え、彼女の肩に大きな手を載せている。

ボルトがしかめっ面で彼女に言った。「いつ赤ん坊が飛びだしてもおかしくないのに、会社でなにをしてたんだい？」

彼女がまたため息をついた。「ええ。でも大口の仕事を終えたところだったから、オフィスを片付けておきたかったの。出産したあと二週間休みたいから」

「二カ月だ」背後の男性ががみがみ言った。親身に案じているのはわかるが、眉をひそめたその顔は厳めしく、バーニーと同じくらい怖かった。けれど、女性は笑い飛ばした。「数週間よ、サム。最初はうちで働けばいいんだし」

背後の男性――彼がサム？――は雄牛のように、音を立てて鼻から息をついた。女性はこんども笑った。

サムはボルトを見た。「で、なんの用だ？　なぜニコールに電話した？」

このきれいな女性はニコールというのね。

「ニコールに力を借りたい」ボルトはニコールにＵＳＢメモリを渡した。

彼女は興味深げに見つめた。「なにが入ってるの？」

「わからない。ロシア人のもので、暗号化されてる。なかのファイルもロシア語で書かれてる可能性が高い。きみはロシア語ができるだろ？」

「少しね。内容がかろうじてわかる程度よ」

「それに翻訳者リストのなかにロシアのコンピュータおたくがいると言ってた。技術翻訳の専門家だと。そいつに――」

「ええ」笑顔になったニコールを見て、コンシュエロは目をぱちくりした。出産間近の妊婦さんが、どうしてこうもきれいでいられるの？「そのとおりよ。彼に任せればまちがいないわ。急ぎなの？」

「クロエを襲った男たちに関する情報が入っているかもしれない」

緊迫した沈黙が落ちた。

ニコールは当然のように手を出し、彼女の夫はその手を受けて、椅子から立ちあがらせた。

「だったら、最速で中身を調べましょう」宣言したニコールは、表情を引き締めて続けた。

「ハリー、もう一台のほうのノートパソコンを占領させてもらうわよ」

ハリーはうなずき、ニコールは光沢のあるノートパソコンの前に座った。パソコンを開いて、ビープ音とともに起動すると、画面の輝きがニコールの顔を照らした。そして一瞬にして、彼女は消えた。

作業に没入したのだ。画面を見すえてすばやくキーを叩き、手を止めて、ふたたびキーを叩いた。

「これでいい」椅子の背にもたれて、下腹部をさすった。「ロシアのお友だち、頭のぶっ壊れたクラッカーのロディに送ったわ。まったく寝ない人なのよ。いまひととおり見てくれた感じだと、たいして時間はかからないそうよ。彼が〝マフィア〟暗号と呼んでる、慣れた暗号だそうだから。中身にあてはあるの？」

「重要なデータであることだけは、確かなんだが」ボルトは答えて、コンシュエロにうなずきかけた。「クロエの襲撃を命じた男が持っていたそうだ。彼女はその男に水責めにされた」

「水責め？」ニコールが背筋を伸ばして、顔をしかめ、手を差しだした。それを彼女の夫が支えて、椅子から立たせる。

ニコールはコンシュエロのところまで来ると、肩に手を置いた。「そんな恐ろしい男たちのところへは戻らないでちょうだい」

「まったくだ」彼女の夫が言い、ボルトとバーニーがうなずいた。

コンシュエロの喉が締まって、ひりひりしてきた。話ができないので、首を振った。「ええ」手負いの獣のような声。「絶対に」

絶好の機会だった。そのためにここまで来た。それなのに、言葉が出ない。四人全員の目が自分に集まり、男三人、女ひとりが、自分の話を辛抱強く待ってくれている。

コンシュエロは感情を抑えこむよう、実世界で叩きこまれてきた。いちいち感情をあらわにしていたら、〈メテオ〉では働けない。抑えつけすぎて、感情がなくなったのではないかと思う夜もあった。

そんなことはなかった。

凝縮された感情が硬くて黒い玉となり、いま喉を詰まらせている。

四人は根気よく待ってくれている。

正念場だった。突破しなければならない。もう引き返せない。戻るくらいなら、死んだほうがまし。

「あの――あたし、それに役に立つなにかが入っていればいいと思ってて」ついに話しだすと、声が緊張にくぐもった。「あのロシア人を傷つけて、追いやれる情報が入ってればいいと。だって、クロエを襲わせたのはあの男だから。それは報酬として持ってきました。報酬の一部として。聞いたんです――あなたたちが逃がしてくれるって。女性が姿を消すのに手を貸してくれて、二度と見つからないですむって」お願いです、とコンシュエロはもはや信じていない神に祈った。「お金も持ってきました」手の震えを隠して厚い茶封筒を取りだした。ボルトの目を見て、デスクの向こうにすべらせた。彼はお金ではなく、こちらを見ている。「二万ドルあります」小声で伝えた。「逃がしてもらうためのお金です」

足りるだろうか？　見当もつかない。わかっているのは、脈打つ心臓を差しだしたも同然の場面だということだけだった。

ハリー・ボルトは大きな手を封筒に置いて、動かさなかった。それじゃ足りないの？　もっと手に入れられるだろうか。〈メテオ〉で働く以外の方法で。ウェイトレスをしてもいいけれど、サンディエゴの店では、ニキーチンやサンズたちに見つかってしまう。

心臓が止まりかけたとき、ボルトが手を動かして、封筒を押し戻した。「きみのお金はもらえないよ、コンシュエロ」

そりゃそうよ、娼婦《プータ》のお金だもの。この人は堅気のビジネスをする堅気の人だ。お金も力もある。それなのになにを考えていたんだろう？　長いあいだお金持ちたちとつきあってきたのに。彼にしてみたら、コンシュエロの虎の子の貯金など、もしいたらだけれど、奥さんへのクリスマスプレゼントで消える程度の額なのだろう。こんな穢《けが》れたお金に用があるわけがない。

死の宣告が下ったも同じだった。

立ちあがって、出ていかなければ……どこへ？　脚で体を支えきれそうにない。だとしたら、どうすればいいの？　どこへ行けば？　頭のなかで溺れる場面が悪夢のように明滅して、パニックのせいで考えることができない。

コンシュエロは苦しげな音とともに息を吸いこんだ。

ボルトが話しているけれど、自分の頭のなかの雑音がうるさくて、なにを言っているのかわからない。「え?」

ボルトは根気よくくり返した。「うちでは逃亡を希望する女性や子どもたちからお金を受け取らないんだ。失踪するには時間がかかるし、準備もいる。これから何日かはとびきり安全な環境にきみを避難させておいて、その間にきみやきみの新生活に必要な書類を用意する。もう心配いらないよ、約束する。きみの面倒はバーニーが見てくれる。もう人から暴力をふるわれることはないからね」

コンシュエロが視線を投げると、バーニーはその視線を受け止め、うなずいてボルトの言葉を裏付けた。

もう人から暴力をふるわれずにすむ。

「行きたい場所はあるかい?」

まっ白。なんの選択肢も浮かんでこない。場所を選ぶという概念さえなかった。逃げることだけを考えていた。球状になって飛ばされる草のように、適当に飛ばされて、風がやむと同時に止まるのだと。

選んでいいの?

「マイアミ」ひょっこり答えが飛びだし、そのとたんにいい気分になった。そうよ。「マイアミに行きたい」

「いいね。ヒスパニック系の住民が多いし、隠れるんなら大都会だ。きみのために書類と生い立ちを用意する。目立たないように一、二年暮らしたら、別の人物になったように感じてくる」

お願い。

「偽名でマイアミの銀行にきみの口座を開いて、一万ドルを入れておく。それにきみの持っている金があれば、当面は困らないだろう。数カ月したら、仕事を探していい。ウェイトレスとか、売り子とか、あまり華々しくない職を」

コンシュエロには言葉がなかった。痺《しび》れたように、首を振った。ええ、華々しくない職を。〈メテオ〉は華々しかった。華々しさからはできるだけ遠ざかりたい。偽りの贅沢さや、高価な香水やお酒の刺激的なにおいのしない場所に行きたい。せまくていいから、自分だけのアパートに住み、ふつうの恰好をして、公園をゆっくり散歩したり、テレビを観たり、夜ひとりで眠ったりしたかった。そんな未来が欲しくて、体が震えた。

この部屋にいる人たちはそれをくれようとしている。

「ありがとう」コンシュエロはまばたきをした。涙が出てきた。「ありがとうございます。あたしに人生を取り戻させてくれて」

ニコールが彼女のそばを離れない武骨な男性の手を借りて立ちあがり、コンシュエロのほうに近づいてきた。美しくて、たおやかな女性。この人こそレディだ。

コンシュエロの肩に手を置いた。「お礼を言うのなら、自分に言わなくてはね、コンシュエロ。あなたは自分でいまの状況から抜けだしたのよ。わたしたちはお手伝いをするだけ。ハリーとバーニーの指示に従っていれば、心配いらない。新しい人生がいいものになることを祈っているわ」

コンシュエロはなにも考えずにニコールに触れ、はっとして、手を引っこめようとした。けれどニコールはその手をつかんで、放さなかった。

「がんばってね」ニコールがかがんで耳にささやく。祝福を与えるように。

バーニーは部屋の脇に移動し、開いたドアを押さえていた。

「マダム」彼の声があまりに低くて、お腹に響いた。いいえ、言葉のせいかもしれない。意味のない言葉。けれど、とても重要な言葉。

コンシュエロは立ちあがり、ドアをくぐった。

バルコニーでクロエ・メイスンを犯していた男が外出した。ニキーチンは地下駐車場から出てくる車を見ていた。側面の窓にはスモークガラスが使われているが、フロントガラスは透明なので、男の顔がよく見えた。さっき女とやりながら汗をかいていた顔だ。

クロエ・メイスンはいまひとり。そして彼女がUSBメモリを取り返させてくれる。

このあと必要になるのはトランク。そして、ドミトリー。だが、それよりなにより、まずはピラトにメールだ。

　サンディエゴ近辺で周囲になにもないがらんとした平地を探してくれ。

返事はすぐに来た。

　予約額を上回った。

こんちくしょう《ピゼット》！　ファック！

ピラトのことは予約金を払って抱えている。そして確かに、その額を超過していた。ニキーチンは歯がみしながら、バハマにある自分の口座からゴアにあるピラトの口座に一万ドルを送金した。

これで満足か？　と思いつつ、文字にして送ることはしなかった。

三分後、位置情報と、高度一万メートルから撮影された衛星写真が送られてきた。それが五千、千、五百、百と近づいて、最後には車があったらナンバープレートの番号が読めるほど大写しになった。誰もいない。砂漠。千メートルから撮った写真の下に白い文字で〝アンザ・ボレゴ砂漠〟とあった。ニキーチンが使っている画面の小さなｉＰｈｏｎｅに、広域の地図が送られてきたために、スクロールするのに十分かかった。ピラトはそれとはべつに、青い線で砂漠への道筋が描かれた地図を送ってきた。

ニキーチンは頭のなかで計算した。車を飛ばせば砂漠まで四十分。それだけあれば、引き渡し交渉ができる。

ドミトリーに電話をかけて、自分の現在位置を伝え、トランクを運んできてラ・トレからふたつ先のコンドミニアムの駐車場に停めるように指示した。

それを待つあいだ、四階のアパートの観察を続けた。あるひと部屋——寝室か？——のカーテンは閉まっているが、ふたりがセックスしていた小さなバルコニーとは別の、ひとつの大きなバルコニーを共有する残りの五つの部屋はすべてカーテンが開いているので、動きまわる女の姿がときおり確認できた。

顎には痛みがあるし、双眼鏡を握る指には力がみなぎって、金属にへこみができないのが不思議なようだ。背中を汗が伝っていた。

ニキーチンは兵士、しかも優秀な兵士だった。最精鋭のスペツナズであるビンペル部隊に十四年いた。

実戦に配備され、アフリカとチェチェンで幾多の銃撃戦に参加してきた。だが戦闘の場合、優秀であれば——ニキーチンはそうだった——生き残るチャンスがある。

ところが今回はそうはいかない。USBメモリを取り返せないうちにボーリャがオークションのためにやってきたら、自分の命は終わる。しかも、時間をかけてじっくりと死に導かれる。

その死は私的ですらない。数百万ドルの価値のある情報に対して不注意だとどうなるか、組織はその可能性のある者たちに対してニキーチンを見せしめにしなければならないことを承知している。教材は並外れた苦痛とともに与えられる死がその教材となり、その一部始終が実例として撮影される。

いまニキーチンはある計画を大急ぎで立てようとしている。異国で、ごく限られた情報しかなく、部下はひとりきりだった。それもこれも、しゃれたコンドミニアムに住みながら、娼婦たちに反抗心を植えつけたクソ女のせいだった。

ニキーチンは自分の感情を抑制することを習い性としてきた。つねに危険な環境に身を置いてきたからだ。父親はアフガニスタンで自滅的な任務に部下を追いやることを拒んだとき、部下を扇動したとして射殺された。

世界があぶない場所であることが骨の髄からわかっていた。そしていま、クソいまいましい女がいらぬちょっかいを出したせいで、自分が悲惨な死に向きあわされるかどうかの瀬際に立たされている。それを思うと、怒りに震えが走った。

許されることなら、あの部屋に乗りこんでいって、女の頭を吹き飛ばしてやりたい。そして一瞬、その行為に走りたいという抑えきれないほど強い衝動が湧いてきて、体ががたがたと震えた。

だが、身についた自制心が戻ってきて、がっちりと抑えこまれた。しばし脳の機能が停止して、受け入れられなくなったのち、ふたたび動きだしたかのようだった。

自分のすべきことと方法がくっきりと浮かび、首尾よく早々に片付ければ切り抜けられる見とおしが立った。ここでやり方を変えて、うまくすれば、なにが起きたかボーリャに気づかれずにすむかもしれない。

ひょっとしたらふたりの部下の失踪も、相当額の現金がなくなったという報告で言い逃れできるかもしれない。ふたりが金を横領し、国境を越えてティファナにでも逃げたことにする。そしてこんどの取引がすみしだい、ふたりを追跡して、金を取り戻すと約束すればいい。

だがまずはクロエ・メイスンを手に入れなければならない。

ドミトリーが車を待機させている場所まで距離にして五百メートル。ニキーチンは三百六十度、周囲に目を配った。見ている人間はいない。豪華なコンドミニアムのバルコニーにも、歩道にも、ひとつとして人影がなかった。住居地域なので、この時間、住人の大半は仕事に出ている。

双眼鏡をバックパックにしまい、立ちあがって、気分転換のために朝の散歩に出たかのように歩道を進んだ。

ドミトリーの車の脇を通りすぎ、人目がないことを念入りに確認してから、いま来た道を引き返し、運転席の窓をノックした。音とともに開いた。

「すべて持ってきたか」ニキーチンは声をひそめて尋ねた。答えとして、ドミトリーが車のトランクを開けた。

中身をすばやく確認した。ふたつのバックパックは自分とドミトリーにひとつずつ。消音器付きのGSh-18は、弾倉を三つずつ。まだライフルはない、必要なのはあとから。ガスマスクがふたつ、チューブ付きのフィルター装置ひとつ、高速ドリル、起爆コード付きの少量のC4。

拳銃を背中のくぼみに差しこみ、あとはバックパックに詰めた。それを持ちあげて、ドミトリーに合図した。

ドミトリーがトランクを閉めて、隣に並んだ。ニキーチンは彼の分のバックパックを渡した。「あせるな」ニキーチンはつぶやいた。「慎重にゆっくりだ」

ふたりは散歩を装って、細長い土地の端まで歩き、ラ・トレの二階分ある大きな両開きのガラス扉を堂々とくぐり抜けた。

まだ幸運が続いている、とニキーチンは思った。そろそろだ。ここまで誰にも会わず、車も見かけなかった。広々とした吹き抜けの空間はがらんとして、ただひとり、警備員がU字形のカウンターの奥にいるだけだった。

ニキーチンはすぐれた意匠の建物を愛でるように、周囲を見まわしてうっすらと笑みをたたえた。四隅に一台ずつある監視カメラは、吹き抜け空間を漏れなくカバーできる角度に設置されている。エレベーターの上にもさらに二台カメラがあった。

「なにかご用ですか？」笑顔の警備員は礼儀正しさを滲ませつつも、若くて機敏だった。ニキーチンとドミトリーが近づくと立ちあがり、片手はカウンターに置きながらも、もう一方を脇に垂らし、その隣にはホルスターに入ったベレッタがあった。

高解像度モニタがカウンター下の棚にずらりと並んでいる。

ニキーチンは手がうっかりなにかに触れないように、胸までの高さのあるカウンターに笑顔でもたれかかった。これで手を背後にまわしても、警備員には見えない。「ああ」悲しそうに首を振った。「ミスター・ダレン・スミスを探しててね。コロナドショアズのラ・トレに住んでいると聞いたんだが、ここでいいのかな？」

「はい、こちらです」警備員は答えた。「ですが、そのような名前の方はこちらに――」

ニキーチンはなめらかな動きでGShを持ちあげ、至近距離から鼻梁《びりょう》に発砲し、大脳新皮質を撃ち抜いた。ピンク色と灰色の物質が後頭部から噴射されると同時に、すでに命のない警備員はぐにゃりと床に倒れた。

「いない」ニキーチンは続きを引き取った。

口をきく必要はなかった。ふたりはドミトリーのバックパックに入っていたラテックスの手袋をはめた。ニキーチンがモニタの配線を外し、ドミトリーが死体を棚の下に隠した。床に血が飛び散っているが、カウンターに近づかなければ見えない。ニキーチンがうなずきかけるなか、ドミトリーは大理石の床にブーツのかかとを響かせながら、きびきびと吹き抜けの空間を横切った。プラスチックの留め具を内側のドアの取っ手に通して、固定する。この留め具は外からはほとんど見えず、二百キロ以上の圧力をかけないとちぎれない。これでしばしビルは外界から切り離され、それだけの時間があればクロエ・メイスンを誘拐できる。ラ・トレを訪ねるなり、ここに帰ってくるなりした人は、警備員がいなくてドアがロックされているのに気づいたら、トラブル発生と見なして112に電話するだろう。

いや、ここはアメリカだから、911だ、とニキーチンはみずから訂正した。

ドミトリーが正面のドアに細工をしているあいだに、監視カメラのシステムを検討した。たいがいの監視システムには通じている。ここで使われているのは最上位の機種だった。だとしても、難攻不落のシステムはない。

スイッチを切り、吹き抜けの四隅に目をやった。カメラ脇のLEDライトが切れている。これでこの建物は封鎖され、外部の目を遮断できた。

第二段階。

メイスンは四階の、左から三つめのアパートにいる。通常ならいったん数階上までのぼってから、階段を使っておりるが、今回は時間が限られている。監視システムがオフになっていても、警備員はふたりいるかもしれない。即興でことを起こすがゆえ、内部情報も計画もないがゆえの問題だった。だからエレベーターで目的の階まで行った。

目あてのアパートの前まで来ると、ニキーチンが手を差しだし、ドミトリーはそこに赤外線スキャナを置いた。スイッチを入れ、画面を見て眉をひそめた。なにも映っていない。まったくなにも。

スキャナを構えながら急いで通路を歩くと、アパートのドアや壁の向こうに人をふたり確認した。ひとりは二軒右、もうひとりは左端の最後の一戸だった。

熱画像はどちらも小さかった。女かきわめて小柄な男か。主婦か清掃業者の可能性が高い。

クロエのいるアパートに急いで戻った。やはり映らない。

ドアにはとっかかりがなく、右側のキーパッドで操作するスライディングドアであることは明らかだった。しかも赤外線を通さない。ドアの両側の壁も同じだった。

なんたること！　マイケル・キーラーという男は、セキュリティに細心の注意を払っている。ニキーチンはドミトリーの目を見た。無言のうちに隣のアパートだと指示を出し、部下はうなずいた。

ふたりは完全に無言のまま隣に移動した。訓練を積んできたドミトリーには、言わずとも通じる。

赤外線スキャナをメイスンがいる隣のアパートのドアに向けた。こちらは木製で、赤外線スキャナに対して無防備だった。

通路の、そのアパートに接した部分を歩いて、熱反応がないことを確認した。申し分ない。

この部屋の所有者は外出中、たぶん仕事だろう。もし買い物なら、それを悔やむことになる。戻ってきたら撃たなければならない。

ニキーチンの銃器は米国の捜査機関には追跡できず、監視カメラは切ってある。殺害することになっても、足がつく心配はない。ふたりともじゅうぶん注意を払っているし、仮にDNA証拠を残したとしても、アメリカにはふたりの記録がない。

ニキーチンはロックに目をやった。開けるのは可能だが、時間がかかる。ドミトリーにうなずきかけて、後ろに下がった。すぐ隣にいても、かろうじて聞こえる程度の銃声しかしなかった。ビールの缶を開けたような音だ。

ドアを軽く押して、なかに入った。入るとすぐにニキーチンは右に折れ、ドミトリーが銃を構えて各部屋をめぐっているあいだに壁に赤外線スキャナを向けた。

ドミトリーが戻ってきて問題なしと手ぶりで伝えたときには、リビングのすぐ脇の部屋にクロエがいるのがわかっていた。ニキーチンはスキャナのモニタを精査した。

ほっそりとした人影が椅子に腰かけ、なにか温かいものを手に持っている。ほかに熱画像として映っているのは、急速に冷えつつある電子レンジらしきものだけだった。

あの女は椅子に腰かけてお茶かコーヒーを飲んでいる。完璧だ。

二〇〇二年十月二十三日、ニキーチンはロシア連邦保安庁《FSB》内の精鋭部隊、特殊任務《ヴィチャージ》センターに所属する若き補佐官として、科学テロ対策を学ぶ三カ月のコースに出るため、グロズヌイからモスクワに来ていた。午後九時二十分に電話が入り、劇場で人気ミュージカルを観劇中だった九百人以上がテロリスト五十人に人質にとられたと聞かされた。テロリストたちは完全武装して、爆薬をベストにしていた。楽屋にいた数人の人質が裏口から逃げて、劇場を取り囲んでいた特殊部隊に状況を説明した。テロリストは移動爆弾よろしく、人質のあいだを歩いてまわっていた。

突入は不可能、そんなことをすれば大量の負傷者が出る。反テロリズムを掲げて選ばれた政府は存続できない。

厳しい交渉が四日続き、膠着《こうちゃく》状態に入った。二十六日の午前五時、政府軍は強力な麻酔剤であるフェンタニルを劇場内に散布し、人質と犯人の両方が区別されることなく倒れた。フェンタニルはモルヒネの十倍の効力があり、クマでも五秒で倒れる。小柄な女性であればひとたまりもない。

ニキーチンは赤外線スキャナを床に置いてモニタを上に向け、バックパックから高速ドリルを取りだした。ぐずぐずしてはいられない。メイスンという女がキッチンを出て、壁を共有していない部屋に移動してしまったら壁を破るしかないが、そんなことをしたら、警察に通報される。

それはまずい。急いで彼女の意識を奪わなければならない。

壁と床のつなぎ目の前に膝をついて、ドリルをあてがった。小さな回転音に眉をひそめる。

ちょっとした音だが、静かな部屋だと耳につく。

ドミトリーを見あげ、音を出さずに口を動かした。音。ドミトリーはうなずき、何分かするとリビングからロック音楽が大音量で聞こえてきた。よし。これでドリルの音がまぎれる。

小型だが強力なドリルだった。アパートの壁を抜け、断熱材と石膏《せっこう》ボードを抜け、ついに向こうの部屋の壁を抜けた。すぐさまドリルのスイッチを切る。

目はモニターから離していない。女はいまも椅子に腰かけている。彼女を示す熱画像はさっきと変わらないが、カップの温度は下がっていた。

ニキーチンは小さなゴムチューブの片方の端を缶の吹き出し口にかぶせ、もう一方を壁の穴に通し、向こうの部屋に三センチほど出るようにして、そこで止めた。

計算ずくのリスクだった。メイスンという女が工作員であることを示す証拠はひとつもない。民間人、それもアメリカの民間人であれば、迫りくる危機に対して鈍感なはずだ。小さな肌色のゴムチューブに気づく可能性はきわめて低く、わずかな時間があれば意識を失って倒れる。

ニキーチンはガスマスクを装着し、ドミトリーにも彼の分を投げた。マスクが機能していることをお互いにチェックしてから、レバーを倒した。赤外線スキャナを手にして、立ちあがる。

最初はなにも起きなかった。と、壁の向こうにいる赤く色付けられた女性の画像が背筋を伸ばし、顔を上げた。兵器として使用されるフェンタニルは無臭だが、小さな部屋にガスが満ちるかすかな音がしている可能性はあった。

女が立ちあがった。フェンタニルが効かないのではないかとニキーチンが恐怖に駆られたつぎの瞬間、女の体がぐらりと揺れて、テーブルに両手をつき、そのあと脱力したように床に倒れた。

第二段階完了。

ニキーチンが片付けをしているあいだに、ドミトリーが少量の爆薬を縦一メートル半、横二メートルの長方形に置いていった。それが終わると、ドミトリーはロックの音量を最大に上げ、ふたりでリビングを出て隣の部屋に移動し、ドミトリーが起爆装置を押した。

爆発音は聞こえたが、音楽よりも多少大きい程度の音だった。ふたりは二軒のアパートのあいだの壁に走った。ガスマスクを装着しているおかげで、乾式壁のほこりとフェンタニルを吸わずにすむ。

ふたりして壁に肩をつけ、押し破って隣のアパートに入った。ニキーチンはドミトリーにバックパックを渡すと、意識不明の女を引きあげて、肩にしょった。

玄関のドアをちらっと見たところ、内側にもキーパッドがついている。玄関が破られたとき、なんらかの形で所有者に知らせがいくようになっているのはまちがいない。

問題ない。壁に開けた穴から部屋を出て、ここほど神経質でない所有者のアパートの玄関から外に出るまでのこと。

ふたりの幸運は続いていた。エレベーターで地下階まで行った。ニキーチンは物陰にひそみ、ドミトリーはSUVを取りにいった。それを待ちながら、監視カメラをチェックした。ひとつ残らず切れている。

SUVが傾斜路を下ってきて、車体をめぐらせ、バックで近づいてくる。ニキーチンは後部座席にメイスンをおろし、目と脈拍を調べた。完全に意識を失っている。フェンタニルは毒物だ。ニキーチンは吸いこんだことがないし、どれくらい摂取したら死ぬかも知らない。『ノルドオスト』を上演中だった劇場占拠事件のときは、ガスのせいで百七十人が死んだ。

クロエ・メイスンもいずれ死ぬにしろ、それはUSBメモリを取り返してからのことだ。貴重な品を死体と交換するばかなど、どこにもいない。

プラスチックの拘束具で女の手首を固定した。注射器を取りだして、解毒剤のM5050を女の太腿に注射した。一時間後には歩かせなければならない。

助手席に乗りこみ、衛星ナビゲーションシステムにGPSの位置情報を入力すると、ドミトリーに合図して車を出させた。

第三段階完了。これで第四段階の準備が整った。

18

ハリーのオフィスに入ってきたマイクは、ひと目で部屋の状況を見て取った。苦虫を嚙みつぶしたような顔をしたハリー。ニコールは肘掛け椅子に腰かけて目をつぶり、組んだ手を腹部にあててコーヒーテーブルに足を載せている。そしてサムは巨大な番犬のようにその背後に立ち、彼女の肩に両手を置いていた。

「状況報告を」マイクがドアを閉めるなり言うと、一瞬、ニコールの目が開いて、ふたたび閉じられた。

「報告する。クロエ襲撃を命じた男の名前が判明した」ハリーに言われて、マイクは硬直した。全細胞、全筋肉が動きを封じられた。

「誰だ？　どこにいる？」どうにか喉をゆるめて、言葉を吐きだした。

クロエを襲わせた男。その男にはあと数時間の命しか残されていない。

「おい」無言でガンロッカーに向かうマイクを見て、サムが言った。

「おい、待てったら」両手で制するハリーを、マイクはにらみつけた。「いいか、クロエはおれの妹だぞ。どう考えたって、おれもおまえと同程度には復讐したいに決まってるだろう？　だが、いまのままじゃ情報不足だ」

さっきまではうちで、骨がなくなったのかと思うほどくつろいでいた。いまは頭のてっぺんがぶっ飛びそうになっている。もう情報など欲しくない。必要なかった。敵の名前と居場所がわかったのであれば、すぐに向かいたかった。

なにかを判断しようにも、頭のなかで雑音が鳴り響いている。痛めつけられ、傷つけられたクロエの姿でいっぱいで、どう手順を踏み、どう作戦を立てたらいいか、わからなかった。

「どこから情報が入るんだ？」

「名前が入ってきたのと同じ場所、クロエが助けた女性、〈メテオ・クラブ〉にいた女性からだ。クロエは彼女やほかの女性たちとグループセッションをやっていた。それで彼女たちが反抗しだしたんで、その男がクロエを懲らしめるために部下をよこしたらしい」

「名前は？」クロエを懲らしめる、だと？　その男がクロエを傷つけたのだろう。男たちをよこして、クロエを痛めつけようとした。〈メテオ〉で働いているかわいそうな女性たちと親しくなったという理由で……許さん、おまえには死刑宣告が下った。男の正体を聞かされたとき、マイクのうなじの毛が逆立った。

「アナトリー・ニキーチン。元ＦＳＢ、特殊部隊員だった。いまはロシアの大手マフィア系列のもとで、実行部隊として働いている」ハリーは肘掛け椅子で休んでいるニコールを心配そうに見た。「ニコールが探りだしてくれた。おれより凄腕だよ」

ニコールの口元にうっすらと笑みが浮かんだ。目を閉じたまま、あいさつ代わりに指をひらひらさせる。

「ここへ来た女性によると、ニキーチンというロシア人は〈メテオ〉に大口の投資をしたロシア人たちの先発隊としてやってきたそうだ。そして連中はいまなにかでかいことを計画してるらしい。ニキーチンは手下を三人連れてきて、そのうちふたりは使えなくなった。おまえのおかげで」

お安いご用だ、とマイクは苦々しい喜びに浸った。ふたりとも殺せなくて残念だ。

「さっきも言ったとおり、この情報はその女性からもたらされた。ニキーチンにはこちらのことが死角になってるんで、部下たちになにが起きたかわかっていない。情報源が特定されてなくてよかったよ。その、ニキーチンってやつは、情報を引きだすために彼女を水責めにしたそうだ」

マイクはゆっくりと頭をめぐらせて、ハリーを見た。急に動かすと爆発してしまいそうだった。「そいつがなんだと？」

ハリーが険しい顔つきで、息を吐きだした。「そのクソ野郎はクロエに関する情報を引きだすため、その女性を水責めにしたと言ったんだ。彼女には提供できる情報がなかったんで、そのあとさらに三回続いたそうだ。身のほどをわきまえさせるためだけに」

マイクは急に吐き気を覚えた。ＳＥＲＥ——生存《サバイバル》、回避《イベイジョン》、抵抗《レジスタンス》、脱走《エスケープ》——の訓練はフォース・リーコンの訓練課程に組みこまれており、マイクはワーナー・スプリングスにあるリモート・トレーニング・サイトでそれを受けた。そこでの訓練は多かれ少なかれ、敵に捕まった場合に直面するであろうことに備えるためとされた。

海兵隊が考えうるかぎり最悪の状況を志願者に強いるのもわけのあることで、敵の手に落ちればそんなものではすまない。マイクはＲ２Ｉ——抵抗《レジスタンス》から《トゥ》尋問《インテロゲーション》を経験し、物理的に生命をあやうくしない程度にありとあらゆる拷問を受けた。なかでも、最悪だったのが水責めだった。

水責めには陰湿さがあり、パニックを起こした動物のようになるまで追い詰められる。結果が得られるのは、急速に相手を破壊できるからだ。マイクはかろうじて二ラウンド耐えたが、回復には何日もかかり、いまだに悪夢を見る。自国を滅ぼそうとする敵に使うのであれば、いちおうは正当化できるだろう。

だが、女から別の女の情報を聞きだすため？　しかも、提供できる情報がなかったために、罰としてさらに三度の水責めだと？　クロエを狙っているのは、そんな次元の男なのか？

いつまでも生かしておくと思うなよ。

クロエ。知らないうちに携帯電話を手に持ち、最初の短縮ダイヤルにかけていた。

「やあ」彼女の声を聞き、マイクは息をついた。ハリーも少し肩の力が抜けている。「やあ、ハニー、ただのご機嫌うかがいさ。なにも問題ないかい？」

彼女の口調に耳をすませた。「マイク、あなたが出ていってまだ三十分よ。そのあいだになにが起こるの？　わたしは大丈夫。おたくのキッチンに座って、お茶を飲んでるわ。あと少ししたら、銃の雑誌やスティーブン・ハンターの書いたありとあらゆる小説以外のものを探すつもりよ。うちにキンドルを忘れてきたんだけど、読むものが必要だから」

マイクはほほ笑んだ。これなら心配いらないが、少し退屈しているようだ。退屈はいい。いや、すばらしい。

「うちの寝室にキンドルがあるから、アマゾンで本を注文したらいい。おれのクレジットカードを使ってくれ。パスワードは〝remington〟」

「了解」クロエが笑い声を立てた。「わかった、そうさせてもらう。それで、あと少ししたら帰ってくるんでしょう？」

あたりまえだろ。「ああ、ハニー、用事がすみしだい帰る。だからどこにも行かないで、おれやおれたち以外の人間が来てもドアを開けるなよ。開けるときは、その前に監視カメラで確認してくれ」携帯電話を切って、ハリーを見た。「彼女は大丈夫だ」

「ああ、聞こえたよ。おまえんとこに侵入しようってやつに幸あれ。あと少ししたら、目星がつく。USBメモリの中身がわかれば、復讐に取りかかれるからな。うまくしたら、ケリーのところへ持ちこんで、やつにそのニキーチンってロシア人を捕まえさせ、ほかのやつらは早々に国外退去させられるかもしれない」

マイクは目を細くした。国外退去ではとても足りない。そいつに裁きを受けさせるんだ。いいか、ハリーも目を細くした。「そうだぞ、マイク。そいつに裁きを受けさせるんだ。いいか、妙なことをして、しっぺ返しを食らうのは避けなきゃならない。クロエを危険にさらしたくないのはおれも一緒だ。だが、何十年もおまえをムショで過ごさせるのは避けたい。そんなことになったら、クロエがどれほど腹を立てるか」

マイクが口を開いて答えかけたとき、脇のドアが開いて、バーニーがしかめっ面で入ってきた。大きくて毛むくじゃらの手には、フリルのついた小さな女性用のバッグがさも穢らわしげにぶら下げられ、もう一方にはスキャナがあった。そのすぐあとから焦げ茶色の髪をした、絶世の美女がついてきた。見るからに怯えた表情で、頰を涙に濡らしている。

マイクやハリーがなぜ女性を泣かせたのかと尋ねるよりも、バーニーがハリーのデスクにバッグを投げるほうが早かった。女性はいまにもくずおれそうで、腹部に両手をまわして、木の葉のように震えていた。

「これはなんだ、バーニー？」ハリーが眉をひそめた。

「悪い知らせですよ、ボス。こちらのミズ・コンシュエロに訊いたんです」でかい親指で彼女を指し示す。「追跡されてないかって。ここへ来る前に携帯は切ってきたって返事だったんですが、スキャナをあててみたら、トランスポンダーの反応がありましてね。それが、どこにあるんだか見つからないんです。バッグのなかにはないようなんですが」スキャナのスイッチを入れる。小さなLEDライトがつき、かすかな電子音を放ちだした。残念ながら、スキャナから放たれる音量と距離には相関関係がない。半径一・五メートル以内にトランスポンダーがあるかどうかがわかるだけで、場所までは特定できない。

「探そう」ハリーは言うと、バッグを手に取った。バーニーの手にあるときと同じように、ひどく不似合いだった。そしてボタンを押すと、ほぼ直後にマリサが戸口に現れた。泣きながら震えている女性を目にするなり、室内の男たち全員をきっとにらみつけた。「彼女になにをしたんです？」

バーニーはでかい両手を挙げた。「なにもだよ、マリサ。誓うって」

くだんの女、コンシュエロはすでに泣き止んでおり、びっくりした顔になった。「いえ、ちがうの、そうじゃなくて。誰かに傷つけられたとか、そんなんじゃないんです。あたしがみなさんを傷つけそうで心配なの」

ハリーはフリル付きのバッグをマリサに渡した。「このバッグを二、三分、ロビーに持っていってくれないか、マリサ。コンシュエロのいる場所を伝える機器が入ってるかどうか、見きわめなきゃならない」

マリサはすぐにしかめっ面を消した。マリサは女たちを痛めつけたがる男たちが使うありとあらゆる手口に通じている。ハリーが説明するまでもなかった。

「まずロビーに持ちだして、そのあと念のために、外の通路に持っていきます」マリサはコンシュエロを見た。「わたし以外、誰にも触れさせないから心配しないでね」

コンシュエロは手を振って応じ、両方の手首で涙をぬぐった。「そんなことはいいの。それより、あたしがなにかをつけてて、そのせいでここまでつけられてたらどうしよう」

マリサが立ち去り、ドアが音を立てて閉まった。

LEDライトは相変わらずついたままだった。信号を放つ物体は、バッグのなかにはなかった。

バーニーは頰をうっすらと赤く染めてコンシュエロの前に立ち、太い声を響かせた。「マダム、あなたについてるようだ。それしか考えられない」困った顔でハリーとマイクを見る。顔が信号のようにまっ赤になった。

バーニーは誰もが認める名狙撃手にして、会社のメカニック担当だった。RBKの車両はすべて、最高の走りができるように彼の手で維持管理されている。接近戦にはめっぽう強い。そしてブルースのLPを集めるのを趣味にし、すばらしいコレクションを持っていた。女性に弱くて、なにかを頼まれるとノーと言えない。ニコールとエレンとクロエは彼のことをいいように使っていた。

マイクはあるドアの奥に消えて、そのドアをしっかりと閉めた。目の前にあるのはキーパッド付きのパネルだった。英数字からなる長いコードを入力すると、パネルが開いた。その奥にはかなりの広さのロッカールームがあって、マイクのものを中心とする武器と、あらゆる場合を想定した装備類が詰まっていた。締めて数十万ドルに相当し、全アイテムが目録にしてあった。

マイクにはあたりを見まわす必要もなかった。ここを整理したのはマイクで、武器や装備類に強いこだわりを持つのもマイクだった。なにを使うべきか、それがどこにあるかを把握している。マイクはそれを取りだすと、コードとアラームをリセットして、ハリーのオフィスに戻った。

持ってきたのは最新鋭のスキャナだった。音声とライトの両方が距離に連動している。マイクはコンシュエロに近づき、片方の手でピースサインをつくりながら、もう一方にチタンでできた短いスティックを持った。持ち手のすぐ上にディスプレイがあり、一見したところ、ハリー・ポッターの杖のようだった。

「いいか?」マイクが尋ねると、彼女がうなずいた。怯えが少しやわらいだようだ。

そのとき突如、ニコールが目を開けた。ここのところ日に何度かうたた寝するようになり、そんなときはみな休ませておいた。ニコールはひと目で状況を把握すると、サムに向かって手を差しだした。サムは助けるというより、実質妻を抱え起こした。奇特なことに、コンシュエロが不安がっているのを察知したニコールは、彼女に近づいて、力づけるように肩に手を置いた。

コンシュエロは不安に顔を引きつらせながらも、笑みを浮かべようとした。マイクが近づくと、スキャナの音声が大きくなった。やはり、彼女になにかがついている。

マイクは彼女の頭からはじめ、首から下へは行かなかった。ライトが明るくなり、音声信号がうるさいほど大きくなった。ブラウスについているのか？

「ニコール？」

ニコールは笑顔でコンシュエロの白いブラウスの襟に手をやった。「いい？」

コンシュエロがうなずく。

ニコールは彼女のつややかな栗色の髪を片方に寄せると、襟元を探って、動きを止めた。

細い首筋に指を這わせる。「これ、なに？　ここになにかがあるわ」

髪をポニーテールにして、小さな赤い場所を指さした。「コンシュエロ、これはなに？」

コンシュエロが手を伸ばして首に触れた。一瞬ぽかんとしてから、まばたきした。「ああ、これ、すっかり忘れてた。たしかなにかのワクチンを注射されたんです。性感染症対策だって、店の女の子は全員。避妊にもなるからって」

マイクがスキャナを首に近づけると、跳ねるように反応して、大きく鳴り響いた。ここだ！

「ワクチンじゃないよ、マダム。きみの居場所を把握できるように、探知機が埋めこまれてるようだ」

彼女ががばっと顔を上げたので、その拍子にニコールは持っていた髪の束を落として、髪が肩に広がった。コンシュエロがショックに青ざめた。「あたしの居場所が連中に筒抜けになるものが体のなかにあったってこと？　なにそれ、信じられない！」彼女は取り乱し、体内のなにかから逃れようとするように、その場でぐるぐるまわった。「それを取りだして、お願い、取りだして、取りだしてよ！」叫びながら、飛び跳ねる。「あいつに見つかっちゃう！　あたしがいまどこにいるかわかったら、あいつが来て、連れ戻されちゃう。ああ、どうしよう、助けて。あいつが来る、来ちゃう！　なんとかして！」

石像ででもなければ、ここまでパニックを起こした人間に耐えることはできない。しかし、その部屋にいるのは石像ではなかった。

「静かにして、マダム、心配いらない。医者に連れていって――」

「だめ！」彼女が叫んだ。「いますぐ取りだして！　お願いだから、すぐに取りだして！」パニックに陥って、その場でぴょんぴょん跳ねている。

ハリーがしばし立ちすくんだ。そのときどきでつねにどうしたらいいかわかっているハリーには珍しく、当惑顔になっている。マイクも途方に暮れていた。探知機を取りださなければならないのは確かだが、医者に行きたくないとなると、どうしたらいいのか？

いまやバーニーは完全にまっ赤だった。「あの、マダム。おれを信じて、取りださせてくれますか？　救命士の訓練は受けてます」大きな両手を挙げた。「大丈夫です、こまかな作業もできますから」

彼女はためらわなかった。「ええ、やって、お願い！　いますぐ取りだして！」

バーニーはマイクを見た。「救急医療キットがいります」

物の置き場所を把握しているマイクは、一分としないうちに、戦地での外傷キットを参考に医師団に特別注文してつくらせた救急医療キットをバーニーに手渡した。大手術を必要としない傷なら、おおむね対処できるだけの医療品がそろっている。

コンシュエロが髪を片側に寄せて座ると、バーニーはニコールが発見した場所に麻酔薬をスプレーし、消毒薬を塗りつけた。メスを手に取り、慎重な手つきで小さく切りこみを入れ、ピンセットを使って小型の電子デバイスを引っぱりだした。ほとんど出血のない傷口は、バタフライ形の絆創膏《ばんそうこう》二枚でふさげた。

バーニーはピンセットを掲げた。

コンシュエロはまっ青になって、手を震わせた。「捨てて、早く捨てて！　あたしがここにいるのがニキーチンにばれちゃう！　ここまで来るわ！」

マイクはハリーのデスクのボタンを押した。

「ニキーチンを驚かせてやろう」RBK社の社員のひとり、ダン・リアンが顔をのぞかせた。「入ってこい、ダン。バーニー、探知機を小さな紙にくるんで、ダンに渡せ」血のついた小さなシリコン片は封筒に入れられて、ダンに渡された。「いますぐリーと一緒にここを出てくれ。会社の車で国境の向こうのティファナまで行ったら、表と裏の両方から監視できそうないかがわしい店に宿を取って前金で何日分か払い、引き出しに封筒を残して、見られないようにそこを出ろ。あとは監視態勢を整えて、ふたりのロシア人がやってくるのを待て。そいつはさる悪党に追跡されてる探知機だから、忘れずに安全対策を講じろよ。手順は知ってのとおりだ」

「任せてください、ボス」ダンは芝居がかったしぐさで敬礼して、立ち去った。

泣きやんでいたコンシュエロが、大きく息をついた。「ありがとう」震え声だった。

ハリーはうなずいた。「バーニー、コンシュエロを避難所に連れていってくれ。彼女の新しいIDは誰かに持たせるから、手に入りしだいコンシュエロを連れて北に向かえ。二日ぐらい車で走りまわって、適当な場所が見つかったら、おれの使い捨て用の携帯にメールしてくれ。そこでコンシュエロの住みかを探して、銀行に口座を開くんだ。口座ができたら送金する。コンシュエロ、すぐには仕事を探さないで、しばらくは頭を低くしてるんだぞ。ニキーチンを倒せたら、こちらから知らせるから、マイアミに移動できる。それできみの身の安全は確保できる」

「安全」コンシュエロがつぶやいた。「嬉しい」

室内が静まり返った。ニコールはコンシュエロに腕をまわして、頬にキスした。「幸運を祈っているわ、マイディア」

コンシュエロとバーニーが出かけるのを待って、ハリーが言った。「連中がなにを企《たくら》んでいるのかわかれば、ケリーのもとに持ちこめるんだが。いったい――」

予備のノートパソコンからやわらかな電子音があがった。

ニコールがモニタを見て、笑顔になる。「われらがロディよ。解析できたのね。さあ、中身を見せてもらいましょう。あら、彼からスカイプだわ」

マイクとハリーとサムはモニタの周囲に集まり、画面の上半分に表示された小さな四角形に目をやった。そこに映っていた男性は、異様なほど若く見えた。大きなブルーの瞳に、ショウガ色のまだらなヒゲ。深刻な表情で何言かロシア語を口にした。ニコールは言葉を選びつつ、ゆっくりと応じた。

マイクからすると驚異だった。ニコールは基本的にトライリンガルで、フランス語とスペイン語については英語とほぼ同等に使える。それに加えて、ロシア語とアラビア語も困らない程度に知っている。マイクは英語すらおぼつかず、銃のほうがずっと詳しい。

「彼はなんと言ってるんだ?」

「彼は……たいへんなことが書いてあるって」ニコールの表情に陰が差した。「見てみましょう」

彼女がため息をつき、椅子のなかで身じろぎした。腹に五キロの重しをつけられた体で、少しでも座り心地のいい場所を探している。メリーのときもそうだった。ニコールは家のように大きくなったのに、出てきたメリーは、壊れそうに小さくて華奢だった。いったい腹のなかでなにをしているんだろう？　ゴルフでもやってるのか？

ニコールがキーを叩くと、画面が切り替わった。写真がずらりと表示された。まだ幼い少女たちの顔と全身がしっかりと確認できる写真。いずれもブロンドで、全員がまれに見る美少女ぞろいだった。年齢は六歳から十歳ぐらい。きわめて鮮明な写真で、照明や背景を含め、プロが写したとおぼしき出来映えだった。各写真の脇にはキリル文字が並び、そのつぎに数字が並んでいる。

男性の声でロシア語のナレーションが入っていた。ニコールは身を乗りだして耳を傾け、眉間に皺を寄せた。

ふいに息を呑み、手を差しだした。サムがその手を受け止める。夫を見あげるニコールは死人のように青ざめて、つぶやいた。「ああ、サム」

「どうしたんだ、ハニー？　なにがあった？」彼女の前にしゃがみこんで、手をくるんだ。「どうした？　赤ちゃんがどうかしたのか？」

「サム」ニコールはマイクとハリーを見あげ、まっ青な顔を涙に濡らした。「マイク、ハリー。ああ、こんなことが！」

サムは強い男だった。戦闘においても、会議室においても、強かった。弱いのはニコールとメリーに対してだけと言われている。そして、これから生まれる小さな娘と。ニコールになにかあったら、サムは大騒ぎになる。モニタに映っているのは、クロエを脅かす原因でもある。

マイクの肌がぴりぴりと痛んだ。「どうした、ニコール？　この男はなにを言ってる？　この写真はなんなんだ？」

首を絞められたような声をあげて、ニコールが立ちあがった。ふらふらとハリーのデスクのほうに歩き、その近くにあったゴミ箱に吐いた。心配に顔をゆがめたサムに支えられながら、震える体を起こし、口元をぬぐう。

その顔を涙が伝っている。ニコールは夫のほうを見て、腕にすがりついた。「サム」一切迫感あふれる口調だった。「わたしたちが止めるのよ！　なんとしてでも！」

マイクはハリーを見た。ニコールは簡単に取り乱す女ではない。あのファイルにはきわめて醜悪ななにかが含まれていたと思ってまちがいない。

ニコールが大きな嗚咽《おえつ》を漏らし、ふたたびゴミ箱を前にしてかがんだが、粘液が細く糸を引いただけだった。震えながら、体を起こした。

「あの少女たちは船に乗せられて、こちらに向かっているわ。かわいそうな子たち。わたしたちでどうにかして止めないと！　オークションを開いてあの幼い女の子たちを最高額の入札者に売り払おうとしているのよ」

ぶるっと体を震わせるや、ニコールは破水した。

19

クロエは目を覚ますなり、息を呑んだ。心臓がどきどきしている。頭にはいばらの冠をかぶせられたように、刺すような鋭い痛みがあった。「ようし、目が覚めたか」なまりのある太い声が前のほうから聞こえてきた。「死んでもらっちゃ役に立たない」

なにを言っているのか、まったくわからない。ただの雑音。雑音はほかにもある。低くハミングするような音。

世界は痛みに満ちていた。目を直射する日光が光り輝く槍《やり》となって頭の奥にまで突き刺さり、一度に数秒ずつしか目を開けていられない。重いものが落ちてきたように、体の右側に痛みがある。とくに右の二頭筋の痛みは強く、圧迫されて燃えるようだった。両方の腕は手首でいましめられている。ようやく苦労して体をひねり、ほんのいっとき、痛む箇所を見ることができた。鮮やかな赤い点を呆然と見つめた。真ん中に刺されたような穴が開いている。

クロエは目をつぶった。

毒虫に嚙まれたの？　光がまぶしかったり、頭痛がしたり、疲労感があったりするのは、だからなの？　だとしても、低いハミングのような音の説明がつかない。この音はまるで――エンジン音。

これ……車？　車のなかなの？

ほんの数秒しか目を開けていられない。舞台でスポットライトでも浴びているようだ。音が変わり、体が転がってやわらかなものにあたった。頭にかかっていた濃い霧がしばし晴れて、自分が車に乗せられていること、そしていまギアが切り替わったことがわかった。後部座席に横向きに寝かされて、両手はプラスチックの紐状のもので固定されている。両手を引き離そうにも、引きちぎれそうにない。手首の皮膚が切れただけだった。

合点のいかないことばかりだった。悪い夢を見ているの？　最後に覚えているのは、マイクのアパートのキッチンでのんびりお茶を飲んでいたこと。あのあとベッドに戻って眠りこけ、誘拐された夢を見ているのだろうか。

携帯電話がメカニカルなビープ音を放った。押したのは番号ではない。短縮ダイヤルだ。

「あいにく、クロエじゃなくてね、ミスター・ボルト」ロシアなまりの太い声が言った。「クロエは生きている。おれの指示どおりにすれば、このまま……」

ニコールと同じくらいコンピュータが得意なハリーがコンピュータの前に座り、ＵＳＢメモリ内のファイルをスクロールしていた。

ニコールを連れて病院に向かったサムからは、逐一連絡が入っている。サムは声をうわずらせ、娘をみずから取りあげなくていいよう、記録的な速度で病院へすっ飛ばしていた。

ハリーがふいに立ちあがった。「ちくしょう」

「どうした？」マイクはしかめっ面で近づいた。少女たちをオークションにかけるより悪いことがあるのか？

マイクは写真を眺めながら、できることならニコールのように吐きたいと思った。穢《けが》れを知らない、美しい少女たち。だいたいは痩せすぎながら、その美しさは見まがいようがない。ロシア語は理解できないものの、数字の羅列ならわかる。六歳から十歳という年齢、最低入札額は全員五万ドルに設定されていた。

ほかにもかなりの量の情報があり、ニコールが出産ししだい、ＦＢＩへ送ることになっていた。ＦＢＩはサムからも話を聞きたがるだろうし、いまサムがニコールのそばを離れることはありえない。銃口を頭に突きつけたって無理だろう。サムが動けるようになるのを待つのが誰にとっても得策だった。

「これを見ろ」ハリーは画面を指さした。

「おれには読めない――」言いかけて、納得した。キリル文字ではなく、アルファベットで書かれた名前のリストだった。客候補の男たち、少女のオークションに参加するかもしれない男たちのリストだ。

容易にショックを受けないマイクも、これには絶句した。知人や、有名人たちの名前がそこにあった。幼い少女を買うような薄汚い人間だとは、とても思えない男たちの名前が。市長の主任補佐官、地区検事が四人、大手企業のCEOが五人、有名なジャーナリスト、大手病院の外科部長……リストは延々と続いた。年端のいかない少女が人気商品であることがこれでわかる。

ニコールのように吐きたかった。壁を殴りつけて、穴を開けたかった。ハリーは陰鬱な顔で画面を見つめている。「このクソ虫連中を引きずりおろしてやる」

心温まるアイディアではないか。「そうとも」マイクは相づちを打った。「この事件にはFBIが群がるぞ」窓口のあてもあった。アーロン・ウェルズ特別捜査官だ。友人でもあるアーロンは、父親が日常的に母親を殴る環境で育ったがゆえに、虐待される女たちを助けるRBK社の熱心な協力者のひとりだった。

しかも、小児性愛——マイクはまたもや、吐き気を抑えこまなければならなかった。姪たちと、その姪たちを傷つけるクソ男たちを思い浮かべると、それだけで頭がおかしくなりそうになる。

「アーロンがそいつらを取り押さえてくれる。少女たちはいつ到着するんだ?」

ハリーはモニタをにらみつけた。厳しい顔をすればするほど、ロシア語が理解できるとでも思っているようだった。彼が両手を挙げて、言った。「わからない」いらだたしげにうめく。「こんちくしょうめ。よりによってこんなときに。上陸したら最後、少女たちは消えてしまうぞ」

「テキストをコピーペーストして、グーグル翻訳にかけてみよう」マイクは提案した。ハリーからにらみつけられたので、「なんだよ？」と尋ねた。

ハリーはキーを叩きながら言った。「コンピュータのことで、おまえに名案を思いつかれると、気分が悪い。おれの得意分野だからな。おまえが得意とするのは武器で、おれはコンピュータ。そうやって棲《す》み分けないと。さあ、これでいい」翻訳結果を読み、ほっとして椅子の背にもたれた。「わかったぞ。今日から二日後にサンディエゴ港に入港予定だ。その前に沿岸警備隊に捕まえさせよう。向こうはなにが待ち受けているか知らない。連中に警告が行かないように気をつけないと、かわいそうな少女たちが海に投げ捨てられかねない」

ハリーの携帯電話が鳴った。携帯を取りだして、マイクを見た。「クロエからだ」

マイクは眉をひそめた。クロエはどうして自分ではなく、ハリーに電話したんだ？　ハリーに近づき、恥ずかしげもなく耳を傾けた。なにかいるものがあるのか？　もしそうなら、断じて自分が持っていく。

「やあ、ハニー」ハリーはそれきり硬直した。マイクに視線を投げ、スピーカーフォンに切り替えた。

「あいにく、クロエじゃなくてね、ミスター・ボルト」強いなまりのある、太い声が言った。

「クロエは生きている。おれの指示どおりにしていれば、このままおまえの妹を生かしておいてやる。おまえの手元におれのものがある。妹はそれと引き替えだ」

マイクの全身の毛がパニックに逆立った。ハリーのこめかみをひと筋の汗が伝った。

「おまえは誰だ?」ハリーは尋ねた。実際はマイク同様、ハリーにもよくわかっている。

ニキーチン。ロシア人。女を平然と水責めにする男。クロエを拘束した男。

クロエはその男の手の内にある。

マイクはぶるっと身震いした。肉体がいままでに経験したことのない反応を示していた。全身に電気ショックをかけられたようになり、悪臭とともにどっと汗が噴きだした。筋肉から力が抜け、足を踏んばっていないと立っていられない。痛いほど吐き気が込みあげてきて、ニコールがさっき使ってマリサがきれいにしたばかりのしゃれたゴミ箱までどうにかたどり着いた。

自分ではどうすることもできなかった。クロエが水責めにされる場面が浮かび、それを全身が拒否するあまり、内臓がひっくり返りそうになったのだ。

ハリーはマイクをにらみつけ、電話の向こうの相手にマイクが吐いているのが聞こえないように送話口を手でふさいだ。

「――GPS座標だ」男の話は続いていた。「この情報をひとりでたどってこい。おまえをつけてくる人間がいたら、おれにはわかるぞ。USBメモリを持っておまえひとりで来れば、おまえの妹には手を出さず、すべてを忘れる」

電話が切れた。

「おまえがいるのがばれるところだったぞ」ハリーが文句をつけた。ふだんと変わらない声を出しているが、顔が氷のように青ざめている。

「我慢できなかった」マイクはぼそっと言って、口をぬぐった。

ハリーの眉間の皺が深くなった。「しっかりしろ、マイク」ぴしりと言った。「おまえがそんなんじゃ、クロエを助けられない。頼むぞ」

「あいつがクロエをさらったのか？　どうやって？　うちは厳重に警戒してる。そんなやつがどうやって侵入したんだ？」

マイクはコンドミニアムの監視カメラを制御しているプログラムにアクセスした。管理プログラムには問題がなかった。入力情報を調べると、空電しか入ってこなかった。「まずい」つぶやいて、携帯電話に番号を打ちこんだ。地上階のセキュリティデスクにある電話の呼び出し音が鳴りつづけた。「警備員が電話を取らない。今日の午前中はホセの担当だ。あいつはちゃんとしてる。もし電話を取らないとしたら、倒れているか、死んでるかだ。もう一件、試させてくれ」自宅の電話番号をダイヤルすると、呼び出し音の音のひとつずつがむなしく体にこだました。クロエが出ないことなどありえない。

マイクとハリーは目を見交わした。「やつにさらわれた」マイクは力のない声で言い、ハリーがうなずいた。

なんてざまだ。

マイクは落ち着こうとした。目の前の事態に集中しようとした。氷のような冷静さを見いだそうとした。心のなかの、しんとした冷ややかな場所を見いだせば、どんなにおぞましい環境でも機能することができる。

その場所がなくなっていた。

どこかへ行ってしまった。

立ちすくんで、汗にまみれ、手を震わせて、頭は空電でいっぱいで考えられず、ただ見ることしかできない。クロエの姿、痛めつけられて血を流し、乱暴な男たちの手のなかにいる。

マイクには無理だった。とにかく無理だった。こんなことに対処できるメカニズムが自分のなかにはない。ゴミ箱まで行ってかがんだ。つぎの瞬間、ハリーの一発が顎に命中して、後ろによろめいた。

「なにやってんだ!」ハリーがぬっと真正面に現れた。「おれの前でパニックになるな、マイク。おれの妹が怪物の手に落ちたんだぞ。おれはあいつを一度失った。もう失うわけにはいかないんだ。さあ、戻ってこい、この野郎、おれの力になってくれ! おまえがしゃんとしてくれないことには、あいつを取り戻せない!」

マイクは腰を起こし、顎に手をやって、大きく深く呼吸した。ハリーはいまだこぶしを握っている。

ハリーは怯えていた。実際問題として、もしクロエが死んだら、ハリーは打ちのめされて、死ぬまで悼みつづけるだろう。だが、彼の人生は終わらない。妻子のいるハリーには、家族が残る。

クロエになにかあったら……頭が拒否しようとするが、必死に考えた。どうなるのか理解しなければならない。クロエの身になにか起きたら、死ぬようなことになったら、自分にはなにもない。クロエは、マイクがこれまで住んでいたじめじめと湿った暗い洞窟の扉を開いて、光にあふれた美しい世界を見せてくれた。クロエがいなくなったら、その扉は永遠に閉じられる。もう光が差すことはない。その扉を開けるのはクロエだけだからだ。

彼女の命を救うため、そして自分のために、まともでなければならない。

マイクはそこに立ったまま、顎の痛みを無視して、雄牛のように頭を垂れた。冷たくなった汗で体が冷えてくる。もう汗が噴きだすことはない。両手を見ると、震えも止まって、いつもどおりだった。

頭は冴《さ》えている。

クロエは死なせない。おれの息があるうちは。

「場所はどこだ?」きびきびと尋ねた。

ハリーが安堵して肩を落とした。「助かった、戻ってきてくれたか、マイク。おまえの力がいる。おれひとりじゃ無理だ」

ふたりの目が合った。「クロエには手出しをさせない」マイクは断言した。「ふたりで彼女をうちに連れ戻すんだ。クソ虫を逮捕できたとしても、そいつはおまけみたいなもんだ。絶対外せないのは、クロエをうちに連れ戻すことだ」

ハリーはキーボードを叩いていた。「GPS座標はここ」地図を指さした。「ここ、ロス・コヨーテス・インディアン特別保留地の近くだ」

申し分ない。SEREの訓練を受けたワーナー・スプリングスの近くなので、マイクはそのあたりに土地勘があった。海兵隊の〝敵たち〟から二週間にわたって逃げつづけ、そのあたりで汗をかき、血を流し、あやうく死にかけた。

「たぶんこのあたりが平地だから選んだんだろう。交換の場を決着の場にするつもりかもしれない。地図から選んだか、誰かに選んでもらったか。じつはこのへんは海軍の特殊工作訓練場になっていて、やつにとっちゃ知らない土地だろうが、おれにはなじみの土地なんだ。おれたちが勝つぞ、ハリー」マイクは地図を拡大して、指で道筋をたどった。「ここまで163号から15号を通って78号まで、ほとんど高速道路を使える。そのあと山間部に入って、指定された地点まで行けばいい」

「向こうはおまえがついてるのを知らない」ハリーは大きな手をマイクの肩に載せて、目を合わせた。ハリーはこの十分で十歳、老けた。「ふたりでおれの妹を取り戻すぞ」

マイクはハリーの手を一瞬握って、ガンロッカーに向かった。

「絶対だ」

20

「来るぞ」ハリーが静かに告げた。彼はいま社用のトランジットを運転していた。一見するとふつうのバンで、外見上はみすぼらしくさえある。ところどころ錆びて、泥や汚れがついている。しかし月まで行ける馬力と、携行式ロケット弾《RPG》以外なら阻止できる装甲と、どんな戦闘小隊にも負けない通信機器を備えている。

バンの後部にいるマイクは、落ち着いた物腰で移動した。さっきまでのパニックが嘘のように、地に足のついた冷静さを取り戻していた。

六キロ上空で旋回する非武装型のプレデターBは、いっさい目視できない。これを飛ばすためにアーロンがペンタゴンにいる人物たちの腕をどれぐらいひねりあげたのか、マイクには想像もつかない。知ったことか。大切なのは戦闘地帯をモニタで見られて、拡大縮小が可能なことだった。

確認事項1、メールで送られてきたGPS座標からふたクリックほどの位置に停まっているフォード・トーラスのなかで、男がふたり待機している。確認事項2、クロエの姿は見あたらない。

狙撃手には読み取りやすい地形だった。平らで特徴がない。奇襲を恐れてここを選んだのだろうが、アーロンとサンディエゴ市警察のSWAT部隊が十クリック先に配備されていることは知りようがない。それだけ距離があるとクロエを助けることはできないが、なにがあろうとロシア人を逃さずにすむ距離ではある。

クロエを救出できるかどうかはマイクにかかっている。それにうってつけの武器もある。とっさの判断で、バレット社のライフルMRADと、弾薬にはラプアマグナム338口径を選んだ。このライフルなら鼻歌交じりでも、金玉だけ撃ち飛ばして、ハエ本体を生かしておける。

これはSEALで採用されている銃器だ。SEALは、マイクがつねづねサムに言って聞かせているとおり、海兵隊のフォース・リーコンの足元にもおよばないが、いい武器をそろえている。SEALで評価された武器ならば、自分にも申し分ない。

この一時間、可能性のある筋書きを頭のなかでなぞって過ごした。準備はできている。

「ブレーキを踏むぞ」ハリーが言うと、車体を回転させて止まった。座標どおり、とマイクはモニタを見て確認した。

携帯電話が鳴る。アーロンからメールだ。

射殺はするなよ。

まだ土ぼこりもおさまらないうちに、前の座席からクロエからの電話が鳴る音が聞こえた。ここへ来るまでの道すがらも、ロシア人たちは二度、ハリーが来ていることを確認する電話をよこした。

運転手が車から降りてきた。片方の手には双眼鏡、もう一方には携帯を持って、背中にライフルをしょっている。男は携帯を耳にあてがった。

ハリーはスピーカーフォンに切り替えた。

「で、ひとりなんだな？」

「ああ」

「車を回転させろ。おれのほうに後ろを向けて、ドアを開けるんだ」

マイクは急いで動いた。バンの運転席と助手席の背後に見せかけのパネルがある。肩幅が広すぎて窮屈だが、どうにか体をねじこんだ。バンにはスナゴールの強力な双眼鏡を載せてある。レンズには特殊なコーティングがしてあって、光を反射しない。せまい隙間からのぞくと、二キロ先まで見える。黄褐色の車、ブロンドの男が双眼鏡を掲げ、背中にライフルをしょっている。助手席にもひとり。クロエの姿はなかった。

「先に妹に会わせてくれ」ハリーが言った。

　ニキーチンというロシア人が頭を動かした。助手席の男が外に出て、後部座席のドアを開け、なにかを引っぱりだした。

　マイクは呼吸を一定にして、心を落ち着かせていた。だが、深い部分では嫌悪が燃えさかっていた。

　助手席にいたロシア人にいきおいよく引っぱりだされたせいで、クロエが顔から地面に落ちた。マイクが見守るなか、ロシア人がクロエを乱暴に引き起こした。声は聞こえないものの、クロエが痛みに悲鳴をあげるのが、口の形でわかった。

　マイクは双眼鏡を少し動かして、男の顔をじっくりと見た。これで脳裏に刻みこまれた。

「マイク！」ハリーがほとんど口を動かさず、小声で呼んだ。送話口を手で押さえている。

「状況説明」

　マイクもハリーも、検出されにくい通信機器を装着している。

　マイクは応じた。「クロエは基本的に無傷だ。多少動きがにぶい。薬を使われたんだろう」

「満足したか？」スピーカーからロシア人の声がした。「車を動かせ」

　ハリーは黙ってトランジットのギアを入れ、車を回転させてロシア人のほうに後ろを向けた。車から降りて、ドアを開ける。ロシア人が双眼鏡を通じて見るのは、からっぽのバンの車内だ。装備類はすべて壁に収容してあって、床にはなにもない。

　トランジットをこのままにしろと命じられたら、たいへんなことになる。設置するには場所がいる。

ハリーは後部のドアを閉めて、運転席に駆け戻った。バンを動かして、側面がロシア人のほうに向くようにした。

「なにをしているんだ?」ニキーチンの声がとどろいた。

「いや、さっきと同じ場所に動かしただけだ」ハリーが機先を制して車を降り、前に進みでた。マイクにはもうロシア人の声が聞こえない。ハリーの声だけだ。

「このあとどうする?」ハリーは尋ねた。答えに耳を傾けると、携帯電話をベルトのホルスターにしまい、シャツのボタンを外しだした。

武器を携帯していないことを確認させせろとロシア人に言われたのだろう。ハリーはシャツを脱ぎ、両手を挙げて回転した。一回転すると、ズボンの裾を片方ずつ引っぱりあげて、武器の入ったアンクル・ホルスターがないことを示した。

そんなものはつけていない。ただし、ウエストバンドの腰の内側にホルスターがあって、グロック17が入れてある。武器はふたりで選んだ。遠距離の狙撃はマイクの担当、ハリーはライフルを隠せない。ハリーはふたたびシャツを着て、けれどボタンをはめずにいた。

「よし、いいな」ハリーは携帯に話しかけ、ゆっくりと前に進んだ。その瞬間、ロシア人はクロエの頭に拳銃を突きつけて、やはり前に歩きだした。

ニキーチンが長い照準器のついたライフルを肩まで引っぱった。SVD——ドラグノフ狙撃銃だ。できのいいライフルだが、マイクのもののほうがなおいい。そしてニキーチンがどんなに腕のいい狙撃手だとしても、やはりマイクにはかなわない。

心が狙撃手のそれ、しんとした静けさに満たされていくのを感じる。心拍数が落ちて、呼吸もゆっくりになる。メトロノーム代わりに使えそうなほど、リズムが安定している。コントロールの効いた、冷静な状態。もはやなにもマイクを乱すことはできない。頭がからっぽになり、任務に集中している。

双眼鏡の向こうによろけながら歩くクロエの姿を見たときは、ごく小さく心臓が跳ねた。頭に銃を突きつけられ、歩いたあとに土ぼこりが立っている。マイクは体を駆けめぐった熱を抑えつけた。

冷静沈着。じっくりと時をやり過ごしていく。

ハリーと複数のシナリオを検討し、そのひとつがこれだった。ニキーチンはクロエにライフルを突きつけることで、ハリーの動きを封じられると考えている。ハリーがどうにかしてクロエを狙っている男を攻撃したとしても、ニキーチンにはクロエが撃てる。

自分たちに与えられるチャンスの窓は小さい。マイクはそれに備えはじめた。

サンルーフをゆっくりと開いた。特別仕様のサンルーフで、これがあるおかげで車の上からの工作が可能になる。ニキーチンには車の上部が空に向かって開いているのが見えない。

計算開始。複雑に入り組んだ世界、慣れ親しんだ世界だった。マイクは数字に没頭した。

数字が自分を救ってくれる。速さだけでは成功はおぼつかない。

脳裏を数字がよぎった。風、なし。気温三十度。湿度、低い。距離千七百八十二メートル。

マイクは銃弾の落下速度を計算した。

いまハリーから銃を持った男とクロエまでの距離は五十メートル。マイクにも彼女の顔がよく見えるようになった。怯えた表情ながら、意識はしっかりしているようで、頭を起こしてじっとハリーを見ている。

四十メートル。

ロシア人は背後に目をやり、クロエをハリーから正面の位置に来るよう少し左に動かした。マイクがニキーチンを撃とうすると、その前にはクロエがいる。ハリーとクロエのあいだには、子どものころやっていた手の合図があった。ふたりのあいだの特別な合図で、〝ロッドから離れろ〟という意味だった。ハリーがその合図をクロエに思いださせたのは、ほんの数日前の夜のことだ。それまでクロエは完全に忘れていた。

ハリーはその合図を使おうとしていた。薬でもうろうとしているであろうクロエに、それを理解してもらわなければならない。

さて。

三十メートル。

マイクはいま照準器をのぞいている。シュミット・アンド・ベンダーの5-25x56PMII、二千メートル対応のP4Fレティクル付き。

ロシア人がハリーになにか言い、ハリーはポケットからUSBメモリを取りだして、それを掲げた。

二十メートル。

ハリーがなにげなくその手を脇におろした。

マイクはサンルーフの下に枠箱を置き、屋根から頭が飛びださないように気をつけながら、その上に立った。発砲できるチャンスはほんの一瞬しかない。

ボイド大佐が提唱した意思決定ループ——監視、情勢判断、意思決定。

十五メートル。

ハリーの手が砂浜で砂をすくうような動きをした。

クロエが石のように倒れた。

彼女をつかんでいたロシア人は、倒れたクロエに引っぱられてバランスを崩した。

ハリーにはこれだけでじゅうぶんだった。そのまま手を動かしてグロックを抜き、ロシア人の頭を撃った。きれいな丸い穴の背後から赤い霧が散って、頭部を包んだ。

クロエが倒れ、マイクにチャンスが訪れた。

行動。

何百回とリハーサルをくり返してきたように、マイクは流れるような動きで屋根から頭部を突きだした。ライフルを肩にあてがい、狙いをつけ、引き金を絞りこみ、二・五トンの運動エネルギーをニキーチンの頭部に撃ちこんだ。

頭が爆発する。

マイクはアーロンの指示を思いだした——射殺するなよ。

「おおっと」ライフルを投げだした。

つぎの瞬間には硬く締まった砂地を全速力で走っていた。生まれてこのかた、こんなに速く走ったことはない。生きるためだった。彼女はそこにいて、砂地から起きあがろうとしていた。

おれの命。

冷静沈着なマイクはどこかへ消えた。跡形もなく！　汗まみれになって震え、胸を帯で締めつけられたようで、深い息ができなかった。

ブーツで砂を蹴りあげてまっすぐクロエのもとへ向かい、あやうくぶつかりそうになりながらも、手前で急停止した。

「クロエ」喉が詰まりそうになりながら、どうにか言葉を押しだした。

ハリーは足元に転がるロシア人の死体を見おろしている。いったん足を引いて、死体を蹴った。もしまだ死んでいなければ、甚大な被害を与えたであろう乱暴な蹴り方だった。

「クロエ？」マイクはもう一度、喉に引っかかったかすれ声で呼んだ。砂で喉をこすられたような声だった。

　クロエがそろそろと立ちあがり、マイクに笑いかけて、両腕を差し伸べた。

　マイクは彼女を抱えあげ、押しつぶさないように気をつけつつも、自分の体の奥にある心に抱きしめた。そこが彼女の居場所だった。

　心臓は早鐘を打ち、その音があまりに大きいせいで、彼女の言うことが聞こえない。鼓動が全身を脈打たせていた。

「えっ？」

　クロエは笑い声をあげ、頭上で光を反射しているヘリコプターを指さした。側面に白い文字でＦＢＩとあった。

　ふたりの周囲で砂が舞いあがり、渦を巻いて、息が苦しい。

「騎兵隊のおでましだぞ」ハリーが叫んで、親指で上を指した。「警察署で何時間か過ごすことになりそうだな」

「いいや」マイクは叫び返した。「その前にクロエとおれが結婚する。いますぐだ」

　ハリーがあきれ顔で叫んだ。「おい、本人に尋ねるのが先だろ、ばかたれ」

　マイクはクロエを見た。

　彼女の髪を持ちあげて、プロポーズの言葉をそっと耳にささやきたい。だが、いま彼女の髪はヘリのローターの風でかきまわされているし、ささやき声では聞こえない。

「クロエ・メイスン」マイクは叫んだ。「結婚してくれるかい?」ここで確実に決めたい。

「いますぐに」

クロエは笑いながらキスをして、「ええ!」と叫び返した。

エピローグ

三年後
サム・レストンの自宅

誰にとっても予想外だった。マイクとクロエは予定の二日前の昼ごろ、到着した。ふたりとも大急ぎでニュースを知らせに帰るべきだと思ったからだ。

土曜日の習慣で、ふたつの家族が一緒にランチをとっていた。例によってめざといメリーが最初にふたりに気づいた。いや、クロエにと言ったほうがいいだろう。クロエがいると、マイクなどいないも同然の扱いになる。

歓声とともにメリーがクロエに抱きつき、グレイシー、妹のエマ、そしてクロエが命を落としかけた日に生まれたローラと続いた。

少女四人がクロエを囲んで体をはずませ、自分を見てもらおうと押しあいへしあい、興奮していっせいにしゃべっている。マイクは巻きこまれないように、身を引いた。

ニコールとエレンはすばらしい。彼女たちのような女性を妻に迎えたサムとハリーは運がいい。

だが魅惑の中心はクロエで、彼女をつかまえたのは自分だ。クロエは料理ができないし、金計算の名人でもないが、子どもたちに慕われていて、そこがなにより重要だった。クロエおばさんはみんなの生活の中心にいる。いつもそこにいてくれて、ニコールもエレンも、仕事があるのに子どもが病気になったときは、クロエが母親のように付き添って愛情たっぷりに看病してくれると一片の疑いもなく信じている。

これほど優れた才能がほかにあるだろうか。

メリーはその場で飛び跳ねて、クロエの背後を見ようとしていた。「クロエおばちゃん、ねえ、プレゼント買ってきてくれたの？」

「ぷれじぇんと？」ローラがまねして、両手を叩いた。尋ねるまでもない。クロエはどこへ出かけても、姪たちにプレゼントを買う。ましてや、この二年ふたりで足繁く通っているロンドンならば必ずだった。お土産なしで帰宅するぐらいなら、羽をはやして買いに戻るだろう。

クロエは毎回、粛々とプレゼントを渡したいと願い、そのたび運命にあざ笑われた。背後から包装紙を引きちぎる音と歓声があがった。メリーとローラとグレイシーとエマが大喜びでぴょんぴょん飛び跳ねている。

ニコールが笑顔でテーブルの席を立ち、そのあとエレンが続いた。「あら、嬉しい驚きだわ。ちょっとしたウェルカムパーティを開くつもりだったのに、それより早く帰ってきちゃったわね！　さあ、入って、ランチにするところよ。マニュエラがすばらしくおいしいポットローストを準備してくれたの」

エレンはクロエの手に触れた。「シスター・メアリー・マイケルはお元気だった？　女の子たちはどうしてる？」

マイクはクロエが上着を脱ぐのに手を貸しながら、なぜみんなにはわからないんだろうと、ひそかに首をかしげた。しかもここにはニコールとエレンという、なにかを嗅ぎつけることにかけてはピラニア級のふたりがそろっているのに、まったく気づかずにいる。

「シスター・メアリー・マイケルはお元気よ。みんなによろしくって。ルドミラは国際的なピアノコンクールで優勝して、みんな大興奮だったわ。女の子たちはプレゼントを受け取って、とっても喜んでた。預かったお礼のカードがバッグに入ってるわ」

ニコールとエレンが顔を輝かせた。ロンドンにいる少女たちに渡してもらうプレゼントを詰めるのは、大仕事になった。幸せな大仕事に。ふたりはこれぞというものを見つけるために何日も店を見てまわった。きらきらして幸せそうな顔から判断するに、満足いく仕事ができたのだろう。

船はアメリカの水域に入るや止められて、捜査の手が入った。組織的な児童売春として大スキャンダルになり、半年にわたって世間を騒がせつづけた。その余波はまだ残っている。

マイクとサムとハリーは裁判ひとつずつを厳しい目で注視し、禁固刑が出るたびに祝った。

しばらくは少女たちをどう処遇したらいいか、誰もわからなかった。彼らの存在を示す記録は破棄されていた。住んでいた町の名前すら言えない少女もいた。わかっているのは、孤児であること、記録から抹消されていることだけだった。

そこでクロエがワンダーウーマンを呼びだした。当時は実際にそんな印象だった。それはクロエのいた寄宿学校のシスター・メアリー・マイケルだった。体重五十キロの小柄な体に修道衣をまとったこの女性は、高位の権限を持っていた。神の御心に沿った交渉を通じて監護権を手に入れたシスターは、娘たちを船でロンドンに運び、そこで彼女たちは健やかで美しい若いお嬢さんに成長した。

つねづね自分は相続しすぎだと言っていたクロエは、少女たちのために二千万ドルの信託を設定した。教育費用の足しにするためだった。

クロエとマイクはたびたび向こうへ飛び、とくに最近はロンドンを訪れる機会が増えていた。だが少女たちに会うことだけが目的ではなかった。

キングスブリッジにできたひじょうに優秀な不妊治療クリニックに通うためだった。ふたりの判断は正しかった。

「話したいことがあるの」クロエが小声で言うと、みんなが手を止めて、視線を向けた。クロエは輝いていた。いまだその金色の瞳を見ると、抱きたくてたまらなくなる。クロエが手を伸ばしてきて、マイクの手を握った。「マイクとわたしからよ。わたしたち、この半年、数え切れないほどロンドンに出かけてたでしょう？　みんなが不思議に思ってるのは、わかってた。新たな体外受精技術を専門にやっているクリニックに通ってたの」

サムとハリーがきょとんとした顔になった。ニコールとエレンが鋭く息を呑む。

「いい知らせよ。マイクとわたし——わたしたちに赤ちゃんができたの。双子が」クロエはまっ赤になり、喜びに笑顔を輝かせた。

背後ではプレゼントをもらった興奮が狂乱の域に達して、包装紙の紙吹雪が舞っていた。あと何年かしたらここにエストロゲン満々の息子たちが加わることになるぞ、とマイクは思った。

そのときは、兄弟たちが面倒を見てくれるだろう。

「男の子だ」マイクは満足げに言い足した。

訳者あとがき

リサ・マリー・ライスのプロテクター・シリーズのファンのみなさん、お待たせいたしました。『愛は弾丸のように』、『運命は炎のように』と続いてきたこのシリーズも、いよいよ大詰め。第三弾の『情熱は嵐のように（原題*Nightfire*）』をお届けします。

今回のヒーローは、マイケル・キーラー。第一作、第二作でそれぞれ主役をつとめた、義理の兄弟たち――サム・レストン、ハリー・ボルト――と同じように、かつては特殊部隊に所属したたくましい男。ふたりより多少、身長は低めながら、胸板の厚さはひと一倍。か弱なヒロインにウェイトトレーニングを課す、筋肉信奉者。これまでの二作からも伝わってくるように、三人のなかでは一番明るくて、気さくで、ビール好きの、いかにもアメリカのナイスガイといった男性です。これまでの二作を読んできた印象では、脳まで筋肉でできていそうな典型的なマッチョですが、良くも悪くもかなりナイーブな男性であることが、本作を読むとよくわかります。

マイケル・キーラー、三十五歳。RBKセキュリティ社の共同経営者。

会社の業績は順調だし、兄弟ふたりの家族とも仲良くやっています。とくに姪のメリーとグレースのことは、目に入れても痛くないほどかわいがっているので、夜遊びもすっかりご無沙汰していました。ところがクリスマスシーズンにふと兄弟たちの奥さんふたり――ニコールとエレン――が目配せしているのに気づいたマイク。みんなの好意に甘えて、朝から晩までずっと一緒に過ごしていたけれど、自分はみんなのお荷物になっているのではないか。これでは人の好意にたかる吸血鬼と同じだ。そう思ったマイクは、おおいに反省して、ひとりで過ごすことにしました。けれど、人恋しさにむかしの悪い癖が戻ってきて、足は自然と酒場に向かいます。目的はひとつ、その夜の相手をしてくれる女を見つけることです。

泥酔したマイクには、自然と女が寄ってきます。女に言い寄られ、誘われるまま、女の自宅アパートに行って、ベッドをともにすると、女はあろうことかマイクに暴力をふるわせようとします。マイクにしてみたら、女に手を上げるなど、考えられません。ネズミの巣穴のような、不潔な部屋からそそくさと逃げだしました。泥酔して女あさりをする自分の浅ましさにうんざりしながら……。兄弟ふたりには家族があるのに、自分を待っているのはからっぽの部屋だけ。

最低の思いをしたそんな日、会社で待ち受けていたのは、ひとつの出会いでした。アポイントメントもなしに会社を訪ねてきた、はかなげな美女が、ロビーで待っていました。彼女はハリー・ボルトとの面会を求めていましたが、ひとめ彼女を見たときから気になって、マイクも面談の席に同席させてもらうことにしました。RBKセキュリティ社が秘密裏に行っている事業〝ロストワン〟――男たちの暴力に苦しんでいる女性たちに新しい人生をはじめさせる――を目当てに訪ねてきた女性だと思ったのです。華奢な体つきに、青白い肌。目鼻立ちは美しくて繊細、口は少しだけ大きめで、大きな瞳は金色と見まがうばかりの薄茶色。趣味のいいお金持ちらしく、服装にはお金がかかっており、エレガントで上品な恰好をしています。けれど、男の暴力に苦しむお金持ちの女性は決して少なくありません。

しかし、彼女、クロエ・メイスン来訪の目的は、まったく別のところにありました。そう、外見にくっきりと現れているとおり、ハリー・ボルトにうりふたつの彼女は、ハリーが死んだと思いこんでいた妹のクリッシーだったのです。クロエは自分に無関心な母親のもと、母親の恋人には暴力をふるわれ、さらには父親にレイプされかけるなど、凄惨な過去を生きてきたといいます。

死んだと思っていた妹と再会できたハリーは、当然のことながら狂喜乱舞し、自分の家族に引きあわせます。兄から受け入れてもらえるかどうかわからずにいたクロエにとっては、予想外の展開でした。クロエを家族として受け入れる輪の中で、ただマイクだけが、彼女に対していわゆる家族とは異なる感情を抱いていました。そう、男としてクロエに惹かれたのです。それはクロエも同じで、最初に抱擁したときから、マイクに対してときめきます。

稀代の女たらし、マイクと、男性とつきあったことのないクロエ。このまま結びつくのかと思われたとき、トラブル発生。マイクが前夜、つきあった女が、マイクから暴力をふるわれたと警察に訴えでたのです。その後、このトラブルが原因となって、マイクはクロエの兄であるハリーから「妹に近づくな」と釘を刺され、クロエに触れないと誓わされるはめに。

かくしてマイクはクロエにつきまといつつ、指一本触れないという生活に突入。そんな生活が続くこと半年、いよいよふたりの我慢が限界に達したとき、クロエの身に災難が降りかかります……。

この先クロエは危険な目に遭わされるわけですが、今回一番の読みどころは、流れ作業のように女を抱いてきたマイクが、純情一途の少年のようになるところではないでしょうか。いまふり返ってみるに、このシリーズの柱である三兄弟は、いずれも屈強な大型犬のよう。サムがドーベルマンかグレートデン、ハリーがダルメシアンかイングリッシュポインターときたら、マイクはごつくてがっちりのボクサーか土佐犬といったところ。母親に捨てられたサムや、妹と母親を殺されたハリーに比べたら、すばらしい家族のいた自分は恵まれていたと信じて疑わない、まっすぐで心のやさしい男です。クロエと出会うことで、これまでの女性関係を反省し、騎士のようにクロエに仕えるあたり、まさにロマンスの王道といったおもむきです。

シリーズ前作のあとがきでも触れてきたとおり、今回もヒーローのマイクがかつて所属していた特殊部隊、海兵隊のフォース・リーコンについて調べてみました。フォース・リーコンとは、アメリカ海兵隊武装偵察部隊の通称で、一般には特殊部隊とされますが、公式には海兵隊の斥候《せっこう》部隊です。耳慣れない言葉、「斥候」とは、本隊に先駆けて進行方面の敵情や地形を偵察、警戒する任務のこと、あるいはそのために派遣する少数の兵士のことだそうです。主たる任務はあくまで偵察だが、戦闘能力はきわめて高く、海軍のSEALにも匹敵するのだとか。海兵隊で唯一、空挺降下作戦が可能な部隊であるため、本隊の上陸後は空中機動部隊として参戦できるうえ、艦艇で移動することの多い海兵隊は、空挺部隊に比べて重装備で任地に赴けるので、素人目にも、きわめて使い勝手のいい部隊といえそうです。

ということは、部隊員に課せられる訓練は、当然、生半可なものではありえません。やはりSEALに並ぶ過酷で長い時間をかけた訓練過程によって、ふるいにかけられていきます。本書のなかにも、訓練の一環として水責めを受けたとされる記述があり、その過酷さの一端を垣間見ることができます。

プロテクター・シリーズの三冊、いかがでしたでしょうか？　もちろん、それぞれの作品を単独で読むだけでもじゅうぶん楽しんでいただけますが、三作あわせてお読みいただくと、愛に充ち満ちた濃厚なセックスシーンとともに、三兄弟の絆の強さや、過酷な生い立ち、それでも幸せになろうとする登場人物たちの意思を通じて、アメリカという国の強さを感じていただけるように思います。

さて、このあとには、秘密工作員をフューチャーしたシリーズ、ゴースト・オプスが控えています。過去を完全に抹消された男たちの物語。どうぞお楽しみに。

二〇一四年四月

ザ・ミステリ・コレクション

情熱《じょうねつ》は嵐《あらし》のように

著者　リサ・マリー・ライス
訳者　林《はやし》 啓恵《ひろえ》

発行所　株式会社 二見書房
東京都千代田区三崎町2-18-11
電話 03(3515)2311［営業］
03(3515)2313［編集］
振替 00170-4-2639

印刷　株式会社 堀内印刷所
製本　株式会社 村上製本所

落丁・乱丁本はお取り替えいたします。
定価は、カバーに表示してあります。

ISBN978-4-576-14061-2
http://www.futami.co.jp/

愛は弾丸のように

リサ・マリー・ライス　〔プロテクター・シリーズ〕

林 啓恵［訳］

セキュリティ会社を経営する元シール隊員のサム。そんな彼の事務所の向かいに、絶世の美女ニコールが新たに越してきて……待望の新シリーズ第一弾！

運命は炎のように

リサ・マリー・ライス　〔プロテクター・シリーズ〕

林 啓恵［訳］

ハリーが兄弟と共同経営するセキュリティ会社に、ある日、質素な身なりの美女が訪れる。元勤務先の上司の不正を知り、命を狙われ助けを求めに来たというが……

危険すぎる恋人

リサ・マリー・ライス　〔デンジャラス・シリーズ〕

林 啓恵［訳］

雪嵐が吹きすさぶクリスマス・イブの日、書店を訪れたジャックをひと目見て恋におちるキャロライン。だがふたりは巨額なダイヤの行方を探る謎の男に追われはじめる。

眠れずにいる夜は

リサ・マリー・ライス　〔デンジャラス・シリーズ〕

林 啓恵［訳］

パリ留学の夢を諦めて故郷で図書館司書をつとめるチャリティに、ふたりの男——ロシア人小説家と図書館で出会った謎の男が危険すぎる秘密を抱え近づいてきた……

悲しみの夜が明けて

リサ・マリー・ライス　〔デンジャラス・シリーズ〕

林 啓恵［訳］

闇の商人ドレイクを怖れさせるものはこの世になかった。美貌の画家グレイスに会うまでは。一枚の絵がふたりの運命を一変させた！ 想いがほとばしるラブ&サスペンス

危険な愛の訪れ

ローラ・グリフィン

務台夏子［訳］

元恋人殺害の嫌疑をかけられたコートニーは、刑事ウィルと犯人を探すことに。惹かれあうふたりだったが、黒幕の魔の手が忍び寄り…。２０１０年度ＲＩＴＡ賞受賞作

そのドアの向こうで
シャノン・マッケナ
中西和美［訳］
〔マクラウド兄弟シリーズ〕

亡き父のため十七年前の謎の真相究明を誓う女と、最愛の弟を殺されすべてを捨て去った男。復讐という名の赤い糸が激しくも狂おしい愛を呼ぶ…衝撃の話題作！

影のなかの恋人
シャノン・マッケナ
中西和美［訳］
〔マクラウド兄弟シリーズ〕

サディスティックな殺人者が演じる、狂った恋のキューピッド。愛する者を守るため、燃え尽きた元FBI捜査官コナーは危険な賭に出る！絶賛ラブサスペンス

運命に導かれて
シャノン・マッケナ
中西和美［訳］
〔マクラウド兄弟シリーズ〕

殺人の濡れ衣を着せられ、過去を捨てたマーゴットは、彼女に惚れ、力になろうとする私立探偵デイビーと激しい愛に溺れる。しかしそれをじっと見つめる狂気の眼が…

真夜中を過ぎても
シャノン・マッケナ
松井里弥［訳］
〔マクラウド兄弟シリーズ〕

十五年ぶりに帰郷したリヴの書店が何者かに放火され、そのうえ車に時限爆弾が。執拗に命を狙う犯人の目的は？彼女の身を守るためショーンは謎の男との戦いを誓う…！

過ちの夜の果てに
シャノン・マッケナ
松井里弥［訳］
〔マクラウド兄弟シリーズ〕

傷心のベッカが恋したのは孤独な元FBI捜査官ニック。狂おしいほど求めあうふたりに卑劣な罠が……この愛は本物か、偽物か。息をつく間もないラブ＆サスペンス！

危険な涙がかわく朝
シャノン・マッケナ
松井里弥［訳］
〔マクラウド兄弟シリーズ〕

あらゆる手段で闇の世界を生き抜いてきたタマラ。幼女を引き取ることになったのを機に生き方を変えた彼女の前に謎の男が現われる。追っ手だと悟るも互いに心奪われ…